물 속 의 정 원 사

김현주 소설집
물속의 정원사

초판 발행_2003년 8월 14일
2쇄 발행_2004년 1월 9일

지은이_김현주
펴낸이_채호기
펴낸곳_㈜**문학과지성사**
등록번호_제10-918호(1993. 12. 16)

서울 마포구 서교동 363-12호 무원빌딩(121-838)
편집_338)7224~5 FAX 323)4180
영업_338)7222~3 FAX 338)7221
홈페이지_www.moonji.com

ⓒ 김현주, 2003. Printed in Seoul, Korea

ISBN 89-320-1443-4

물속의 정원사

문학과지성사
2003

물속의 정원사 차례

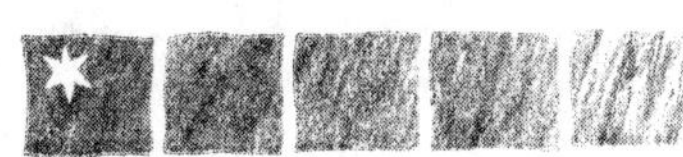

미완의 도형

> 그것은 아가리가 밑바닥과 다시 만나게 되어 있는 병으로서, 안쪽과 바깥쪽을 구별할 수 없고 가장자리도 없는 단측 곡면이다. 입구가 곧 출구이며, 안이 밖이고 위가 아래다. 우리 우주는 어쩌면 시작도 끝도 없는 클라인병과 같은 형상인지도 모른다.
>
> ─ 베르나르 베르베르, 『상대적이며 절대적인 지식의 백과사전』

나는 클라인병 같은 우주에 대해 쓰고 싶은 것은 아니다. 내가 말하고 싶은 것은 똥이다. 그렇다고 클라인병과 똥의 상호 연관성에 대해 쓰고자 하는 것은 결코 아니다. 결국 내가 쓰고자 하는 것은 소설이다. 소설다운 소설을 쓰자. 여기에 내 함정이 있는 것이다. 나는 그 함정 같은 소설 속으로 들어가 직접 작중인물이 되어 보기로 하겠다. 나는 그 길을 모른다. 그곳으로 들어가는 길은 원래 없다. 누군가 파놓은 함정 속으로 작정 없이 뛰어들 것인지, 아니면 어떤 방법으로든 스스로 구덩이를 파 들어가야 할 것인지를 염두에 둘 뿐이다. 그래서 나는 똥으로 인한 여러 가지 생각의 흐름을 기록하고자 직접 변소 청소부가 되기로 한다. 그것이 함정인 공중화장실로 가는 가장 빠른 길이라는 생각이 든다.

작중인물인 그녀는 나이가 서른다섯인, 아이가 하나 딸린 이혼녀다. 그녀는 전형적인 성격의 여자였다. 하지만 그렇게 틀에 박힌 성격이 감히 어떻게 그 나이에 이혼을 할 수 있단 말인가. 이처럼 전형이라는 것의 뒤에는 언제나 가면을 쓴 비전형이 숨어 있는 것이다. 그것이 전형의 이중성이다. 그러므로 가장 표준적인 사람은 가장 이중적인 사람이 될 수도 있는 것이다. 가정에 충실했던 전형적인 남편의 앞모습을 거부한 것도 그런 이유 때문이다. 전형으로 위장한 뒷모습의 비전형, 그것의 양면은 닮은꼴이다. 그래서 빛나는 포장지에 싸였던 결혼 생활을 거부하고 홀로 서기를 감행한 것이다.

전시장 벽면에 걸린 양변기, 그것의 구멍…… 검은 캔버스에 하얀 변기였다. 검은 구멍이었다. 빛이 빠져나오지 못하는 강력한 중력장을 지닌, 그것은 흡사 블랙홀을 연상케 했다. 그리고 알몸의 뒷모습을 한 남자의 형체가 있었다. 그것은 불분명한 붓질로 인체가 해체되어 있었고 그 기묘한 인체의 아래에는 똥이 뭉개진 사진이 캔버스 위에 겹치기 화면처럼 배치되어 있었다. 똥이라니. 역겹고 구린내 나는 그것이 어떻게 전시장 안에서 방자히 냄새를 피우고 있단 말인가. 그것은 이혼과 함께 찾아온 깊은 절망과 허탈감에 빠져 있던 그녀에게는 더할 수 없는 충격, 그 자체였다. 똥과 검은 구멍. 그건 무엇이란 말인가. 변기가 어쨌다는 것인가. 똥이 어쨌다는 것인가. 그녀는 그 오브제의 존재, 그것의 실체를 보기 위해 일주일째 공중화장실 청소를 하고 있지만 아직 아무 해답도 얻지 못했다. 그 생생하고 긴장감 있는 충격. 삶의 허리가 갑자기 무너져내리는 느낌. 그것은 사진으로만 보았던 마르셀 뒤샹의 「샘」이라는 이름의 작품과는 또 다른 의미를 내포하고 있었다.

 그녀는 뒤틀리는 비위를 누르며 화장실 문을 열었다. 그런데 어린이 놀이터 화장실에는 어린이의 것이 아닌 엄청난 양의 똥덩어리가 변기 위에 질펀하게 쏟아부어져 있는 게 아닌가. 심한 구린내 때문에 그녀는 그대로 문을 꽝 닫고 바깥으로 나와 벤치 앞에 쪼그리고 앉았다. 뱃속엣것들이 치밀고 올라오기 시작했다.

 그녀는 햇살이 환히 떠오를 때까지 앉아 있었다. 곧 이 동네의 견고한 철문들이 열리면서 원격 장치를 이용해 승용차에 시동 거는 소리들이 들릴 것이다. 그들은 눈언저리가 붉어진 그녀를 발견할지도 모른다. 혹시 남자들이 휘파람을 불며 일을 보러 올지도 모른다. 출근 전, 가벼운 산책을 위해, 방 안에서 피우지 못하는 담배를 한 대 피우려고. 홀로 서기를 위해 변소 청소를 시작했다고는 해도 못해먹을 노릇이었는지 그녀는 눈언저리를 옷소매로 문질렀나. 이것이 삶인가? 이것이 예술이라는 것이야? 나는 지금 왜 여기 앉아 있는 것인가? '자연이 아니라 예술 작품 속에서 자기가 설 자리를 찾는 것은 이미 타락하기 시작했다는 신호다'라고 레오나르도 다 빈치는 말했다. 인상파는 후기 인상파를 낳고, 후기 인상파는 입체파를 낳고, 그것은 다시 추상 표현주의를 낳고…… 새끼를 쳐서 이제는 설치고 행위다. 그렇다면 나는 어디에 서 있는가.

 변기가 변소에 놓일 때, 변기 자체는 완결된 개념으로 파악되지 않는다. 그러나 변기가 변소에서 튀어나와 전혀 엉뚱한 장소, 화랑에 놓일 때, 변기는 일상적인 삶의 컨텍스트에서 제외되고 기성품 변기는 그것이 놓였던 컨텍스트가 달라졌으므로 더 이상 변기여야 할 이유가 없어지고

'샘'으로 탄생하게 된다.*

결국 그 신인 작가는 뒤샹을 모방한 것에 불과한 것일까. 그것은 바로 오브제의 복제나 이미지의 변장에 불과한 것은 아닐까. 아니면 더 나아가 정치적이고 문명론적인 상황이나 징후를 예감케 하는 어떤 메시지가 숨어 있는 것인가.

그녀는 다리를 펴고 일어섰다. 빨간 고무장갑을 끼고 빗자루를 든 채 먼저 남자화장실로 향했다. 그곳의 수도꼭지는 고장이 나 있었다. 그녀는 여자화장실로 가서 양동이에 가득 물을 받아서 남자화장실 변기를 향해 들이부었다. 제대로 소화된 것이 아니었는지 냄새로 변소 안이 쿨렁거리고 있었다. 그녀는 내장을 뒤틀고 치밀어오르는 역겨움에 코를 싸쥐고 돌아섰다. 이제 그녀의 머릿속은 온갖 똥으로 뒤죽박죽이 되어버렸다. 민감한 내장을 조절할 수가 없었다. 앙다문 입술 사이로 자신도 모르게 신음이 흘러나왔다. 울음도 분노도 아닌 소리가 이 사이로 새어 흘렀다. 그러나 그녀는 그 와중에 이 상황의 실체가 무엇일까에 대한 생각을 하고 있었다. 상징적인 오브제가 이미지를 확대 재생산해낸다면 그녀는 오브제의 체험을 유도하려는 작가의 의도에 말려든 것은 아닐까. 어쩌면 그녀가 본 것은 존재론적인 허구에 불과할지도 모른다.

그녀는 바닥의 타일을 물로 뿌려대며 싹싹 문질러 내려갔다. 일을 마치고 다시 자전거 뒤에 양동이와 빗자루, 고무장갑을 실었다. 떨어질세라 줄로 단단히 묶은 다음 모자를 푹 눌러쓴 채 그녀는 자전거의 페달을 밟았다.

'양지중학교' 앞 놀이터다. 첫날, 이곳은 응고된 혈액이 묻은 생

---

* 이하 고딕체는 박용숙 지음, 『현대미술의 반성적 이해』(집문당, 1987)에서 요약하여 인용하였다.

리대와 담배꽁초들로 온 바닥이 어지럽혀져 있었다. 그녀는 이곳에 올 때마다 처음 왔을 때의 일을 상기하고는 눈살을 찌푸리게 된다. 화장실 바닥에는 그녀를 비웃는 듯 담배꽁초가 제멋대로 흩어져 있었다. 그것들은 까만 재를 매단 채, 젖은 채로 시체처럼 수챗구멍을 틀어막고 있기도 했다.

그녀는 고무장갑을 낀다. 빨간 고무장갑은 바깥 기온 때문인지 얼음장같이 차갑다. 그녀는 장갑 속의 차디찬 촉감에 부르르 떤다. 쩍쩍 달라붙는 느낌이다. 물기가 찬 바람에 얼어붙었는지 손가락 끝이 금세 얼얼해진다. 그녀는 담배꽁초를 주워낸다. 그리고 세면대에 가득한 모래를 퍼낸다. 장난꾸러기들의 짓임이 분명했다. 하수구 구멍은 이미 막혀 있는 상태다.

'국토 대청결 주간이라 이겁니다. 알아들으셨죠? 내일부터는 아예 화장실 근처에서 지내셔야 될 겁니다. 언제 기습적으로 들이닥칠지 몰라요. 이번에 공중화장실 쪽에서 점수를 빼앗기면 우리 오수관리과는 이도저도 안 됩니다. 명심하세요.'

공중화장실을 담당하는 박계장의 말이 떠올랐다. 사실 화장실 청소로 치자면 그녀가 맡은 곳만 해도 여섯 군데였다. 아침 내내 자전거로 돌다 보면 점심때가 가까워지기 일쑤였다. 그렇다면 점심 후에 바로 또 화장실을 돌아야 할 지경인 것이다. 아직도 그녀의 위장은 화장실 아닌 변소 풍경에 익숙지 못하다. 잔뜩 허기진 속에 밥을 먹는다 해도 때로 구토증이 심하게 내장을 뒤틀곤 했다. 그녀는 스스로 선택한 일이었지만 새삼 후회가 되었다. 그래, 중요한 것은…… 지금 '나'라고 내세울 수 있는 것이 모두 가짜라는 것이다. '화가'니 '작가'니 하는, 자기를 드러내는 꼬리표가 무슨 소용이란 말인가. 내가 그림 그리고 있을 때에만, 즉 색칠하고 선을 긋고 붓을 들고 있을 때에만 나는 화가다. 나는 지금은 변소 청소부인 것이다. 한때는 '화가'였다…… 그렇다. 지금 그 '화가'는 죽었다.

쉬르레알리슴의 화가들이 도달하고자 했던 목표는 무엇이라고 해야 할까. 한마디로 우리는 그것을 '상상력의 공간'이라고 말해도 좋을 것이다. 그 설정된 상상력의 공간은 이미 '보아왔던 것'의 현실과 비교시각을 실현시켜준다는 데 그 의의가 있다. 그것은 꿈을 통하여 우리가 살고 있는 현실이 비견되고 재확인되듯이 그들이 만들어낸 상상력의 공간은 마침내 우리들의 현실 속에서 초현실을 발견하도록 유인한다.

이제 상사가 된 박계장의 말은 아예 변소 안에서 끊임없이 청소만 하고 있으란 말이나 진배가 없다. 구청이나 시청에서 언제 들이닥칠지 모른다는 게 이유였다. 변소라는 것이 그랬다. 청소하고 돌아서면 어느새 누군가가 금세 일을 봐놓고 물도 내리지 않고 사라져버리기 일쑤였다. 그 빌어먹을 인간들이란 고양이만도 못한 존재다. 이곳 놀이터나 다른 곳의 공중 시설도 매한가지일 것이다. 자기 집의 변소, 아니 화장실이라면 사정은 다를 것이다. 그녀는 집에 들어가 거의 억지로 점심을 꾸역꾸역 몰아넣은 뒤에 다시 자전거에 올라탈 수밖에 없었다.

"아니, 할아버지는 누구세요?"
"나? 나 말이여?"
"예. 할아버지요."
"아, 여그 놀이터가 내 소관인디 집이는 누구시당가?"
그녀는 재빨리 머리를 굴린다. 놀이터 화장실과 놀이터를 관리하는 인원이 분리되기 이전에 일했던 사람임이 분명했다. 화장실

관리하는 사람이 따로 동사무소로 넘어온 줄은 모르는, 구청에서
예전에 고용한 사람임이 분명했다. 공무원들 하는 일이 매사 그랬
다. 자기 담당이 아니면 모른 척하거나 상대가 노인이거나 빈민층
이면 대충 넘어가버리는 것이 보통이었다. 이 노인의 월급은 당장
이달부터 차질이 생길 것임이 분명한 노릇이다. 놀이터와 화장실
을 분리해서 관리한 것은 그녀가 취직할 즈음의 구청 하달사항이
었다. 그런데 아직도 모르고 있다니. 그녀는 그런 노인이 딱하다는
생각보다 오히려 아하, 잘됐구나 하는 생각이 먼저 들었다. 그녀는
속으로 쾌재를 불렀다.

"할아버지, 모르고 계셨구나."

"아, 뭘 몰러?"

"여긴 이제 제 구역인데요. 구청에서 연락 못 받으셨나 봐. 벌써
한 달이 다 되어가는데."

"뭣이여? 집이 구역이라니? 난, 몰러. 아 글고 내가 여그 터줏대
감이제."

"구청 담당에게 한번 물어보세요. 전 새로 온 동사무소 직원이에
요. 구청 쪽에서 관리를 소홀히한다고 해서 놀이터만 빼고는 화장
실을 동사무소에서 따로 관리하게 되었어요."

"그려? 사실이여? 어쩐지 쪼깐 이상하다고 생각했는디……"

그녀는 할아버지가 청소를 좀 해주시겠어요, 라는 소리가 곧 목
을 타고 흘러나오려는 것을 참고 있다. 월급에서 약간만 떼어준다
고 해도 그다지 손해볼 일은 없을 것이다. 일이 절반은 줄어드는
것이니까. 어쩐 일인지 매일 와서 봐도 여섯 군데 중 세 군데는 별
로 손볼 데 없이 깨끗한 상태였다. 그녀는 놀이터에 딸린 유치원에
서 관리를 하고 있다고 생각했던 것이다. 그녀의 생각은 빗나간 것

이다. 어쨌든 누군가 꼼꼼히 손질을 한 흔적들이 보였다. 그래서 모른 척하면서 대충 훑어보고만 지나쳐왔던 것이다. 벌써 일주일째인데도 모르고 있었다니. 그녀가 나오기도 전에 부지런한 노인네가 일찌감치 청소를 끝마쳤음이 분명했다. 그녀가 도착한 시간쯤이면 바닥에 물기가 거의 말라갈 정도로.

"저, 할아버지 힘드시죠? 놀이터 청소하랴, 화장실 청소하랴."

"힘든 것이사 별반 없제. 나 사는 곳이 이짝이라 놀러 다님서 항게."

"그동안 고생하셨는데 어떻게 해요? 어쩐지 깨끗하다 생각했지요."

"글믄…… 집이가 쪼깐 생각해줄라고?"

노회한 늙은이 같으니라고. 그녀는 잠시 생각을 했다. 노인이 운동 삼아 하는 놀이터 청소에 화장실 청소라.

"잘되었네요. 저도 이 일만 하는 게 아니라서요. 좀 도와주신다면야 저도 생각이 있지요."

"말이사 바른말이제. 이 징한 놈의 변소. 청소하고 돌아서믄 또 싸질러놓고. 나는 하루에도 몇 번씩 여그를 댕긴게 그래도 이 정도지. 말도 안 나오제. 집이도 해봐서 알 것이여. 그 냄새 맡음서 누가 할라고 해야제. 할멈이 날이 날마다 성화여, 하지 말라고. 아, 글고 내가 이런 일에 매달릴 사람이 아녀. 노인대학 학장이 어디 할 일이 없었어. 나도 바쁜 사람이여."

노인의 말은 금세 달라진다. 표정마저 찡그린 채 고개를 살래살래 젓는다. 놀러 다니면서 한다는 말은 금세 망각해버린 모양이다.

"아유, 변소 청소하는 게 뭐가 어렵다구요. 저도 하는데요 뭐. 하여튼 신경을 써주시면 저도 생각하는 게 있으니까요. 하시다 정 못

하시겠으면 말씀하시고…… 알아서 하세요. 전 할아버지 생각하
고 드리는 말이니까."

"아, 누가 어렵다고 했나. 말이 그렇다는 것이제. 여그 세 군데는
그라믄 잊어불고 다니드라고. 그래도 또 혹시 모른께 한 번씩 나와
봐야제. 여그 가끔씩 구청 직원이 나오는 모양이던디. 입조심해야
쓰겄그만."

그녀는 재빨리 머리를 굴린다. 이 일을 그만두겠다는 생각보다
는 이렇게라도 유지를 하는 편이 좋을 것이다. 여섯 군데 중 세 군
데라. 똥의 절반이라. 손해날 것은 없었다. 그러나 노인은 생각보
다 쉬운 사람은 아니었다. 작은 눈매에 재빠른 말씨와 눈치가 여느
어수룩한 노인과는 좀 달랐다. 어쩌다 수틀리면 냅다 고자질이라
도 해버릴 사람임이 분명했다. 하지만 노인의 비위 맞추는 일이 뭐
대수겠는가. 그녀는 그런 생각이 들자 한결 마음이 가벼워졌다. 머
릿속에서 오물의 반쯤은 덜어낼 수 있으니 말이다.

"그럼, 할아버지만 믿고 갈게요. 그 대신 꼼꼼하게 하셔야 해요."

"아, 걱정 말드라고. 근디 월급날은 언제당가. 사람은 고것을 정
확히 잘해야 써. 근디, 집이는 나 주고 나면 얼마 안 되겄는디."

세상에, 그녀는 혀를 내두를 지경이었다. 보통은 훨씬 넘는 노인
의 계산에 한 대 맞은 느낌이다.

"월급날이 정확히 언젠지 나와봐야죠. 그리고 할아버지가 제 월
급이 얼마인지 아실 필요는 없지요."

"사람이 그래도 그것이 분명해야 쓸 것인디, 잉? 그라고 뭔 연락
할 일이 있을지 모른께 내 명함 한 장 갖고 가드라고."

노인은 점퍼의 윗주머니를 뒤지더니 명함 한 장을 꺼냈다. 남구
노인대학 학장임을 말해주는 새하얀 명함이었다. 그녀는 재빨리

자전거에 올라탔다. 자전거의 페달을 밟는 두 발이 그리 경쾌한 느낌은 아니다. 뒤통수가 끈적거려 오히려 기분이 상해가고 있었다. 기분이 상해가고 있었다, 라고 마침표를 찍을 때는 이미 새벽 세시에 가까워져 있었다. 벌써 세시구나! 나는 잠시 망설였다. 내가 다루고자 하는 소재가 과연 어떤 표현 방식을 선택해야 효과적일까. 독자를 감동시킬 수 있을까. 감동시킬 수 있을까, 라는 부분이 나를 붙잡는다. 그래서 나는 눈을 비볐다. 난처하다. 내 속 안의 열정이 지금 무엇을 하려고 하는지 정확히 모르겠다. 내가 숨쉬며 살아가는 여태의 존재 방식에 회의를 느낄 뿐이다. 나는 안다. 내가 본 남편이 허상이었듯이 소설 속의 그녀가 그렸던 그림 또한 허상이었는지도 모른다는 사실을. 내가 쓰고자 하는 소설 또한 그럴 것이다. 사실은 역시 허구일 뿐이다. 나는 대체 어디서 어디까지가 나의 사실적인 기억들로 이루어진 것인지, 기억과 망각의 틈새에서 기어나오는 것의 정체는 과연 무엇인지 모호해진다. 누굴까. 누군가 지금 글을 쓰고 있는 나를 훔쳐보고 있는 느낌이다. 나보다 더 뛰어난 작가가 혹시 나를 조정하며 관망하고 있는 것은 아닌가. 나는 점차 분명하지 않은 것에 혼란을 느끼고 있다. 나는 두려워진다. 그것이 나의 한계임을 안다. 나는 나의 실체를 보고 싶은 것이다. 다만 소설을 쓰는 과정이 중요한 것은 진정한 '나'를 알아가는 방법의 진행이라는 생각 때문이다. 방법이란 어떤 것일까. 그 방법을 초월한 후에는 또 무엇이 기다리고 있을까.

　현실 속의 초현실이란 결국 내가 여기에 있다는 사실성의 명증(明證) 이외에 아무것도 아니므로 결과적으로 쉬르레알리슴의 사물들은 자기 동일성을 명증하기 위한 괄호화(환원)의 한 방법이고 그렇게 해서 얻는 결과란 스스로 연출된 오브제가 되는 것뿐이다.

재료나 방법을 선택하는 데 숱한 고민을 해왔던 그녀는 자신의 것이 비구상 계열에서 얼굴을 아직 내밀지 못한 실험에 불과하다는 것을 인정할 뿐이다. 기존의 방법, 캔버스 유채의 회화 작품에다 이질적 오브제를 통합시키려는 시도는 이미 다른 선배들이 해왔던 것이다. 그녀가 근래 들어 채택했던 추상적인 색면과 연상적 이미지의 연출도 또한 배접(褙接)에 번지는 기법을 응용한 모 화가의 방법이 아니었는가? 사물에 대한 내면의 시적, 서정적인 세계를 표현하는 방법에 더욱더 과감한 시도는 어떤 것이 되겠는가?

그녀는 '양심약국' 앞 놀이터에 자전거를 세운다. 마음을 수양한다? 아니, 마음이 두 개 있다는 건가? 그래, 두 개지. 선과 악이 공존하니까. 그녀는 혼자 중얼거리며 놀이터로 올라간다. 놀이터에는 사람들 두엇이 페인트칠을 하거나 못질을 하고 있다. 국토 대청결 운동이라 이겁니다, 라는 박계장의 말이 떠올랐다. 내내 방치해두고 있다가 시민들의 불편보다는 시청에 보고해야 하는 운동 기간에 점수를 따내기 위해 하는 보수 공사니 어지간히 급할 법도 했다. 청결 운동이라니. 그녀는 절로 비웃음이 나온다. 남에게 보이기 위해 하는 일들은 언제나 신속하게 눈 가리고 아웅 하는 식으로 진행이 되는 것이다.

"아니, 아줌마! 이것을 지금 일이라고 했어요? 이 유리창을 좀 봐요. 저 벽의 먼지, 거미줄, 아이구. 아줌마 믿고 있다가 망하겠소. 내가 와서 둘러보았기에 망정이지. 아니, 그리고 저 변기 저거 저거. 청소라고 한 거요, 엉? 아니, 이 아줌마가 여태껏 뭣 하고 다닌 거다요? 그리고 소변기 말예요. 염산이라도 사다 확 뿌려서라도 해야 지워지지 그냥 물로 되겠어요? 하다못해 시늉도 안 한 것이 눈에 훤해불그만."

박계장이 손가락질로 가리킨 것을 그녀는 물끄러미 쳐다보았다.

"오수관리과에서 염산을 쓰라니요. 과장님은 전혀 못 쓰게 하던데요. 계장님도 첨에는 중성세제도 못 쓰게 했잖아요."

"아, 그것은…… 그것은 그때 일이지요. 지금은 사정이 사정이니만큼 무엇을 갖다 써서라도 눈에 보이게 깨끗하게 해야지요. 아, 시간이 없어요. 당장 감사나 나와봐요. 이 지저분한 것을 그냥 넘어가겠어요. 세제를 쓰지 않으려는 우리 과의 노력을 알기나 할 것 같아요? 아, 근디 지금 어째 조목조목 따지고 든다요? 시킨 대로 할 것이제."

박계장은 남자 소변기의 누런 자국을 코를 싸쥐면서 바라보고 있었다. 그러나 그녀의 코에는 아무 냄새도 나질 않았다. 그는 그녀에게 한바탕 퍼부은 뒤, 자신의 승용차를 타고 횡, 떠나버렸다. 말단 공무원 주제에 가당찮은 고급 승용차라니. 분명 매월 할부금을 넣느라 용을 쓸 것임이 분명했다. 구청에서 하달된 명령 중 가장 예민한 곳이 공중화장실이라고 했다. 여태 방치해두었던 시설들을 신속하게 재정비를 하고 있는 것을 보니 발등에 떨어진 불이기는 한가 보았다. 그녀는 일을 시작한 처음을 생각해본다. 오랫동안 청소를 하지 않아 썩어버릴 대로 썩어버린 똥덩어리들. 차라리 지옥이었다. 냄새를 맡는 코와 사물을 식별할 수 있는 눈을, 기능을 마비시키고 싶었다. 그러나 오관은 모두 제 기능을 완벽히 해내고 있었다. 그녀는 화장실 내부에 가득 찬 똥덩어리의 냄새 때문에 이를 악물었다. 그것을 말끔히 청소해야 하는 일이 자신의 삶에서 어쩌면 거쳐야 할 통과의례려니 하는 생각이 든 것은 자신도 모르게 술에 취해 있다가 깨어난 다음날 아침이었다. 넋두리와 한탄만

늘어놓고 있을 때가 아니었다. 이혼만은 안 된다고 한사코 말리던 친정어머니 생각이 났다.

'그림 그린다며 틀어박힐 때부터 내가 다 알아봤다. 인생, 제대로 배워야지. 이게 무슨 꼴이니?'

이제 어느 누구도 자신의 인생에 개입할 수 없었다. 아무 탈 없이 살았던 날들은 그림 속의 또 그림이었을 뿐. 이중장부를 가진 삶이었다. 막다른 골목에서 홀로 서는 일만이 남은 것이다. 현실에 대한 치열한 인식, 체험…… 언제 그녀가 현실과 부딪쳐본 적이 있었던가. 그녀의 삶은 온실이거나 암실이었다. 그녀는 과거의 자신에게서 빠져나가는 작업부터 해야 한다.

그녀는 기다란 막대기에 빗자루를 대어 노끈으로 칭칭 묶었다. 자신의 키가 닿지 않는 화장실 천장 벽의 거미줄을 걷어낸다. 세제를 풀어 천장을 닦아내고 물을 뿌렸다. 그녀는 일을 하다가 무엇인가를 잊은 사람처럼 멍하니 밖을 내다보았다. 학교 수업을 마친 아이들이 하나둘씩, 짝을 지어 놀이터를 향해 오는 중이었다. 그녀는 불현듯 아이 생각이 났다. 지금쯤이면 자신의 아이도 집에 돌아와 외할머니가 챙겨주는 간식을 먹고 있을지도 모른다. 그리고 종종걸음으로 피아노 학원엘 가겠지. 그녀는 수돗물을 거칠게 틀어서 빗자루로 바닥을 문지른다. 그리고 밀걸레로 물기를 훔쳐낸다. 놀이터의 모래땅에서 금방이라도 묻혀 들어올 모래흙발들. 그러나 그녀는 쉽게 생각하기로 한다. 그저 시키는 대로 하자. 정 못 참겠으면 그만두면 되는 것이다. 이 정도로 나가떨어질 수는 없는 노릇이다. 일에 방해만 되는 생각들을 물리치며 그녀는 변기의 군데군데에 염산을 뿌렸다. 악랄한 냄새를 토하면서 연기가 피어올랐다. 그녀는 얼굴을 잔뜩 찌푸렸다. 변소 문을 재빨리 닫고 돌아서서 그녀는 망연히 하늘을 올려다본다. 그녀의 손에는 새로 사서 반짝거리는 철수세미가 햇빛과 관계하고 있다. 관계한다? 나는 이 표현은 좀 지나친 것이 될 수도 있겠다는 생각이 든다. 그녀는 염산이 묻은 자리를 숨을 겨우 쉬어가면서 박박 문질러댄다. 물걸레를 빨아서 그 위를 닦아낸다. 이제 박계장에게 더 이상의 트집은 잡히지 않으리라. 아직도 더럽다느니, 거미줄이 그대로 있다느니 하는 잔소리를 듣지 않기 위해서 그녀는 마음과 몸이 함께 바빴다. 빨간 고무장갑을 낀 손에 더욱 힘을 주며 힘껏 사기 변기를 문질러댄다. 이 일은 정말 얼마나 신성한 육체 노동인가, 라고 쓰고 싶지만 의식은 손과는 달리 그 생각에 완전히 동조하고 있는 것은 아니어서 망설인다. 신성한 노동인가, 아닌가…… 나는 팔에 힘을 주면서 수도꼭지를 세차게 비틀었다, 라고 쓴다.

'미리 만들어진 경험들을 모조리 잊고, 창조성이니 하는 미친 생각들을 다 쓸어내고, 다만 길가에 앉아 한 뙈기 풀밭을 그려보라. 그 순간 당신은 전연 새롭게 느끼게 된다. 경험을 통해 느끼는 능력이 되살아난다.'*

그녀는 자신이 시도했다가 중단했던 작품을 물끄러미 들여다본다. 전체를 고서의 몇 페이지로 찢어 붙이고 그 위에 붉은 갈색 톤의 들판을 그린 그림이다. 그녀는 검정 물감에 붓을 찍었다. 그리고 남아 있는 허공에 새 같은 여자를 단순 형태로 단숨에 그렸다. 어쩌면 사실이냐 추상이냐를 떠나서 자신이 표현하고 싶은 것을 심상대로 캔버스에 옮기는 작업이 그녀에게는 더욱 필요한지도 모

---

* 프레드릭 프랑크, 『죽기 전에 이 세상을』(선일문화사, 1984)

른다. 무엇이든 확실하게 증명해 보인다는 것은 얼마나 어리석은 일인가. 신이 아닌 이상에는. 기성 질서의 사물이나 관념에서 허덕이고 있는 자신은 얼마나 어리석은가. 형태의 의미나 형태 자체를 부수어라.

나는 밤늦도록 잠을 이루지 못한 채, 그녀의 작업을 소설 속에 어떻게 삽입할 것인지를 궁리하다가 노인이 준 지나치게 반짝거리는 명함을 뚫어지게 바라본다, 라고 쓴다. 위조? 그 또한 타인의 삶을 흉내낸 것이라면? 나는 소설 속, 노인의 가느다란 눈과 함께 빈정대는 말투를 떠올린다. 변소가 밥줄인 노인대학 학장이라. 그녀의 일이 줄어든다고 해서 똥을 치우는 직업이 고상해질 리는 없다.

글을 쓰고 있는 나는 이쯤에서 선택을 해야 한다. 어지간히 결말에 도달하려고 하는 부분의 노골화 양상이 아닌가. 이 부분을 좀더 첨예하게 드러내는 방법은 무엇일까. 이 소설에 나타나는 노인의 성격이 주제를 드러내는 데 충분한 것인가. 그것이 아니라면 등장인물 박계장을 다시 끌어내어 서술해볼 것인지에 대한. 하지만 여기서 나는 결국 절망하고 만다. 구체적 사실을 추상화할 수 있는, 더욱 사실적인 이런 방법 말고 좀더 새로운 방법은 없을까. 소설이 가는 길은 얼마든지 열려 있지만 소설을 쓰는 나는 갈피를 잡지 못하고 망설인다. 아직까지 내게 가능한 방법은 현실을 그대로 충실하게 묘사하는 것이다. 그렇다면 과연 나는 이 현실을 완벽하게 그려내고 있는가. 나는 오히려 현실의 잔영을 보고 있는 것은 아닐까. 원래의 것이 아닌 잉여 현실을.

"아줌마, 이것 잠깐만 걸어놓으세요. 감사 끝나면 전부 회수해야

해요. 수건이고 비누고 어뜬 놈이 가져간지 모르게 가져가버릴 것
인께."

"오늘 하루만 걸어놓으면 돼요? 그럼 이 화장지, 나프탈렌, 쓰레
기통을 다시 다 회수하라고요?"

"이야기할 때 어디 변소 갔다 왔소? 왜 재방송하게 해요, 거 참.
아줌마 하기에 따라 이번 점수가 왔다 갔다 한단 말입니다. 아, 저
2구역 남씨 아줌마 봐요. 거그는 수시로 들락거린께 항시 깨끗하
등만요. 다른 사람 부지런히 일할 때 아줌마는 도대체 뭐 하는 거
예요. 어찌 됐든 오늘이 젤로 중요한 날인께 잘 좀 부탁해요."

박계장은 공중화장실에 여태껏 없었던 두루마리 화장지며 플라
스틱 쓰레기통, 세숫비누, 향기 나는 새 수건, 방향제 등을 걸어놓
고 점수를 따야 한다며 수선을 떨었다. 감사 나올 때, 잠시만 걸어
두어도 효과는 백배라는 것이다. 그리고 감사가 끝나면 그대로 회
수한다는 전략이라는 것이다. 이번 일이 그가 승진하는 데 어떤
영향을 미칠까. 개인의 것처럼 청결하고 편안한 화장실로 보이게
끔 하라니. 반짝반짝 윤이 나야 한다니. 그녀가 남편과 함께 쓰던
48평 아파트의 화장실은 아늑하고 향기로웠다. 대리석 바닥과 욕
조, 장미향이 풍기는 화장실. 그 화장실 거울 속의 그녀는 약간은
권태롭고 게으른 만족으로 가득 찬, 위장된 행복에 싸여 있었다.
알몸을 전신거울에 비춰보면서 볼륨 있는 누드화를 연상하기도 했
다. 누드 모델이 따로 필요하지도 않았다. 때로 그녀는 자신의 누
드를 스케치하는 기쁨을 누리기도 했다. 벨라스케스의 「비너스의
화장」을 연상하는 것은 어려운 일이 아니었다. 큐피드가 들고 있는
거울에 자신의 얼굴을 비춰보고 있는 비너스. 올리브유로 씻어낸
듯한 윤기 나고 매끈한 육체. 그것이 그녀가 가졌던 전형이었을까.

그것은 어쩌면 표면으로 끌려나온 자신의 본능이었는지도 모른다. 그녀는 그때, 자신 안에 감옥을 만들어두고 있었다. 게으른 행복에 도취한 비너스. 그녀는 남편이 어떤 생각으로 결혼 생활을 유지하고 있는지를 전혀 알아차리지 못하였다. 그녀는 남편의 껍질과 함께 살고 있었던 것이다. 그것은 피상이었다. 벨라스케스를 피상으로 이해했듯이 자신의 삶도 피상적이었다. 그러다 결국 그 삶의 이면을 보아버린 것이다.

그녀는 이제 모든 사물의 양면을 이해한다. 음/양, 남/여, 낮/밤, 정상/비정상, 삶/죽음, 물질/마음, 전통/현대…… '양지중학교' 앞 공중화장실의 낮과 밤은 전혀 달랐다. 낮에는 주민들의 평화로운 휴식 공간이지만 밤에는 문제 청소년들의 안식처가 되거나 혼숙의 공간임을 목격한 것이다. 그것은 기이하고 섬뜩한 광경이었다. 구청에서 관리가 소홀하다고 해서 동사무소로 인계된 화장실을 처음 보던 날이었다. 박계장이 책상 위에서 약도와 위치를 그려준 종이를 들고서 청소를 하러 갔을 때였다. 천장과 벽에는 검정 스프레이로 뿌려진 SEXSEXSEX라는 글자가 커다란 뱀처럼 꿈틀꿈틀 기어다니고 있었다. 이것은 글을 읽고 있는 독자들도 아시다시피 변두리 공중화장실의 현실이다. 그래서 글을 쓰고 있는 나의 묘사보다는 독자들이 보았던 풍경을 상상하는 것이 훨씬 더 효과적일지도 모르겠다. 경악한 것은 그것뿐만이 아니었다. 구석진 곳에 처박혀 뒹굴던 부탄가스통들, 갈기갈기 찢긴 팬티들, 바닥에 수없이 고개를 처박고 쓰러져 젖어 있는 담배꽁초들, 깨진 소주병들, 즉석 라면 용기들이 그 전날 밤을 충분히 그려보게 하고 있었다. 그녀는 반나절 동안 그 화장실에 매달려서 묵은 때와 낙서와 허공으로 떠버린 포르노의 뒤처리를 해야 했다. 치를 떨면서.

그녀는 혼자서 화장실 여섯 군데에 휴지를 걸고, 쓰레기통을 새로 놓고 세숫비누걸이도 못 박아 걸고 수건도, 방향제도 걸어놓아야 했다. 청소와 함께. 박계장이 말한 청결한 화장실 문화를 만들어놓은 것이다. 화장실 문화라고 말한 박계장은 한 번도 청소년 비행의 장면을 목도한 일이 없는 사람이다. 청소가 이처럼 끝난 뒤, 어쩌다 미처 떠내려가지 못한 똥 한 덩어리 정도를 보았을 것이 분명했다. 그녀는 불시에 감사를 하러 오는 시각이 언제가 될지, 어느 곳에서 꼬투리를 잡힐지 마음이 조마조마했다. 그녀는 재빨리 자신이 혼자서 관리했던 변소 청소를 대충 마무리해놓고 노인이 관리해주던 구역으로 자전거를 몰았다.

그녀는 '빛나리' 아파트 단지에 자전거를 세웠다. 그녀는 새 수건과 비누와 쓰레기통, 화장지 일속을 가슴에 안고 화장실 문을 열었다. 악! 하고 그녀는 소름 끼치는 소리를 내면서 물건들을 땅에 떨어뜨렸다. 그녀는 경악했다. 그녀의 눈에 들어온 것은 하얀 타일 벽에 처발라진 똥이었다. 똥덩어리들이 어제 오후 내내 세제를 풀어 청소해놓은 벽면에 마구 흩뿌려져 있었다. 여자화장실의 문은 아예 떨어져나가 통째로 사라져 없어져버렸다. 그녀는 몸의 기운이 다 빠져나가는 기분이었다.

집이가 뭣인디 시방 내 밥줄을 끊을라고? 어림없제. 어림없고말고. 아, 여태까지 여그 변소 청소를 누가 했는디?

엊저녁, 노인이 그녀에게 미처 하지 못한 말이 있었을 법했다. 똥이 내 밥이여. 똥으로 인한 충격적인 행위였다. 액션 페인팅이라니. 그녀는 자유롭게 똥칠된 캔버스를 응시하면서 이상스레 헛웃음이 새어나왔다. 똥을 물감으로 쓴 잭슨 폴록, 비연속적인 존재의 상. 그녀는 자신도 모르게 바닥에 쭈그리고 앉았다. 스스로의 감정

의 흐름에 따라 자유롭게 손을 움직여…… 이제 그녀는 그 추상적
공간을 서서히 '만다라'로 탈바꿈시켜가고 있었다. 황, 백, 적, 흑,
청의 오색으로 휘황한 '만다라'의 동심원 구조가 이제 그녀의 눈에
는 둥글게 사방으로 피어오르고 있었다. '정토 만다라(淨土 曼茶
羅).' 그것들이 빙글빙글 돌고 있었다. 보고 싶었지만 보이지 않는
세계. 그것이 '만다라'였다. 차라리 그녀는 똥통에서 청정 세계를
보고 싶었다. 똥과 '만다라'의 차이가 있겠는가. 그러나 그녀는 아
무것도 볼 수 없었다. 그녀는 절망할 뿐이었다. 참담한 심정이었
다. 그녀는 타일 바닥에 힘없이 주저앉았다.

　그녀는 수도꼭지에 호스를 연결했다. 그리고 세차게 물줄기를
틀어 벽에 마구 흩뿌렸다. 벽의 사방에서 물줄기가 튀어올랐다. 그
녀는 이제 고무장갑도 끼지 않은 채 수세미를 손에 집어들고 벽을
북북 문질러나가기 시작했다. 타일 벽 틈에 낀 오물의 흔적까지 그
녀의 손에 의해 순식간에 지워져나갔다. 그녀는 재빠른 동작으로
채 마르지 않은 똥을 말끔히 지워갔다. 그러고는 두어 발자국 물러
서서 천장과 벽을 향해 마지막으로 힘껏 물줄기를 뿌렸다. 하얗게
변한 타일 벽이 그제야 제 모양을 확연히 드러내고 있었다. 변소
유리창을 통해서 들어온 밝은 빛의 눈부신 확산. 순간, 타일 벽이
일제히 흔들리기 시작했다. 타일과 타일 사이의 틈, 그것의 균열이
점점 확대되어가고 있었다. 나무다! 그녀는 흥분했다. 노송의, 용
비늘 같은 껍질이 연상되었다. 그 틈을 이용하자. 그것을 문자나
기호의 형태로 만든다면? 캔버스 천 뒤에 물을 뿌려 길을 만든다.
물의 길. 그것은 먹이 흐르는 길이 될 것이다. 물길에 먹을 떨어뜨
리기. 번짐과 스며듦의 우연한 효과는 캔버스의 앞쪽에 천의 올과
함께 드러날 것이다. 그리고 캔버스 앞쪽에 약간의 채색을 주어 강

조할 것. 문자의 추상성이 여백과 어우러지면서 불분명한 섞임이 이루어질 것이다. 그것은 기호의 얽힘이다. 그 상형문자와 기호의 형태는 마치 주술성의 호흡처럼 정적인 동시에 동적인 느낌을 가져올 수 있도록 하자. 그래, 자유롭게 만든다…… 그녀는 눈을 비벼댔다. 아무것도 없었다. 그녀의 눈에는 이제 텅 빈 공간만이 들어왔다.

나는 그녀가 본 환시를 마지막으로 결론을 내리려다가 결국 의심이 가는 부분에서 멈출 수밖에 없었다. 똥으로 변소를 분탕질한 것은 그 노인이 아닐지도 모른다, 라는 의혹이 생긴 것이다. 뚜렷이 목적이 없더라도 누군가가 이 변소에다 제 분풀이를 하고 갔을지도 모른다. 누구든지 배설은 가능하다. 그러므로 변소 청소부인 그녀도 그런 배설이 가능한 것이다. 나는 단 한 번도 소설 속의 그녀에게 자신이 청소해놓은 변소에서 시원스레 배설을 시킨 적이 없었다는 사실을 깨닫는다. 그녀가 자신이 청소한 공중화장실을 이용하지 못했다는 사실을. 해탈이 따로 있겠느냐. 똥 누는 일도 해탈인 것이다. 창자를 비우는 것처럼 상쾌한 일이 또 있겠느냐.

나는 작중인물인 그녀를 변기 앞에 앉힌다. 그녀는 결국 바지의 지퍼를 내리고는 문도 없는 공중화장실의 백색 변기 위에 쪼그리고 앉았다. 아랫도리에 큰 힘을 쓰지 않아도 똥은 부드럽게 항문을 거쳐 똥, 하고 밑으로 빠져나왔다. '나도 너처럼 어느 아늑한 데로 가고 싶다/똥똥똥 떨어지는 소리의 그윽함이여.'*

경쾌한 똥이 흘러나가는 똥통이 바로 불교에서 말하는 해우소(解憂所)다 이놈들아. 그녀는 혼자 웃었다. 나는 이제야 인식하면

---

* 이대흠, 「이동식 화장실에서 1」.

서 웃는다. 전시장의 변기와 똥덩어리를. 독자들도 미리 결말을 다 짐작하고 있었으리라. 똥 누러 갈 때와 똥 누고 나올 때의 기분이 이처럼 다른 것이다. 이제 나는 똥통 속의 세상을, 세상 속의 똥통을 일체화할 수 있다. 우주는 성(聖)과 속(俗)이 다를 바 없는 클라인병이다. 전형과 비전형의 경계가 따로 있겠는가. 나무 속에도 불의 성질이 들어 있는 것이다. 눈을 비비고 찾아보라.

　나는 독자들에게 허구로 가는 한 갈래 길을 마련해보고 싶었을 뿐이다. 여기서의 똥통은 내게 명상의 방이다. 이 안과 밖이 없는 자유로운 공간에서 어둠을 향해 똥을 누듯 글쓰기를 위한 행복한 상상을 멈추지 않을 것이다.

에어컨

꿈. 꿈이라고 써놓고 오랜 시간을 흘려보낸다. 잠깐 아득해져 있었다. 꿈속에서 만났다가 헤어져버린 사람인 것이다, 그는. 오늘도 마찬가지다. 엊저녁 현실 같은 꿈속에서 그를 봤다. 어김없이 그는 그렇게 내게로 다가온다. 꿈에서 오는 사람. 그는 멀리에서 내게로 오는 산이다. 나는 그를 본다. 내가 그를 볼 수 있게 되기까지, 얼굴을 마주하게 될 때까지 얼마나 많은 시간들을 토막토막 분질러대며 절망했던가. 성냥불이 확 하고 타오르다 짧은 순간 꼬리표로 까맣게 스러질 때처럼. 시간, 순간은 시시각각 환희와 절망으로 교차되어왔던가. 그런데 그는 지금 내 눈앞에 앉아 있다. 머리는 제멋대로 길어 있고 표정은 침착하지만 조금 어색하게 웃는다.

넌 사랑해, 라고 말하고 싶다. 왜냐하면 그 말은 아직 그에게 한 번도 해보지 않았기 때문이다. 그러나 오늘 역시 나는 아무 말도 하지 않을 것이다. 늘 그곳에 그대로 있어주기만 해도 만족한다. 당신의 자리. 그만큼의 거리로도 만족한다. 더 이상은 원하지 않는다. 시시각각 그의 눈과 손을 본다. 그의 침묵과 머리칼과 옷차림, 그의 입술을 본다. 내가 지금 앉아 있는 자리가 꿈인지 현실인지 구분이 되질 않는다. 나는 진초록 민트 프라페를 한 잔 들고 앉아 슬픔을 삼킨다. 그는 말없이 앉아 커피 잔을 바라보고 있다. 이제는 한 몸이 될 수 없는 사람. 이것이 우리의 현실인 것이다. 그 역시 나를 통과한 한 '드나듦'에 불과한 것이다.

겨울인데도 군자란과 철쭉이 피어 있다. 그것들은 계절을 망각하고 있는 것이다. 아내가 보살피는 유일한 것들이다. 그녀는 사람보다도 물건들에 더 애착을 갖고 있었다. 매양 쓸고 닦는 일에 능숙한 그녀의 손놀림. 그녀의 입김과 손때 묻은 물건들은 이제 완강히 제자리를 고집하고 있다. 나는 베란다의 문을 열어젖힌다. 바깥의 꽁꽁 얼어 있던 대기가 거실의 커튼 안으로 파고들어와 커튼의 안주름을 부풀리면서 몸을 풀어낸다. 커튼의 주름이 일제히 흔들거린다. 나는 바닥에서 마지못해 일어나 다시 베란다의 바깥 창문을 닫는다. 무심코 거실 안으로 들어온 내 눈에 보인 것은 천장의 빈틈을 희미하게 메운 거미줄이다. 그것은 휘청한 채로 늘어져 있었다. 안주인이 없는 표식인가. 그것은 에어컨과 천장 쪽 모서리에 이미 자리를 잡은 모양이다. 모든 것이 이처럼 아내의 손길을 기다리고 있다. 하다못해 바깥의 빨래 건조대까지도.

빨래 건조대에 걸린 아내의 속옷을 본다. 아내의 속옷 옆에 걸린 수건, 옷걸이에 걸린 내 한복 바지. 그녀의 손길을 기다리고 있는 건조대의 흔들림. 그것들은 때로 금속성의 싸늘한 촉감으로 나를 섬뜩하게 한다. 아내가 사라지기 며칠 전에도 느낀 것이다. 그날따라 베란다의 공기는 무척 차가웠고 빨래는 탈수한 지가 오래되어 구김이 심하게 져 있었다. 아내의 부탁이 아니더라도 나는 그날 그녀의 일손을 돕고 있었다. 그날따라 나는 능장을 부렸다. 그녀에게 뭔가 캐내야 할 것들이 있었고, 또한 그녀의 정체 모를 침묵이 쉽사리 풀리지 않을 것이라는 것을 감지했기 때문이다. 나는 아내가 사라지기 전날 오후, 집을 외면하던 그녀의 발걸음을 떠올렸다.

무심히, 나는 바깥 놀이터 쪽에 시선을 두고 있었다. 나는 그날따라 선방(禪房)에서 일찍 돌아왔다. 아내와 제 시간에 따뜻한 식사를 하고 싶었던 것이다. 우리의 저녁 식사는 거의 따로따로였다. 나의 퇴근 시간은 열시 이후가 보통이었고, 그녀도 일하는 여자여서 대중이 없었다. 나는 아내의 모습을 보았다. 짙은 갈색의 롱코트가 걸어오는 모습. 그러나 갑자기 그녀가 걸음을 멈췄다. 주차장에 세워놓은 내 차를 발견한 모양이었다. 그녀는 그렇게 한참을 차 앞에서 머뭇거렸다. 고개를 숙이고선 무언가를 생각한 듯 발걸음을 집과는 다른 반대쪽으로 돌리더니 베란다 쪽을 올려다보았다. 내 모습은 보이지 않을 터였다. 나는 커튼 뒤에 숨어 있었으므로. 아내가 가볍게 한쪽 발을 끌며 돌아서 가는 모습을 보았다. 왜 그런 짓을 했는지 이해할 수 없었다. 그녀를 불러세울 수도 없었다. 알 수 없는 의혹만 눈덩이처럼 커져갈 뿐. 나는 그날 저녁, 입에 대지 않는 술을 꺼내 마셨다. 그녀 혼자 마시곤 하는 캔맥주를 땄다. 집이 싫은 아내. 나의 부재가 아니었다. 오히려 남편이 집에 일찍 돌아와 있다는 사실 때문에 아내는 발길을 돌린 것이다. 그날, 그녀의 귀가 시간은 자정에 가까웠다. 나는 아내를 다그쳤으나 그녀는 내내 침묵으로 일관했다. 그런 일이 있은 지 나흘 후, 그녀는 내가 잠에 취해 있을 시각인 새벽에 감쪽같이 나를 떠나고 말았던 것이다. 한마디의 작별 인사도 없이.

전기밥솥에서 방금 안친 밥이 끓는 소리가 났다. 그리고 밥이 익어가는 냄새…… 밥이 끓은 것과 동시에 내 안에서 섹스에 대한 욕망이 끓어

올라 넘칠 듯했다. 반듯이 누워 잠을 청하던 남편도 밥냄새를 맡은 것 같았다. 새벽 세시의 허기, 성욕은 식욕과 동일하다던가. 우리는 똑같이 그것을 느낀 것 같다. 그가 나를 향해 돌아누운 것과 동시에 나는 자리를 박차고 일어섰다. 이건 아니다. 그와 나를 가로막는 견고한 벽이 있다. 그는 아닐지도 모른다. 그러나 내게는 늘 그것이 자리잡고 있다. 밥이 익어가는 냄새가 어둠 깊숙한 방 안에 가득 차오르고 있다. 그를 거부할 정도로 나 자신을 못 견뎌하는 것은 아니다. 그러나 나는 그를 박차고 건넌 방으로 왔다. 밥솥의 취사 버튼에서 보온으로 불이 옮겨가는 소리가 어둠을 툭, 분지른다. 환기구에서 뜸이 드느라 수증기의 열이 뜨겁게 솟구치고 있을 것이다. 밥은 이제 서로를 차분히 끌어안고 한숨을 돌릴 것이다. 밥의 순리적인 엉김의 욕망마저 우리에게는 없다. 부부라는 관계. 기본적인 의무조차도 이행할 수 없는 나는 그에게 무인도 같은 여자다. 빙산 같은. 우리는 결국 불임의, 비정상적인 관계의 부부다. 오래지 않아 우리들은 파산할 것이다. 남편을 속이며 사느니 차라리 떠나는 게 낫다. 이제 식사 준비조차 귀찮아져버린 나는 아침에 해야 할 밥을 미리 해두곤 한다. 전기밥솥의 타이머가 고장난 것처럼 우리의 타이머도 고장난 지 오래다.

아내가 못 견뎌하는 것이 바로 나였을까? 그녀는 안개 속의, 형체가 희미한 물체를 안타깝게 발견해낸 것처럼, 무엇에든 매달려야 한다는 심정으로 결혼을 했는지도 모른다. 그것의 실체가 무엇인지도 정확히 모른 채. 그랬다. 아내는 나에 대해 알려고조차 하지 않았던 여자였다. 아니, 내가 보통의 남자와는 좀 다를 거라는 생각 때문에 결혼을 선택한지도 모르겠다. 아내가 과대평가했던 것은 나의 인내심과 도덕률이다. 그렇게 생각했을 것이 당연하다. 그즈음의 나는 지리산의 한 마을, 그것도 도를 닦는 사람들이 모여 있는 곳에서 내려온 지 얼마 되지 않아서였을 것이다. 내 옷차림은 흡사 조선 시대의 유학자 차림이었으므로. 도시에서 나고 자라온 그녀가 왜 나를 결혼 상대자로 선택했는지 그녀의 내심을 이해하기 힘들었다. 아마, 그녀도 다른 여자들처럼 내게 일종의 호기심과 신뢰를 가졌던 모양이다. 그러나 아내는 도대체 나를 남편으로 생각이나 했던 걸까?

아내의 증발은 별로 실감이 나질 않는다. 아니, 그녀의 존재가 이제 현실감이 없다. 그녀가 옆에 있었고 침대에서 살을 비비고 잠들고, 식사를 했다는 사실이 꿈인 양 아득해진다. 도대체 그녀는 내게 있었던 존재인가? 오래전부터 나는 혼자가 아니었던가? 그렇다. 나는 나면서부터 혼자였다. 지리산 암자에서의 생(生). 그것은 빠르게 진행되었다. 세월이 퇴적되어갔다. 나는 나의 푸른 혈기가 침묵과 고요 속에서 고스란히 흘러나가는 것을 참지 못했다. 나는 아직 젊고 세상을 보고 싶었다.

아내를 만난 곳은 A시의 어느 골동품상이었다. 산에서 갓 내려온 나는 얼마 동안을 방향 감각 없는 미친 바람처럼 시내를 쏘다녔다. 머리는 길어서 치렁치렁 땋아내리고 때에 전 무명 한복, 그리고 흰 고무신으로. 낯설고 낯선 땅의 이방인처럼, 아니 외계인처럼 착륙한 것이다. 아니, 추락하고 만 것이다. 타임머신을 타고 엉뚱한 곳에 불시착한 조선 시대 사람쯤으로 나를 쳐다보는 사람들. 별종 취급을 당하면서 나는 주로 고미술품 가게가 즐비한 골목을 기웃거렸다. 마음 붙일 곳이라고는 그곳뿐이었다. 그나마 그 도시에서 어깨가 좀 가벼운 곳은 차가 다니지 않는 그 거리였다. 그렇다고 내가 덜떨어진 푼수 모양으로 살아왔던 것은 아니다. 나는 인근 장터로 나가 우리 집단이 기른 닭과 달걀, 직접 만든 감식초, 솔잎

차 등을 가져다 팔면서, 고가구를 수리하는 일에 열중하면서 장꾼들이 물고 들어오는 세상 물정 정도는 꿰고 있었다. 자동차를 보면서 신기해할 정도의 완전한 무지렁이는 아닌 것이다. 나는 그보다도 자동차가 이 사회에 끼치는 해악에 열을 올리는 『녹색사상』의 독자이기도 했다. 세상에 나와 적응할 정도의 기본 지식은 갖춘 사람이었다. 세상이 내게 처음부터 호락호락하지 않았을 뿐.

내가 처음 본 여자의 표정은 창백한 편이었다. 눈동자는 공허했다. 어딘가 뚜렷하다고는 할 수 없는 병의 기미가 그녀의 표정에 있었다. 그녀에게서 약하게 발산되는 기운은 탁했다. 전체적으로 이목구비가 분명하지만 얼굴의 밝은 기운은 손상되어 쇠약해 보였다. 나는 그녀에게서 떨림의 기운을 감지했다. 그녀는 마른 나뭇가지같이 겨우 버티고 앉아 있는 느낌이었다. 커다란 구유 위에 유리를 깔고 그 위에 녹차 잔을 올려놓은 '고호방'의 주인은 좀 수다스런 사람이었다. 내가 들어서자 눈길 한번 주지 않고 자리에서 일어선 그녀의 신상을 알게 된 것도 그런 연유에서였다. 그녀는 한쪽 다리를 약간 질었다. 그녀가 나가는 뒷모습. 그것은 저물녘, 산 그림자 드리운 조용한 못물 같은 느낌을 내게 던져주었다. 허약한 불구의 여자에게서 피어오르는 것은 안개 속처럼 우울하면서도 신비한 어떤 내면이었다. 신비한 어떤 내면, 그것은 그녀와 결혼해 살면서도 결코 드러나지 않는 깊고 깊은 속에 있는 비밀 같은 것이었는지도 모른다. 아내는 그 어느 누구에게도 자신을 드러내지 않았으니까. 출생에 대해서도, 살아온 과정에 대해서도 안개에 싸여 있는 산등성이의 탑을 보듯 했다. 가까운 듯하지만 다가가면 갈수록 그만큼 한 걸음씩 아내는 물러나곤 했다. 딱히 꼬집어 말할 수 없는 불명확한 실종마저도 그런 것이다. 아내의 일기장에 기록된 남자가 내가 아닌 것만은 사실이다. 그렇다면 아내는 줄곧 다른 남자의 꿈을 꾸면서 내 품에서 지냈단 말인가?

결혼해서 산 지가 고작 일 년이라지만 그 세월은 길기도 하고 짧기도 하다. 그동안 남편으로서 아내의 신상을 명확히 파악하지 못했다는 것 자체가 우습다. 우리는 여느 부부와는 좀 달랐다. 아내는 과거의 모든 기억을 통조림 속에 저장해서 밀봉한 듯 살아냈다. 좀처럼 알기 힘든 것이 있다면 그녀가 어디에서 태어났으며 어느 곳에서 학교를 다녔는지에 대한 정확한 자료가 없다는 것이다. 그녀는 과연 어디서 흘러왔을까? 폭풍우 같은 자연의 거역할 수 없는 어떤 힘에 의해 떠밀려온 것은 아닐까? 그래서 우리는 그처럼 우연하게, 필연적으로 만난 것이 아니었을까? 그렇다면 우리의 부부 생활은 과연 무엇이었을까, 회의가 들기도 한다. 우리는 서로의 과거에 대해 질문도, 명확한 대답도 일절 회피했던 것 같다. 우리는 서로의 일에 열중해서 살다가 일주일에 한두 번, 얼굴을 부딪치고 만나는 그런 사이였다. 계약 결혼한 부부처럼 서로에게 지나친 간섭을 피하며 살았다. 출판사에서 편집일을 한 것이 그녀의 사회 생활의 전부였다. 그렇다고 해서 그녀가 직장에 충실한 여자라는 것은 아니다. 가끔 심신이 지치고 아프다는 핑계로 침대에 무력하게 누워 있다가 오후가 되어서야 출근하는 일도 있었다. 심신이 상한 여자. 그녀를 내 곁에 묶어두는 것으로 만족해야 했다. 사실 나는 경제적으로나 마음으로나 아내에게 좋은 남편은 아니었을지 모른다. 어쩌면 나 자신도 모르는 새 불쌍한 한 여자를 구제하고 있다는 생각을 은연중에 내보였는지도. 아내에게 깊은 애정은 없었지만 여느 부부처럼 나도 그녀를 아끼고 있었다. 딱히 세상에서 내세울 것 없는 나의 처지도 그 이유라면 이유가 될 것이다. 나는 주로 선방(禪房) 아니면 공동으로 운영하는 건강원에서 시간을 보냈으며 그 일이 생활의 중요한 부분이었다. 내가 아내를 위해 해줄 수 있는 것은 건강을 돌봐주는 일뿐이었다. 지압을 해준다거나 안마나 마사지로 그녀의 혈행을 가끔 다스려주곤 했다. 아내, 그녀는 내게는 환자였다. 내 곁을 결코 떠나지 않을 영원한 환자.

나는 가부좌를 틀고 앉는다. 베란다를 통과한 햇빛은 바삭바삭 부스러진 과자 부스러기처럼 먼지와 함께 부유한다. 먼지는 집 안 곳곳에 가라앉은 듯 침묵하고 있다가 빛과 함께 자신의 형체를 명확히 드러낸다. 그리고 허공에서 서로 섞이어 온갖 사물들 속 깊숙이 자리를 잡거나 다시 떠돌곤 한다. 나는 명상을 하려고 숨을 가다듬어보지만 호흡은 예전처럼 안정되질 않는다. 가슴속이 갑자기 부글부글 끓어오르는 것을 겨우 참아내고 있다. 이제는 걱정보다는 새로운 증오심이 싹트고 있는 것이다.

내가 아는 것보다 더욱 명확한 정보들은 거리의 발길들에 차이고 차여서 결국 내 귀에까지 들어왔다. 정확히 말하자면 9개월 동안의 남편. 삶은 비의로 가득 차 있다. 삶은 언제나 새로운 삶을 배신한다. 모든 것에 대한 믿음을 버린 지 오래건만 자신도 모르는 새 그녀에게서 희망을 발견했던 모양이다. 나는 또다시 자기 자신에게 배신당한 것이다. 어머니가 나를 버렸듯이 아내 또한 나를 버렸다. 굳이 아내랄 것도 없다. 여자들에게서 버림받은 것이다. 내가 모르고 있던 아내의 구체성. 뒤에서 수군거리던 '고호방'의 주인과 주변 인물들의 눈초리가 비누거품처럼 빠르게 깔깔거리며 하수구 속으로 빨려 들어간다. 나는 비웃음의 대상이 된 것이다. 아내는 나를 소문이라는 하수구에 빠뜨린 채 사라졌다.

"감쪽같이 속은 거야. 그러길래 내가 뭐랬어? 제발 그 상투 좀 버리라고 했지. 도 닦네 하면서 다른 사람 구제할 생각 말고 수연이 잘 붙잡으라고 했잖여."

"그 남자 말이야. 파계승이라는데?"

아내가 나를 알기 이전부터 사랑했던 남자는 L시의 작은 절에 있던 중이었다는 것이다. 어쩌면 그녀는 그 파계승을 잊고자 나를 방편으로 선택했을지도 모른다. 그 남자를 떠나 이곳까지 흘러왔을 것이다. 아내에게 드리워졌던 그늘은 결국 그것이었던가? 나는 처음부터 그녀의 신상을 캐낼 생각은 없었다. 나 또한 어디에도 내세울 것 없는 사람이었으니까. 인성 하나만 보는 것, 그것이 중요한 것이다. 그녀의 조신한 성격과 깔끔한 외모, 결벽증에 가까운 까다로움 때문에 그런 어두운 과거가 있으리라고는 꿈에도 생각해보지 못했다. 나는 동정이었고 그녀의 순결을 의심하지 않았다. 비록 허약한 불구이긴 했지만 그녀에게는 감히 넘보기 힘든 귀족적인 품위가 있었다. 내게 충분히 어울릴 만한 가치 있는 여자라고 생각했다. 거짓된 사랑의 모습을 보여주리라고는 생각지도 않았다. 비록 다정다감한 맛은 없었지만 그녀에게는 고요하면서도 깊은 마음자리가 있었다. 그런데 그 모든 것들이 다 자신을 위장하기 위한 것이었다는 사실에 분노가 치밀 뿐이다. 잠자리를 의도적으로 피했다는 생각 또한 그렇다. 나는 자연스럽게 아내에게 접근했지만 그녀는 늘 수동적이었고 몸은 거의 딱딱하게 굳어 있었다. 차갑고 딱딱한 그녀의 신체는 마치 플라스틱 장난감을 만지듯이 이물스러웠다. 그녀는 나를 외면한 채 알몸을 허용했고 가끔 위장이 섞인 신음인지 고통스러운 거부인지 모를 소리를 내곤 했다. 나는 스스로를 수컷의 욕망을 적절히 억제할 줄 아는 사람이라고 생각했으나

내심 불쾌했다. 그것은 나의 절박한 자존심이었다. 어느 때부터인
지 나는 아내에게 고의적으로 강압적인 섹스를 요구하기 시작했
다. 그럴 때면 역시 그녀는 나를 물건보다도 더 감정 없이 받아들
이곤 했다. 그녀는 삶에도, 섹스에도 욕망이 없었다.

　세속의 욕망을 버리고 영원한 삶의 길을 구하라. 내가 세속의 욕
망을 가진 적이 있었던가? 내가 욕망했던 것은 단지 그녀를 통해
서 자식을 보고 싶다는 것이었다. 내 자신의 뿌리가 무엇인지도 모
르지만 이제는 내 스스로 뿌리가 되어야 했다. 아내를 단순한 육체
로서 보지 않았다. 자식을 생산해야 하는 신성한 동침. 나는 어떤
일이 있어도 아내의 안에 나의 뿌리를 심어야 했다. 그외의 욕망은
스스로 죽여 없애려고 하였다. 오로지 참선과 수행으로 일관해왔
던 생활이었다. 순진한 마음으로 세상을 살려 하였고 아내 또한 그
런 여자려니 하고 믿었다. 그것은 말이 아닌 아내의 마음 표시였
다. 손질하기 까다로운 한복에 손수 동정을 달아주는 일, 풀 먹여
서 다림질해내는 일. 늘 힘들어했지만 아내 역할만큼은 완벽하게
해내고 있었다. 그런데 중놈과 그런 일이 있었다니. 아내가 강원도
어딘가에서 죽었다는 소문은 믿고 싶지 않지만 나는 자꾸 분노가
용암처럼 뜨겁게 심장을 흘러내려와 온몸을 녹여내는 것 같은 고
통 속으로 빠져들고 있다. 그녀는 결코 그렇게 죽을 여자가 아니었
다. 철저한 위장인지도 모른다. 죽음마저도 소문으로 바꿔놓고 그
녀는 나를 배신한 것에 불과하다. 양면성을 지닌 영악함을 예전에
는 발견조차 할 수 없었다는 사실에 분노한다. 어쩌면 내가 본 것
은 그녀가 보이고자 하는 다른 가면이었는지도 모른다.

　고통의 빛은 암청색이었다. 어둡고 깊은 심연의 하늘. 하늘은 땅 밑으

로 꺼져 암울하고 내 절망의 늪은 생명의 기를 흡혈귀처럼 빨아들였다. 시간은 마디마디 굴곡이 져서 켜를 이루고 층을 쌓아 삶도 그렇게 흘러 가는 것인가. 생의 다른 한쪽에서 빛이 들어와 하늘이 날갯죽지를 추스 르기 시작한다. 암청색이 점차 바랜다. 위로 올라갈수록, 생의 의지를 느 낄수록 청색과 함께 비취빛의 삶이 보인다. 달이 차고 기울다 여위는 것 처럼 내 삶도 그러했던가. 설산에 가보지 않았어도 나는 설산을 그리워 한다. 슬픔의 개안. 가장 높고 깊은 눈 봉우리에 피는 설화. 죽었던 하늘 이 날개를 달고 치솟아 오른다. 연비취빛의 하늘에서 흰 꽃이 피어난다. 환희로 가는 생의 길목 어느 자리에 나는 지금 서 있는 것인가.

아무리 멀리 떨어져 산다 해도 그는 고통으로 몸부림치고 있는 것이 다. 우리의 고통은 결코 꽃으로 피어나지 않을 것임을 안다. 그도 나도 서로 다른 길을 걷고 있는 것이다. 나는 시간을 견뎌내야 한다. 우리가 함께 맞이할 시간을 위해 이 현실을 인정해야 한다. 그러나 꿈속을 걷는 듯 자꾸 몸이 허방에 빠질 듯한 느낌이다. 설봉, 당신이 나를 두고 가는 가. 나는 당신에게 더 깊은 향기로 남고 싶었다. 그러나 아니다. 허깨비 같은 몸이 또 다른 사람을 속이고 만다. 자작나무 숲 사이로 산안개. 당 신은 그렇게 내게로 왔고 그렇게 가버렸다. 나는 이제 이 현실을 견딜 수 가 없다. 나 자신을 더 이상 속일 수가 없다.

아내가 애타게 불렀던 자는 설봉이라는 남자인가? 그동안 나는 아내에게 허깨비에 불과했다니. 그녀의 표정, 그 잔잔함도 가장했 던 것일까? 매주 토요일 오후 쇼핑할 때의 즐거워하던 얼굴도 위 선이었을까? 그렇다면 그녀의 과거는 나와의 결혼 생활보다 더 강 한 힘으로 그녀를 붙들어두고 있었단 말인가? 우리는 선교원에서 몇몇 신도들과 함께 결혼식을 간소하게 치렀다. 그녀는 내가 신봉 하는 『대도경전』에 손을 얹고 서약하지 않았던가? 순결한 결혼 서

약을 그녀는 처음부터 배신하고 있었던 것일까? 아내는 그 파계승 대신 나와의 삶에 자신을 접붙이고자 했을까? 그랬다. 그렇다면 그녀의 자연 유산도 의도되었던 일이었을까? 계획적이었을까? 어쩌면 내 아이가 아니었을지도 모른다. 설사 내 아이라고 하더라도 아내는 마음에 없었을 것이고 다른 사람의 씨라 해도 거둘 마음이 없었을 것이다. 자연 유산이 아니라 그것은 살인이었음이 분명하다.

나는 아내의 주방으로 다가갔다. 그녀의 손길이 닿았을 모든 물건들을 일일이 꺼냈다. 그리고 그것들을 바닥에 내동댕이쳤다. 마치 아내의 육체를 마사지하듯, 아니 구타하듯 물건들을 깨뜨리고 부쉈다. 그녀의 신체에 혹독하게 매질을 가할 때처럼 손에 가속도가 붙기 시작했다. 층층이 쌓아올린 유리그릇, 식기건조대의 작은 그릇, 수저통, 도마, 가스레인지 위쪽의 환풍기에까지. 그녀의 눈길이 닿았을 모든 물건들에게 증오심을 갖는다. 예고된 실종이었다. 갑작스런 죽음으로 가장하고 싶은. 나는 안방으로 다가갔다. 아내의 시립은 말끔하게, 완벽하게 정리되어 있었다. 장롱 속, 그녀의 옷들을 본다. 그녀는 결코 사라지지 않았다. 아내가 입었던 옷들에게서 풍기는 그녀의 은은한 냄새가 장롱 안을 아직 떠돌고 있다. 그녀의 육체를 감싸주었던 그녀의 껍질들을 끄집어내었다. 이 지경까지 오게 될 줄은 상상도 할 수 없었다. 나는 어쨌거나 다른 사람들과는 다른 종교인인 동시에 마음을 닦는 수행자인 것이다. 그러나 나는 안다. 서랍 속에도, 그 어디에도 아내는 없다. 과거에도 없었고 미래에도 그렇다. 현재는 완벽하게 내게서 사라지고 말았다. 그녀와 나의 현실. 이것은 나의 전생, 과거의 연장일 뿐인지도 모른다. 그녀는 그렇다면 나에게 일종의 환각이었을까?

마음을 집중하기가 힘이 든다. 가부좌를 틀고 눈을 감고 있던 나는 또다시 적개심으로 가득 차오른다. 아내의 배신은 결국 나 자신을 파멸시킨 것이다. 선방(禪房)에서도 결혼 생활의 파경 때문에 포교사 자리를 내놓아야 할 것이 분명하다. 나는 주방으로 가기 위해 일어선다. 식탁 왼편의 거울. 아내의 거울을 향해 다가간다. 기다란 타원형 거울의 가장자리에는 그녀의 손길이 서려 있다. 거울의 가장자리는 지점토 공예를 하면서 만들었던 장미꽃 문양으로 장식이 돼 있다. 그것은 핑크빛이다. 나는 결혼이 준 희망에 배신당한 것이다. 세상이 아내를 나에게 선물한 것임을 믿어 의심치 않았다. 나는 그녀에게 아무것도 요구하지 않았고 강요하지 않았다. 나는 비교적 선량한 인물이다. 도덕적으로 완벽한 인간. 비록 세상에 나온 지 얼마 되지 않아 아직 적응하지 못한 부분이 있지만. 그녀는 그런 나를 이해하며 선택했다고 말했다. 그리고 나는 그녀의 가늘디가는 왼쪽 다리마저 희망했다. 아내는 평범한 생활인을 선택한 것이 아니었다. 그녀가 내게 나직이 속삭였던 말이 있다. 윤리적인 인간, 계율에 철저한 남자. 결코 어떤 상황이 오더라도 자기를 버리지 않을 남자임을 믿는다고. 나는 그녀의 잃어버린 과거까지 품어 안을 수도 있었다. 그러나 과거는 결코 추한 욕망이어서는 안 된다. 그녀의 과거가 어찌 되었든 그것은 현재에 아무런 영향을 줄 수 없을 것이라고 믿었다. 생각이 여기에 이르자 갑자기 분통이 터졌다. 나는 손에 아무렇게나 잡힌 찻잔을 거울을 향해 던졌다. 거울은 산산조각이 났다.

그녀는 처음부터 부서져가던 영혼이었는지도 모른다. 마음 한 부분이 이미 손상되어 나뭇결마다 균열이 나 있던 목가구였는지도 모른다. 오랜 시간으로 인한 마모는 과연 무엇이었을까? 그녀의 내면에서 자라나 몸 전체를 서서히 갉아먹어가던 해충은 과연 어떤 종류의 것이란 말인가? 그녀의 과거는 내가 알고 있는 것보다 훨씬 더 복잡한 듯하다. 아내의 실종에 동반한 남자 또한 그렇다. 언덕 아래로 굴러 떨어져 시체마저 찾을 수 없다? 교통사고? 실종? 그것은 어쩌면 속임수일 수도 있다. 나는 다만 황당할 뿐이다. 도시에 나와 맨 처음 만난 여자. 영혼의 안식처가 될 수도 있었고, 아니면 가끔 편히 쉬어가는 휴게소가 될 수도 있었을 것이다. 아내라는 자리에서 비록 아내 역할을 충실히 했다고는 볼 수 없었지만 생의 불빛 정도는 얼마든지 가능했던 여자다. 삭막한 도심의 아파트. 아직 세상에 서툰 내가 사는 이 도시에 따뜻한 불을 밝힐 수 있는 여자는 아내뿐이었으니까.

나는 흔들의자다. 다리 한쪽이 짧아 결코 균형을 잡을 수 없는 육체의 부조화. 내가 걸어다니는 땅을 디딜 때마다 흔들거리는 하늘과 건물과 은행나무들과 자동차들. 걸음을 멈추고 가로수 옆에 기대어 서서 물끄러미 사물을 바라볼 때마다 느끼는 것은 모든 것은 이미 내 안에서 정지되어 있다는 것이다. 그들은, 세상은 끊임없이 움직이고 진보해가지만 그 세상 안에 내가 설 자리는 마련되어 있지 않았다. 언제나 세상은 나를 배척했다. 힘들여 한쪽 다리를 끌고 걸을 때마다 등줄기에 식은땀이 솟는다. 사랑도, 일반적인 생활도 부조화로 가득 차 있다. 도덕과 부도덕의 경계선에서 나는 사랑조차 하지 못한다. 언제나 나는 갈급한 욕망으로 가득하지만 그것은 한때 내가 지녔던 꿈의 부스러기들일 뿐이다. 쓰러져 죽고 싶을 만큼 참담하다. 결혼 생활도 온통 가면 속이다. 껍질들이 서로 부딪쳐 바스락 소리가 날 때처럼 건조하다. 삶이 없는 결혼. 다시 한 번 사랑에 자신을 속이고 배신하고 싶지 않아서 택한 길. 나는 흔들거린다.

휘청거린다. 누구든지 흔들의자에 와 앉으려고만 한다. 자신을 쉬어가고 싶어만 한다. 때로 나는 그네처럼 허공을 차올라 높이 솟아오르고 싶다. 높이높이 하늘을 향하여 솟아오르고 싶다. 비록 내려오는 곳의 현실은 건조할망정 하늘의 구름과 꽃들을 보는 삶이고 싶다. 나는 흔들의자 같은 사물이 결코 아니므로. 상승 뒤의 추락이 있을지라도 나는 하늘의 공기를 맛보고 싶다.

아내가 자신을 한쪽 다리가 짧은 흔들의자로 여겼다면 나는 과연 이 세상에서 그녀에게 무엇이었을까? 나 또한 현실 속에 자신을 적응시킬 수 없는 사람이 아니던가? 아내, 도시에 사는 여자를 통해 세상에 발을 딛고 뿌리를 내리고 싶었다. 일반인이고 싶었다. 나도 다른 사람처럼 아내와 아이들과 함께 가족 사진을 찍어 거실 벽에 커다랗게 걸어두고 싶었다. 한가한 시간이면 따뜻한 이불 속에서 아이들과 뒹굴며 장난을 치고 아내가 끓여주는 차를 마시고 반쯤의 시선을 텔레비전에 두면서 웃고 우는 그런 삶. 아내는 그런 희망조차 얇디얇은 소망조차 빼앗아버린 여자이지 않은가. 한 인간의 꿈을 이처럼 무참히 짓밟아야 한단 말인가. 그녀는 자신의 삶과 사랑이 중요하다고 떠나버렸지만 나의 삶, 사랑 또한 중요한 것이다. 나는 그녀에게 무엇이었을까? 나는 증오할 줄 아는 평범한 인간인 것이다. 내가 그녀에게 진실하지 못했던 걸까? 짧은 결혼 생활의 종말. 결국 이렇게 끝나야 한다. 도대체 믿음이라는 것이 지금 내게 무슨 도움이 된다는 것인가? 선방에 가서 참선을 한들 무슨 큰 깨달음을 얻을 수 있다는 것인가? 세상에 나와 사람 취급도 받아보지 못한 내가. 불구의 아내조차도 함께 산 나를 품지 못했거늘. 내 안에는 승인된 사랑조차 일궈낼 불씨 한 줌도 없었단 말인가? 나이 서른은 너무 젊다. 아내를 잃기에도, 도를 얻어 깨달음을 구하기에도, 직업도 없이 세상의 언저리에서 헤매면서 기껏 민간 요법에 의한 약이나 만들면서 살기에도, 이제 막 손에 익은 고가구 수리에 정열을 쏟기에도 너무 푸른 나이다.

그는 한낱 나를 실생활에 필요한 물건으로밖에 여기지 않았을까? 일주일에 두어 번 정도 쓰임이 있는 물건이란 어떤 것일까? 자신이 남편이라는 사실을 일깨우기 위해 사용되는 가전제품. 고장난 물건을 보듯 때로 바라보는 측은한 시선. 그는 십자드라이버가 되어 내 안에 깊숙이 파고든다. 부서진 물건을 조립하듯. 그러나 그는 거칠고 때로 광적이기까지 하다. 나는 때로 경악한다. 드릴이 내 몸을 파고드는 것 같은 소름 끼치는 금속성의 굉음을 듣는다. 나라는 존재는 남편에게 조립당하는 물건에 불과하다. 그러나 나는 한쪽 다리가 고장난 살아 있는 흔들의자다. 나는 세상의 바깥이나 안쪽, 어느 곳에도 존재할 수 없다. 나의 의식은 아마 색계(色界)와 무색계(無色界) 사이에 존재하는지도 모른다.

죽어 있는 베란다의 흔들의자에 앉아 나는 망연히 미래를 생각해본다. 나는 결국 아내에게 농락당한 것이다! 그녀가 계속 나를 농락하는 방법은 이혼했다는 소문을 퍼뜨리면서 내게서 사라져버리는 것이리라. 아내가 내게 그래야 할 이유가 어디 있을까? 내가 그녀에게 얼마나 충실했는데. 그랬다. 진실, 나는 아내에게 거짓이 없었지만 그녀는 나를 속였다. 세상 안에서, 나는 충실했다고 믿는다. 나의 어떤 것이 그녀를 떠나게 했는지 나는 알 수가 없다.

우주는, 그 숫자를 헤아릴 수 없이 많이, 세계가 비늘 모양으로 서로서로 배열되어 있다. 그러나 그것들은 서로 방해하지 않으며, 서로 포개지기도 하고 또는 서로 닿지 않은 채 침투하기도 한다. 또한 그것들은 동일 공간상에 공존하기도 한다. 내가 이곳에 실재한다고 한들 무슨 의미가 있겠는가? 지금의 그는 결코 예전의 그가 될 수 없다. 과거의 그가 또 미래의 그가 될 수도 없다. 나 또한 그렇다. 그렇다면 현실에 거주하는, 이 아파트에 거주하는 우리 부부의 실제는 하나의 가상일까? 겹침일까? 남편은 본래 나의 과거에서 온 사람은 아닌가? 남편은 도대체 어디에서 온 사람일까? 남편은 육체에 대한 순수한 사랑도, 아름다움에 대한 추구도, 절대 신에 대한 신념도 없는 사람 같다. 마치 '신은 없다'라고 외치면서도 무언가에 단단히 마음을 붙잡아 매두고 끌려가고 있는 것이다. 때로 광적으로 내 육체에 집착한다. 그러다가도 어느 순간, 나를 물건처럼 던져버린다. 마치 커다란 죄를 저지른 죄인처럼 내게서 떨어져나간다. 이 세계와 유사한 또 다른 세계에서 온 사람. 남편은 내게 무엇을 바라고 있는 걸까? 결혼이라는 공식은, 마치 살아 있는 한은 부조화의 싸늘한 등을 맞대고 있어야 한다는 계약과 다를 바 없다는 것을 어느 순간 느낀다. 사랑도 없이 끔찍하게 시간을 견디는 일은 참을 수가 없다. 어쩌면 남편이나, 그, 나 중에서 둘은 이미 이 세계를 통과하고 있는 반세계의 사람일지도 모른다. 두 세계의 중심이 어느 곳을 향하든지 그것들은 결코 충돌하지 않을 것이다. 가볍게 스쳐 지나갈 뿐. 이 공간에서 다른 공간으로 공간 이동을 할 뿐이다. 나 또한 인간 세계에서 안개처럼 가볍게 사라지거나 내면이 굳어버린 사물의 세계로 이동하는 것이 어쩌면 가능할지도 모른다. 아무도 주시하지 않는 이 세상 그림의 뒷면 속으로 나는 빨려 들어가고 싶을 때가 있다. 결국 삶은 허무한 것이고 세상은 계속 유지되지는 않을 것이다. 내 삶이 살아 움직이는 것이 진정한 세상이다. 나는 내 삶과 죽음의 주인. 사물일 수도 인간일 수도 있는 것. 사물……이다.

세상을 통과의 제의, 겹침의 의식으로 보는 아내. 생성에 대한 희망을 결코 보지 못하는 비관은 대체 얼마나 깊은 것일까? 비관이라니, 감히. 이 세상은 그렇게 비관할 만한 곳도 낙관할 만한 곳도 아니다. 생의 희비가 교차하는 지점에 서 있는 것이 인간이기 때문이다. 어찌 인간이 온전히 제 삶의 주인일 것인가. 운명의 주인은 늘 따로 있는 것 아니겠는가. 인간은 그것에 순응하면서 살아갈 뿐. 그것이 순리일 것이다. 나는 웃음이 나온다. 어리석은 여자. 현실을 제대로 볼 수 없는 여자. 그것은 색맹과 다를 바가 없다. 인간이 어떻게 사물이 될 수 있으며, 완벽한 변신이 가능하단 말인가? 세상에서 살아남기 위해서는 결국 현실에 적응해야 하는 것이다. 종의 진화. 적응하는 것은 생존하고, 적응하지 못하는 것은 도태된다는 것. 그러하기에 자신 또한 이처럼 도시에 잘 적응해가고 있지 않은가. 사람들 속에 살아 있어야 하는 것이다. 아내는 신체뿐만이 아니라 정신적으로도 이 세상에 적응하지 못했던 것이다. 몸과 마찬가지로 정신적으로도 불구인 아내. 실현될 수 없는 사랑이라는 환각에 빠져서 자기 자신을 버리고 말다니. 아내는 아내의 자리에서, 남편은 남편의 자리에서 자기의 의무를 완벽하게 수행하여야만 세상의 질서 속으로 편입할 수 있는 것. 결국 아내는 자신의 이룰 수 없는 꿈 때문에 도태되어버린 것은 아닐까. 실현 가능하지 않은 꿈, 불가능의 이상에 매달려 자신의 인생을 탕진하느니 차라리 사물이 되어버리겠다니.

일상생활 가운데서 표현되는 사물의 이치. 그것은 옷을 입고 밥을 먹는 인간의 기본 행위와 얼마나 큰 연관이 있는 것인가. 어떻게 자신을 그처럼 커다란 적막 속으로 스스로 몰아넣을 수 있을까.

나는 에어컨이 되기 위해, 에어컨이 들어갈 자리를 본다. 벽 위쪽에 설치된 에어컨을 떼어내어 분해하여 없앨까? 에어컨 자리에 자신의 육신을 설치하는 데 잊지 말아야 할 것. 에어컨의 전원선을 콘센트에 꽂고 반대쪽 끝을 몸에 지니고 있어야 한다는 것, 『변신술』이란 책에는 어떻게 씌어 있었지? 여름철의 고충을 피하기 위해 휴지기에 들어간 물건이 되라는 것. 결국 고장난 에어컨이 되라는 것이다. 따라서 에어컨이 사용되지 않는 그 계절 동안은 그 기능하지 않음이 저절로 은폐되는 것이다. 사용자가 에어컨을 사용하기 위해 전원이 연결되는 것을 확인하고 이리저리 작동시키려 노력하는 경우에는 끝내 부동과 침묵으로 일관해야 한다는 것. 사용자가 만약 새 에어컨을 구비해올 경우 자신이 제거되어 버려지는 일도 묵묵히 견디어내야 하는 과정이다. 내가 에어컨이 되기에 좋을 때는 초가을부터 이듬해 늦봄까지다. 아니, 지금뿐이다.

나는 아내의 일기를 읽어 내려가다가 혹시, 라고 생각을 멈추고 벽 위쪽의 에어컨을 본다. 그녀는 에어컨이 되려고 했던가? 아내는 자신의 꿈이, 더러운 사랑이 이 현실에서 이루어질 수 없다는 것을 알고서 나를 떠났고 결국 의도한 대로 실종된 것이다. 아니라면 그녀는 정말 사물이 되어 이 방 한구석 어딘가에서 나를 바라보고 있는 것은 아닐까? 그녀는 어쩌면 흔들의자가 되어 베란다 구석에서 지금 나를 노려보고 있는 것은 아닐까? 그녀는 지금 나에게 무슨 짓을 하는 것인가. 현실에서 좌절하여 더 이상 미래를 바라볼 수 없다면 차라리 죽는 게 나아요. 결혼 전, 그녀가 했던 말이다. 아내는 나와 결혼한 사실을 자신의 현실로 인정하려 들지 않았다. 잃어버린 시간 속으로 사물이 되어 깊숙이 처박혀버렸을까. 내가 서야 할 자리마저 빼앗아버린 아내이지 않은가. 어딘가에서 지금 어떤 ‘것’으로 변신해 있을까? 혹, 그녀는 시간의 두터운 육체 속으로 자신을 던져 그곳에서 끊임없이 자신을 변용하고 있을지도 모른다.

그러나 나는 결국 그녀를 이 세상 속에서 떠나보내지 못할 것이다. 사물 속으로 보낼 수는 더더욱 없다. 지금쯤 사물이 되어가며 사물의 의식으로 호흡이 굳어가고 있을 여자. 불현듯 그런 생각이 들어 나는 에어컨을 올려다보았다. 순간, 에어컨에서 감지되는 미미한 바람이 있다. 아내의 숨소리. 나는 서둘러 콘센트에 플러그를 끼운다. 본래의 '아내'는 어떤 모습으로 살아 있음을 보여줄 것인가. 부동과 침묵. 아내는 끝내 전원이 통하지 않는다. 사물 속의 죽음. 그녀는 일관성 있게 끝내 움직이지 않는다. 나는 무표정한 에어컨의 얼굴을 쳐다보다가 갑자기 방바닥이 심하게 요동치는 것을 느낀다. 나는 멀미를 할 지경이다. 벽을 향해 무심코 다시 고개를 든 순간, 그녀의 심장이 시계 속에서 벌떡벌떡 뛰고 있다. 그러다 빠른 속도로 회전하기 시작한다. 나는 다시 한 번 흔들의자가 되어 걸어가는 아내를 향해 손을 내밀었다. 베란다에서 흔들리는 벤자민고무나무. 바람은 불지 않는다. 여보? 그녀의 움직임은 거실의 온갖 사물들에게서 감지된다.

　이런, 나는 절로 탄식한다. 이럴 수는 없어. 사물이 되어 호흡이 멈추기 전에, 맥박이 멈추기 전에 나는 그녀를 살려내야 한다. 나는 똑바로 에어컨을 바라보았다. 아내의 눈은 지금 어디 있는가. 아내의 눈을 찾아야 한다. 그때, 에어컨의 통풍구를 향해 올라가고 있는 거미가 보인다. 어떤 움직임. 거미줄이 조금씩 흔들리고 있는 느낌. 나는 자리에서 벌떡 일어나 거미에게로 다가간다. 그러자 거미는 죽은 듯이 꼼짝도 하지 않는다. 그러나 여전히 흔들리는 거미줄. 아니, 그것은 흔들림이 아닌 떨림이다. 아내의 입김일까. 직감이다. 아직 아내는 살아 있다. 여보, 여보. 나는 나직이 아내를 부른다. 이러면 안 돼. 나는 입속말로 중얼거린다. 거미가 에어컨 위를 갑자기 선회하기 시작한다. 빠른 걸음으로. 에어컨에서 나오는 훈훈한 기운.

"여보…… 자, 숨을 조금씩 들이마셔봐. 허파에 산소가 풍부해져간다는 생각을 해봐. 자, 천천히."

나는 기뻐서 큰 소리를 친다. 그 순간 흔들리던 거미줄의 움직임이 멈춘다. 나는 한순간 긴장한다. 그러나 에어컨은 아무 반응이 없다. 거미도 가는 길을 멈춘다.

"마음을 열어. 긴장하지 말고. 이 길밖에 방법이 없다는 것, 너무 참담하지 않아? 자신의 존재를 더 이상 부정하지 말고, 더 좋은 길이 얼마든지 있지 않아? 내게 죄책감 가지고 있다는 것 잘 알아. 하지만 우린 너무 서로를 몰랐어. 그동안 당신에게 가했던 모든 잘못, 다 용서해줘. 그리고 다시 돌아와. 지금 당신은 굳어가고 있어. 간, 지라, 소화기, 생식기, 근육, 그리고 피…… 피가 돌지 않는다구. 그대로 에어컨이 되어 폐기 처분된다는 것, 끔찍하지 않아? 자, 그렇게 있지 말고 천천히 다시 숨을 내쉬어. 심장 소리가 내 귀에 크게 들리도록. 가슴 뛰는 소리가 들리도록. 넌, 살아야 해. 돌아와. 아직은 희망이 많아. 널 진심으로 사랑해."

거미줄이 미미하게 흔들린다.

"어떻게 빠져나오는지, 알고 있어? 제발 노력해봐. 이제 당신은 사물로 변신할 게 아니라 따뜻한 심장과 마음을 지닌 인간이 되어야 해. 이봐, 그 책에는 무어라고 씌어 있었지?"

뎅. 갑자기 시계의 흔들림이 소리로 들려왔다. 귀에서 진동이 인다. 시계 속에서 놀라운 변화가 일어나고 있다. 거꾸로 서서히 움직이고 있는 시간. 초침과 분침과 시침. 그것들이 일정한 속도로 돌아가고 있었다. 거미가 공중에 떠 있는 것이 보인다. 그때서야 희미하게 거미줄이 보인다. 거실 바닥으로 줄을 타고 기어 내려오고 있는 거미. 그러나 에어컨은 아직 부동이다. 나는 절망할 수밖에 없다. 그때, 내 머리를 탁, 치고 가는 것. 그것은 내가 조용히 숨 죽이면서 그 시계 속의 시간을 따라 눈을 감는 것이다. 내 몸이 빙 도는 느낌들. 나는 어딘가로 빨려 들어가는 것 같다. 눈부신 빛의 터널 속으로. 의식은 놓치지 않았지만 자칫하면 나 자신도 실종되지 않을까 하는 불안한 생각. 나는 에어컨을 서서히 만지기 시작한다. 무언가 느낌이 와 닿는 것 같다. 내 몸의 흔들림이 자연스럽게 멎자 나는 그제야 눈을 떴다. 그러나 모든 것은 그대로다. 시계 속도, 에어컨도. 거미는 어디론가 사라지고 없다.

나 자신도 모르게 뜨겁게 솟구치는 눈물. 나는 벽으로 다가가 천장에서 에어컨을 떼어냈다. 그리고 내 곁에 두었다. 거실 바닥에 자리를 깔고 나는 드러눕는다. 이제 내가 할 수 있다고 생각되는 마지막 방법. 나는 에어컨에게 다시 나직하게 말한다.

"여보, 사랑해."

나는 에어컨 옆에 나란히 드러누운 채로 발을 벌린다. 손바닥은 위를 향하게 놓는다. 그리고 에어컨의 통풍구 쪽에 한쪽 손을 갖다 댄다. 에어컨 안으로 공기가 가득 들어가도록 에어컨을 두드린다. 가슴을 열어, 가슴을. 나는 아내의 귀에 대고 소곤거리듯이 에어컨에게 말한다.

"숨을 천천히 들이마셔. 과거의 피가 전원을 거쳐 바깥으로 빠져나가도록. 당신의 허파에 신선한 공기가 들어간다고 생각해. 숨을 내쉬어. 산소를 다시 빨아들여봐. 하반신 구석구석에 깨끗하고 맑은 피를 분산시키고 있다고 상상해. 특히, 아픈 다리에는 더 집중적으로."

나는 에어컨을 어루만진다.

　"당신을 사물로 만든 부정적인 생각의 피, 허파로 빨아들여. 그 다음, 모두 바깥으로 방출해. 숨을 내쉬어. 고여 있는 절망을 비워 내. 다시 서서히 숨을 들이쉬어. 맑은 생각과 활력을 빨아들여. 다 음, 생명력으로 가득 찬 피, 뇌로 돌려보낸다는 의지를 가져봐. 그 다음, 하반신을 흔들어. 누운 채로. 근육에 피가 돈다는 느낌을 가 져. 계속해."

　거실의 베란다 쪽으로 청량한 바람이 불어온다. 뭔가 아늑하고 밝은 기운이 내 몸을 향해 다가오는 느낌들. 귀에서 작은 진동이 일었다. 소리가 들리는 것도 같지만 명확하지는 않다. 눈은 자꾸 감겨 들어가고 의식은 다른 세계 속으로 빠져 들어가는 것 같다. 나는 손을 내저어서 에어컨을 만지려고 했다. 그러나 내 몸은 이미 알 수 없는 세계 속에 갇혀버린 상태다. 꿈을 꾸는 것 같다. 혹, 내 가 갇힌 곳이 아내의 몸속, 에어컨은 아닐까. 내가 아내의 의식 속 으로 들어가고 있는 것일까. 나는 필사적으로 손을 옆으로 뻗는다. 그러자 무언가 반드럽고 부드러운, 아내의 살결 같은 느낌이 내 의 식을 감싸며 휘돌았다. 헉, 나는 숨이 멎어버릴 것처럼 놀랐다. 사 물의 세상, 바깥과 안의 혼재. 순간, 나는 부드럽고 따스한 에어컨 속으로 깊숙이 빨려 들어가고 있었다.

32일

한 지방지의 광고란에 사람을 찾는 기사가 실렸다. 여보, 돌아오세요. 가족들이 모두 기다리고 있어요. 행방불명된 남자를 찾는 기사였다. 사진 속의 남자는 얼굴이 갸름한 편이었고 코는 오뚝했으며 눈은 어디 먼 곳을 보는 양 허공에 정지되어 있었다. 그 사진을 어디에서 본 듯해서 기억을 되살리려 했으나 가물가물했다. 나는 커피를 마시려고 주방 쪽으로 건너갔다. 커피 메이커에 물을 올려 놓고 커피 가루를 한 스푼 덜어내어 거름망에 넣었다. 이상스레 그때까지 내 뇌리에는 신문 속의 사진이 달라붙어 있었다. 익숙하고 낯익은 얼굴, 내 기억은 그뿐이었다.

토스트에 적셔 먹는 아침의 커피는 무척 부드럽고 향기로웠다. 주인은 내게 집을 비워준 뒤로는 거의 나타나질 않았다. 대문이 없이 안이 모두 개방된 상태의 집. 내가 이 집을 처음 발견한 것은 아닌 듯했다. 방문으로 들어가는 입구 쪽에 적힌 방명록에는 이 집을 다녀간 사람들의 이름이 적혀 있었고 맨 앞장에는 주인의 글씨인 듯싶은 글이 남아 있었다. '누구든지 오셔서 편히 쉬었다 가십시오. 모든 것은 다 준비되어 있습니다. 주인 백.' 주인이 누구인지는 그래서 굳이 상관하지는 않아도 좋을 듯싶었다. 내게는 돌아갈 곳이 없었으므로 오히려 이런 집이 필요했다. 이 상태가 가장 자유스럽고 편안할 뿐이다.

나는 흔들의자에 앉아 바깥을 바라보고 있었다. 그러다 자리에서 벌떡 일어났다. 어젯밤 꿈이 생각나서였다. 가슴이 두근거리기 시작했다. 흥분되는 것을 참을 수가 없었다. 기억의 첫 부분, 오호! 주먹으로 내 머리통을 한 대 세게 쥐어박았다. 그리고 노트북이 있는 곳으로 다가가 앉았다. 기억의 복원이다, 폐허가 되어버린 내 기억의 장소를 어쩌면 이제 찾아갈 수도 있는 것이다.

컴퓨터에 푸른 화면이 나타나는 것을 기다릴 수 없을 정도로 마음이 급했다. 이 기억을 놓치면 안 돼. 전원을 켜둔 채 노트에 메모를 해나가기 시작했다. 사라져가는 것들을 붙잡는 것만이 지금 내가 살아 있는 이유였다. 의도적으로 과거를 소멸시키고 조작할 때부터 꿈꾸기를 잃어버린 것 같았다. 나도 모르는 사이에 나의 내면은 사막처럼 황폐화되어갔다. 만약 이번에도 놓친다면 다시 며칠 전처럼 죽음과 같은 절망의 늪으로 빠져들고 말 것이 분명했다. 그 절망은 출렁거렸다. 때로는 생각의 해변을 철썩철썩 부딪쳐 넘쳐흘러서 나를 익사하게 만들곤 했다. 그러다 지치면 어느 때처럼 또 멍하게 유리창 밖으로 시선을 내던져놓곤 했다.

펜을 들었다. 어느 도시를 보았다, 꿈의 기억. 그렇게 기록을 한다, 놓치기 전에.

맨 먼저 눈에 띈 것은 오페라 하우스 같은 건물이었다. 월드컵 경기장 같은 돔 모양의 건축물도 보였다. 모든 도시에는 눈부신 빛이 하얗게 도로를 되쏘고 있었는데 그것들은 이상스럽게도 죽은 것 같았다. 하얀 정적 속, 나는 그 도시를 향해 걸음을 옮기고 있었다. 도시 안으로 가까이 들어가자 일시에 흰빛이 사라지고 나타난 것은 정원이었다. 온갖 기화요초(璂花瑤草)가 만발한 분수대가 보였다. 분수는 초록, 빨강, 노랑, 파랑, 보라의 오색으로 찬란한 물줄기를 뿜어 올리고 있었다. 물줄기들이 일시에 허공을 차올리고 있었다. 물기둥의 가장 맨 끝에서 물방울이 안간힘을 쓰고 있었다. 내 귀에는 그 물방울이 무어라고 말하는 소리가 들리는 것 같았다. 힘겨워, 어딘가로 흘렀으면. 분수대 가까이로 향하는 내 눈에는 물방울의 운동이 격렬한 외침으로만 느껴진 것이다. 깜짝 놀라 황급히 뒤로 물러섰다. 그러다 분수대 둘레의 모서리에 무릎을 찧고 넘어졌다. 분수대 둘레에 심어진 꽃들, 그들의 화려함에 질릴 듯했으나 꽃은 언제까지나 아름다운 것이라는 선입견을 버리지 않고 그것들을 만져보려 했다. 그러나 내 손에 잡힌 것은 꽃의 느낌이 아니라 얇은 종이의 느낌이었다. 그것들을 자세히 들여다보다가 코를 대어 향기를 밑아보았다. 싸구려 향수 같은 느낌의 향, 아아, 인공 향. 나는 소리를 질렀다. 조화, 분수대 둘레의 모든 꽃들은 만든 것이다, 라는 생각이 들자 갑자기 소름이 끼쳤다. 봄인데도 생화가 없다는 것이 너무도 이상해서 한 걸음 뒤로 물러섰다. 도시에 사람이 없다는 것도 기이한 일이었다. 가까이서 보이는 도시의 적막. 우주 공간에 홀로 떠 있는 느낌이었다. 공포심이 일어 털썩, 맨바닥에 주저앉았다. 그러고는 두려워서 고개를 들어 하늘을 바라보았다. 하늘에는 별이 없었다. 흐린 날씨 때문일 거야, 라고 스스로를 위로했다. 하늘을 올려다보았지만 달도 보이지 않았다. 아마도 구름에 가렸나 보다, 아무리 흐리다고는 해도 달도 보이지 않다니,

달의 흔적도 없다니. 기가 막히고 겁에 질려 숨이 막혀오기 시작했다. 그제야 지독한 안개가 떠다니는 것 같은 습습한 느낌이 들었다. 눈앞에 안개가 스멀스멀 밀려오고 있었다. 안개 속의 달은 그래, 보이지 않을 거야, 그렇게 생각하려 했지만 두려움은 사라지지가 않았다. 안개가 점차 짙어지는가 했더니 파팟, 하고 커다란 등 하나가 밝혀졌다. 이 도시에 처음 들어섰을 때 밝혀졌던 등과는 전혀 다른 따뜻함이 흘러나왔다. 고개를 들어 그것을 올려다보았다. 등은 원반처럼 둥그렇고 커다랗게 허공에 매달려 있었다. 그 커다란 것이 갑자기 허공을 향하여 덩싯 떠올랐다. 그 달 같은 등, 그것이 점차 높은 곳으로, 흡사 연처럼 떠오르자 사방에서 빛들이 그 등을 향해 달려들었다. 금속성의 차갑고 섬뜩한 빛들이 인공의 달을 향해 빛가루를 뿌렸다. 그제야 하늘의 어떤 중심 같은 곳이 가득 채워지는 것 같았다. 두리번거리며 사방을 둘러보았으나 아무도 보이지 않았다. 그때, 뭔가 날카로운 것이 내 복부를 향해 날아왔다. 윽, 외마디 비명을 지른 채 나는 앞으로 고꾸라지고 말았다.

신록의 푸른 물결이 눈앞에 가득 펼쳐진 곳, 어디선가 본 듯한 풍경들. 이 집은 과연 누구의 집일까. 꿈은 분명 기억할 수 있었다. 그러나 지금 어디에 와 있는가. 그 도시는 무엇일까, 어디를 다녀온 것일까. 나는 쓰고 있던 노트의 한쪽, 깨벌레같이 구물구물한 글자들의 집합을 본다. 기억해내기, 그것은 분명 꿈이었다. 나는 식은 커피가 놓인 탁자에서 몸을 일으켰다. 사방은 정적, 두려움이 살을 파고드는 것 같다. 이 기억은 사실일까, 이 글은 사실적인 꿈의 기록일까. 꿈을 기억해냈던 나는 사라지고 없고 나 자신도 모를 타인이 앉아서 대신 글을 써준 것은 아닐까. 방 안을 둘러보았다.

갈색 소파와 탁자, 그리고 침대가 보였다. 그때, 침대가 있는 맞은 편 유리창의 전면에서 나를 바라보고 있는 한 사내를 발견했다. 누군가를 닮은 그의 얼굴은 낯이 익었으나 누구인지 명확히 알 수가 없었다. 낯익은 사내의 얼굴 때문에, 그림자 때문에 마음이 안정되지 않았다.

나는 마루를 가로질러 마당으로 내려가 정적에 싸인 집 뜰을 거닐었다. 그때, 개집 속에서 누렁개 한 마리가 나오더니 나를 향해 꼬리를 흔들며 낑낑거렸다. 쇠사슬에 묶인 개 앞에는 사료가 그릇에 가득 담겨 있었다. 그렇다면 누군가 이곳에 살고 있는 것은 분명하다. 누굴까. 나는 지금 왜 아무 상관도 없는 타인의 공간에서 서성거리고 있는 걸까. 나는 급기야 두 손으로 머리를 쥐어뜯었다. 아마, 조금 전의 기억에서도 추방되어버렸는지도 모른다.

뜰에 있는 철쭉이 눈에 들어온다. 한때는 영화로웠을 꽃들이 지는 모습, 꽃잎의 색깔은 퇴색되어 땅에 떨어져 있다. 그 꽃잎들이 몸을 일으키더니 나뭇가지에 나비처럼 살포시 날아가 앉는다. 나는 내 눈을 의심했다. 이럴 수가 있는 걸까. 시간이 과거 쪽으로, 현실과는 반대쪽으로…… 흘러가고 있다는 생각이 들었다. 꽃은 다시 생기로워진다. 활짝 피었던 꽃은 꽃잎을 다물더니 서서히 자신의 허공을 감싸안는다. 그러고는 꽃봉오리에 가서 망울을 맺는다. 푸른 잎사귀는 이제 나무줄기 쪽으로 작아져가더니 아주 여린 연둣빛으로 남는다. 그러고는 눈만 남긴 채 앙상한 줄기로 남아 있다. 붉은 꽃잎과 연푸른 잎사귀의 흔적은 이제 사라지고 없다. 그곳에는 키 작은 철쭉 묘목이 남는다. 뜰의 모든 나무들의 생애가 그러하다. 계절은 다시 씨앗을 땅에 품고 있는 겨울로 돌아가고 있다. 이 정원의 시간을 움직이는 것은 무엇일까. 본래의 몸짓, 사물의 생애를 돌이키게 하는 자는 누구인가. 나에게도 나무의 생애 같은 한 시절이 존재했음을 기억하게 만드는 자는. 씨앗 같은 나의 태아 시절, 나는 어떤 이의 자궁 속에서 자라고 있었던가……

나는 다시 탁자로 가서 앉아서 조금 전 썼던 원고를 들여다본다. 그곳엔 조금 전의 과거에 꿈을 꾼 내가 누군가에 의해 씌어진 흔적이 남아 있다. 그것을 전부 지워야 할까? 나는 고개를 흰 벽에 짓찧었다. 그러자 완강하게 걸려 있는 현판이 눈에 들어왔다. 내가 눈길을 준 순간, 현판이 갑자기 벽에서 뛰쳐나와 툭, 내 발밑에 떨어졌다. 곧 이어 나무의 파인 부분에서 진액 같은 까만 슬픔이 흘러나온다. 글자마다에 숨어 있던 나무의 상처와 고통이 스멀스멀 기어 나오고 있다. 나무는 날카로운 칼날에 의해 의미화되었던 글자를 벗어나 다시 향기로운 몸으로 돌아가고 싶어하는 것 같다. 복원되고 싶어한다, 숲으로 돌아가고 싶어한다. 나무의 기억 속, 나무는 제재소를 기억한다. 톱날에 자신의 몸이 토막나고 껍질이 벗겨지는 잔혹한 현장, 나무는 도끼의 날을 기억하고 살해의 기억을 일깨운다, 나무는 부르르 떤다. 과거를 기억하기 위한 회로에서 나무는 경련을 일으킨다. 나무의 기억은 온전히 숲으로 돌아가지 못한다. 미송나무의 푸른 자랑의 시절을 찾아내지 못하고 도끼의 기억에서 자유롭지 못하다. 나무의 슬픔이 내게로 전해져 몸이 부르르 떤다. 나의 기억은 어느 한 자리에서 나를 밀어내버린 것일까. 뒤죽박죽된 내 실체를 이룬 과거의 어떤 시절, 기억을 상기시킬 만한 것은 과연 있는가? 내 기억을 빼앗아가버린 도끼날 같은 것의 실체, 그것은 무엇일까.

사물이 모두 과거의 어느 한 시절로 돌아가고 있는 곳에서 나의 현재는 정지되어 있다. 어느 기억이 나의 과거를 방해하고 차단시키는가? 나는 지난 시간들을 상기하기 위한 노력을 해보았다. 낱낱이 나의 일상을 기록하고 사물들과의 관계를 기록하고 꿈을 기록했다. 그러나 기억은 그뿐, 쓰고 나면 그뿐으로 나도 모를 타인이 기록한 것처럼 모든 기록은 생경할 뿐이다. 하얀 백지 같은, 새로운 공허에 당황하곤 했다. 살아 있는 나의 기록은 가족 관계와 내가 하는 일과 먹고 자는 행위에 그쳤다. 이것뿐만은 아닐 것이다, 분명 아니다, 라고 외치면서 나는 현실에서 뒷걸음질쳤다. 나도 모르는 새 찾은 이곳은 타인의 집. 누구일까? 나의 조금 전의 과거까지 혼란에 빠뜨리는 자는 혹, 그 망령이 아닐까?

탁자에서 일어나 조금 전처럼 주방을 향해 다가갔다. 주방의 수도꼭지에서 똑 똑 똑 흐르는 물방울이 보여 물컵을 들고 다가갔다. 갈증이었다. 목 안이 바짝 마르고 입술은 마르다 못해 갈라져 터질 것 같았다. 수도꼭지를 틀었다. 그러나 물이 나오지 않았다. 수도꼭지의 텅 빈 관 속에서 흐르지 못하는 물의 목소리가 쉬잇쉬잇 들려왔다. 나는 참을 수 없는 목마름 때문에 빈 물컵을 입에 들이대었다. 이상한 일이었다. 식기건조대에는 아직 채 마르지 않은 그릇들이 엎어져 있었고 커피 메이커에는 막 따른 후의 흔적으로 보이는, 투명한 유리병 안에 물방울이 맺혀 있었는데 물이 나오지 않다니. 김이 서린 커피 메이커…… 그곳으로 다가갔다. 하얀 종이가 눈에 띄었기 때문이다. 나는 그것을 집어올려 읽기 시작했다.

'이곳은 당신의 기억이 가서 닿을 수 없는 곳입니다. 당신은 꿈의 문을 지나야 가능한 곳을 어떻게 왔는지요. 오래도록 내내 당신을 기다려왔습니다. 내 꿈은 살아 있는 당신을 만나는 것이었는데 기억의 한 부분을 소실한 당신의 의지 때문에 결국 이 몽유의 공간으로 순간이동을 한 것이죠. 당신의 잠든 모습을 지켜보다가 당신이 눈을 뜨는 순간 저는 사라져야 했습니다. 당신은 기억을 잃어버린 시점을 찾고자 하겠지요. 내가 당신의 마음을 놓아버리는 순간 어쩌면 당신이 실제의 생을 획득하게 될지도 모르겠습니다. 당신 마음을 붙들고 살았던 이 시공간, 당신은 이곳에서 죽었던 나를 상기하고 당신의 원형을 회복할 겁니다. 기억의 질료를 되찾아 당신의 실체를 회복할 수 있을 겁니다. 기억하기 괴로운 과거를 당신이 시도했던 것처럼 거꾸로 사실화시켜서 상기해보시기 바랍니다. 시간을 수축시키려고 노력하는 동안 당신은 자신이 과연 누구였는지를 알아차리실 수 있을 겁니다. 아무리 부인하려 해도 미래의 시간 속에는 과거의 기억이, 그 잔영이 밑그림으로 투사되어 있다는 것을 명심하셔야 합니다. 끝으로, 당신 내면이 지우려 했던 저의 이름은 승혜였습니다. 당신의 심장 깊은 속, 내밀한 곳에서 살아 있는 내적 목소리를 속이지 말 것을 부탁드립니다.'

　승혜, 승혜…… 내 기억의 가장 어둡고 내밀한 부분에 숨어 있는 이름. 숨이 막혀 곧 터질 것만 같았다. 두려움에 질려 편지를 손에 집어들었다. 그런데 그 순간 놀랍게도 편지는 나무 탁자 속으로 서서히 스며들고 있는 게 아닌가. 글자들은 녹아서 어느 순간 보이지 않게 되었고 종이마저 사라지고 있었다. 순식간의 일이었다. 나는 온몸에 힘이 빠져버리는 것을 의식하며 뒷걸음질을 쳐서 뜰로 나왔다. 잘 손질된 작은 연못이 보였고 잡초가 정리된 돌계단과 깨끗하게 씻긴 장독대의 표면에 햇살이 미끄러져 튕겨나가고 있었고 그 아래쪽, 누군가 심고 가꾸고 있는 것처럼 보이는 머위풀들의 군락이 보였다. 분명 사람의 손이 간 흔적이었다. 나는 마당을 가로질러 입구의 한쪽으로 다가갔다. 그곳에는 조금 전까지만 해도 보

이지 않았던 쪽문이 보였다. 나는 훤히 열린 입구를 피해서 그곳의
쪽문을 열고만 싶었다. 쪽문에는 녹슨 자물쇠가 걸려 있었다. 내
기억처럼 녹슨…… 승혜. 나는 머리를 돌담 벽에 대고 짓찧었다.
우우우, 내 속에서 터져나오는 소리는 참담한 외침이었다. 기억을
하지 못하는 것이 아니라 나는 회피하고 있는 것이다, 라고 인정해
야 했다. 나는 그제야 짐승처럼 울부짖었다. 간호사들이 빠르게 움
직였다. 아기는 태어나서도 울지를 않는다. 새파랗게 얼어버린 갓
난아이의 몸뚱이 때문에 긴장 상태다. 숨을 쉬지 않아요. 누군가
빠르게 말하며 원장실로 뛰어간다. 산소 호흡기, 산소통 빨리빨리.
아기 쪽으로 간호사 둘이 가서 서성대고 있다. 흰 가운의 원장이
달려온다. 아기를 살려야지. 아무도 신경을 쓰지 않은 채로, 아기
에게서 멀리 떨어진 까만 비닐 침대에 한 여자가 누워 있다. 여자
의 의식은 몽롱하다. 여자의 아랫도리는 개구리의 사지처럼 널브
러져 있다. 여자의 하체에서 끊임없이 솟아나오는 붉고 끈적끈적
하고 따뜻한 액체가 까만 비닐 침대를 적시면서 아래 바닥으로 떨
어지고 있다. 바닥이 홍긴해져가는 것을 아무도 눈치 채지 못한다.
여자의 눈은 감겨 있다. 여자는 자신의 몸이 허공에서 부유하고 있
음을 안다. 의식의 가느다란 줄을 놓치지 않으려고 안간힘을 쓰지
만 이미 몸이 차가워지는 느낌이다. 마비된 듯한 느낌의 몸, 발가
락 쪽에서부터 푸르스름한 보랏빛으로 서서히 변해간다. 아무도
여자에게는 다가오지 않는다. 산모는 어떻게 됐지? 원장이 묻는
다. 간호사 하나가 급히 산모 쪽으로 달려든다. 원장님, 큰일났어
요. 간호사는 자신도 모르게 여자의 눈꺼풀을 밀어올려 눈동자를
바라본다. 눈동자의 초점은 육안으로 보아도 한곳에 모여 있지 않
다. 여자의 의식은 지상을 떠나고 있다.

내가 달려 들어갔을 때, 이미 그녀는 세상을 떠나고 없었다. 단순한 의료 사고였으나 아무런 조치를 취할 수 없을 만큼 빠르게 그녀는 죽음의 길로 들어서고 말았다. 기억하고 싶지 않은 일은 철저하게 뇌리에서 지워버려야 했다. 그것들은 내 의식에서 살아 있어서는 안 되었다.

나는 내 유년과 청년 시절의 기억을 깡그리 기억소에 몰아넣어 자물쇠를 채워놓았다. 그리고 영원히 열리지 않을 것이라고 믿었다. 그곳에는 발설하고 싶지 않은 기억들이 물처럼 흘러넘치고자 욕망하고 있었을지 모른다. 기억소라는 상자에 갇혀 출렁이다가 슬픔들은 기어나와 자물쇠에 가 닿았을 게다. 기억소에서 물이 되어 흐르는 슬픔을 단단한 허위로 무장한 자물쇠는 슬픔의 욕망을 막아낼 수 없었음이 틀림없다. 내게는 청년기가 없다, 라고 부인하고 싶지만 가끔씩 요동치는 듯한 기억의 몸부림 속에서 나의 무의식은 혼란스러워했을지도 모른다. 자물쇠는 그렇게 녹이 슬어갔다. 육중한 무게의 자물쇠, 영원히 잠겨 침묵하고 있을 쇠의 단단함을 부식시키는 것은 녹이었다. 부식되어가는 쇠의 운명. 녹이 쇠의 명운을 결정한다는 자명한 사실을 나는 몰랐던 게다. 기억소는 가장 견고한 쇠로 만들어놓았고 그 쇠를 침묵하게 하는 자물쇠 또한 쇠였다. 그러나 기억소 안에서 욕망하였을 슬픔들. 기억소 자체에서 생겨난 녹으로 인해 녹아버린 그 속에서 기억은 빠져나온 것임이 틀림없다. 끊임없이 흐르고 싶었을 진액의 끈적거림, 진흙탕 같은 유년의 기억. 그것은 상기하고 싶지 않은 부분이었다.

나는 그제야 안개처럼 피어오르는 과거의 집을 먼발치에서 바라보고 있었다. 대밭이 보였고, 대밭을 지나가면 과수원이 보일 것이

다. 그 사이로 아스라하게 난 작은 오솔길이 있을 것이고 그 오솔
길을 지나면 숲이다. 삼나무 숲. 빽빽하게 들어찬 삼나무 숲 아래
흘러내리는 햇빛의 무리들. 빛은 물처럼 흘렀고 새들은 나무들 사
이를 유영하였다.

　숲은 적요로웠고 어디선가 새들이 호르르 호르르 울어대었다.
삼나무 숲에서, 나는 물고기같이 순결한 승혜를 벌거벗겼다. 승혜
의 지느러미는 은빛으로 눈부셨고 비늘 하나하나는 투명하고도 아
름다웠다. 욕정을 이기지 못한 것은 모두 죄야, 라고 알고 있던 나
였다. 욕정은 사랑의 얼굴이 아니었으므로. 승혜의 아가미에서는
단내가 젖냄새처럼 흘러넘쳤다. 젖냄새의 기억. 어머니…… 네 어
머니가 누구야, 누구…… 나는 대답할 수 없다. 나는 알지 못한다.
나는 어떤 여자의 자궁에서 한때 씨앗이었다. 어떤 여자는…… 승
혜를 만난 것은 행운이었다. 승혜와 함께 고속도로를 달리다가 사
고가 난 것도 내겐 행운이었다. 머리를 다쳐서 병원에 입원을 하고
뇌수술을 받게 된 것도 행운이었다. 그러나 그 행운은 진로를 바꾸
기 시작했다. 어미 아비 얼굴도 모르는 고아원 놈이, 라는 소리를
들은 것은 내 잠자던 짐승스러움에 불을 댕겼다. 그리고 나는 주술
처럼 무언가를 외우고 다녔다. 과거 파일 삭제. 과거 파일 삭제, 과
거의 모든 파일은 삭제한다. 나는 정말 새로이 태어나고 싶었다.
말쑥한 보통 사람의 과거 속으로 들어가고 싶었다. 과거를 조작하
기 시작했다. 내 어디에 그런 추악함이 숨어 있었을까, 그곳까지
가버린 것이었을까. 그때부터, 승혜는 내게 매달리기 시작했다. 나
에게 그녀는 중요하지 않았다. 내게 중요한 것은 기억이었다. 나는
그 기억을 지우는 데 열중했다. 철저하게 나의 과거를 새로이 기록
하기 시작했다. 조작된 과거를 이력서처럼 만드는 일은 그리 어렵

지 않았다. 미국의 형님 집으로 이민 간 나의 어머니. 나는 한국에서 공부를 마친 후, 미국으로 가기로 결정되어 있었다. 없는 사실을 만들기는 얼마나 쉬운가. 없는 사실일수록 더욱 완벽하게 만들 수가 있는 것이다. 이남 이녀 중 둘째아들, 문학에 소질이 있는 소설가 지망생. 학교 때, 각종 대회에서 수상한 적이 있는 이력. 여행과 등산이 취미. 승혜는 그때, 아이를 갖고 있었다.

두려움에 몸이 부르르 떨렸다. 그리고 사방을 돌아보았다. 그 집을 빠져나온 나를 바라보았다. 어느 고정된 시점, 한 장소에서 나를 바라본 일이 있었던가. 나를 돌아보던 일이 있었던가. 그 집, 승혜와 잠시 머물렀던 어느 시골집. 승혜는 그곳에서 뱃속의 아기를 기르고 있었다. 나는 등줄기가 오싹해졌다. 그 집의 정체. 나는 다시 대문이 없는 그 집을 향해 다가갔다. 작은 연못 속, 갈색으로 가라앉은 수련잎이 보였다. 물이끼들이 바위 위에 끼어 있고 집은 안개 속같이 흐리고 습습한 적막에 싸여 있었다. 나는 마루를 디뎠다. 풀썩, 먼지가 하얗게 피어올랐다. 내가 앉았던 탁자가 보이지 않았다. 노트북, 메모지들도 없었다. 집은 적요 속에 머무를 뿐. 허공에 자신이 떠 있는 느낌이 들었다.

마루의 한쪽 끝에 펼쳐진 신문을 보았다. 신문에는 어느 남자의 사진이 크게 확대되어 실려 있었다. 여보, 돌아오세요. 가족들이 모두 기다리고 있어요. 헉, 숨이 막혀왔다. 안개의 입자가 내 폐 속으로 들어오는 느낌들. 공간은 그렇게 정지된 채로 무엇인가가 나를 죄어오고 있었다. 하늘을 바라보았다. 하늘에는 해도 보이지 않았다. 구름에 가린 것인지 하늘은 음울할 뿐이었다. 마루 끝에 풀썩, 주저앉았다.

얼마나 오랜 시간이 흘렀는지는 알 수 없다. 아주 멀고 긴 시간을 살고 있는 듯한 느낌이 들었을 뿐이다. 승혜의 편지를 기억해냈다. 그녀가 내게 남겨준 전언 같은 말들. 그녀는 내내 이곳에서 나를 기다리고 있었다는 얘기지. 밝고 따스한 해도 없고 바람의 기척도 없는 곳에서. 나는 침묵 속에 던져진 채로 있는 사물 같은 존재가 되어 혼란스러움에 다시 멍해진 상태로 앉아 있었다.

서서히 정신이 살아난 후, 오랫동안 산수유나무를 지켜보고 있다는 것을 깨달았다. 마당 한쪽에 심어진 철쭉꽃은 움직임이 없었다. 아무런 기척이 없는 것들투성이였다. 시간이 정지된 느낌이었다. 정물화 같은 풍경들 속에서 나는 몸을 일으켰다. 그러나 끈끈한 아교 같은 것이 내 몸을 붙드는 느낌을 받았다. 헉, 하고 소리쳤으나 목소리도 나오지 않았다. 내 다리가 움직여지지 않았다. 서서히 경직되어가고 있는 느낌. 어느 순간, 나는 그대로 정지되어 버렸다.

나는 본드에 달라붙은 금속처럼 공간에 사로잡혀 빠져나올 수가 없게 되고 말았다. 결국엔 죽음을 생각했다. 그러나 이미 아무것도 실행될 수 없는 몸에 불과했다. 몸은 이미 죽음이었으나 의식은 다행히도 흐르고 있었다. 다시 처음부터 과거의 것을 캐내야 했다. 내가 누군지 알아야 했다. 어디서 왔으며 어디에 서 있으며 어디로 흘러갈 것인지. 신의 손바닥 안에서 벌레처럼 바동거리고 있는 것은 아닌지. 생각은 갑판 위의 물고기가 바다를 향해 필사적으로 날뛰듯이 허공을 차고 올랐다. 눈물이 났다. 그러나 그것은 흐르지 않았다. 눈동자 안에 고여 있을 뿐, 결코 바깥으로는 흐를 수가 없는 것이었다. 꺽꺽, 소리라도 지르고 싶었다. 단 한 발짝도 앞으로 나갈 수가 없는 정물이 되어버린 채였다. 포기해야 했다. 그리고 내 자신을 캐내는 작업을 해야 했다. 그렇게 하지 않고는 미래가 없었다. 현재가 고정되었으므로 미래는 없었다. 이제 내게 남은 것은 신화 속같이 알 수 없는 과거였다. 깊은 바다 속의 해초처럼 어쩌면 그곳에 침잠되어 살아갈지도 모를 일이다. 내게 과거는 먹칠된 어둠뿐이었다. 천천히 고개를 저으려 했으나 내 목은 석고처럼 굳어 단단했다.

미친 여자, 누군가 그렇게 말하는 소리가 들려왔다. 나는 부르르 몸을 떨었다. 미친 여자의 핏덩이, 누군가 그렇게 말하고 있었다. 미친, 미친…… 우우웅, 몸서리쳤다. 기억해라, 전부, 낱낱이 누군가 그렇게 되뇌었다. 나는 짐승 같은 울음을 울었다. 눈물은 나오지 않았고 몸은 고정된 채였다. 하얀 공단으로 된 속옷을 입고 여자는 등에 아이를 업고 있었다. 별도 없고 달도 없는 밤, 여자는 맨발로 해변을 떠돈다. 등에 업힌 아이는 하얀 띠에 둘러 받친 채였다. 여자는 두 손으로 아이의 엉덩이를 받쳐 든 채로 걷고 있다.

기억의 파편들. 나는 알 수 있다. 그 파편들이 나를 얼마나 숨 막히게 했는지, 내 숨통을 막히게 하고 기도를 막아서 나를 죽이려 했는지. 기억의 파편들은 살인자임이 틀림없다. 내 존재를 살해하는 것들. 기억소에서 자물통을 붉은 녹으로 부식시키고 흘러나온 슬픔의 언어들이 내 심장을 할퀴고 있었다. 미친 여자의 풀어헤친 머리카락 중 몇 가닥이 아이의 입속으로 들어가 있었다. 아이는 머리카락 몇 가닥을 빨아먹고 있었다. 그때, 삼나무 한 그루가 내 앞으로 걸어왔다. 삼나무는 머리를 풀어헤치고 저벅저벅 걸어왔다. 나무의 걸음에서는 울음 소리가 났다. 가까이 다가온 삼나무는 승혜였다. 아니, 여자였다, 어머니.

해변이 떠올랐다. 너무도 익숙한 풍경화 한 폭이 내 뇌리에 펼쳐졌다. 이 집을 나서면 마을의 작은 길을 거쳐서 바다로 통하는 길이 나온다. 나는 파편 조각이 박힌 심장을 부여잡고 길을 향해 달리기 시작했다. 안개 무리가 미역 가닥처럼 흐느적거리며 내 몸을 휘감아왔다. 숨이 가빠왔다. 나의 의식은 바닷가의 해변에 무사히 가 닿았다. 나는 정물화 속, 꽃병에 발을 담근, 숨쉬는 꽃처럼 그제야 조금씩 안정을 찾았다.

소라 껍데기가 작은 언덕처럼 쌓여 있다. 내 눈에 이제 기억은 선명하게 공간을 찾아주고 있었다. 소라껍데기그물. 주꾸미를 낚는 어부들 속에 섞여 있는 흰옷 입은 어머니가 보였다. 작은 배들이 물결 위에서 굼실굼실 떠오르며 잔물결에 출렁거렸다. 모래 입자들이 아이의 까만 고무신 속에 가득 담긴다. 푹푹 파이는 모래밭을 아이는 혼자 뛰어다녔다. 행자꽃. 오오 어머니. 나는 흐느꼈다. 고체화되어버린 내 몸에서 절망을 느낀다. 나는 중얼거렸다. 상처 깊은 자리에서 돋아나는 행자나물, 적홍색 그것, 나물로도 무쳐 먹는 굶주림의 그것, 어머니는 함부로 나물을 뜯어 먹는다. 기울어가는 바다. 개펄에 노을이 지고 행자꽃 행자꽃. 소년의 눈에 보인 뻘밭, 꽃이 피었다. 개펄과 만나는 하늘. 구릉이 진 뻘밭에 성치가 행자꽃으로 흐드러지게 피어났다. 바다에 유적 같은 폐선이 떠 있다.

무의식의 심연 저 끝에서 기억은 바다에서 떠오르는 햇덩이마냥 그제야 둥싯 떠올랐다. 나는 소리내어지지 않는 입술로 행자꽃 행자꽃을 외쳤다. 어머니 어머니. 중얼거렸다. 마루 끝에서 일어나려 안간힘을 썼다. 어느새 내 근육에는 피 돌기가 시작되고 있었던가. 나는 안도의 한숨을 내쉬었다. 그때야 폐가 같은 집에 따스한 기운이 돌고 있음을 알았다. 다시, 바람의 몸짓 때문에 나무들이 가만가만 흔들리고 있었고 머위풀들이 움직이는 기척이 났고 어디선가 풀벌레 기어가는 기척을 느낄 수가 있었고 철쭉꽃의 꽃망울이 조용히 한잎 한잎 열리고 있다는 것을 알 수 있었다. 마당 한쪽에서는 유채꽃의 노란 꽃잎이 툭, 하고 땅바닥에 가만히 떨어져내렸다. 모든 사물들은 다시 제자리로 돌아와 흐르고 있었다. 가느다랗고 희미하게 어디선가 물 흐르는 소리가 들렸다.

강렬한 햇살이 눈을 찌르는 것처럼 아프게 내 얼굴을 비췄다. 이제까지 해는 보이지 않았다. 하늘은 다시 맑고 청명해진 것일까. 나는 고개를 들어서 하늘을 쳐다보았다. 빛으로 온 천지를 밝히고 있는 해. 나는 정신이 퍼뜩 들었다. 어느 결에 내 몸의 사슬은 풀려 있었다. 빠삐용처럼 나는 두 손을 입에 대고 큰 소리로 외쳤다. 나, 나는 누구인가, 나는 최지환이다.

여보, 돌아오세요. 가족들이 모두 기다리고 있어요. 내 아내. 아내의 목소리가 어디선가 들리는 듯하였다. 사진 속의 남자는 나, 최지환임이 틀림없었다. 나는 처음, 신문을 보았던 자리를 향해 급히 다가갔다. 신문은 눈에 보이지 않았다. 주위를 두리번거렸다. 흐드러진 신록들이 아우성을 치며 서로 몸을 비비고 있을 뿐, 어디에도 인기척은 없었다. 그렇다면 나는, 현실 속에서 사라진 인간이 되었단 말인가. 어쩌다가 이리로 흘러들었는가. 시간의 화살 끝을 따라가다 추락한 어느 지점일지 모른다. 기묘하게 돌출된 공간 속으로, 블랙홀 속으로 빛보다 빠르게 흡수되어버린 것인지도. 그러나 이곳 또한 익숙한 공간이다. 이 공간 안의 저것들은 또 무언가. 자연물은, 집은. 나는 혼란스러웠다. 마루 끝에 걸터앉은 나의 위치도 그렇다면 실제 공간은 아니라는 이야기인 셈이다. 아아, 나는 어디로 가고 있는 것인가. 과거인가, 미래인가. 어느 곳의 기묘한 한 시간 속에서 사라진 사람. 그때였다. 픽, 머리를 후려치는 벼락 같은 기억.

　기묘한 불꽃놀이의 기억, 시뻘건 불덩이의 춤이 세상을 태울 듯, 나를 태울 듯 는실는실 다가와 퉁탕, 하고 터지는 꽃포의 기억. 나는 순간, 허공에 흩어지는 불티처럼 가벼워져서는…… 내 머리 위에서 들림의 기억. 그리고 길이 나타났던가. 노란 유채꽃이 사방 천지에 가득 피어 있었다. 눈이 부셔서 나는 시선을 멀리 던졌다. 그러나 보이는 것은 유채꽃뿐이었다. 공막한 그 속에 길처럼 하얀 빛이 드러나 있었다. 하얀빛은 움직이는 것처럼 보였다. 노란 유채꽃 속의 흰 빛이 가느다란 오솔길 같은 형상을 하고 있었다. 나는 그 길을 향하여 걸어갔다. 나비다! 흰나비의 무리가 길을 형성하고 있는 것이었다. 길은 움직이고 있었다. 나비들은 무리지어 길을 만들어 나아가고 있었다. 허공에 길을 만드는 나비들. 나는 앞만 보고 나비를 따라갔다. 발 아래에서 유채꽃들이 툭툭 부러져 끊기며 밟혔다. 그러나 나비를 놓칠까 봐 밑을 바라볼 수가 없었다. 흰나비의 길은 멀리 끝없이 이어지고 있었다. 사방을 둘러보았다. 그제야 흰나비의 길이 미로처럼 만들어져 있다는 생각이 들었다. 눈을 크게 치떴다. 미로의 함정 속에 빠졌다는 깨달음. 그러다가 어느 지점에서 무릎을 꺾었다. 그것은 자연스런 꺾임이었다. 어떤 기압 같은 것이 내 몸을 배추애벌레처럼 동그랗게 말아 올린다는 생각이 들면서 빠른 순간에 붉고 뜨거운 구덩이 속으로 빨려 들어간 것……

　내 기억의 전부다. 낱낱이 그 느낌을 기억할 수 있었다. 돌아가야 해. 나는 다급해졌다. 그제야 밀려드는 것은 생생한 기억들, 기억 찾기였는가. 이제야 온전히 찾아냈단 말인가. 스스로 혼란스럽게 만든, 거짓으로 조작한 과거의 실체를 찾아냈단 말인가. 이제 조금 전의 기억들도 나는 회복할 수 있었다. 고통으로 일그러진, 결코 되새기고 싶지 않은 과거의 기억들도 레고 조각처럼 낱낱이 떠올랐다. 나는 왜 존재하는가에 대한 물음도 마찬가지. 결국 자살이 아닌 다른 방법으로의 실종을 꿈꾸지 않았던가. 위선을 살아온 생에 대한 회의가 아니었던가. 내게는 현상으로의 삶이 아무 의미가 없었다. 아내도, 아이도, 세상일도. 그러나 이제는 진정으로 돌아가고 싶다. 현재의 시간 속으로 복귀하고 싶다.

승혜의 기억. 승혜가 말했던가. 꿈의 원형을 회복하라고. 꿈의 문을 지나야 올 수 있는 곳. 그렇다면, 현실로 돌아가려면 꿈의 문으로 다시 들어가야 한다는 이야기. 그때의 꿈이란 어떤 것을 말하는가. 죽은 승혜를 되살려 기억하기일까. 그리고 또 승혜의 마음이 나를 놓아야 실제의 생을 획득한다고 했던가. 꿈의 질료는 무엇일까. 무엇을 꿈꾸어야 하는가. 아아, 이 적요하고 공막한 곳이 싫다. 사람들이 그립다, 아내가 그립다, 현실이 그립다. 내 모든 과거를 기억하려 하지 않아도 이제 그것들은 너무도 선명히 영상처럼 보였지 않은가. 그동안 나는 과거의 나를 부인했지 않은가. 나를 긍정하기, 있는 그대로의 나를. 삼나무처럼 걸어온 승혜의 모습과 겹쳐진 어머니, 통증이다. 과거는 통증이다.

나는 정원의 뜰에 내려가 작은 바위에 걸터앉았다. 바람결에 무슨 소리인가가 들려왔다. 손을 내밀었다. 바람의 결과 결 사이에 무언가가 느껴졌다. 물의 기척, 동그랗게 웅크린 물방울의 기척, 흐르고 싶은 욕망을 숨긴 슬픔의 기척. 나는 공중을 향해 손바닥을 내밀었다. 비가 올 것 같았다. 나는 하늘을 올려다보았다. 멀리서 구름들의 대이동이 시작되고 있었다. 나는 바위 위에 무릎을 꿇었다. 무엇인가 속죄하는 심정으로 고개를 숙였다. 의사의 무지로, 아니, 나의 비겁함 때문에 죽어간 승혜, 폐출혈로 죽어간 아기······ 속에서 뜨거운 것들이 그득히 차 올라왔다. 투둑, 투둑 빗방울이 목덜미에 떨어졌다. 그 차갑고도 서늘한 기운에 나는 몸을 부르르 떨었다.

비가 오고 있었다. 나는 목덜미까지 차오른 불같이 뜨거운 고통을 참지 못하고 소리와 함께 토해냈다. 으으흐흐흐····· 빗줄기가 내 온몸을 향해 달려들었다. 꼼짝할 수가 없었다. 나는 엎드려서 짐승과 같이 울부짖었다. 하늘을 향해 고개를 들고 내 얼굴로 쏟아지는 빗방울을 받았다. 내 얼굴에 흐르는 빗줄기를 받아 마시며 창자 속까지 토해내고 싶었다. 꺽꺽 울면서 내 유년과 청년의 모든 것들을, 상처들을 모두 토해내고 있었다. 숨기고 싶었던 것들, 내가 저지른 죄와 거짓과 사악한 것들을 쓴물 토해내듯 모두 토해내고 있었다. 노란 액체가 나올 때까지 토악질을 하였다. 나는 거의 탈진 상태였다. 나는 바위 위에 쓰러져 기진맥진해 있었다. 죽을 것만 같았다.

물이 뜰까지 차오르고 있었다. 빗물은 점점 거세게 내려서 낮은 곳을 향하여 쿨렁쿨렁 흘러 내려갔다. 그러나 거센 물살 속이었다. 집은 더욱더 흐릿하게 보였다. 나는 가물가물해지는 의식을 붙잡기 위해 눈을 감지 않았다. 졸리다는 생각은 나를 잠들고 싶게 했다. 그러나 나는 의식의 끝자락을 한순간도 놓치고 싶지 않았다. 물이 드디어 바위 위까지 넘쳐 몸이 잠기려고 했다. 뜰은 이미 물속이었고. 피할 곳이 아무 데도 없었다. 절망이었다. 나는 정말로 살고 싶었다. 눈물은 계속 흘러내렸고 반복되는 체지기로 인해 심장이 멈춰 곧 질식할 것만 같은 느낌이 들었다. 생명의 위험, 죽는

것일까, 이렇게 죽는구나 하는 생각이 빠르게 머릿속을 스쳐 지나
갔다.

뜰은 이제 강이 되었고 강물은 나를 향해 덮쳐왔다. 나는 급기야
물속에 빠지고 말았다. 허우적대다가 나는 의식을 놓쳤다. 상복을
입은 어린 소년…… 죽음이 나를 향해 다가들었다. 검은 물이 내
폐 속으로 스며들어왔다. 어떤 거역할 수 없는 힘에 의해서 나는
눈꺼풀이 무겁게 내려앉는 것을 느낄 수 있었다.

수면이 잔잔한 강에서 물고기가 헤엄치고 있다. 물고기는 사람
의 집이 그리워서 해변 쪽을 향해 지느러미를 흔들었다. 물고기는
파도와 싸우면서 물을 거슬러 올라갔다. 그러고는 마을이 있는 해
변 쪽으로 다가갔다. 필사적으로 해변 쪽으로 몸을 이동하려 했다.
물고기의 지느러미는 힘있는 날개가 되고 투명하고 질긴 부레는
새의 심장이 되었다. 물고기의 뼈는 가운데가 텅 비어 가볍디가벼
운 새의 뼈로 변했다. 새는 비가 그친 하늘을 향해 힘찬 날갯짓을
하기 시작했다.

(싸늘한 외벽, 차가운 냉기가 등을 차고 올라왔다. 거푸집을 막
떼어낸 듯한 허술한 콘크리트 건물. 내가 왜 이곳에 있는 것일까.
나는 무거운 눈꺼풀을 치떴다. 살바도르 달리의 그림 「불타는 기
린」에 나오는 인물들처럼 두 사람은 장신이었다. 인체에 서랍이 달
린 것하며 분해된 기계의 부속물 같은 사람들. 나는 공포에 질려
푸흐흐 하고 소리를 질렀다. 내 소리에 놀라 더 크게 웃어보았다.
그러고는 급기야 울음 소리를 내었다. 비질비질 눈에서 눈물이 쉴
새 없이 흘렀다. 아랫도리가 축축해지는 공포. 뭔가 무서운 것이
내 생명을 위협하고 있다는 것만은 확실했다. 그들은 귀에 이어폰
같은 것을 꽂고 있었다. 저 자의 인적 사항은 조사했나? 도무지 알

수 없습니다. 과거에도 없었고 미래에도 없는 인간인지라. 아마 자살했거나 시간의 둑에서 발을 헛디뎌 실종된 인물이 아닌가 합니다. 정체를 알 수 없으니. 이, 이봐요. 난 아아…… 난 소설가요. 나는 황급히 소리를 질렀다. 과거에도 없었고 미래에도 없다니. 그렇다면 내가 있는 이 자리, 이 시간은 무엇인가. 가시 같은 소름이 피부를 뚫고 돌출하는 것 같은 극명한 두려움이었다. 기괴한 한 사람의 렌즈 같은 눈빛이 나를 투시하고 있었다. 여긴 어떻게 왔지? 그의 목소리는 주파수가 맞지 않은 라디오의 음향처럼 웅웅거리며 들려왔으나 의미만은 명확하게 내게 전달되어왔다. 나도 모릅니다. 전 다만 기억을 찾고 싶어서…… 멀티비전의 화면을 가슴에 담고 있는 한 인간이 나를 주시하고 있었다. 시간의 물살을 거스르는 자들이 몇 있다고는 들었습니다. 그 중의 하나가 아닐까 합니다만 어떻게 살아 여기까지 왔는지는 의문입니다. 나를 상세히 투시하고 있던 한 인간이 세모의 렌즈를 번뜩였다. 그 소설가라는 것이 백악기의 공룡 같은 것 아니겠습니까. 시대의 변화와 환경에 적응하지 못해 스스로 시간의 공간을 뚫고 이탈한 작자들 말입니다. 우린 희귀한 공룡을 만나는 셈이죠. 나는 위기감에 휩싸여 말했다. 나는 공룡이 아니야. 인간이라구. 사람이야, 살아 있어 숨쉬는. 너희 같은 기묘한 물체가 아니라구. 기억을 복원하기 위해 노력했을 뿐이야. 맞아. 난 망각의 늪에서 허우적대긴 했지. 분명 망각이 나를 갉아먹으려 했거든. 내 삶을 위협했어. 망각이라는 것, 그것은 전갈처럼 무서운 맹독성의 벌레인지도 몰라. 아아, 한 가지 중요한 것은 내가 사람이라는 것이야. 날 돌려보내줘. 쓸모가 있는 건가? 그럴 가치는 없는 것 같은데요. 이 자의 뇌는 기억 회로가 난삽하게 얽혀 있어 좀 혼란스럽던걸요. 더욱이 자신의 근원을 부정하는 인간이라니. 기록할 가치조차 없는 존재라고 봅니다. 오호! 나는 그들을 향해 소리 질렀다. 그러자 내 몸이 허공에 가볍게 떴다. 무언가 날카로운 것이 내 뒤통수를 세게 후려치는 것 같았다.)

한 지방지의 광고란에 연일 사람을 찾는 기사가 실렸다. 여보, 돌아오세요. 가족들이 모두 기다리고 있어요. 행방불명된 남자를 찾는 기사였다. 사진 속의 남자는 얼굴이 갸름한 편이었고 코는 오뚝했으며 눈은 어디 먼 곳을 보는 양 허공에 정지되어 있었다. 그 사진을 어디에서 본 듯해서 기억을 되살리려 했으나 가물가물했다. 나는 컴퓨터의 화면을 바라보고 자판에 손을 얹었다. 꿈, 어느 도시를 보았다. 맨 먼저 눈에 띈 것은 거푸집을 막 떼어낸 듯한 허술한 건물이었다……

숨은 길

나는 책상 위에서 이상한 것을 발견했다. 누군지 기억에 없는 어떤 여자의 사진, 배경은 숲이었고 같은 장소에서 십여 장에 가까운 사진을 찍어댄 것이다. 여자의 인상은 어디서 본 듯했으나 확실한 기억은 잡히지 않는다. 그 여자가 입은 옷은 흰색, 아랫도리는 돌무더기에 가려 있거나 풀숲에 있었고 두 손은 활짝 펴서 하늘을 날 듯한 자세로 서 있었다. 더욱 확실한 것은 그 여자가 분명 나와 함께 있었다는 사실이다. 나는 즉시 그 여자가 누군지 알아보기 위해 사진첩을 뒤졌다.

내가 경악한 것은 사진 때문이다. 그 여자는 나와 늘 함께 찍거나 내 손의 움직임으로 인하여 사진 찍혔던 인물이었던 것이다. 사진 뭉텅이 속에서 툭, 하고 떨어진 것은 어떤 남자와 함께 찍은 사진이었다. 그때, 나와 그녀 사이에 남자가 있었다. 그는 얼굴이 환하고 유순한 인상이었다. 그는 누구일까. 무슨 이유로 나와 그 여자, 그리고 남자는 함께 있었을까. 나는 오랫동안 그 사진을 놓고 고민했다. 그즈음 나의 기억은 최악의 상태로 망각에 가까워지고

있었다. 그것을 인정하였기 때문에 나는 그 여자를 완벽하게 부인
할 수는 없었다. 하루 전의 기억도 백지 상태처럼 지워져버리는 요
즈음이었다. 완전한 백치의 상태에서 나는 잊어버리지 않기 위해
일기를 써왔고, 내 책상에는 언제나 펜과 노트가 준비되어 놓여 있
었다.

　가족을 떠나 혼자 사는 생활이 이제 조금은 익숙해졌다. 일기를
쓰다가 기억의 희미한 한끝, 무의식의 한끝에서 의식의 표면으로
슬며시 떠오르는 가족들에 대한 단상을 빠르게 기록한다, 사소하
게 스쳤던 느낌과 미세한 촉감들. 그러나 그것은 아주 작은 실마리
일 뿐이다. 나는 결국 실마리만 붙잡다가 다시 놓쳐버리곤 한다.
아아, 망각은 두렵다. 나는 때로 지나친 공포로 질식할 것만 같은
감정을 느낀다. 그러므로 그 가족들의 얼굴을 잊지 않기 위해서 책
상에 사진첩을 놓고 있다가 가끔 뒤적거린다. 남편과 두 아들의 얼
굴이 거기에 담겨 있다. 남편은…… 어떤 사람이었을까. 철부지
같은 아이들은, 나는 피가 갑자기 뜨거워짐을 느꼈다. 그들한테서
버림받았을까. 아니면 내가 그들을 버린 걸까. 도저히 알 수가 없
었다. 다만 내 몸에서 난 두 아들, 그 핏줄의 뜨거움이 나를 걷잡을
수 없이 만든다. 사진첩을 덮으면 얼마 뒤, 그들은 내 기억에서 하
얗게 표백되어버리곤 한다. 나는 내 자신에 대해 모르는 게 아주
많다. 때로 이것들은 심한 현기증을 불러일으키곤 한다.

　내가 사는 이곳, 사람들은 거의 소통하지 않는다.

　데스마스크같이 굳은 표정을 한 그들을 보기가 때로는 두려워서
나는 외출을 거의 하지 않는다. 그래서인지 나는 외부로 소통하고

싶은 열망을 컴퓨터를 통해서 해소한다. 채팅을 하거나 이메일을 보내는 방법, 그리고 아무 데나 다이얼을 돌려 상대방과 소통하고 싶어한다. 그러나 알 수 없는 것이 있다. 나는 전화 속에서 그들의 목소리를 분명히 듣고 있다. 그들은 그러나 나의 목소리를 듣지 못한다. 내가 가지고 있는 전화번호부에는 예전에 분명 나와 친분이 있던 사람들의 소재가 적혀 있다. 그러나 그들은 나를 알지 못한다고 한다, 기억에 없다고 말한다. 나는 절망감에 빠져 스르르 수화기를 놓는다. 그들의 기억에서 밀려난 존재인 나는 자주 누런 벽지를 바라보며 한숨을 쉬곤 한다.

그 전화는 그러니까 그런 절박한 상태의 내게 구원과도 같이 찾아왔다.

"당신은 기억을 찾기 원하십니까? 그렇다면 지금부터 당신에게 해당된 번호의 버튼을 누르시기 바랍니다. 1번은 현재, 당신이 어떤 사람인가. 2번은 과거를 볼 수 있는 거울 같은 과거경. 3번은 미래의 당신을 볼 수 있는 미래경입니다. 4번은 당신과는 전혀 상관없는 타인의 기억을 빌려오는 것이지요. 이것은 기간이 지나면 완벽하게 당신의 것이 되어버리므로 유효 기간에 유의하시기 바랍니다. 주의할 것은 당신에게 주어진 기회는 단 한 번뿐이라는 사실입니다. 목숨이 하나이듯 선택하는 것도 단 한 번뿐입니다. 자 이제, 마음의 준비가 끝났으면 버튼을 눌러주십시오. 1, 2, 3, 4번 중 어느 것을 누르셔도 좋으나 다만 미래 속에는 당신의 죽음이 내재되어 있다는 것을 알아야 합니다. 그와 더불어 4번은 죽어버린 타인의 기억이므로 현재인들과 엉키지는 않아 안심하셔도 좋습니다. 자, 그러면 버튼을 누르십시오."

나는 경악했으나 내게 온 행운의 전화를 끊고 싶지는 않았다.

어떻게 해서든지 나는 나를 온전하게 찾아야 했다. 그것이 누구의 것이 되었든 간에 기억을 저장해야 했다. 이런 백치 상태의 삶은 견딜 수가 없다. 밤마다 고통스러운 것은 내 자신이 누구냐는 것이다. 어디서, 나는 유실되어버렸을까. 생의 어느 지점에서 실종당했단 말인가. 나는 결국 선택해야 했다. 현재의 내 모습도 싫었다. 그렇다면 과거의 나를 완벽하게 기억해낼 수 있는 것은? 그것도 내키지 않았다. 과거가 만족스럽다면 현재의 나는 왜 이런 상태로 혼돈에 빠져 있겠는가. 미래? 그것 또한 불분명하다. 미래는 언제나 과거와 현재의 것이 합쳐진 채, 죽음으로 나아가고 있는 것일 게다. 누구에게나 죽음은 당연한 것. 나 자신을 명징하게 들여다보는 일, 두렵다. 차라리 완벽한 타인의 기억을 소유해야 하지 않을까. 그래, 새로 태어나는 거다. 나를 버리고 타인의 기억 속으로 걸어들어가 날것으로 저장되어 나를 기다리고 있는 타인, 또 다른 내가 될 타인의 기억은 내가 경험하지 못한 생이어야 한다. 나는 타인의 기억을 훔치고 싶다. 기억의 희미한 한끝, 실마리는 그렇다. 나의 생을 더 이상 유지하고 싶지 않다, 라는 강렬한 소망이었다. 나는 가능하면 빨리 나를 버리고 타인 속으로 들어가고 싶었다. 나보다 더 우수한 타인 속에서 새롭게 기억을 재생시키고 싶었다. 나는 망설이지 않고 4번 버튼을 눌렀다.

"타인의 기억을 소유하고 싶으십니까? 그렇다면 이제 당신은 자신의 모든 기억이 산화되어 사라짐과 동시에 타인의 기억을 되살려 생활하여야 합니다. 적응이 될 때까지 당신은 당황스럽거나 거부감이 들 것입니다. 그러나 그것은 잠시. 당신은 온전히 타인의 기억을 전달받으실 수 있습니다. 자, 이제 선택은 다시 예 아니면 아니오입니다. 예면 별표, 아니오면 우물정자를 눌러주십시오. 준비되셨습니까?"

나는 떨리는 손가락으로 별표를 눌렀다. 전화기에서 다른 목소리가 흘러나왔다. 이 여자의 주민등록번호를 기억하시기 바랍니다. 그리고 상세한 정보는 기억 저장소의 홈페이지를 이용하시기 바랍니다. 전화기 안에서 타인의 주민등록번호가 흘러나왔다. 나는 그것을 잽싸게 노트에 받아 적었다. 659008-3552024. 한 가지 알려드릴 정보가 있습니다. 이 여자는 당신이 늘 함께 다닌 여자로서 최근에 실종된 여자임을 알려드립니다. 나는 사진에서 보았던 여자의 이미지를 떠올렸다. 나는 결국 그 여자의 기억을 훔친 셈이다.

그 여자의 기억은 내 뇌세포에 접목되어 점차 나의 정신을 움직이기 시작했다.

나는 그즈음 사진을 들여다보는 일이 잦아졌다. 내가 완벽하게 그 여자의 기억을 되찾을 때까지 그 기억을 차용할 수 있다는 것은 다행이었다.

때로, 나는 생각지도 않은 단어들이 내 입속에서 튀어나오는 것을 느꼈다. 내가 전혀 모르는 장소와 사람들의 이름들이 불쑥불쑥 토해졌다. 그리고 내 목에서는 노래가 흘러나왔다. 멀어져가느은 저 뒷모습을 바라보면서 난 아직도 이 순가안을 이별이라 하지 않겠네 다알콤했었지 그 수많았던 추억 속에서…… 세노야, 세노오야 산과 바다에 우리가 사알고,── 목소리는 청아하고 높은 음정에다 음폭이 제법 컸다. 그런데 문제는 새로이 나를 차지하는 기억에 있었다. 그 여자의 기억은 이제 내 뇌리에 인화되어 수시로 나를…… 괴롭혔다.

　사물을 보면서 나는 무언가를 기억해내고 있었다. 목욕탕에 들어가 속옷과 손빨래를 주무르려 할 때면 나는 매번 공포를 느낀다. 예전에는 전혀 느낄 수 없는 공포감. 그것은 물에 대한 공포였다. 물에 빠진 적이 있었다, 누군가 어린 내 몸을 물에 밀어넣으려 했다. 목욕탕 욕조에 물을 받다가 나는 소스라치게 놀란다. 주방으로 가서 혼자 먹을 음식을 조리하다가 나는 경악한다. 칼에 대한 공포 때문이었다. 도마 위에 마늘을 짓찧기 위해 칼을 거꾸로 들다가 나는 무언가 내 뒤통수를 내리치는 듯한 느낌으로 소스라친다. 그러나 뒤에는 아무도 없었다. 혼자서 간단한 식사를 마치고 침대 위에 올라앉을 때면 나는 다시 놀라 침대 밖으로 굴러떨어진다. 침대 위에 검은 그림자가 어른거리는 것을 발견했기 때문이다. 형체도 없는 어떤 것이 움직이고 있다는 느낌은 공포였다. 그 여자의 기억을 가지기 시작한 이후 나는 고통스러웠다. 이제 나의 뇌리에 들어와 나와 한몸이 된 어떤 기억들. 그러나 역시 그 기억들은 낯설고 이물스러웠다. 침대 밑에 이불을 깔고 자면서도 나는 두려움에 떨었다. 폭력의 징후, 그 이전에 없던 두려움이 생겨서 나는 한쪽에서 동그마니 몸을 웅크리고 있었다. 거실에서는 텔레비전이 켜 있어 저 혼자 윙윙거리는 소리가 들렸다. 그것은 환청이었다. 그 환청의 끝, 아주 가느다란 어떤 실마리가 있었다. 몹시 익숙했지만 찰나의 그것은 어쩌면 본원의 내 무의식이었는지도 모른다. 아주 희미하게 의식의 수면 위로 떠오른 것은 알몸의 어떤 여자였다. 그 여자의 얼굴은 나와 너무나 흡사하게 닮아 있었다. 그래서 나는 그것이 혹시 나의 과거가 아닌가 하는 의문이 일었으나 책장을 덮듯이 황급히 기억을 덮었다. 그 기억을 따라 올라오는 한 장면을 텔레비전화면을 끄듯이 제거했다. 한 남자가 알몸의 여자를 희롱하고 있다. 둘은 뱀처럼 똬리를 튼다. 화면은 오프 상태로 들어갔다. 나는 화면의 잔상 때문에 조금 고통스러워한다.

그 여자는 분명 나와 어떤 관계가 있었다.

사진은 그 비밀을 감추지 않고 드러내주고 있었다. 어떤 여름, 한낮의 태양 아래서 찍은 사진. 그 사진이 그것을 말해주고 있었다. 오백 년이 넘는 수령을 가진 배롱나무(백일홍) 아래서 찍은 그 여자와 나와 그 남자. 우리 셋은 사진 속에 함께 들어가서 늙어가고 있었다. 흔히 사진은 정지되어 그 시간이 영원하게 기억된다고 말하지만 그것은 천만의 말씀이다. 그것 또한 유한해서 시간과 함께 변해가는 것이다. 모르는 사이에 퇴색이 되고 있다. 모든 것은 진행 중이다. 그러므로 사진은 철저한 위장술인 것이다. 우리는 서로 어떤 표정을 연출해서 행복하게 보였다. 셋 모두 다 웃고 있는 표정이었다. 나는 언뜻 스치는 어떤 기억 하나를 떠올린다.

날이 저물어서 어두컴컴한 무렵, 우리는 숲을 향해 차를 몰았다. 바깥에 간간이 비가 뿌렸다. 차 안에 있는 셋 다 말이 없었다. 안개가 너울거리면서 차를 향해 달려들다가 그물을 펼치듯이 펼쳐져서 넓게 퍼지고 있었다. 숲으로 가는 작은 길을 안개가 먼저 달려가 길을 안내했다. 비는 가끔씩 유리창에 물방울을 돋게 하는 정도였다. 밤의 숲에 도착해서 우리는 차에서 내렸다. 누군가가 아마 달밤의 배롱나무를 기억하게, 라고 말한 적이 있었을까. 우리는 어두워진 공간에서 침묵했다. 그의 어깨가 내게 닿을 듯이 가까웠다. 나는 숨을 쉴 수 없을 정도로 긴장한 상태였다. 나는 붉은 등을 밝힌 채 연못을 둘러싸고 있는 배롱나무 꽃들을 숨죽이며 지켜보았다. 불꽃심지가 다른 나뭇가지로 옮겨 붙어 활활 타오르고 있는 듯한 느낌이었다. 가슴이 뜨거워져갔다. 그 남자의 숨결이 아주 가까운 곳에서 느껴졌다. 내 어깨 위로 그의 손길이 가만히 얹혔다. 어둠 속에서 그 여자는 연신 카메라를 들이대고 있었다. 그 남자의 손은 지나치게 뜨거웠고 그 남자가 손을 얹었던 내 어깨에는 화인 같은 자국이 생겨났다. 심장의 박동이 지나치게 빨라 나는 거의 숨이 막힐 뻔했다. 그 여자는 사진을 몇 장 더 찍고는 돌아가자고 말했다. 밤하늘에는 물기가 뚝뚝 떨어지는 듯이 맑은 별이 떠 있었고 서녘으로 달이 구름과 함께 흐르고 있었다. 내 눈에 눈물이 그득히 담겨 있었다. 그러나 아무도 그것을 눈치 채지는 못하였다.

우리는 그날 낮에 함께 사진을 찍었던 것이다. 나는 그 기억을 훌륭히 재생시킬 수 있었다. 우리는 그러면 어떤 관계임이 분명했다. 같은 기억을 공유한 적이 있다, 라는 것만 해도 성공인 셈이다.

나는 배롱나무 꽃 아래서 환하게 웃고 있는 셋의 미소를 보고 있다. 그 여자의 뒤로는 검은 휘장 같은 것이 획, 하고 지나치듯 어두운 기색이었다. 아마 그것은 그늘이었는지도 모른다. 그러나 사진에서도 심상치가 않았다. 어떤 기미가 보였던 걸까. 아아, 그 여자는 사라진 지 오래이지 않은가.

8월 중순의 한낮, 우리는 숲 속에서 길을 잃었다. 사라진 그 여자는 돌아오지 않았고 나는…… 기억해내야 한다. 아니, 수면에 비친 물그림자처럼 나는 아주 명징한 것을 알고 있다. 누군가가 수면 위로 물수제비를 뜨거나 돌덩이를 던져 그림자를 부수어버리지 않는 한에는.

여름날의 두시는 햇볕이 칼날을 세운 듯 따갑고 맹렬한 느낌이었다. 차를 적당한 곳에 주차해놓고는 사람들이 자주 다니는 길목을 피해 한적한 곳을 걷다가 작은 돌계단을 발견했다. 맨발에 샌들 차림으로는 다소 무리인 길처럼 보였다. 곳곳에 움푹 팬 구덩이가 있는가 하면 커다란 돌무더기가 눈앞을 가로막기도 했다. 등산로는 아니었지만 길에는 사람들이 지나다닌 흔적이 보였다. 전날, 비가 내렸던 탓인지 길은 미끄러웠다. 잡목으로 둘러싸인 숲의 여백은 황금의 빛기둥이 곳곳에 들어와 수직의 날을 세운 채 번들거리고 있었고 그 여백을 통과한 부드러운 빛의 찌끼들은 그늘 속에 음전히 잠겨 숲을 기운차게 만들어주고 있었다. 사람들의 발길이 드문 탓으로 숲은 거의 원시에 가까운 생명력을 자랑하였다. 우리는 거의 매일 전화를 하거나 만나고 있었다. 최근 들어 그 빈도가 잦아진 편이었다. 그러므로 화제는 더욱 풍부하고 세밀해진 상태였다. 눈만 보아도, 손놀림만 보아도 서로의 기분을 알아차릴 수 있는 감각이 식물들처럼 예민하게 잘 발달되어 있는 것 같았다. 특히, 그녀에 대한 나의 감정의 더듬이는 솜털에 뒤덮인 듯 더욱 미세하게 그녀의 움직임에 민감하게 반응할 수 있었다.

숲은 어떤 예감으로 가득 차 있는 듯 느껴졌다. 길옆, 풀숲에는 주황빛 하늘말나리가 피어 있었고 그 발 아래에는 수많은 나무들의 어린 새끼들이 자라나고 있었다. 하늘말나리의 자태가 선명하고도 아리게 눈에 들어온 순간, 우리는 탄성을 질렀다. 아아, 동시에 터져나오는 아름다움에 대한 경탄은 그 이후로도 가끔 있었다. 더욱 깊숙이 산의 속살을 더듬어갈 무렵, 어치새의 울음이 들렸다. 우리는 그즈음에 길을 잃었다. 길이 끊겨 있었던 것이다. 산의 가르마가 어느새 한 지점에서 유실된 채, 우리를 버리고 말았다. 위를 올려다보니 나무들의 키는 하늘을 찌를 듯이 드높았고 빛살은 우리를 따라오지 않은 채, 숲의 곳곳에 기미만으로 가끔 출렁거렸다. 물소리만이 더욱 명징하게 흐르고 있었다. 숲 곳곳에는 모르는 새에 안개가 에워싸고 있었다. 앞서 걷던 그녀는 바위 무더기가 놓인 곳을 지나 길을 찾으려고 했다. 그러고는 나뭇가지를 붙잡았다. 툭, 하고 나뭇가지 부러지는 소리가 났다. 정적 속에서 그 소리는 지나치게 크게 들렸다. 길을 잃은 헨젤과 그레텔처럼 우리는 두려워졌다. 길은 이제 숨어버렸다. 이제 우리가 갈 수 있는 길은 단 하나, 뒤를 향하는 일뿐이었다. 별수 없이 이제 오던 길을 향하여 갈 수밖에 없었다. 처음 우리가 이 길을 발견했을 때는 미지의 것에 대한 설렘과 기대가 있었다. 남들이 가지 않은 길에 대한 상상력이 우리의 발길을 이끌었을 뿐이다. 앞으로 가기를 포기하는 것은 쉽지 않았다. 가면 갈수록 숲의 향기는 우리의 후각을 자극하였고 발바닥에 달라붙은 젖은 솔잎과 붉은 흙이 뒤로 돌아서기를 거부하였다. 기껏해야 이 산은 무등의 한 자락에 불과하다는 것을 우리는 알고 있었기 때문이다. 게다가 우리는 둘 다 배터리가 완벽하게 충전된 휴대폰을 소지하고 있지 않은가.

 우리는 사방을 휘둘러보았다. 분명 끊긴 길의 흔적이 남아 있을 거라고 생각하고 있었다. 게다가 우리는 성인이지 않은가. 분명 길은 어딘가에서 숨어 우리를 기다리고 있을 것이 분명하다, 라고 눈길을 마주치며 우리는 웃었다. 수풀을 헤치고 지나가는 길을 어치새가 간간이 울음을 터뜨리면서 길을 안내하듯 이 나뭇가지에서 저 나뭇가지로 옮겨가고 있었다. 그러나 어치새의 이동은 오히려 혼돈이었다. 길은 길에서 자꾸 비틀어지고 있는 듯했다.

"사진 찍지 않을래?"

그녀의 물음은 약간 돌발적으로 들렸고 우리가 작은 불안에서 빠져나갈 길은 사진 찍는 일밖에 없어, 라는 뜻으로 들렸다. 고개를 돌려 본 그녀의 석회빛 얼굴, 풀로 뒤덮인 숲에서 보이지 않는 길을 찾는 그녀의 상반신이 위로 떠오른다, 라는 느낌을 받은 것은 아마도 그녀의 흰옷 때문이었을까. 나는 무릎 아래가 보이지 않는 그녀를 향해 좋아, 라고 말을 받았다. 역시 카메라는 그녀의 어깨에 매달려 있었다.

그녀는 내 쪽으로 다가왔다. 나는 나대로 돌무더기 쪽에서 길을 찾고 있었기 때문에 내 하반신은 돌무덤에 갇힌 꼴이었다.

"야아, 느낌 좋다. 잠깐, 조금만 더 웃어라."

나는 이빨을 드러내고 웃는 표정을 연출했다. 어떤 단어를 발음해야 좀더 자연스럽게 사진에 찍혀 나올까를 궁리하면서 그녀의 검지의 움직임을 주시했다. 김치, 치즈, 위스키를 발음하면서 포즈를 취해 보였다. 그녀가 찰칵, 하고 버튼을 눌렀다. 그와 동시에 나는 그녀의 카메라 속으로 들어가 담겼다.

"거기 서봐. 이쪽이 더 좋은데? 좀더 웃어봐, 아주 자연스럽게 될 때까지."

그녀는 평소보다 훨씬 더 온화한 표정의 미소를 지으면서 나뭇가지 하나를 붙잡았다. 그때, 툭, 하고 부러지는 소리가 찰칵, 하고 카메라를 누르는 나의 검지의 동작과 동시에 들렸다. 그녀는 필름 속으로 들어가 담겼다. 우리는 이제 그 주위에서 천천히 사진을 찍기 시작했다. 온갖 포즈와 미소를 동원하면서 사진을 찍었다. 다람쥐들이 바위 틈새를 왔다 갔다 하였다. 사진을 찍으면서 동시에 우리는 길찾기를 포기하였는지도 모른다. 아니, 길은 어딘가에서 숨어 우리를 기다리고 있을 것이 틀림없었다. 스물네 번을 누를 수 있는 필름으로 우리는 서로를 필름에 각인시켰다. 순간순간이 우리 속에서 알 수 없는 어떤 이미지로 빠져나가고 있었다. 우리는 아직도 여유가 있었다. 그녀가 이리저리 옮겨다니면서 셔터를 누르다가 무엇인가에 걸려 넘어졌다.

"호스야."

그녀가 외쳤다.

"아아, 이젠 됐다. 그 호스만 따라가면 되겠어."

너무나 싱겁게 길을 찾은 아쉬움으로 섭섭하기까지 했다. 사실, 조금 더 길 없는 길을 누리고 싶었던 것이다. 보이는 길이야 이미 뻔하지 않은가. 인가가 있다는 것 때문에 숲 속의 길은 신비감을 상실한다. 우리는 파란 호스가 이끄는 대로 따라갔다. 호스의 한쪽에 양동이와 대야가 놓여 있는 것이 눈에 들어왔다.

무엇인가 불분명한 향기, 그것은 숲의 향기가 아닌 어떤 인공의 향기였다. 두런거리는 말소리들이 음향으로 들려오는 것을 감지할 수 있었다. 우리는 그 향기가 흐르는 길을 따라갔다. 그녀의 걸음이 빨라지는 것 같았다. 나는 더욱더 천천히 그녀를 따라 걸었다. 작은 건물이 눈에 들어왔고 그녀가 내게 손짓했다.

"기도원 같아."

그녀는 꽃이 만발한 뜰을 향해 내려섰다. 그러고는 내게 다시 손짓을 했다. 그녀는 입을 모아 나, 먼저 들어갈게, 라고 말했다. 아까 들렸던 두런거리는 소리들은 분명 기도하는 소리였나 보았다. 나는 그녀를 따라 입구 쪽의 문을 밀지는 않았다. 바깥 유리창으로 그녀가 뒷자리로 가 앉는 모습을 보고는 가벼운 한숨을 내쉬고 뜰에서 서성거렸다.

시간이 얼마나 흘렀을까. 분명한 사실은 그녀가 그 이후로 보이지 않았다는 것이다. 내가 뜰에서 보랏빛 수국과 은밀한 교신을 나누는 동안. 작은 건물로 들어간 그녀는 오래도록 나오지 않았고 나는 뜰에 쪼그리고 앉아 있었다. 뜰에는 산나리꽃과 수국이 강렬한 햇빛에 반사되어 빛나고 있었으므로 나는 그 앞에서 오래도록 머물렀다. 꽃의 목소리가 들리는 듯했다. 청보랏빛 수국의 고혹적인 빛깔에 취해 주변의 것들에 대해 나는 잠시 잊고 있었다. 그 잠시가 어떤 시간대에 있었는지는 알 길이 없다. 내가 그녀를 놓쳤는지 그녀가 나를 놓쳤는지는 모른다. 우리는 서로를 잃어버렸던 것이다.

분명한 사실은 내가 사는 세상으로 그녀는 오지 않았고 나 또한 내가 사는 세상에서 추방당해 있다는 것이다. 현재, 내가 명백히 기억할 수 있는 것은 그날뿐이다. 그것은 내 기억 속의 선명한 부분이라고 하겠다. 사라진 것은 그녀가 아니라, 사실 그녀에 대한 나의 기억이며 소원한 바였다. 그렇게 나는 그녀와 관계성을 상실했다.

그녀가 사라지기 전의 기억은 배롱나무 아래에서의 정경이 가장 강렬하고 사실적이다.

ㄱ자형으로 배치한 배롱나무가 만개한 것은 휘황한 장관이었다. 바람에 하롱하롱 꽃잎이 떨어져 연못 위에 붉은 꽃이 다시 피어 있었고 그 주위로는 하얀 망초꽃들이 바람에 일렁였다. 낙화한 배롱나무 꽃이 가득한 연못 위를 수많은 소금쟁이들이 빗방울 돋듯이 원을 그리며 노닐고 있었다. 그리고 수많은 잠자리 떼들이 허공을 가르고 있었다. 깨질 듯이 맑고 푸른 하늘 아래, 그때, 한 남자는…… 그 여자의 남자였다. 그 여자의 어깨 위에 손을 얹은 채 사

진을 찍은 그 남자는 환하고 큰 웃음을 짓고 있었다.

나는 사진 속에서 그 여자가 참으로 내 곁에 존재했음을 느끼고 있었다. 그러나 그 여자는 이미 없고 나는 그 여자의 기억을 가지고 있을 뿐이다. 내 기억은 가끔 혼돈 상태로 그 여자의 기억의 끝에서 가끔 그 기미를 보이곤 한다. 나는 그래서 때로 혼란스럽다. 그 여자의 기억은 내가 생각했던 것과는 다르게 내게 너무나 큰 고통을 안겨주었다. 새로운 기억을 가져와 새로운 삶을 살고자 했던 내 계산과는 다르게 나는 혼돈 속에 빠져들고 있는 것이다. 날마다 내 삶을 기록하는 일조차 고통이었다. 타인의 기억은 나의 기억 속에 들어와 심장을 후벼 파고 있었다. 왜 하필 그 여자의 기억인지 나는 알 수 없었다. 기억 저장소의 홈페이지 주인공은 수시로 바뀐다. 나는 누군가 내 기억을 송두리째 훔쳐갔다는 것을 인식한 순간, 두려움을 느꼈다. 아아, 때로 새벽녘, 불면에 시달릴 때, 전화벨이 울린다. 내 기억의 한끝, 남편…… 나는 결혼한 적이 있었던 여자다. 그 남자는 가끔 내 잠을 깨운다. 무얼 더 확인하고자 하는 것일까. 나는 소름이 돋아온다. 누군가 내 불행한 기억을 송두리째 가져간 것은 정말 잘한 일이다. 나도 모르는 내 기억들. 그러나 혼돈스럽다. 나도 알 수 없는 그 여자의 기억이 새로이 나를 괴롭히고 있는 것이다. 나는 살 수가 없다. 혼자 사는 작은 아파트의 정적을 깨는 벨소리가 나를 서성이게 한다. 나는 깊이 잠들지 못한다.

그 여자의 기억은 이제 내게 와서 산다.

그즈음 우리는 거의 매일 전화를 하거나 만나고 있었다, 그 빈도가 점차 잦아졌다. 그러므로 화제는 더욱 풍부하고 세밀해져 눈만 보아도, 손놀림만 보아도 서로의 기분을 알아차릴 수 있는 감각이 식물들처럼 예민하게 잘 발달되어가고 있는 듯했다.

　이 집은 길에서 멀리 떨어져 있다. 동구에서 한참을 걸어 올라가다 보면 탱자나무 울타리의 집이 보인다. 요즈음 남편은 내게 강장제를 복용하라 했다. 그리고 바람을 쏘이고 등산을 하라고 권유했다. 나는 그 여자를 불러낸다. 이 멀리 떨어진 곳을 찾아올 사람은 그 여자뿐이다. 그 여자는 남편의 후배다. 그림을 그리는 남편과 그 여자는 내가 보기에도 지나칠 정도로 친숙하다. 내 병이 호전되는 증세가 보이는지 남편은 나를 위해 특별 배려를 한다면서 카메라를 들고 바람을 쐬러 나가자는 제안을 했다. 나의 취미는 사진 찍기다. 신경증 환자인 내가 혼자 있는 것은 해롭다면서 내 곁에 그 여자를 함께 있게 했다. 알 수 없는 것은 그 여자가 지나치게 많은 시간을 내게 할애하고 있는 것이다. 간병인 노릇 하려구요. 그 여자는 밝게 웃으며 나를 위로하곤 했다. 나의 사랑하는 남편과 그 여자는 내게 무척 신경을 썼다.

　8월에 만개하는 꽃인데 이때가 아니면 언제 보겠어요, 라고 그 여자는 내게 말했다. 우리 셋은 그래서 함께 명옥헌의 배롱나무를 보러 갔다. 해마다 여름철이 되면 남편은 스케치를 하기 위해서 한 차례씩 다녀오곤 했다. 대개는 남편과 단둘이었는데 올해는 그 여자와 함께인 것이다. 카메라 챙겨, 남편이 차에서 내리면서 그 여자에게 말한다. 언제부터 그렇게 가까워졌나, 라는 생각으로 조금 의아했는데 그 여자가 나를 부축하면서 카메라를 내 어깨에 가볍게 걸쳐주었다. 언니 취미잖아요. 나는 그 여자의 말 때문에 일시에 기분이 환해지는 것을 느꼈다. 마치 병이 다 나은 것처럼. 그러나 나는 내가 과연 어디가 아픈지 의문이었다.

나는 차에서 내려 가장 먼저 배롱나무 가까이 다가갔다. 사진을 찍기 위해서였다. 배롱나무 꽃은 열병을 앓듯이 온몸에 열꽃이 번져 초록 나무를 불사르고 있었다. 꽃망울은 마치 콩알처럼 탱탱하게 뭉쳐 있다가 네 갈래로 짜개져서 부화하고 있었다. 날지 못하는 붉은 새처럼 나무 끝에 매달려 바람에 하늘거리고 있었다. 수액 안에 불을 간직한 꽃의 언어가 지상을 향해 활활 타오르고 있는 것이 보였다. 나는 배롱나무 꽃을 찍기 위해 연못 쪽으로 몸을 옮겼다. 여보, 조심해, 남편이 외치는 소리가 들렸다. 나는 남편을 향해 손을 흔들었다. 그들은 나란히 서서 나를 관망하고 있었다. 그들의 뒤에도 배롱나무 꽃이 활활 타오르고 있었다. 나는 그들을 카메라에 담고 싶은 충동을 느꼈다. 캐논 카메라의 파인더 속, 그들이 담겨 있다. 나는 눈을 크게 뜨고 그들을 향해 셔터를 누르려다 경악했다. 그들이 속삭이는 소리가 어치새 소리와 함께 카메라 쪽으로 담겨왔다. 그렇게 오래가지 않아, 라는 남편의 목소리. 나는 놀라서 카메라를 눈에서 떼었다. 그들의 목소리를 듣기에는 거리가 멀었다. 나는 가슴을 가라앉히고 다시 그들을 향해 셔터를 누르려 했다. 그들은 이제 내 쪽을 보지 않고 비스듬히 서로를 바라보고 있었다. 남편의 팔이 그 여자의 어깨에 닿았다가 허리를 스쳐 내려갔다. 나는 긴장을 풀고 서서히 카메라의 파인더를 눈에 대었다. 그러자 이번에는 그 여자의 눈이 남편을 향해 빛나기 시작했다. 아아, 카메라에 담기고 있는 장면은 기이하게도 남편과 그 여자가 함께 늙어 있는 모습이었다. 카메라 앵글 속, 둘은 손을 잡고 배롱나무 아래 서 있었다. 남편은 흰머리가 눈에 띄게 늘어 있었고 그 여자는 조금은 쓸쓸한 표정의 웃음을 띠면서 남편을 향해 머리를 기대고 있었다. 내 심장의 박동이 금세 빨라져갔다. 나는 도저히 사진을 찍을 수가 없어서 그 자리에 주저앉았다. 왜 그래, 남편이 달려오고 그 여자가 그 뒤를 쫓아왔다. 가슴이 아파요, 라고 말하면서 나는 일어서지 않은 채 그 여자의 눈을 보았다. 그 여자의 눈가가 물기로 번들거리는 것을 나는 결코 놓치지 않았다. 바람이 불었다. 연못 위로 꽃잎들이 나는 듯이 떨어져내렸다. 꽃잎으로 붉어진 수면 위에도 내 심장이 타오르고 있었다. 그 여자는 자신이 카메라를 메고 나와 남편을 위해 사진을 찍겠다고 했다. 나는 거절하지 않았다. 남편과 나는 나란히 찍혔다. 나는 무엇을 잘못 본 것일까. 여자는 연신 웃으면서 우리 부부의 포즈를 만들어주면서 사진을 찍었다. 그런 그 여자의 눈빛은 평화로웠다. 아마도 나는 무엇을 잘못 본 것이 틀림없다. 분명 신경증 증세일 것이다. 아마 강장제를 더 늘려야 할지도 모른다. 돌아가는 대로 남편은 외출을 금지할지도 모른다. 태연해야 한다. 나는 이제 그 여자와 함께 외출하지 않으면 결코 혼자서는 밖으로 빠져나갈 수가 없다. 그렇기 때문에 증세가 호전되고 있음을 그들에게 각인시켜야 할 것이다.

내가 살고 있는 이곳, 사람들은 모두 데스마스크의 표정을 하고 있다.

사진 속, 풀숲에 몸을 가리고 있던 그 여자와 그 남자와의 기억은 분명했다. 그런데 나는 왜 여기 있는 걸까, 세상에서 멀어져서. 나는 다시 책상 위의 사진첩을 보았다. 남편과 두 아들은 어디에 있는 걸까. 깊은 밤, 전화를 걸어온 사람은 누구였을까. 내 목소리만 듣고 툭, 하고 수화기를 놓던 사람은 누구일까. 아아, 분명한 것은 그 여자가 어느 날 갑자기 내 시야에서 사라졌다는 것이다. 산속의 어느 작은 건물로 걸어 들어갔던 그 여자. 사라진 그 여자를 두고 나는 혼자서 산을 내려왔고, 그리고, 또…… 나는 책상에서 일어나 서성거렸다. 심장의 박동이 빨라져갔다. 누런 벽지가 내 시야를 흐렸다. 현기증이 일어 침대 가에 비스듬히 누웠다. 심장이 터질 지경으로 답답해져왔다. 환기를 시키기 위해 창가로 다가갔다. 아아, 그러나 이 방은 창이 없다, 있다, 그러나 없는 것처럼 전부 블라인드의 그늘 속에 덮여 있다. 나는 다시 돌아와 침대 위에 아무렇게나 버려진 리모컨을 집어들고 텔레비전의 전원을 켰다.

전망대 위를 차가 달리고 있다. 그곳은 경사가 급한 내리막길임을 한눈에 알 수 있다. 드라마 재방송 프로임이 틀림없구나, 하고 엄지로 리모컨을 누르려는 순간 나는 악, 하고 소리를 질렀다. 차가 충돌한 것이다. 차가 공중으로 떴다. 그리고 가드레일을 받고 뒹굴었다. 나는 갑자기 가슴을 칼에 찔린 듯한 통증을 느꼈다, 나 뒹굴었다, 비명을 질러대었다. 출입문 쪽으로 다가가 문을 퉁탕탕 두들겼다.

"왜 그래요?"

키 큰 남자가 문을 열었다. 바깥의 공기가 방 안으로 들어오는 느낌, 나는 바닥에 앉아 있었다. 무표정하면서 키가 큰 남자가 몸을 일으켜 세웠다.

"어디 아파요?"

나는 고개를 흔들었다.

"바람을 좀 쐬는 게 어때요?"

나는 환자가 아니다. 그래서 나는 그들의 권유를 묵살하곤 한다. 나는 그에게 문을 닫지 말라고 부탁한다. 텔레비전의 화면은 이미 바뀌어 있었다. 뒤통수를 찌르는 기억들. 나는 키 큰 남자에게 말한다.

"괜찮아요."

그는 순순히 물러났다.

"무슨 일 있으면 벨을 누르세요."

나는 성급히 책상 앞으로 다가가 펜을 들었다. 그리고 기록해나가기 시작했다. 뒤통수를 찌르는 기억들. 사고는 내 탓이 아니다. 나는 남편에게 올 필요가 없다고 말했다. 다만 길을 잃었다고, 곧 길을 찾아 내려간다고, 이 산은 깊은 산이 아니므로 뒷걸음질만 잘 치면 찾아갈 수 있다고. 핸드폰을 받은 남편은 내 목소리의 낌새가 이상했던지 거기 그대로 있어, 아이들과 함께 가지 뭐, 하고 말했다. 나는 아이들까지 올 필요가 없다고 했다. 길 잃은 엄마 찾아내려면 함께 가야지 안 그래? 그런데 이상하다. 기도원 쪽이라면 그런 길이 없을 텐데. 나도 그쪽이라면 어렴풋이 알거든. 어쨌든 핸드폰만 손에 잘 들고 있으라구. 남편은 전화를 끊었다. 그러나 나는 두려움에 떨었다. 그 여자가 사라지고 없었다. 그 여자는 어디로 간 것일까. 남편은 그랬구나, 나 때문에 사고를 딩한 거구나. 기억이 없다고, 모른다고 울부짖던 내게 그 남자는 말했다. 모든 게 다 너 때문이야, 라고. 자신의 아내가 실종된 것은 다 나 때문이라고. 어디에 숨겼냐고, 설마 네가 죽인 건 아니겠지. 남편과 아이들의 장례식에서 그 남자가 다가와 물었다. 나는 아마 그때, 정신을 잃었던 것 같다. 그리고 이 누런 벽지가 있는 병원으로 실려왔겠지.

나는 남편에게 전화를 하기 전, 그 남자에게 핸드폰으로 전화를 하려 했다. 그러나 그 남자는 지나치게 먼 곳에 있었다. 몽골로 스케치 여행을 떠난 후였다. 그 여자를 내게 맡겨두고. 나는 이제 기록을 할 수 있다. 그 남자는 떠나기 전날, 나를 만났다. 죄책감을 가질 건 없어. 어차피 이젠 정리를 해야 해. 당신도 나도 말이야.
우리는 그날 두 마리의 뱀처럼 엉켜 있었다. 오후의 햇빛이 커튼을
밀쳐내고 유리창을 부술 듯이 맹렬하고 폭력적으로 침대 발치 쪽
까지 다가와 뜨거운 날을 세우고 있었다. 혀를 날름거리는 뱀처럼
서로를 탐하는 오후는 정적 속에서 빠르게 저물어가고 있었다. 그
남자는 거듭, 여자를 부탁했다. 신경 쇠약이야. 무슨 짓을 저지를
지 몰라. 부탁해. 샤워를 하고 난 남자의 건장한 육체는 대리석처
럼 단단하고 눈부셨다. 나는 물색 투피스를 입고 가벼운 화장을 한
후, 남자의 뒤를 따라 호텔을 나섰다.
　다음날, 나는 그 여자와 만나 점심을 먹었다.

　"아주머니, 주사 맞을 시간이죠?"
　"……"
　"기분은 좀 나아졌어요?"
　나는 고개를 끄덕인다.
　"뭘 쓰고 계셨어요?"
　여자 하나가 책상 앞으로 다가왔다.
　"어머, 꽤 많이 쓰셨네요. 이제 조금씩 기억이 나시나 보다. 다행
이에요."
　나는 침대 쪽으로 다가가 불결한 벽지를 바라보고 드러누웠다.
　"아직도 혈관이 잘 안 잡히네."
　여자가 내 팔을 천천히 주무르고 있었다. 나는 졸음이 오는 것을
느낀다. 눈꺼풀이 무거워진다.

　8월 중순의 저물녘, 나는 숲 속에서 길을 잃었다.

　그 여자를 놓치고는 뒷걸음질쳐서 산을 헤맨다. 날은 어두워지고 인적이 없는 길을 허청허청 걷는다. 핸드폰을 누른다. 그러나 아무도 받지 않는다. 안개의 늪으로 무거운 몸이 깊숙하게 빠지는 느낌이 든다. 고개를 들어 어두워져가는 하늘을 바라본다. 맑고 정결한 달이 숨 막히도록 차가운 빛을 발한다. 달을 따라 걷는다, 내딛는 곳마다 허방이다, 허방 속에 숨어 있는 길 하나…… 우리는 엉켜 있다, 환한 대낮의 알몸. 배롱나무는 껍질을 벗은 채다. 남자는 내 허물을 벗기려 애를 쓴다. 속살이 말갛게 드러나는 한낮, 엉켜서 몸을 비트는 두 그루의 나무, 가닥가닥 몸을 비틀면서 다가가 엉키면서 급기야 꼬인다. 화르르 허물이 벗겨진다, 허물은 아직 아랫도리에 걸쳐 있다. 천형처럼 허물은 완전히 벗겨지지 않는다. 몸을 비틀면서 두 그루의 나무가 신음하고 있다. 아아아아아 신음하는 대낮. 죄는 황홀하게 불타오르고 몸은 겹겹이 꼬여 떨어지지 않는다. 우우우 배롱나무 환한 아래 물 깊은 계곡은 숨은 길. 활활 타오르는 황홀한 반란의 꽃빛, 나는 타오르는 꽃만을 바라보며 걷는다, 걷다가 까마득히 아득한 허공으로 발을 헛딛는다.

　내가 사는 이곳, 사람들은 거의 소통하지 않는다. 나는 혼자 눈 뜨고 혼자 잠든다. 꿈에서 가끔 어떤 여자를 본다……

물속의 정원사

그를 만난 건 지난 8월 하순, 그에게서 건네받은 백련 한 송이가 아직 내 집 냉동실 속에 꽁꽁 언 채로 들어 있다. 백련 잎사귀 안에는 감로차가 수많은 혀를 숨기고 잠들어 있다. 가끔 날이 젖은 채로 지상의 모든 건물들이 가라앉으려 할 때나 불면인 채로 맞이한 새벽, 어둠의 무거운 돌을 간신히 내려놓았을 때, 연향차를 마신다. 그리고 그의 웃음을 기억해낸다. 백련 한 송이를 꺾어 건네주던 때의 긴장된 얼굴, 타원형의 까만 연씨를 주면서 이천 년은 살아 있을 거요, 라던 의미심장한 어투를 기억해낸다. 그는 지금 없다.

그에 대해 말하기는 아직 이르다, 때가 아니다. 그러나 나는 쓴다. 그는 물속으로 걸어 들어갔다, 라고. 눈으로 확인한 것은 아니다. 그가 완전히 떠났는지 아닌지는 그러므로 알 수가 없다. 겨울의 연꽃 방죽은 쇠잔해 있고 시간이 주는 휴식으로 적요하다. 눈이 부신 백련 대신 청둥오리의 날개 터는 소리가 파드드득, 허공으로 힘차게 차오를 뿐, 생명이 사위어 목이 꺾인 꽃대들만 갈색으로 조용히 잠들어 있다. 그도 또한 잠에 빠져들었으리라. 아마도 그는 망각의 마을로 숨어들었을지도 모른다.

그날은 정확하게 8월의 연꽃 축제일을 사흘 앞둔 날이었다. 수연과 나는 평소에 가끔 만나 함께 여행을 떠난다. 이번에도 우리는 회산 방죽을 향하여 차를 몰았다. 문인화를 그리는 수연이는 가방에 작은 스케치북을 항상 가지고 다녔다. 나는 사진 찍기를 좋아해서 여행 때는 카메라를 빠트리지 않는다. 수연이는 국전에 출품하기 위해 작품을 준비하는 중이다. 그녀가 즐겨 그리는 소재는 어린아이이다. 그녀의 화첩에는 아이가 우는 모습, 똥 싸는 모습, 세수하는 모습, 가랑이 사이로 하늘을 바라보는 모습들이 그려져 있다.

그녀의 화첩 곳곳에는 모성애가 맑은 강물처럼 반짝이며 흐르다 아프게 솟구친다. 나는 내가 차라리 독신인 게 다행스럽다는 생각을 매번 한다. 그리움이 없고 애증의 대상이 없는 네가 부럽다, 는 그녀의 말에 때로 가슴이 아프다. 그녀는 상처투성이다. 네 살배기 딸이 보고 싶을 때면 미친 듯이 쏘다니거나 소리내어 울부짖곤 한다. 깊은 밤 전화기에서 흘러나오는 통곡 소리에 나는 때로 진저리를 친다.

십만 평의 방죽이 푸른 연잎으로 출렁거렸다. 출발이 늦어서인지 석양녘이 다 되었고 간간이 비가 뿌렸다. 차창 밖으로 보이는 연꽃 방죽을 향해 가는 동안 마음이 내내 설레었다. 해마다 이맘때면 연꽃을 보러 오는데 그때마다 감탄을 하면서 행복에 겨워 돌아가곤 했다. 카메라의 뷰파인더를 들이대고 연꽃을 찍는 즐거움. 초록빛의 커다란 잎사귀에 또르르 말린 물방울, 수정 구슬 천지였다. 더욱이 이곳은 세계적으로도 희귀한 백련 방죽이 아니던가. 최대의 군락지. 우리가 행사 이전에 날을 잡은 것은 잘한 일이기도 했다. 인파가 몰리면 사람 때문에 사진이고 그림이고 생각도 말아야 했다. 행사가 시작되기 이틀, 사흘 전이 최고의 시간이다. 방죽의 끝과 끝을 연결한 구름다리를 타고 물 밑을 들여다보며 나는 가시연꽃잎을 찍고 있었다. 가시연꽃은 백련이 지고 난 다음에야 꽃대를 올리기 때문에 꽃을 볼 수는 없지만 가시연잎의 기이한 모양새는 누구의 시선에도 금방 붙잡힌다. 올록볼록 튀어오른 입체적인 가시주름이 수면을 오므렸다 폈다 한다. 수면은 연잎 뒷면의 날카로운 가시로 인해 팽팽히 긴장되어 있었다.

이곳에 삼 년째 오지만 올해처럼 꽃이 많은 것은 처음이다. 알 수 없는 일이었다. 이곳에 왔던 첫해에는 푸른 잎사귀만이 보였고 정작 백련은 아주 희귀해서 가슴이 탈 지경이었다. 그런데 이번엔 하얀 꽃이 벙싯벙싯 피어 있는 것이 예사롭지 않았다. 사람들은 별로 눈에 띄지 않았다. 구름다리를 건너면서 수연의 사진을 몇 장 찍었다. 백련 송이와 함께 찍힌 그녀의 얼굴은 약간 창백한 듯 보였으나 표정만은 밝았다. 키가 큰 데다가 하늘거리는 긴 치마를 입고 위에는 흰색 티셔츠에 속이 훤히 보이는 푸른 재킷을 걸쳐 입었다. 아무렇게나 뒤로 질끈 묶은 긴 머리를 찰랑거리면서 구름다리 위를 날듯이, 물총새처럼 가볍게 날아가는 듯한 그녀의 모습이 눈을 아프게 찔렀다.

우리는 구름다리를 걸어서 바다와 가까운 쪽의 방죽 입구로 들어섰다. 방죽의 한쪽 끝에는 생각지도 못했던 희귀한 수련들이 있었다. 개연꽃, 어리연꽃, 개양귀비, 노랑어리연꽃 등의 꽃들이 자잘하게 보였다. 그리고 한쪽에는 홍련이 화사한 얼굴을 자랑스러이 치켜들고 바람에 몸을 흔들어대고 있었다. 비바람이 간간이 뿌

렸다. 우리가 그를 발견한 것은 그때였고 그곳이었다. 웬 사내가
물속에 들어가 허리도 펴지 않고 수련 등속을 돌보고 있었다. 우리
는 한참 동안이나 그 뒤를 졸졸 따라갔다. 방죽을 따라 우리는 위
에 있었고 그는 물속에 있었다.

"아저씨, 뭐 하세요?"

붙임성 좋은 그녀가 물었다. 묵묵히 일만 하던 그는 그제야 허리
를 펴고 고개를 돌렸다.

"잡풀 제거합니다."

그는 구릿빛의, 물햇살에 그을린 얼굴이었다. 눈은 맑은 기운을
풍기고 있었고 표정은 지극히 단정했다. 물옷과 무릎까지 올라오
는 장화를 신고 방죽 속에서 첨벙거리고 있었다. 그가 제거한 연잎
들은 물속에서 꺾이고 시들어 병든 줄기들이었다. 우리는 그를 따
라 방죽 쪽으로 걸음을 옮기면서 사진을 찍었다. 그가 가는 방향으
로 왠지 가고 싶었다. 그러나 뒤를 따르는 우리와 상관없이 그는
묵묵히 물속을 걸어다니면서 수련이나 홍련, 개양귀비 등의 잎사
귀들을 들치면서 상태를 자세히 살펴보곤 하였다.

수연은 그에게 조금 지나치다 싶게 친절을 베풀었다. 끈덕지게
무언가 이야기를 청하기도 했고 고개를 끄덕거리기도 했으며 내 카
메라를 가져다가 몇 장의 사진을 찍어주기도 했다. 수연이와 나와
그는 비가 간간이 뿌리는 방죽 위의 평지에 서 있었다. 돌아가야 한
다는 그를 붙잡고 수연이가 자꾸 말을 시켰던 것이다. 수연이는 그
때 기어코 백련 한 송이를 얻어가려고 수작을 부리기 시작했다.

"'몽향'에 들렀다가 차를 마시고 왔어요. 다음 기회에 들르면
연향차를 내주기로 했어요. 그런데 연꽃 구하기가 쉽지가 않다더
라구요. 그곳을 아세요? 백련언니는 이 근동에서 알아주는 도예가

인데."

　그는 그때, 잠깐 주춤했다. '몽향'이라는 찻집 이야기 때문인지 연향차라는 말을 들었던 때문인지 몰랐다. 그때 내가 그의 얼굴에서 본 것은 뭐랄까, 어렴풋한 느낌, 그것은 그러나 직감에 가까운 확신이었다. '백련'은 '몽향' 찻집을 운영하는 여자의 호다. 문인화를 배웠던 취당 선생에게서 받은 호. 그에게서 본 어떤 흔들림, 나는 그의 짙은 눈썹이 떨리는 것을 감지했다. 왜 어떤 이유로 그는 이 백련 방죽에 나와 있는 걸까. 그는 누굴까, 과연. 이 특별한 직업의 그는 분명 사연이 있다. '몽향'은 백련 방죽과 멀지 않은 곳에 있다. 차로는 십여 분의 거리. 그곳은 백련 방죽으로 향하는 입구 쪽의 도로에서 약간 떨어져 있다. '몽향'의 '백련'은 어깨가 좁고 얼굴은 둥근 형이며, 눈썹은 초승달처럼 둥글게 굽어 있다. 눈매는 따스하면서도 감정이 풍부하며 웃을 때면 볼우물이 깊게 파인다. 그녀는 연꽃을 구해다가 작은 세마포 주머니에 차를 조금 싸서 화심(花心)에 놔두었다가 이것을 다음날 꺼내어 차는 차대로 마시고 꽃은 수반에 꽂아 따뜻한 물을 부으면 꽃잎이 서서히 열린다고 했다. 그 꽃 앞에서 차를 내어 마시면 화심 속의 차와 어우러진 향이 일품이라고 했다. 그녀의 목소리는 경쾌하면서도 낮고 사근사근했다. 그런 그녀가 우려내는 차를 마시는 일은 최고의 즐거움이다. 거기에다 희귀한 연향차라니. 그러나 나는 여태껏 그런 기회를 잡은 적이 없다. 백련은 희귀했고 그녀가 어디에서 백련을 구하는지 도통 알 수가 없었기 때문이다. 함부로 꺾지 못하는 백련으로 차를 만든다? 『부생육기』에 나오는 심복의 아내 운이처럼 고상한 향취를 갖고 있는 여자가 '몽향'의 그녀다.

　"그분을 잘 알아요?"

수연을 향해 던진 질문에 내가 대답했다.

"그럼요. 같은 스승님을 모시고 있는데요."

수연은 나를 바라보고 눈을 찡긋했다. 분명, 우리는 백련 한 송이를 얻을 수 있을 게야, 라고. 이곳의 백련은 그 자체가 희귀해서 구하기가 매우 어려웠던 탓에 우리 둘은 아주 갈증이 날 정도였다. 처음엔 백련이 목적이 아니었다. 단지 사진을 찍고 그림을 그릴 수 있도록 스케치만 할 작정이었다. 그런데 방죽을 관리하는 그를 보고 생각이 달라진 것이다. 더욱이 방죽에는 사람의 눈이 드물었다. 맘만 먹으면 연꽃 한 송이쯤은 우리에게 꺾어줄 수 있을 것이다. 그가 말한 '그분'이라는 호칭을 듣는 순간, 나는 열에 들뜬 느낌이었다. 백련 한 송이, 그것도 입을 꼭 아물고, 수줍은 듯 꽃봉오리를 닫고 벙싯하게 꽃대를 올린 순결한 처녀 같은 것으로. 노란 수술은 꽃봉오리 속에서 막 눈을 뜬, 신생의 것을 손에 넣을 수만 있다면. 나는 흥분이 되었다.

"사촌언니뻘이죠, 제게는. 그 언니 덕분에 삼 년 전부터 오게 되었어요. 참 이상해요. 작년까지만 해두 백련 꽃대 올라오는 수효가 굉장히 적었거든요. 그런데 올해는 웬일인지 백련이 천상의 정원처럼 가득하네요."

"제가 이곳에 필요한 이유죠."

"어마, 그래요? 그럼, 이 많은 백련들을 꽃 피운 사람이?"

방죽 쪽으로 쓰레기 포대를 든 아줌마 둘이 가까이 와 있음을 안 것은 그때였다.

"아, 서울선상님 아니믄 연꽃 방죽이 못 살아나제라."

머리에 수건을 쓰고 손에는 집게와 쓰레기 포대를 든 아줌마들이 우리를 지나쳐 갔다.

"퇴근 안 하셔요? 서울선상님이 가야 우리가 들어가제. 어여 가셔야제라."

"먼저들 가세요."

그는 주차장 쪽으로 시선을 두면서 그 자리를 피하려 했다.

"먼 곳에서 오셨는데 어쩌죠? 저는 이만……"

"'몽향'에 연꽃이 없던데요. 사실은 연향차 때문에 이곳까지 왔거든요. 그런데 언니가 난감해하지 뭐예요? 백련, 구하기가 쉽지 않다면서. 그래서 차도 못 마신 채로 꽃이라도 보러 왔는데…… 저희가 한 송이 꼭 구해주고 싶네요."

순발력 있게 둘러 붙이면서 기어이 연꽃 한 송이를 구해보려는 수연은 거짓말을 한다. 그 진실 같은 거짓말은 적중했다, 그의 심장에. 우리에 대한 쓸모없는 거리감이 '몽향' 때문에 흔들렸다. 그는 잠시 망설이는 듯했다.

"저를 따라오시죠."

수연의 표정이 환해졌다. 오랜만에 보는 밝은 얼굴이다. 마치 백련 한 송이를 얻기 위해 이날 이때까지 살아온 것처럼 우리는 경건해지기 시작했다. 그러고는 저물어가는 하늘 아래, 이슬비를 맞고 조용히 흔들리는 백련들의 청아한 자태를 그윽하고 아련한 눈길로 감상하였다.

'몽향' 언니는 동틀 무렵의 연꽃이 절경이며 지상 최고의 아름다움이라고 거듭 강조하지만 아무리 새벽을 달려도 게으른 보통 사람들에게는 동트기 전의 도착이 쉽지 않다. 그러므로 아예 노을이 서녘 하늘을 물들이는 발그레한 때의 연꽃 방죽을 구경하는 것이 용이하기는 하다. 우리가 제법 정숙한 자세로, 백련이 피어 있는 하늘의 정원에 승천하려는 선녀처럼 서 있다 하더라도 우리는 지상의 두 여자일 뿐이다. 그래서 인간인 그의 목소리에 속으로는 쾌재를 부르면서, 겉으로는 조신한 미소를 지으면서 그의 뒤를 따라간 것이다. 그런데 그는 옷을 갈아입고 오겠다는 것이다. 그러면 백련은? 그가 뭘 잘못 생각하고 있는 것은 아닐까? 잔뜩 의아심을 품은 우리는 그가 주차장에 나타날 때까지 기다리는 수밖에 도리가 없었다.

그는 이제 가벼운 점퍼 차림의 보통 남자로 돌아와 차문을 열고 따라오라는 손짓을 했다. 이곳보다 훨씬 더 좋은 곳이 있지요. 안내해드리겠습니다. 이슬비에 젖어 싱싱한, 푸른 잎으로 출렁이는 백련 방죽을 뒤로하고 나는 그의 흰 차를 따랐다. 날은, 여름의 저녁은 여태껏 노을이었다. 비는 여전히 가느다랗게 뿌렸고 하늘은 홍련빛으로 물들어 있었다. 논둑길을 달리고 숲길을 지났다. 비포장도로가 보였고 허수아비가 흔들리는 들녘의 한가운데를 가로질렀다. 얼마나 시간이 지났는지 모른다. 안개, 또 안개…… 자욱이 피어오르는 안개기 우리의 앞을 휘몰아쳐오고 있었다. 바람이 안개 속을 들추면서 흘러다녔고 안개는 제 속살을 가끔씩 드러내 보이곤 해서 우리가 어떤 좁다란 길의 막바지에 와 있다는 것을 일러주었다. 바람의 기척이 얼굴에 와 닿았다. 바람의 질감이라고 해야 할까. 나는 손바닥을 내밀어 바람을 만졌다. 바람은 습습했다. 물의 기운이 바람 안에 있었다. 물과 바람의 느낌이 동시에 일었다. 그때, 마을이 시야에 들어왔다. 그가 정자 쪽으로 차를 주차시켰다. 그가 내리는 것을 보고 수연과 나도 따라 내렸다. 이상스럽게도 수연은 내내 말이 없었다. 평소의 그녀는 웃음 소리조차 까르르하고 씨앗 터뜨리듯 흐트러뜨리는 쾌활한 성격이다. 차에 오르면서 다시 시작된 그녀의 우울이 나는 그때까지도 적이 두려웠다. 어느 순간, 갑자기 드높은 울음 소리로 나를 당황하게 할지도 모른다. 지나친 경쾌함과 지나친 우울이 동시에 드러나는 변덕 때문에 때로 이처럼 나를 불안하게 한다. 그러나 또 기우였는지 수연이 내 어깨를 탁 쳤다. 그녀의 눈은 반짝거렸다. 무언가 대단히 흥미로운 일이 일어날지도 모른다는 기대 때문일 것이다.

그가 우리에게 손짓했다. 정자는 이층의 팔각 형태였다. 그의 손에는 망원경이 들려 있었다. 우리는 이층의 전망대로 올라갔다. 보세요. 그가 수연에게 망원경을 건네주었다. 두 눈을 렌즈에 갖다 댄 수연의 입에서는 연신 탄성이 흘러나왔다. 어쩌면, 아아, 아름다워요. 수연이 꽤 오랫동안 망원경을 혼자 차지했기 때문에 나는 갈급증이 났다. 이리 좀 줘봐. 참지 못한 내가 망원경을 빼앗아 들자 잠깐만, 하고서 수연이 위치를 고정시켜주었다. 백련의 자태가 확대되어 피부까지 만질 수 있을 지경이었다. 어디선가 흐르는 것, 백련의 향기가 코끝을 감돌았다. 눈 안으로 커다랗게 만져지는 꽃송이, 백련의 모양새는 정말 알 수 없이 기이하다는 생각이 들었다. 그것은 꽃이 아니었다. 사람처럼, 흰 옷 입은 작은 요정처럼 오도카니 푸른 잎사귀 사이로 꽃대를 내밀며 서 있는 그것. 환상일까. 나는 렌즈에서 눈을 떼었다. 그런데 우리가 떠나왔던 방죽에 비해 연꽃은 아주 드물었다. 회산 방죽은 눈이 시리도록 연꽃이 일렁거렸던 것이다. 그런데 그곳에서 백련을 꺾어주지 않은 이유는 무엇일까. 일부러 이곳까지 온 이유는. 나는 다시 렌즈에 시선을 고정시켰다. 잠깐, 백련의 어떤 희귀한 넋을 본 느낌 때문이었다. 활짝 피어 한껏 벌어진 꽃잎이 툭, 하고 떨어져내렸다. 잠깐 사이에 두 잎이 졌다. 그리고 그 사이로 보이는 작고 푸른 연밥이라니.

활짝 피었다가 시들어가는 꽃송이 안의 노란 수술은 저무는 저녁 햇살 속에 반사되어 묘한 아름다움을 느끼게 했다.

"위를 보세요."

그의 목소리가 들렸다. 우리는 동시에 하늘을 올려다보았다. 백로들이 연꽃 방죽을 향하여 날아들고 있었다. 아니, 방죽 위쪽의 소나무 숲을 향하여 하늘을 하얗게 뒤덮으며 일제히 날갯짓하고 있었다. 나는 그제야 시선을 멀리 잡고 백로 쪽으로 렌즈를 고정시켰다. 백로가 소나무 위에 앉았다. 하늘에서 내려와 일제히 소나무 숲으로 내려앉는 그들의 자태는 백련만큼이나 고결했다. 깃을 푸드덕거리는 백로. 나는 그 광경에 취해 있었다. 백로의 서식처인 소나무 숲 아래의 백련 방죽은 이 세상의 것이 아닌 것처럼 신기로웠다. 더욱이 방죽의 한가운데는 오도카니 앉은 작은 섬 같은 언덕이 있었다. 각종 풀과 갈대들이 바람에 몸을 비비고 있었다. 그리고 물속에 느티나무라니.

"저건 물속에서 자라는 나무죠. 희귀해서 좀체 보기 힘든 종입니다."

나무는 푸른 머리채를 반쯤은 물속에 반쯤은 허공에 두고 있었다.

"이상하네요, 이 마을. 마치 정지된 것처럼 고요해요. 움직임이 없다고 해야 할까. 사람들도 보이지 않고."

생각해보니 수연의 말대로 마을은 지나치게 적요했다. 얼핏 눈으로 보아서도 십여 가구 정도가 사는 것 같았다. 나는 마을을 탐색했다. 사람은 있었다. 어느 골목길에서 노인 둘이 대문 안으로 걸어 들어가는 게 멀리에서 눈에 잡혔다. 그러나 어쩐지 머나먼 곳의 사람들이라는 느낌이 더 강하게 들었다.

"꼭 백련을 갖고 싶으세요?"

그가 하나마나 한 질문을 다시 던졌다.

"그럼요. 일부러 이곳까지 따라왔는데요. 근데 그 넓은 곳, 그 많은 꽃들을 두고 왜 이곳으로 온 거죠? 여긴 몇 송이 눈에 띄지 않는데……"

"그곳의 연꽃과는 다릅니다. 제 임의대로 할 수 있지만 지나치게 풍성하다고 느끼지 않으셨나요? 어쩐지 선생님들께는 이곳의 연꽃을 드려야겠다고 생각했습니다. 사실, 선생님들처럼 연꽃을 탐하는 사람들이 있긴 하죠. 몰래 꺾기도 하니까요. 여긴 사람의 손이 닿지 않는 곳에 있어서 더욱 귀하죠. 하지만…… 알아두셔야 할 게 있습니다."

수연이 그에게 바짝 다가가 물었다.

"그게 뭐죠?"

나는 수연을 무심코 바라보았다. 뒤로 질끈 묶었던 갈색 톤의 머리칼은 어느새 풀려 그녀의 어깨 위를 덮었고 푸른 재킷은 이미 벗어서 팔에 두르고 있었다. 눈부시게 흰 셔츠의 어깨 끈은 그녀의 맨어깨에 간신히 매달려 있었다, 곧 흘러내릴 듯. 또 속이 홧홧해지는 모양이다. 전에도 그녀는 속에 불덩이가 들었다고 가슴을 쥐어뜯곤 했다. 갸름한 얼굴의 곡선과 거의 물기로 촉촉이 젖어 있는 까만 눈동자는 비애에 차 있는 듯 보이게 한다. 백련언니의 남편은 어쩌면 수연의 저 눈동자에 매혹되었는지도 모른다. 물기로 인해 반짝이는 눈동자와 허약한 체구는 누구에게라도 보호 본능을 일으키기에 충분하다. 수연은 이제 잔뜩 상기된 표정이었다, 지나치게 백련에 집착하고 있는 것 같았다. 수연은 그에게 좀더 가까이 다가섰다. 어깨에 멘 숄더백이 금방이라도 떨어질 듯 위태로워 보였다. '몽향'의 그가 수연에게 단호하지 못한 이유는 저런 아슬아슬한 위기감 때문일 것이다.

"이곳은 현실의 시간이 존재하지 않는 곳입니다. 더욱이 이 연꽃을 갖게 되면……"

"뭐죠?"

나는 바짝 긴장했다. 그러나 수연은 내 의혹보다 더 큰 호기심이 동하는 모양이었다. 늘 수연의 그 호기심이 문제다, 라는 생각이 들었지만 별수 없었다. 오늘의 여행은 그녀가 하는 대로 내버려두기로 진작 마음을 굳혔지 않은가. 어린 딸을 만날 수 없는 고통 때문에 그녀는 절망에 빠져 있었다. 수연의 뒤를 따라 별수 없이 그와 마주앉았다. 그는 이제 좀더 차분한 표정이 되었다.

"기억을 잃어요. 이 연꽃 말입니다. 향내만 맡아도 기억의 어떤 부분들은 손상을 입게 됩니다. 그것은 어쩌면 소실된다고 봐야 하겠죠. 고통의 기억을 자신도 모르게 망각하게 됩니다. 제 말을 믿지 않으시리라 생각합니다만 사실입니다."

"어마, 재밌네. 신기해요."

수연이 끼르르 천진난만한 표정으로 웃음을 터뜨렸다.

"그래도 좋습니까? 이곳의 백련을 원하십니까?"

위험하다는 생각을 한 건 그때였다. 위험한 사람. 기억을 잃는다? 그렇다면 우린 오늘 길을 잘못 들어섰다.

"백련을 꼭 꺾어 가야겠어요."

성미 급한 수연이 기어이 일을 만들려는 모양이다. 나는 좀더 이성적이어야 한다, 고 생각했다. 무엇인지 몰라도 이건 유혹이다, 여기서 그만두어야 현명하다는 판단과 연꽃을 구하고 싶다는 갈망이 내 마음을 무겁게 했다.

"하지만 그외에 달리 해는 없습니다. 꽃은 단지 꽃일 뿐이니까요."

"갖고 싶어요."

수연이, 자리에서 일어섰다. 그녀의 등 뒤로 해가 저물어갔다. 여전한 홍련빛의 하늘, 멀리에서 어둠의 천막이 희끄무레하게 하늘을 덮으려는 순간을, 그 기미를 느낀다.

"한 가지, 의문이 있어요."

내가 그를 노려보았다. 연꽃 방죽에서 연꽃의 품종을 연구하고 교배하고 증식시키는, 연꽃에 미친 작자라면 그 향내 때문에라도 기억이 온전하지 않을 게 아닌가. 그러면 그는 뒤죽박죽인 기억으로 고통도 없이 살아간단 말인가. 마치 마약을 흡입하듯 연꽃 향기를 들이마시고 고통을 잊는다는 것인가.

"'몽향'언니와는 어떤 관계죠?"

그가 순간, 움찔했다. 아마도 내가 정곡을, 아니 그의 고통스런, 아픈 기억을 건드린 게 틀림이 없다.

"모릅니다."

전혀 뜻밖의 대답이어서 나는 황당했다.

"뭐라구요?"

어색한 침묵이 한참을 물처럼 흘렀다. 침묵에도 소리가 있다면 그것은 분명 통곡이거나 비명의 극한점일지도 모른다. 그의 표정이 모든 것을 다 말해주고 있었다.

"우린 어떤 인연이었고 여기까지 흘러왔다는 사실만이 내겐 소중합니다. 정확한 진실은 우린 오랫동안 함께 있었던 사람들이라는 거죠."

그가 천천히, 아주 어렵게 입을 떼었다.

"'몽향'언니는 남편이 있어요, 아이들도 셋이나 있는걸요. 그 사람들 당연히 초혼이구요."

그가 고개를 돌리면서 표정을 찡그리는 것을 나는 놓치지 않았다. 동시에 수연이 가볍게 한숨을 긋는 것도. 수연은 아직도 제 가슴속에 옛일을 묻어두고 있다. 수연과 그들 부부의 인연은 어쩌면 이리 질긴 것일까.

그가 자리에서 일어섰다. 그러고는 백로 숲 아래의 연꽃 방죽 쪽으로 성큼성큼 걸어가기 시작했다. 그는 따라오라든지, 기다리라든지 말이 없었다. 수연이 내 팔을 잡아끌었다.

"묘한 건 정말 있어. 언니와는 정말 어떤 사이일까? 궁금하다."

"뭐가? 말도 안 돼. 좀 이상하지 않아? 어째 슬슬 무서워지려고 한다."

"넌 소설 쓰는 애가 왜 그래? 훌륭한 소재구만. 어쨌든 가보자구."

그는 보이지 않았다. 한참을 두리번거렸지만 그는 어디에도 없었다. 이상한 곳에다 유기하려는 것은 아닐까, 하는 생각이 들기도 했다. 하지만 무엇 때문에? 그리고 우리에겐 이곳을 단숨에 빠져나갈 수 있는 차가 있지 않은가. 나는 내 차가 세자리에 있는 것을 눈으로 확인하고 안도했다.

"음, 향기 좋다. 이 코로 들어오는 백련향 기막히지 않아?"

수연이 방죽 사이로 몸을 디밀어 숨을 깊고 크게 내쉬면서 연향을 들이마셨다.

"근데 꽃은 너무 멀리 있어."

장화도 없이 물속으로 들어간 건가. 그를 찾았다. 한참 동안 보이지 않던 그는 우리보다 앞서 백련을 들고 서 있었다. 수연이가 흥분된 어조로 소리쳤다.

"얘, 백련이야."

나도 들떴다. 생각지도 않았던 백련을 구하려고 여기까지 흘러와서 그것을 정말로 손에 넣을 수 있다니. 그것도 이곳의 연꽃은 고통스런 기억을 지워간다고 하지 않았는가.

"이 마을은 아까도 말했듯이 현실을 잃은 마을입니다. 읍내 가는 길이 너무 멀어서 모두 자급자족을 해야 살 수 있죠. 이곳의 연꽃은 다른 곳과는 달리 향이 유달리 은은하면서도 사람을 취하게 해요. 달콤하고 벌꿀 향기가 나는 이 꽃잎으로 밥을 지어먹고 살았던 거죠. 연꽃향이 그윽하게 바람에 실려다녔어요. 그 대신 마을 사람들에게는 완벽한 망각이라는 선물이 주어졌구요. 망각이라는 것이 과연 선물인지 저주인지 알 수 없지만 이곳 사람들은 죽는 날까지 행복하게 살았습니다. 과거에서 완전하게 해방이 되었으니까요."

"사실이에요? 그렇다면 선생님은 그 사실을 어떻게 알았죠?"

"저와 '몽향'은 이 마을에서 태어났습니다. 우린 아주 어릴 적에 이곳을 떠나 외지로 나갔죠. 그리고 학교를 다녔고…… 어떤 시절만큼은 꽤 행복했구요."

그가 얼굴을 연꽃 방죽 쪽으로 돌렸다. 나는 놓치지 않았다. 애써 무표정한 그의 얼굴, 그의 눈에 잃어버린 낙원에 대한 애달픔과 그리움의 그림자가 드리워진 것을. 그의 눈이 젖어가는 것을. 그는 왜 지금 슬퍼하는가, 고통스러워하는가. 그는 백련 방죽 속에서 연꽃과 함께 사는 남자가 아니던가. 과거의 고통스러운 기억은 하나도 없어야 하질 않는가. 이런 모순이 어디 있는가. 이건, 거짓이다. 그는 우리를 혼란에 빠뜨리고 있다. 그때, 침묵을 깬 건 수연이다.

"잊고 싶어요, 저도. 저도 고통스러운 시간들이 있거든요. 지금도……"

수연의 눈자위가 젖어 있었다. 자신을 주체하지 못하는 신경성인 우울과 불행감이 이곳에서 다시 시작되는 것이다. 나는 불안했다. 그녀가 어떤 제의를 할 것인지가. 이곳에 올 때마다 수연은 자신의 감정을 제어하지 못하고 드러내곤 했다. 그녀를 괴롭히는 기억의 나날, 기억의 좁은 길. 이 근동의 바다와 도로와 숨은 길 곳곳에서 그녀는 아직도 옛 추억을 떠올리며 눈시울이 붉어지곤 했다. 속으로 울음을 삼키다 토해내는 순간, 나는 오랜 그녀의 슬픔을 본다. '몽향' 찻집의 언저리를 돌면서 매번 마음을 다잡고는 화장을 산뜻하게 고친 후 환한 얼굴로 위장한다. 그리고 내색하지 않고 천연스럽게 그들 부부를 만나는 그녀의 고통을 보는 일은 아직도 익숙하지 않다. 차라리 그들과 결별한 채 살아가는 게 훨씬 덜 고통스러울 텐데도 수연은 그들의 주변을 여태껏 빙빙 돌고 있다. 나는 토할 듯한 수연의 울음의 기척에 위기감을 느꼈다. 그래서 재빨리 그를 향했다.

"말이 안 돼요. 왜 선생님은 기억하고 있는 거죠? 그것도 낱낱이. 이 연향을 누구보다도 더 많이 마시고 살 텐데. 선생님 말을 어떻게 믿겠어요?"

그의 얼굴에는 엷은 그늘이 드리워졌다.

"저도 이렇게 살아 있는 게 신기합니다. 죽었어야 했는데 살아났죠. 믿었던 그녀가 다른 사람과 결혼을 했고 전 그 이후의 고통 때문에 시달리다가 한국을 떠났죠. 그녀는 모릅니다. 내가 자신을 그처럼 사랑했다는 사실을. 몰라야 하죠, 결단코. 무엇이 저를 잡아끈 것일까요. 혼자 정처 없는 여행을 하다가 어느 곳에 이르렀어요. 아니, 아닙니다. 게라멘터스를 찾아 떠난 것은 바로 저였습니다. 그곳에 가면 모든 것을 잊을 것만 같아서요. 연꽃 먹는 종족들을 찾아 떠났지요. '로토파기'가 그들이죠. 그들이 살았다고 전해

진, 리비아의 남서쪽에 있는 어떤 작은 국가, 게라멘터스를 찾게
되었습니다. 그곳에 연꽃 방죽이 있더군요. 저는 깜짝 놀랐어요.
내가 자란 마을과 매우 흡사하더군요. 그곳에서 나는 다시 절망했
습니다. 고통은 그때까지도 나를 붙잡고 놓아주지 않았죠. 그녀를
기억하고 있는 것만 해도 형벌이었으니까요. 그녀를 완벽하게 잊
기 위해 저는 그곳에 도착한 첫날, 신화 속의 연꽃을 한 송이 땄
죠. 그 누구의 허락도 받을 수가 없었습니다. 만월의 밤, 그 신성
한 꽃은 천상에서처럼 순결하고도 아름다웠습니다. 꽃은 달고 향
기로웠죠."

그의 눈두덩이 붉어져갔다. 수연은 제 가슴을 억제하느라 애쓰
는 모양이었다. 두 손으로 심장 주변을 감싸 안고 있는 그녀는 터
질 듯 위태로워 보였다. 그의 말에 완전한 신뢰를 보내는 표정이
었다. 나 또한 그의 말이 진실이라는 것을 인정하지 않을 수가 없
었다.

"지극히 아름다운 것은, 위험한 것이었죠. 독이 있는 꽃을 잘못
먹었어요. 백련 중에서도, 그 어떤 독성이 숨어 있는 것을 제가 딴
거죠. 구별하기가 어렵지만 꽃들 가운데 어느 한 송이는 분명히 독
성이 있다고 합니다. 그곳 사람들은 꽃을 따기 전, 신에게 기도를
올린다고 합니다. 제가 바로 그걸 따서 꽃잎을 먹은 거지요. 그때,
저는 목숨을 잃었습니다."

나는 깜짝 놀랐다. 이 자는 죽은 자인가. 수연의 표정이 하얗게
질린 채였다. 살갗 위로 핏줄이 파랗게 드러날 정도로 허약한 수연
의 손이 부르르 떨고 있었다. 나는 그의 눈을 쏘아보았다.

"놀라지 마십시오. 놀리려는 것은 아니었으니, 하하. 이렇게 살
아 있질 않습니까. 다 지나간 과거입니다. 그 방죽을 지나던 원주

민에 의해 간신히 목숨줄을 붙들었으니까요. 그곳에서 과거를 잊고자 했으나 결국은 죽음과 맞바꾸려 했던 셈이죠. 고통의 기억과 죽음의 거래였습니다. 마치 악마와 거래한 것 같은 그런 두려움이 들었습니다. 깨어나서 기도한 게 있습니다. 신이여, 제게 다시 생명을 주서서 감사합니다. 고통스럽다고 해서 과거를 목숨과 바꾸어서야 되겠습니까. 마을 사람들이 해독제를 가지고 와서 저를 살렸는데 신의 뜻이라고 하더군요. 독성이 있는 꽃을 먹으면 즉사한다고 합니다. 그런데 저는 그때부터 잃었던 기억조차 오히려 더 생생해졌습니다. 새로운 고통이었죠. 그때, 결심했죠. 기억을 부인하지 않겠다고. 고통을 피하지 않겠다고. 내게 주어진 시간을 인정하겠다고. 그 모든 것이 다 제 것입니다. 이제는 그녀가 가까운 곳에 있다는 사실만으로도 만족합니다. 내가 살아서 그녀를 지켜주는 것이라 생각합니다. 가끔 연꽃을 따서 그녀에게 보냅니다. 그녀는 제가 누군지 모를 겁니다. 직원들 편에 꼭 사례를 하더군요. 현재의 시간에 물처럼 순응하면서 아름다운 백련을 피워내는 나의 생, 그것이 저의 행복과 기쁨입니다. 때로 오늘처럼 옛 기억을 떠올리면서 백련을 따기도 하겠지요. 저는 이제 시간이 얼마큼 흐르는지에 관심이 없습니다. 이제는 기억을 잊는 것이 아니라 기억에서 해방된 것입니다."

그의 손 안에 오롯이 앉은 백련. 꽃잎은 꼭 아물려 있고 섬세한 꽃의 결이 향내로 찰랑이며 흔들거렸다.

"향을 맡아보세요. 고통은 어느 누구에게나 있답니다. 이 연꽃을 보기만 해도 그것은 물에 씻기듯 사라질 겁니다. 망각하는 게 아니라 기억을 순화시키는 거지요. 제 소망은 이곳의 연향을 회산 방죽의 백련에게도 살아나게 하는 것이지요."

그가 내미는 연꽃을 수연이 떨리는 손으로 받았다. 백련, 지난 기억을 잊고자 하는 바람과 그 기억 속에 갇혀 울고 웃는 수연의 심정을 충분히 이해할 수가 있다. 그렇다면 당연히 연꽃은 수연의 몫이라는 생각이 들었다. 그가 내민 백련을 보자 나도 또한 흥분을 감출 수가 없었다. 천상의 꽃, 그 성결함. 신이 인간에게 선물한 것이 있다면 그것은 고통을 망각할 수 있는 시간의 블랙홀일 것이다. 그것은 과거 속으로 사라져 묻힌다. 망각의 꽃, 나는 깊이 그 향내를 들이마셨다. 코로 깊숙이 호흡한다면 분명히 취할 수 있을 것만 같았다. 그가 왼손을 펼쳐 보였다. 양끝이 뾰족한 타원형의 까만 연씨였다.

"이천 년을 산답니다. 이 단단한 껍질을 둔기로 깨뜨려 흙에 심고 물을 가득 채우면 꽃대가 올라올 겁니다. 아마, 백련은 이천 년 전의 생은 기억하지 못하겠죠?"

그가 내게 연씨 열두 알을 주었다. 그때였다. 회오리바람이 어디선가 갑자기 불어왔다. 안개가 아직 걷히지 않은 마을이 회오리바람의 중앙으로 휩쓸려가는 느낌이었다. 눈을 뜰 수가 없었다. 수연이 휘청거렸다. 그는 걸음을 빨리했다.

"회산 방죽에 가면 다시 만날 수 있나요?"

"언제든지요. 만나고 헤어지는 일이 이 현생의 반복이죠. 그리고 기억의 영원한 반복입니다. 우리는 자신이 기억하는 만큼의 시간을 살게 되어 있죠."

그의 알 듯 모를 듯한 대답이 바람에 실려왔다. 그때, 나는 결코 그를 다시 만날 수 없으리라는 예감이 들었다. 삶의 비밀을 엿본다는 것은 때로 두렵다. 타인의 생, 시간의 내밀한 비밀 또한. 고통의 기억은 어쩌면 신이 그에게 주신 선물일지 모른다.

그가 앞서서 차에 탔다. 나도 운전대를 잡았다. 그리고 옆자리의 수연을 보았다. 그녀는 말이 없었다. 그 침묵은 그러나 처음 이곳에 왔을 때와는 달리 한없이 평화로웠다. 그녀의 얼굴에는 엷은 미소가 피어올랐다. 그녀는 눈을 감고 백련에 얼굴을 맞대고 있다. 나 또한 한마디도 할 수 없었다. 그의 흰 차가 정지된 마을을 빠져나가자 나도 액셀러레이터를 밟았다. 그를 놓치지 않기 위해. 이 비현실의 공간, 현실의 시간이 존재하지 않는 망각의 공간을 벗어나기 위해. 어느새 바람이 잦아들었고 안개가 서서히 걷혀갔다. 그러나 그의 차는 어디에도 보이지 않았다.

그는 8월 땡볕의 한철 내내 백련을 피워내면서 행복하리라, 사랑의 기억만으로도. 사람들은 바람결에 실려오는 연향을 들이마시면서 눈꺼풀을 살며시 덮을 것이며 현실의 고통을 잊을 것이다. 우리가 과거라고 명명하게 되는, 고통은 물처럼 흐르고 꽃처럼 피어서 시들어가므로 아름답다. 바람이 불고 있었다. 바람 속, 아주 희미한 연향의 기미를 느꼈다.

지금은 겨울, 연꽃 방죽은 소멸의 잠에 깊이 빠져 있다. 푸른 잎사귀가 일렁이던 물속을 걸어다니면서 '백련'을 사랑한 그는 떠났다. 그리고 수연도. 그 이후, 수연은 그들과 결별했다. 한때, 자신의 가슴을 불사르게 하던 기억을 잊고. '몽향'의 도예가를 완전히 잊은 것은 아니었다. 그러나 이제 그들 부부의 주변을 맴돌지는 않는다. 수연을 만나는 일이 '몽향'의 '백련' 또한 괴로웠을 것이다. 결혼한 이후에도, 남편의 주위를 끊임없이 돌고 있는 수연을 대하면서 때로 그녀는 살얼음판을 걷듯 위태로웠을 것이다. 서로에게 고통뿐인 인연은 수연이 한끝을 놓으면서 아슬아슬하게 균형을 되찾은 것이다. 수연은 다시 그림에 미친 듯 몰입하기 시작했다. 그녀의 애증을 포기하게 만든 것은 물속의 정원사, 바로 그였다. 그가 수연에게 내민 백련 한 송이는 결국 내게로 왔다. 난, 이제 필요 없어. 네가 가지고 가서 연향차를 만들어 보내줘. 내가 자초한 과거를 다시 되풀이하고 싶지 않아. 이젠 지치기도 했고…… 잊어야 할 것 같아. 그럴 수 있을 것 같아. 돌아갈래.

　망각의 꽃을 선물한 로토파기…… 그는 이제 어디에도 없다. 그러나 나는 쓴다. 그는 물속으로 걸어 들어갔다, 라고. 눈으로 확인한 것은 아니다. 그가 완전히 떠났는지 아닌지는 그러므로 알 수가 없다. 겨울의 연꽃 방죽은 쇠잔해 있고 시간이 주는 휴식으로 적요할 뿐이다. 겨울의 연꽃은 뿌리로 돌아가 잠들어 있고 그도 또한 과거로 돌아가 동면에 들었을 것이다. 지금 연꽃 방죽은 눈부신 백련 대신 가슴이 화려하게 빛나는 청둥오리 떼의 날개 터는 소리로 파드득, 진동한다.

안개/맑음

1

대관령 제1터널을 지나면서 안개는 도로를 일시에 점령해버렸다. 가로등의 불빛까지도 녹여버릴 듯한 흡착력의 그것은 식충식물인 습지병자초의 함정 같았다. 부유스름한 대기가 굴삭기 앞 유리창에 한꺼번에 몰려드는 것 같더니 사내의 시야를 차딘했다. 사내는 그제야 안개등을 켜고 눈을 더욱 부릅떴다. 그러다 갑자기 호흡기가 막히는 느낌이 들어 후읍— 하고 한숨을 내뱉었다. 앞의 차들은 서서히 진행하고 있었다. 사내의 표면경에 비친 차들 또한 충혈된 눈빛을 하고 바짝 긴장하면서 차 뒤에 달라붙어 따라오고 있었다. 도로 위의 차들은 유령의 입김 같은 안개군에 갇혀 어디론가 사라져버릴 것 같았다.

사내는 아래를 내려다보았다. 처음 7번 국도를 탔을 때 사내를 추월했던 흰 승용차 안에는 여전히 여자 둘이 갇혀 있었다. 뿌옇고 습한 대기 속에 감추어진 안개의 혓바닥은 굴삭기의 유리창과 차를 핥으며 지나가더니 앞차의 꽁무니를 지우고 차체마저도 먹어치운 듯 흐릿하게 보였다. 흐물흐물한 형상은 이미 끈끈한 액체에 싸여 녹아내린 듯해 흡, 하고 사내는 짧은 숨을 내쉬었다. 후텁지근하고 끈적한 짐승의 입김 같은 그것이 사내의 굴삭기를 에워싸는가 했더니 급기야는 그것의 아가리에 흡수되어 먹혔다. 사내는 이제 천천히 액셀러레이터에서 발을 떼었다 놓기를 반복했다. 가로등 불빛이 가끔 깜박거리면서 앞길을 터놓았다. 사내가 더딘 속력으로 안개와 씨름하고 있을 동안 그 옆을 달리던 흰 승용차도 안개의 점령에 속수무책인 듯 속도를 줄인 채 기어가고 있었다. 앞의 터널을 향하여 진군하던 안개 무리는 갑자기 몸을 분산시키기 시작하더니 터널 입구 가까이 이르자 해체되어 위쪽으로 재빨리 진로를 바꾸었다. 그러자 터널 안의 길고도 어두운 통로가 다시 차들을 흡반처럼 빨아들이기 시작했다.

　사내의 삶은 늘 도로 위에 있었다. 한 지역을 반복해서 더듬는 마을버스로 순환하는 정류장은 매양 같은 곳이었다. 젊은 혈기에 무엇을 못하랴 싶어서 뛰어든 직업이지만 한 달도 채 안 되어 비명이라도 지르고 싶을 정도로 최악의 권태를 느꼈다. 근무 조건의 열악함을 잘도 참아내다가도 불끈불끈 솟구치는 젊은 피가 혼자 날뛰면 사내는 정류장을 지나치다가 급브레이크를 밟아 승객들의 이마를 짓찧게 하거나 승객들의 몸끼리 부딪치게 해서 비난을 받기도 했고, 노골적으로 삿대질을 하면서 달려드는 성질 급한 승객의 면박을 받기도 했으며, 급기야는 버스 안에서 넘어진 승객한테서 협박을 받은 적도 한두 번이 아니었고, 기사석 뒤로 느껴지는 불만과 짜증의 얼굴들을 아랑곳하지 않는 채로 버스를 출발시키고 나면 등줄기에 식은땀이 솟아 등골을 타고 흘렀고, 그럴 때면 유리창을 열고 담배를 피웠다. 승객들의 찡그리는 표정이 눈에 잡혔지만 사내는 때로 입을 하아하아 벌리면서 푸른 연기를 토해내곤 했다.

사내는 하마터면 앞차와 충돌할 뻔했다. 순간적으로 브레이크에서 발을 떼어 액셀러레이터를 밟았나 보았다. 터널 속을 밝히는 전깃불에도 불구하고 몽클몽클 피어오르는 짙은 대기 때문에 시야가 흐려 앞차가 코앞을 기어가고 있는 것을 의식하지 못한 탓이었다. 멀리 보이는 터널의 출구가 시커먼 아가리를 벌리면서 앞차들을 퉤퉤 토해냈다. 사내의 차에 바싹 붙거나 추월하던 차들은 괴물의 창자 속 어둠에서 도망쳐 나가듯 터널을 빠져나가기 무섭게 안개 그물에 포획되고 있었다. 굴삭기의 운전석은 마네킹같이 고정된 자세의 한 남자가 양발을 벌린 채 어둡고도 기묘한 분위기를 내뿜고 있는 듯 보였고, 그런 사내가 운전하는 노란 굴삭기는 안개에 갇힌 대관령 고개의 터널들을 잇는 도로 위의 습습하고도 음울한 곳의, 움직이는 한 형상인 괴물 같았다. 대관령 2터널, 3터널을 지나고 안개군을 거우 빗어나자 사내는 그제야 바깥을 향해 고개를 돌렸다. 사내는 어제까지만 해도 매양 마을버스에 올라타는 낯익은 승객들의 얼굴에 대고 자동 응답기가 감사합니다, 라고 지껄이는 소리를 들으며 별 생각 없이 차를 몰았다. 사내는 연희 고개의 높은 집 반지하 방을 떠올리고 이내 쓸쓸해졌다.

안개는 대관령을 벗어나는 지점에서 사내의 숨통을 틔게 했다. 시야가 시원스레 뚫린 도로 위로 차들이 경주마처럼 속력을 냈다. 사내는 자신도 모르게 속도를 약간 더 내어보았다. 그때, 굴삭기 옆으로 흰 승용차가 굴러가고 있었는데 유리창 안이 훤히 비쳐 핑크빛 티셔츠가 언뜻, 사내의 눈에 잡혔다. 핑크빛은 한때, 익숙하

고도 기분 좋은 빛깔이기도 했다. 순간, 사내는 누군가를 떠올리다
가 약간 속이 뒤틀렸지만 이내 침착하게 핸들을 잡은 채 앞차를 바
짝 따라붙었다.

　사내가 그 차를 다시 만난 곳은 하조대 해수욕장이었다. 반바지
차림의 사내가 모래사장에 나가 밀려오는 파도에 눈을 맡기고 있
다가 잠시 시선을 돌렸을 때, 주차장으로 흰 차가 스르르 굴러 들
어왔다. 사내는 유심히 그 차를 쳐다보았다. 멀리 보았는데도 알
수 있었던 것은 한 여자의 핑크빛 티셔츠 때문이었다. 호기심 때문
에 사내는 파도로 젖은 모래를 밟으면서 여자들 쪽으로 천천히 다
가갔다. 피서철까진 아직 일러서인지 파도와 모래사장을 오가며
즐거운 비명을 지르는 사람들 몇과 모래찜질을 하는 젊은 아이들
몇이 모여 있을 뿐이었다. 사내는 여자들 쪽으로 향한 눈길을 거두
지 않고 팔짱을 낀 채, 그 여자들이 돗자리 펴는 것을 물끄러미 바
라보았다. 가까이 보기에도 여자 둘은 모녀지간이거나 나이 차가
좀 있는 자매처럼 보였다. 핑크빛 티셔츠를 입은 여자는 파도와 희
롱하고 있었고 나이가 좀 들어 보이는 여자는 노트를 꺼내 무언가
를 열심히 쓰고 있었다.
　망망대해였다. 멀리 가물거리는 수평선 끝이 너무 아득해서 사
내는 문득 한숨이 터져나왔다. 사내가 운전하는 버스는 73번, 대학
가 쪽을 순환하는 까닭에 늘 제 또래의 젊은이들이 많았다. 그날따
라 몇 번의 실수는 용납되지 않았고 급기야는 제멋대로의 운행을
하다 승객과 다툼을 일으켰으며, 차 안에 설치된 전화기를 통해 동
료 아저씨에게서 얻어들은 욕지거리를 듣다가 참지 못해 울떡증을
부리고는 그대로 도망쳐 나왔다. 그러고는 이 년 전, 인력 시장에

서 만난 최씨가 일하던 굴삭기 회사로 찾아간 것이다. 최씨를 기다
리는 척하다가 주차 관리인이 잠시 화장실에 간 사이에 사내는 소
형 굴삭기를 몰고 서울을 빠져나왔다.

사내는 해변 쪽에 주차해둔 노란 굴삭기로 다가갔다. 맨살에 달
라붙은 모래가 까슬까슬 신경을 거슬리게 하자, 사내는 상을 찌푸
린 채 손바닥으로 모래 알갱이를 털어내고는 차에 올라타 급하게
시동을 걸어 모래사장을 향해 내달렸다. 노란 굴삭기가 모래사장
을 함부로 누비자 사람들이 놀라 굴삭기를 피해 달아났다. 그러자
사내는 곧장 바다 쪽으로 굴삭기를 몰았다. 흰 이빨을 드러낸 파도
가 굴삭기를 향해 달려들었다. 사내는 자신도 모르게 브레이크를
밟고는 잠시 멈췄다가 천천히 해변 쪽으로 후진을 했다. 한동안 노
란 굴삭기는 파도 속으로의 전진과 후진을 반복했으며, 모래사장
은 급기야 흉물스러운 바퀴의 흔적으로 깊게 파여 골이 졌고, 골이
진 모래사장에는 맑은 바닷물이 서서히 차오르고 있었다. 사내는
바다 속으로 달려 들어가 빠져버리고 싶었다. 그러나 번번이 파도
앞에서 사내의 발은 브레이크를 밟고 있었다. 한번은 파도가 굴삭
기 앞 유리창까지 달려들어 사내를 기겁하게 만들기도 했다. 미친
굴삭기가 모래사장의 중간쯤에서 멈추자 사람들이 굴삭기 주변에
둘러서 있었다. 정확히 말한다면 굴삭기가 파헤쳐놓은 바퀴의 함
정 쪽이었다. 한참 동안 핸들 앞쪽으로 고개를 박았다가 쳐든 사내
가 사람들을 향해 분노한 시선을 던지고는 다시 모래사장을 대책
없이 누볐기 때문에 반반한 평지였던 드넓은 모래사장이 거대한
바퀴 자국으로 움푹움푹 파였다. 그제야 사내는 성이 풀린 듯 시동
을 끄고는 혼자 지쳐 기진맥진 눈을 감았다. 잠시 후, 사내가 고개
를 들어 바다 쪽을 보았을 때 여자들은 주차장 방향으로 돗자리를

든 채 걸음을 옮기고 있었다. 그러자 사내는 모래사장을 질러가 곧
장 도로 한쪽으로 굴삭기를 주차시켰다. 모래사장의, 노란 굴삭기
가 지나간 함정 같은 곳에 사람들은 드러누워 서로의 몸에 모래를
끼얹으며 장난을 치더니 이내 모래찜질을 하거나 술래잡기를 했
다. 드넓은 모래사장은 소란스러운 바퀴 자국과 함께 명확히 무엇
때문인지 모를 것으로 인해 잔뜩 혼란스러워 보였다.

흰 승용차는 하조대 방향으로 가고 있었다. 사내는 그 차를 한참
동안 바라보다가 굴삭기에서 내려, 까슬까슬한 모래가 달라붙은
허벅지에 손을 대고 탁탁 털어내더니 버슬버슬한 모래흙이 굴러다
니는 운동화에 단단히 발을 꿰고는 하조대를 향하여 걸어갔다. 굴
삭기는 작은 도로를 갈 수 없었기 때문에 할 수 없었다. 흰 승용차
는 이내 사내의 시야에서 사라졌다. 사내가 걸음을 빨리하면서 걷
다가 달리다가 급기야는 땀을 뻘뻘 흘리면서, 소나무 숲 속에 있는
화장실을 나와 배회하고 있을 때, 여자 둘이 내려오고 있는 것이
보였다. 여자들은 사내를 알아보는 것 같지는 않았다. 여자들이 음
료수를 마시면서 지친 듯한 표정으로 벤치에 주저앉는 것을 보고
서 사내는 입장권을 끊어 혼자서 바위 쪽을 향했다.

젊은 놈이 할 짓이 없어 순환버스 기사냐, 기사가. 차라리 나처
럼 카드깡을 하든지. 야 이 자식아 주변머리 없는 놈아. 이 지구상
에서 카드 회사는 영원히 존재한다 이거야. 그렇다면 이 직업은 영
원 불멸의 것이구. 돈 버는 건 시간문제란 말이야. 미련한 자슥. 하
루 종일 똑같은 자리 뱅뱅 도는 순환버스, 지겹지도 않냐. 어느 세
월에 돈 벌 거냐…… 놀라지 마라. 나, 살림 차렸다. 진주랑.

경철이 황급히 말을 뱉더니 뒷말에 오금을 박듯 단단한 힘을 주
었다.

진주 그 계집애. 내가 좋다는 데 어쩌겠냐.

네가 아니라 네가 버는 떼돈이겠지. 목울대까지 차고 올라와 이빨 사이로 새어나오려는 소리를 꾹 누르면서 사내는 손에 쥔 유리잔에 힘을 주었다. 유리잔은 사내의 분노한 악력에도 불구하고 금조차 가질 않았다. 경철이 언젠가 맥주잔을 손에 잡은 채로 깨뜨려버린 살인적인 악력에 비하면 자신의 주먹은 얼마나 무력한가.

카드 회사가 망하지 않는 한 나는 돈을 벌 거야. 그것도 떼돈. 진주, 어제 핸드폰 새로 바꿔줬더니 입이 찢어지더라.

사내는 하마터면 발을 헛디딜 뻔했다. 관광버스에서 내린 관광객들 일행이 하조대에서 내려오는 길이었고 사내는 오르는 길이었다. 사내는 그들 무리를 피해 한쪽 방향으로 올라 걸었다. 사내가 여기까지 무언가에 이끌린 듯 오게 된 까닭은 어쩌면 흰 차에 탄 여자의, 유난히 강렬한 색감이 느껴지는 핑크빛 티셔츠 때문이기도 했다.

난 돈 없는 애인 두기 싫어. 그리고 어차피 결혼은 현실이잖아?

진주의 눈빛이 묘하게 빛났다. 짧은 커트 머리의, 가슴 부분이 깊게 파인 채로 유난히 도드라져 보이는 핑크빛 셔츠의 진주는 사내 앞에서 하지 않아도 좋을 한마디를 기어이 내뱉었다. 경철이에게 나랑 잤다는 얘기하면 넌 내 손에 죽는 줄 알아. 진주의 눈동자는 과민한 불안감으로 흔들렸다.

하조대의 시퍼런 물길은 사내를 두렵게 했다. 높이 솟은 바위 위에서 내려다보는 짙푸른 바다. 발 아래에는 설탕같이 흰 파도가 거품을 물면서 절벽에 부딪히곤 금세 사라져갔다. 사내는 자신이 어떤 운명 같은 것에 이끌려 이곳까지 왔다는 생각이 들었다. 절벽 아래의 깊은 바다 속으로 빨려 들어갈 것만 같은 두려움. 그것은 대관령 터널에서 안개 무리를 만났을 때와 같은 두려움이기도 했고 모래사장에서 파도 속으로 휩쓸려 들어가 바다 속으로 흔적 없이 사라져버리고 싶은 욕망과도 같았다. 한 발만 더 앞으로 내디딘다면, 그 다음의 결과 같은 것을 떠올리면서 사내는 애써 마음을 서둘러 다잡고 발길을 돌렸다. 그러나 이제 사내가 갈 곳이라고는 아무 데도 없다. 자신의 원래의 자리란 본래부터 없는 것이 분명한 것이다. 길이란 원래 없었고 삶이란 자신에게 해당되지 않는, 가진 자의 특권 아니겠는가. 죽음까지도 그러할 것이다. 이대로 돌아간다면 굴삭기를 훔친 죄로 몇 년을 썩어야 될지도 모르는 게 아닌가. 최씨는 경력 2년의 소형 포크레인 기사였다. 정상적인 업체에 들어가 겨우 살 만하게 되었다고 자랑하던 일이 눈에 훤했다. 막노동판에 굴러먹는 것보다야 훨씬 양반이라면서 이제 돈도 벌게 되었다는 최씨의 다부진 어깨가 떠올랐다. 사내는 그 일당의 주먹에도 살아남기는 어려울 게 뻔했다.

　사내는 하조대를 빠져나와 다시 도로에 들어섰다. 청명한 날씨인데도 노곤해서 까부라진 상태로 깊은 잠이 들 것만 같았다. 사내는 천천히 걸어가 주차해둔 굴삭기에 올라탔다. 그러나 사내가 갈 곳이라고는 없었다. 사내는 공부보다는 돈 버는 게 낫다며 그동안 별별 직업을 전전했다. 그러나 제대로 된 직업이라고는 마트의 종업원을 그만둔 후의 순환버스 운전기사였는데, 모두 나이 든 사람들의 집단이어서 의사 소통 또한 제대로 되지 않았다. 사내는 사채 떼먹은 빚쟁이들 협박해서 돈 뜯어내는 경철의 진짜 직업에 합류하고도 싶었다. 하지만 겁이 많은 사내에게는 가당치도 않는 일이었다. 언뜻, 차가 흔들렸다. 자신도 모르는 새 놓친 핸들을 순간적으로 움켜쥐며 깜박, 졸음에서 깨어난 사내는 눈을 비비며 다시 도로 위를 달렸다.

2

　여자는 설악콘도에서 느지막하게 눈을 떴다. 밤늦게 미시령 고개 입구에서 한참 헤맸던 것을 빼고는 어제의 여행은 충분히 만족할 만한 것이었다. 하조대의 모래사장에서 파도와 놀다가 하조대를 들른 후, 망상해수욕장에서 점심을 먹고 망상역에 들렀다. 망상역은 여자의 어린 시절, 추억이 서린 곳이다. 망상역의 뒷산에서 여자는 친구들과 함께 솔방울을 따서 땔감으로 쓰기 위해 집에 가져가기도 했다. 배고프고 외로운 어린 시절에 그곳은 여자의 놀이터였지만 이제 망상역은 기차가 지나가지 않는 폐쇄된 역이 되었다. 여자는 잡초가 무성히 솟아오른 그곳에서 사진을 몇 장 찍었다. 그러고는 지난밤의 꿈에, 어린 시절의 망상해수욕장에 다시 가 있었다. 여자는 망상, 이라고 속으로 가볍게 불러보았지만 마상 어제의 적막한 망상역을 떠올리자 자신의 공허한 생을 들여다보듯 서글퍼졌다. 무거운 몸을 겨우 일으킨 여자는 커튼 사이로 눈부시게 쏟아지는 햇살을 느끼며 힘껏 기지개를 켰다. 그러고는 아직 곤한 잠에 빠져 있는 딸을 깨웠다. 이번 여행은 이혼 직전의 위기에 다다른 딸의 분명한 결정을 내려주기 위해 떠나온 것이기도 했다. 마음이 결코 편치 않았을 딸을 데리고 과감히 일상을 벗어난 여자는 어제 오후, 대관령 터널에 짙은 안개가 껴서 당황했던 것 말고는 순탄한 경로에 만족했다.

　그녀들은 간단한 식사를 마친 후, 설악콘도의 로비에서 자판기

커피를 마시며 어디로 갈 것인가에 대해 생각했다. 빠듯한 여행 일
정으로 친다면 백담사 계곡 쪽은 엄두가 나질 않았다. 백담사 입구
에서 내려 도보로 한 시간 이상을 걷게 된다면 오고 가는 시간만
해도 하루를 소요할 것이 분명했기 때문이다. 여자는 마음이 약간
조급해지는 것을 억누르며, 가고는 싶지만 또한, 망각하고만 싶은
춘천을 다시 떠올리다가 완강히, 춘천 쪽을 거부했다. 여행을 왔을
뿐이야, 라고 생각을 다잡았다. 그러나 자신이 정작 가야 할 곳은
춘천이었다. 고향인 춘천을 두고 자신은 다른 곳만 줄곧 떠올렸던
것이 틀림없다. 의도적인 도피였다. 자신이 왜 한사코 여행지를 이
곳 강원도로 정했는지 또다시 후회를 했으나 속마음은 역시 춘천
을 향해 달렸다.

　　혼자 살다가 중풍으로 한쪽이 마비된 어머니는 한때, 며느리와
의 불화 때문에 가출을 했지만 마땅히 갈 곳이 없다면서 여자에게
돈을 요구했다. 시장 한 귀퉁이에서 옷이라도 수선할란다. 그러나
어머니가 말한 시장 한 귀퉁이 자리의 세는 너무나 비싸 엄두도 낼
수 없었다. 일도 없으믄 뭔 재미로 살 것이냐, 내가 누굴 바라보고
살 거냐. 난 아들자식이 없어야. 자신이 만든 때깔 고운 한복을 입
으면 규방의 마님처럼 품위 있어 보였던 어머니는 그렇게 한탄을
했다. 집을 나온 후, 혼자 떠돌다가 차디찬 시멘트 바닥에서 잠시
졸았던 어머니에게 중풍이 찾아왔을 때, 여자는 올케에게 포악을
떨었다. 그러나 그것도 잠시의 분노였을 뿐, 지금은 어머니를 어쩌
지 못해 모시고 있는 올케에게 자식으로서 아무런 할 말이 없었다.
아들만 자식이냐고, 딸은 아무 책임이 없는 거냐고 했을 때는 가슴
이 미어졌다. 성깔이 깐깐한, 중풍 걸린 시어머니를 언제까지 모시
리라는 보장은 없었다. 자신이 어머니를 모신다고 할 수는 없는 노

릇이었다. 춘천은 유년과 사춘기의 외롭고 쓸쓸했던 기억과 함께 현재의 때로, 감당하기 힘든 어머니의, 나 좀 데리고 가라는 말을 뿌리치고 돌아와야 할 맘 아픈 고향이었다. 거기에다 지난번, 올케에게서 걸려온 전화에서 심상치 않은 소리를 들은 뒤로는 더욱 마음이 심란했다. 고모, 어머니에게 치매기가 보여요, 제발 한번 다녀가세요. 치매가 오면 난 못 모셔요, 라는 소리를 아마도 꿀꺽 삼켰을 것이 분명한 올케의 우는 소리에 가슴이 철렁했다. 여기까지 와서 가지 않는다면, 여자는 그 뒤의 말을 입 밖으로 조용히 내뱉었다. 천하의 불효자식이지. 아니야, 난 못 해. 그게 사실이라면 어떡하지? 여자는 마음이 무거워져 바다 밑 심연 속으로 가라앉는 것 같았다. 하조대 바위 위에 올라가서 잠깐, 자신이 몸을 던지는 상상을 했던 위기, 여자의 생각은 내내 어머니의 치매가 사실인지 아닌지 그것에 있었다.

콘도를 빠져나와 여자가 방향을 틀고자 했던 곳은 한계령이었다. 속초, 양양을 지나 한계령 쪽으로 가야 해, 여자는 일부러 딸에게 들리게끔 큰 소리로 말했다. 그것은 자신의 마음에 대한 반발이었다. 그렇게 말해놓고는 자신도 모르게 미시령을 향해 달렸다. 여자는 자신의 의도와는 다르게 또, 방향을 잘못 잡은 것임이 틀림없다. 자신이 지금 어디로 가고 있는지 생각해보지도 않은 채, 이정표를 확인하지도 않은 채, 어떤 생각에 사로잡혀 있는 것이다. 그때, 굼실굼실한 안개가 산등성이를 타 넘는 것이 보였는데 미시령 고개를 절반쯤 지났을 때야 여자는 자신이 길을 잘못 들었다는 것을 알아차렸다. 그것은 안개 때문이었고, 자신의 뒤를 줄곧 따라오고 있는 노란 굴삭기 때문에, 신경이 몹시 예민해져 앞만 보고 달렸던 까닭인지도 모른다는 자책을 했다. 여자는 고개의 중간 부분에서 공사 중인 트럭을 발견했다. 고갯길을 넓히는 작업을 하는 중인 듯했다. 사실 험난한 고개의, 도로의 폭이 좁긴 했다. 여자는 폭이 좀 넓어 보이는 그곳에서 차를 돌리기로 했다. 뒤를 따르던 노란 굴삭기의 속도가 한결 느려진 것을 틈타 여자는 차를 돌렸다. 차를 돌리는 순간, 노란 굴삭기는 웬일인지 여자의 눈에 다시 띄질 않았고 시야를 흐릿하게 만들었던 안개는 어느 사이 걷혀 하늘은 거짓말처럼 청명했다.

이제라도 늦지 않아. 정리해라.

여자는 딸의 이혼을 권유했다.

엄마, 그 남자와는 이제 정도 없어. 걸핏하면 손찌검을 하는데 더 살고 싶지 않지만 그래도 어쩌겠어.

난 네가 이쯤에서 정리했으면 어쩔까 싶어. 엄마도 평생을 너희들 못 잊어서 이혼을 못 했지만 너까지도 이렇게 사는 게 분하다.

당장 가게가 넘어가게 됐는데 그거라도 막아야지. 지금 이혼보다 급한 건 그거야. 만약 내가 손떼봐. 그 사람 무너질 건 안 봐도 비디온데 뭘.

여자는 무거운 한숨을 내리쉬었다. 사위가 내던진 탁상시계 모서리에 머리가 깨진 딸은 그걸 숨기기 위해 자신을 만나려고도 하지 않았다. 병원 치료를 받아 몇 바늘 꿰맨 자리를 보고 울화통이 터져 그대로 딸을 데리고 떠나왔다. 생각 같아서는 딸의 시어머니와 대거리라도 해야 속이 시원해질 것만 같았지만 차마 그렇게까지는 못했다. 어린 손자를 봐준답시고 시집살이깨나 시키던 깡마른 노인과는 벽창호와 마주하는 것만 같아 더 이상 일면식도 하기 싫어서, 옷가지 몇 개 챙겨서 딸을 데리고 나와버렸던 것이다. 자신 또한 여태껏 남편과 갈라서고 싶었던 것을 꾹꾹 눌러 참고 여기까지 온 것 아니겠는가. 시간을 돌릴 수만 있다면, 다시 처음의 시간 속으로 들어갈 수만 있다면, 적어도 이런 후회스러운 결과는 아닐 게 분명했다. 차라리 자식 둘을 데리고 나와 홀로 독립했어도 이만 못했을까. 대학 때 연애해서 일찍 결혼해버린 딸의 앞날이 또한 이처럼 꼬일 줄은 생각도 하지 못했다. 이젠 무언가 결정을 해야 한다면서 딸을 구슬렸지만 딸은 내내 말이 없었다. 두고 온 아이 때문임이 분명했다. 다니던 직장을 그만두게 하고 에어컨 대리점을 시작한다고 사업 자금 운운할 때, 두 팔 걷어붙이고 말렸어야 마땅했다. 여자는 속이 끓어오르는 것을 간신히 참고 있었다. 이대로 딸을 데리고 어디론가 도망이라도 가서 아무도 없는 곳에서 따로 시작하고 싶은 마음도 있었고 딸이 하고 싶은 공부를 다시 시작하게 해주고도 싶었다.

흰 승용차는 처음의, 출발했던 자리로 다시 돌아왔다. 미시령을 절반쯤 넘다가 되돌아온 길이다. 인생도 이렇게 다시 되돌아갈 수 있다면 좋으리라, 길이 아니라고 생각되면 언제든지 방향을 수정할 수 있는. 여자는 한숨을 내쉬면서 자신이 왔던 길과는 다른 반대편의 길을 향했다. 기왕 여기까지 온 길이라면 한계령 고개를 넘어서 춘천으로 향하는 것이 옳을 법도 했다. 춘천이야 결국, 이라고 힘없이 웃으면서 여자는 운전대를 쥔 손에 힘을 주었다.

한계령을 넘다가 여자는 하마터면 운전대를 놓칠 뻔하기도 했다. 연신 탄성을 지르는 딸아이는 경치에 마음을 빼앗기고 있었고, 그런 딸아이를 보면서 여자는 안도의 한숨을 내쉬었고, 삶에 대한 또 다른 희망을 품어보면서 자신의 현실을 잊고 있었다. 한계령을 넘어올 때의 그 가파르고 울창한 산림 지대의 웅장함 때문에 메마르고 퍽퍽한 현실은 여자에게는 이미 먼 나라의 일이었다. 한계령 휴게소에서 모녀는 사진을 찍었다. 관광버스 한 대에서 사람들이 우르르 몰려나와 사진을 찍느라 난리법석이었다. 다양한 포즈를 연출하는 젊은 아이들을 보면서 여자는 젊었을 적, 남편과 연애할 때는 제법 저처럼 달콤했거든, 이라고 생각하며 모자 쓴 가녀린 팔뚝의 여자아이와 꽃미남 같은 상대 남자를 한참이나 바라보았다. 구운 감자와 커피를 사들고 딸아이가 탁자에 앉자, 여자는 이상한 것을 본다는 듯이 딸에게 말했다.

애, 저 노란 굴삭기 말이야. 어쩐지 눈에 익지 않니?

아까 미시령에서 봤던 그 차 아냐?

어제 대관령 터널 들어서기 전에 말이야. 옆 차선, 네가 올려다보면서 징그럽다던 그 털 많은 종아리도 노란 굴삭기였지?

글쎄. 긴가민가하네.

여자는 한계령 정상에서 먹는 커피 맛 죽이네, 라고 과장된 몸짓을 하면서 다시 차로 돌아와 노란 굴삭기를 유심히 쳐다봤으나 안에는 사람이 없었다. 여자는 뒤쪽의 아이스박스 안에서 꺼낸 자두 한 개를 먹고 밖을 향하여 씨를 퉤, 뱉은 다음 차를 출발시켰는데 그와 비슷한 시간에, 사내는 굴삭기에서 내려 화장실을 들렀다가 커피 한 잔을 마신 후, 운전석에 타려다가 굴삭기의 뒷면을 한참 동안이나 노려보았다. 까만 고딕체 글씨로 쓰인 꼬끄레인 · 최, 라는 글씨는 분명 최씨의 것이었다. 일일 대리 기사인 줄 알았더니, 자신을 속인 것이 분명한 것은 굴삭기의 소유를 최씨라고 버젓이 명명한 데에 있었다. 전화로 만나자고 하면서 부탁이 있다고 했더니, 최씨는 선수를 치면서 자신의 월급이 3개월이나 밀렸는데, 이번 달에는 월급을 탈 수 있을지 모르겠다고 너스레를 떨면서, 술이나 한잔 사겠다면서 전화를 끊었다. 진주와 살림을 차렸다는 경철이 때문에 마음이 다급해져 돈을 빌리고자 한 건 사실이었으나 그 때, 최씨의 입에서 나온 소리는 모두 거짓이었다. 자신의 굴삭기를 가진 부자였지 않은가. 굴삭기 한 대만 있다면 돈 버는 것은 시간 문제였다. 사내는 *꼬끄레인 · 최*라고 씌어진 까만 고딕체 글씨를 노려보았다. 글씨가 자신을 향해 혀를 날름거리면서 속았지? 라고 말했다. 세상은 자신을 속이기만 한다. 믿었던 진주도, 경철이도, 자신의 편인 줄 알았던 최씨도. 사내는 고딕체 글씨를 향해 꽝, 하고 발길질을 한 다음 굴삭기에 올라탔다.

3

이 산속에 길을 내는 데 어마어마한 인력이 소모됐겠지?

주로 군인들이었어. 대단하지? 이 깊은 산속에. 저길 봐. 저게 바로 평화의 댐이라는 거야.

엄만 와보지도 않고 어떻세 다 알아?

강원도가 고향인데 왜 몰라. 여기야말로 추억이 서린 곳이지. 이 길로 시외버스가 지나다녔는데 우습게도 여기서 난 첫사랑 남자를 만났어.

엄마, 정말?

그래.

근데. 왜 인제 말해. 그렇게 물어봐도 대답을 안 해주더니.

시외버스에서 만난 첫사랑이라니. 우습잖아. 근데, 이 길이 맞긴 한데 어쩐지 길을 잘못 든 느낌이 든다.

에이, 또 피해간다.

애, 운명이라는 것, 어쩐지 무시할 수 없는 그 무엇 같아. 나도 그렇고 너도 그래. 하지만 자기가 개척하기 나름인 게야. 이제 그 집안에 매이지 말고 독립해. 엄마가 도와줄 테니. 요즘은 이혼이 흉도 아니잖아. 걸핏하면 사업한다 돈 가져가서 모두 들어먹고. 지겹지도 않니? 카드빚 몽땅 지고서도 뭐가 잘났다고 손찌검이야.

그만 해요. 아, 저기 봐. 오음리라고 씌어 있어.

그래, 옛날엔 비포장도로여서 구불구불한 데다가 먼지는 또 얼마나 났는데. 이곳에 올 때마다 고역이었거든. 멀미하느라.

여자는, 그 남자를 그때 만났거든, 아마 지금은 배가 불룩한 중년이 되어 있을 거야, 그 사람과 결혼했으면 지금쯤 행복했을까, 그러면 춘천에서 아무 무리 없는 인생을 살고 있을지도 몰라, 그 남잔 송암리 일대의 유지 집안이었거든, 난 절친한 친구에게 그를 소개시켰지, 정작 지독한 가난 때문에 다가가지 못했던 거야, 그 남자와 결혼했다면 어쩌면 이처럼 퍽퍽한 인생은 아니었겠지, 라는 소리를 속으로 삼키고 춘천에서의 기억을 되씹으며 먼지 자욱한 비포장길의 추억에 잠겼다. 그때, 어디선지 나타난 노란 굴삭기가 흰 승용차 뒤를 다시 따라붙었다.

사내는 오음리의 팻말을 보고 나서 아래쪽 물줄기를 보았다. 초행길인 데다가 굴삭기 운전 또한 서툴렀다. 순찰대를 피한다고 고개를 넘다 보니 이상한 길로 빠져든 탓이었다. 자신이 굴삭기 절도죄로 감옥에 간다면 그건, 끔찍한 일임이 틀림없었다. 아마도 아우라지에서 만난 뱃사공 영감 같은 인생을 살지 누가 알랴, 하는 마음이었다. 뱃사공 영감처럼 쫓겨다니다가 정선의 옥갑사에서 머리를 박박 깎은 채로 한 일 년 숨어 있다가 종래에는 영감 뒤를 이어 평생 뱃사공 노릇이나 하면서 숨어살게 될지 누가 아는가. 경철이가 진주랑 살림 차려서 알콩달콩 잘 살고 있는 동안에 자신은 절도 죄로 죄책감에 시달리다가 자수를 하든지 아니면 감옥에서 썩다가 청춘을 날려버릴지.

사내가 아우라지 뱃사공을 만난 것은 우연이었다. 서울로 가서 자수할까 하다가 잘못 든 방향의 정선으로 가는 이정표를 보았던 것이다. 그러고는 풍문에 들었던 아우라지를 찾아 차를 몰았다. 사내는 뭔가 알 수 없는 어떤 이끌림 때문에 길을 가고 있는 느낌이었다. 가는 데까지 가다가 차를 버리고 달아나면 그뿐이라는 생각이었고, 아니면 휴게소까지 가서 서울로 가는 고속버스를 타든지 아니면 아래쪽 부산이나 전라도 쪽으로 도주할 생각이었는데 공교롭게도 국도로만 오다가, 그렇게 어찌어찌 하다 보니 아우라지 강가에까지 찾아오게 되었던 것이다. 마을 앞의 도로에 굴삭기를 놓아둔 채로 사내는 걸어가 배가 보이는 강물 쪽으로 다가가서 자갈밭에 그대로 드러누웠다. 지치고 목이 말랐던 사내는, 수심이 맑아 자갈이 그대로 훤히 들이비치고 피라미들이 꼬리치는 강물에 손바가지를 만들어서 물을 마셨다. 그때, 강 저쪽에서 배가 건너오고 있었다. 멀거니 바라보다가 사내는 자신도 모르게 웃음이 나왔다. 저 사람은 나보다 더 지독하군, 강의 이쪽과 저쪽을 하루 종일 줄을 잡고 운전하기가 지겹기도 않나, 차라리 순환버스가 낫지, 라고 속으로 생각하다 보니, 사람 둘을 태운 채 줄을 잡고서 배를 젓는 뱃사공이 딱해 보였다.

얼마요?

그러자 뱃사공이 사내를 향하여 눈살을 찌푸렸다. 그도 그럴 것이 흰 셔츠에 반바지 차림의 젊은 놈이 대뜸 내뱉는 소리가 귀에 거슬리기도 했을 것이다. 뱃사공 영감이 강의 이쪽에 배를 대자마자 사내는 소리쳤다.

빨리 갑시다.

배 안에 있던 부부로 보이는 중년의 남녀가 사내를 흘낏 쳐다보았다. 이런, 무식한 놈 같으니라고, 하는 표정이었다.

이봐, 젊은이. 차라리 내리라구.

뱃사공 영감은 더 이상 대꾸하기도 귀찮다는 표정을 짓다가는 사내가 무슨 말인가를 하려고 입술을 씰룩이려는 찰나에, 노래하듯이 흥을 돋우어 배에 타고 있는 중년 부부를 향하여 말하기 시작했다.

뗏목 타고 한양 가서 돈 벌어올 테니 기다리라는 말을 남긴 거여. 근데 지금도 그렇지만 동강 여울이 좀 위험한가. 당시에는 죽음의 계곡이라고 했거든. 여섯 여울을 건너는데 뗏목이 여섯 동이 드는 거야. 그러면 한양까지 열두 동의 뗏목을 준비해서 가는 데 이십 일이 걸리거든. 가는데 그냥 가나. 밥도 먹어야지, 술도 먹어야지, 잠도 자야지. 고단한 장삿길에 선술집 아가씨 손 한번 안 잡아보겠냐고. 한양 가서 돈 벌어올 테니 기다리라는 낭군 말만 믿다가는 인생 그대로 쪽박 차는데도 이쪽 나루의 아낙은 작정 없이 기다리는 거여. 이미 스무 날이 지나 돌아올 뗏목 삯조차 남지 않은 지경인데. 한양 색시한테 빠져서 뗏목 살 돈까지 뺏기는 거여. 나머지는 선술집 각시한테 뜯기고 말여. 그래도 목 빼고 기다리는 거여. 떼돈 벌러 간 낭군이 떼돈은커녕 곡식 한 톨 못 벌어오는 거여. 당시에 영월 나루에서 뚝섬까지 선술집 색시가 바글바글했대요. 뗏목 타고 가서 벌어오는 떼돈, 결국 선술집에서 다 쓰는 것이제. 장마라도 져봐. 나루를 건너오도 못하고 되려 빚지는 거여. 장마 지면 그대로 인자는 영영 이별이야. 돈 없겄다 면목 없겄다.

배는 슬렁슬렁 흔들거리더니 반대쪽 나루터에 닿았다. 해는 이미 산 언저리에 걸쳐 있었다.

건널 거여?

뱃사공 노인이 사내를 쳐다보며 말했다. 사내는 고개를 끄덕이면서 자신도 모르게 한숨을 내뱉었다.

젊은 사람이 어째 얼굴이 그려. 잔뜩 수심이 껴갖고. 저승사자가 동무 하자 하겠어. 인생 별거 없어. 이러저러 왔다 갔다 똑같어. 나도 한때는 잘살아보려고 하다가 결국 아우라지까지 들어왔어.

뱃사공 노인의 구릿빛 얼굴이 순간, 골 깊은 강원도 산속의 계곡 같다는 느낌을 받은 것은 그때였다.

나도 한때는 잘 나가던 인생이었어. 사업을 하다가 몽땅 들어먹었지. 부도가 나서 이리저리 쫓겨다니다가 옥갑사로 숨었어. 한 일 년 처사 노릇 하다가 나왔지. 그러다 마침 비어 있는 사공 노릇 한 거여. 인제 한 칠 년 되나 싶어. 당분간, 이라고 하다가 어느새 세월이 이렇게 지나버렸어. 떼돈 벌려다가 전부 떼이고 쫓기면서 살던 인생 아니겠어. 인자 그만두려 해도 아우라지가 나를 가만두지 않아. 눈만 뜨면 여량리와 유천리의 인생들이 날 채근하네.

사내는 잠깐, 비끼는 저녁 햇살 속에서 언뜻, 노인의 눈물 같은 것을 본 듯했다.

저기 저, 하염없이 서 있는 처녀 말일세. 이름이 없어. 이름 없는 처녀가 어디 한둘이었겠어. 기다리다가 홍수가 나서 이별한 사연이 말일세.

사내가 서 있는 강 쪽으로 아우라지 전설의 주인공인 처녀의 동상이 하염없이 흐르는 강물을 바라보고 서 있었다. 전설 속에나 있음직한 여자, 요즘 세상에는 씨도 없을 그런 망부석 같은 여자, 라고 사내는 생각했다.

뱃사공으로 평생을 늙어갈 것이여. 이쪽과 저쪽을 내 한 몸이 연결시켜주는 거지. 떼돈 벌러 떠난 낭군, 인자 우리 집사람은 죽은 사람으로 알고 잊어불고 살 것이고. 이러구러 한평생 늙는 거지.

여량리 쪽에 사내를 내려주고 난 뱃사공 옆으로 초등학생 아이가 서 있었다. 뱃사공 노인은 말없이 고갯짓을 해서 어린 손님을 태우고는 유천리 쪽으로 줄을 잡으며 배를 저었다. 뱃사공 노인의 뒷모습이 쓸쓸해 보였다. 저물녘 내내 어둠 속에서 사내는 아우라지 강변에 앉아 있었다. 어디로든 살기 위해서 가야 할 삶이었다. 아니, 어느 곳에도 못 가는 인생이었다. 차라리 아우라지에 붙박여서 노인처럼 사공 노릇이나 해볼까나, 하는 생각도 잠깐 들었다. 하늘이 어둠으로 인해 무겁게 내려앉아 있었지만 강물 소리는 사내의 정신을 맑게 씻겨내며 흘러가고 있었다. 진주는, 진주는 내게 무엇이었나. 나는 또 누구고. 차라리 서울을 떠나 이 깊은 골에 산다면 그녀와 나는 행복할 수 있을까. 하지만 진주는 아니었다. 경철이가, 아니 경철이가 가진 돈이 제 평생을 보장하는 종신 보험이라고 생각하는 여자, 돈밖에 모르는 여자, 여기까지 생각을 하자 사내는 눈물이 났다. 어쩌자고 나는 이곳까지 와버린 것일까. 세상에서 내가 존재했다는 그런 흔적은 무엇일까. 나는 과연 존재하기는 하는 걸까.

오음산은 골이 깊고도 험한, 가도 가도 끝이 보이지 않는 도로로 이어져 있었다. 마른장마 탓인지 비가 오지 않아 댐은 물줄기가 말라 있는 것처럼 보였고 사내 또한 제 덩치에 비해 큰 굴삭기를 무리하게 끌고 다닌 탓인지 지칠 대로 지쳐 있던 차였다. 사내는 도로에서 다시 발견한 흰 승용차의 앞을 질러, 작정 없이 이 길로 들어서긴 했지만 더없는 지루함을 느껴야 했다. 사내의 뒤에 흰 승용차가 천천히 따라오고 있어서 사내는 한 번도 쉬지 않고 무리한 운행을 계속할 수밖에 없었다. 도로의 폭은 경사지고 좁고 구불거렸으며 뱀이 똬리를 틀고 있는 것마냥 어디 한 군데 쉴 만한 곳도 보이지 않았고, 다른 곳으로 빠져나갈 만한 지름길도, 쉴 만한 샛길도 없었다. 마치 산의 정상에서 하단까지 겹겹이 길을 내어 내려가게 만든 것만 같았다. 사내는 손에 힘이 빠지는 것을 느꼈으나 쉴 수는 없었다.

엄마, 여기서부터 춘천입니다, 푯말이 보이네.

그래? 다 왔나 부다. 근데 이상하다. 우리가 시간으로 따져도 이미 도착했을 거린데 왜 이리 더딘 거냐? 같은 장소를 위아래로 빙글빙글 도는 것 같아. 우리 아까 왔던 곳 다시 오는 것 아니니?

이상해, 엄마. 아까 그 자리 같아.

그건 아니야, 아니지.

여자는 그때까지도 눈에 보이는 평화의 댐을 응시했다. 분명히 길을 따라왔는데 아까 보이는 그 댐과 도로의 거리, 즉 시각의 거리는 전혀 좁혀지지 않는 느낌이었다. 노란 굴삭기는 아까부터 줄곧 여자의 앞을 가로막고 있었다. 여자는 잠깐, 오싹한 느낌이 들었다. 오음산을 지나는 차들은 많지 않았다. 다만 이곳이 움직이고 있는 길이라는 생각을 갖게 해줄 뿐이었다. 통행하는 도로, 라는 위안뿐으로 춘천으로 가는 길은 너무나 요원한 느낌이 들었다.

배후령인데?

여기가 배후령이라고?

엄마, 이상하지. 아까 분명 16km라고 씌어 있었거든. 근데 그때가 언제야. 한 시간도 더 된 것 같아. 저길 봐 인제 14km라니.

오오, 그렇구나. 여기가 배후령이잖니. 우린 산의 배후를 빙빙 돌았던 거지. 중심으로 들어서지 못하고.

뭐야? 그게 무슨 소린데?

글쎄, 풀이하자면 그렇다는 거지. 배후가 아닌 중심으로 들어서야 춘천으로 갈 텐데. 우리가 길을 잘못 들어선 것 아닐까? 나도 모르겠다, 무슨 까닭인지. 근데 저 굴삭기 좀 이상하지 않니? 줄창 우리 앞을 막아서고 있으니. 비켜줄 생각도 않고 말이야. 어째 기분이 좀 으스스하다.

나도 마찬가지야.

어디선지 모르게 다시 안개가 스멀거리고 나타나서 노란 굴삭기의 주위를 에워쌌다. 그것은 흡사 병자초의 덩굴손처럼 굴삭기를 바짝 끌어당기며 거센 흡착력을 동원해 먹이를 빨아당기고 있었고, 흰 승용차는 점차로 속력이 떨어지는 굴삭기의 뒤를 따라 브레이크를 밟으며 천천히 진행했다. 그러나 자신의 차 또한 천천히, 음습한 대기 속으로 녹아버릴 것 같아 여자는 불길한 느낌으로 연신 허우적거리고 있었다. 안개는 배후령의 도로를 지나는 두 차를 먹이로 삼아 서서히 녹여내는 것처럼 보였다.

산은 달팽이 같았다. 나선형으로 이루어진 길을 거쳐 노란 굴삭기와 흰 승용차는 달팽이의 끝 지점을 향하여 안개와 함께 빨려 들어가고 있었다. 여자는 좁은 길 위에서 지쳐버린 채로 굴삭기를 추월하여 앞이 보이지 않는 소실점의 길을 빠져나가기 위해 안간힘을 썼다. 그러나 굴삭기는 여전히 흰 승용차의 앞을 가로막아 섰고 메트로놈처럼 시간은 일정하게 갔다가 다시 제자리로 돌아오는 것만 같았다. 자신이 이해하기 힘든, 이미 흘러간 시간이 자꾸 반복되는 느낌이었다. 아코디언의 주름상자처럼 시간이 접혔다 다시 펴지는 느낌이 들어 여자는 낯선 불안감에 등골이 서늘해왔다. 여자는 오음산의 배후령을 빠져나가기 위해 춘천, 이라는 이정표 아직 보이지 않니? 하고 가끔 딸에게 물었다. 어쩐지 이대로 형체도 없이 사라져버리고 말 것 같은 느낌 때문에 운전대를 힘껏 잡았지만 그나마도 어깨에 힘이 빠져나가고 없었다. 안개를 무릅쓰고, 노란 굴삭기가 이내 한쪽으로 비켜섰으나 실뱀 같은 길의 폭과 너울거리는 안개의 방해 때문에 흰 승용차는 위험천만한 추월을 감행해야만 했다. 여자는 점점 팔과 다리에 힘이 빠져나가고 있었다.

엄마, 정신 차려.

목마르다, 지치고. 애, 저 굴삭기 사람이 운전하는 거 맞니? 사람이 있긴 있는 거니? 기분이 이상하다.

무서워. 왜 지나가는 차는 한 대도 없는 거야. 여기 이 길 맞아?

여자의 불안은 가중되고 심장이 팽팽하게 조여들어 가슴이 터질 것만 같았다. 자칫하면 저 아래 낭떠러지로 굴러 떨어질 것만 같은 불길한 상상이 여자의 의식을 사로잡았다. 여자는 운전대를 잡은 손에 온 힘을 주었다가 제풀에 풀렸다가 정신을 차릴 수가 없었다. 언제부턴지 노란 굴삭기는 흰 승용차의 뒤꽁무니를 곧 받아버릴 것처럼 바싹 다가와 있었다. 더 이상 속도를 늦춘다면 굴삭기에 받혀 천길 낭떠러지로 추락해버릴 것 같은 생각이 들었다.

흰 승용차의 여자가 어두운 공포와 싸우다 기진해 있을 때, 파로호 가는 길이 보였고 또 그제야 어서 오십시오. 춘천입니다, 라는 이정표가 보였다. 그사이, 노란 굴삭기의 사내는 짙은 안개 속에서 핸들을 쥔 손을 잠시 놓았다. 그러다 흰 승용차가 자신의 시야를 순간, 잽싸게 빠져나가는 것을 놀란 눈으로 쳐다보았다. 어느 사이 자신도 모르는 새, 흰 승용차는 쏜살같이, 찰나의 빛처럼 어디론가 사라지고 말았다. 사내 또한 춘천으로 가는 이정표를 보았는데도 흰 승용차를 뒤쫓을 수 없었다. 어느 순간, 사내의 핸들은 움직이지 않았다. 다시 사내의 눈앞에는 안개가 몽싯몽싯 가득히 피어오르기 시작했다. 굴삭기가 안개의 힘에 의해 둥둥 떠다니는 느낌이었다. 곧 이어 찐득한 콜타르같이 뭉친 안개 무리는 노란 굴삭기를 들어올렸다. 사내는 자신의 몸이 허공에 붕, 뜨는 느낌을 받았다. 굴삭기의 몸체와 함께 순간에 들려지는 느낌이었고 무엇엔가에 거세게 부딪히는 듯한 충격을 느끼며 심하게 몸이 흔들렸다. 몸이 나선형으로 빙빙 돌면서 초고속으로 어디론지 빨려가는 느낌이었다. 사내는 자신의 몸이 어둠의 터널 속으로 급속도로 흡수되어가는 것을 알 수 있었다.

　배후령에 깔린 안개는 어느새 사라졌고 춘천으로 가는 날씨는 청명했다.

영각 27Km

길은 처음부터 비틀려 있었다. 담양을 지나 곡성 톨게이트를 거쳐 함양으로 가는 길은 초행길이라 그런지 자꾸 어긋나서 목적지와는 다른 엉뚱한 곳으로 가거나 중도에 국도로 잘못 들어선 탓에 매번 헤맸던 것이다. 운전대를 잡고 있던 아내가 누군가에게 전화를 걸더니 말했다. 남원을 지나가야 제일 빠르고 정확하대. 덕유산을 찾아 떠나자는 말을 맨 치음 끼낸 사람은 이내였다. 섬진강을 따라 하동 쪽으로 가면 더 낫지 않을까? 하는 내 말을 일축하고 아내는 자신이 운전대를 잡고 길을 안내한 것이다. 아내는 지리에 어두웠다. 한 번 간 길을 제대로 기억을 못 해서 정반대로 간다거나 우회전해서 들어가야 할 곳을 좌신호를 넣고 추호의 의심도 없이 운전을 했다. 덕분에 우리는 덕유산 계곡으로 가는 시간을 배 이상 늘리게 된 것이다. 8월의 뙤약볕에 장시간 고속도로 운전을 하는 아내더러 운전대를 내가 잡겠다고 하자 아내는 못 미더워하는 눈치였다. 아내는 운전 경력이 나보다 오 년은 더 많다면서 운전대를 끝내 놓지 않았다.

오후 두시가 넘어서야 육십령 고개의 한 음식점에서 점심을 먹었다. 주인에게 덕유산 국립공원으로 가려면 어디로 가야 해요? 하고 물은 건 아내였다. 그 집 주인이 가르쳐주는 대로 방향을 돌려 차를 몰았다. 고개를 내려오자 작은 마을이 보였다. 우리는 길가에 차를 세우고 계곡에서 먹기 위해서 음료수와 간식, 포도를 사서 다시 차에 올랐다. 그때, 과일가게 할머니가 말했다.

"이짝으로 가야 혀."

할머니가 손가락질한 곳은 우리가 오던 곳과는 정반대였다.

"하마터면 또 헤맬 뻔했잖아. 이 고개를 넘어가라고요?"

"아니 아니 저그 저쪽으로."

할머니가 손짓하는 방향은 소로다. 이빨 빠진 할머니는 웃고 있었다. 이빨과 이빨 사이의 시커먼 허방이 커다랗게 확장되어 얼굴 전체의 인상이 괴이하게 느껴졌다. 빨리 타. 아내가 다시 운전대를 잡고 차를 움직이기 시작했다. 이상하다, 왜 반대야? 또 큰길이 아니고? 내가 아내에게 묻자 아내는 걱정 마요, 조금만 더 가면 큰길이 나올 거야 하면서 더욱 속력을 내면서 달렸다. 아내가 신호를 받아 차를 돌린 지가 한참이나 지났는데도 덕유산 국립공원은 나타날 기미가 없었다. 오히려 그 길은 점점 좁고 더 깊어지고 있었다. 아내가 속력을 늦춘 것은 길이 비포장도로였기 때문이다.

"이상해. 길, 잘못 든 거야. 국립공원 가는 길이 왜 이렇대? 당신, 여기 한 번도 안 와봤어?"

"아니. 이 길, 맞아? 좀 이상한데. 사람도 없고, 차도 보이지 않아."

"틀림없어, 우리 잘못 온 거야."

아내는 그러면서도 눈앞의 울창한 숲을 바라보며 경탄하고 있었

다. 그러고 보면 우리는 이미 숲 속에 들어와 있는 거나 마찬가지
였다. 아내는 천천히 진행해갔다. 멀리, 작은 가게가 보였다. 산골
의 먼지 쌓인 점방의 형상이었다. 차가 그곳까지 갔을 때, 작은 평
상에는 네 사람이 있었다. 아내가 길을 물었다.

"여기 덕유산 국립공원 맞아요? 우린 계곡을 가려고 하는데요."

"아이고. 그 넓은 덕유산이 여기만이겄소. 천지가 다 덕유산인
디. 앞으로 조금만 더 가믄 나올 것이요."

노인 한 사람이 손가락질을 했다.

"얼마나 남았는데요?"

이번에는 내가 물었다.

"쪼금만 더 올라가믄 되라."

다른 노인이 웃으면서 말했다. 그러나 아무리 보아도 더 이상 길
이 넓어지지는 않을 것 같았다. 길은 협소해지고 있는 형상이었다.

"정확히 얼마나 더 가믄……"

아내가 말끝을 흐리면서 심란해했다. 그러고는 그냥 이리로 가?
이 길 맞아? 하고 나를 다시 돌아보았다. 그때였다. 평상에 발을
걸치고 앉아 있던 한 여자가 말했다.

"이십칠 킬로 남았어. 정확하게 딱 이십칠 킬로야."

그 바람에 아내 얼굴이 활짝 피었다.

"어머, 참 세련됐네. 이 산골에서 정확하게 말하는 사람은 없어.
저 여자, 틀림없이 도시 사람이야. 정말 모던한데?"

아내는 안심이 되는지 고맙다고 했다. 그때 여자의 눈길이 내 눈
에 들어왔다. 허방을 지나치는 듯 위태로운 눈길이었다. 스톱, 스
톱. 우리의 뒤쪽으로 트럭 한 대가 지나가자 여자가 차를 세우려고
손을 흔들었다. 여자의 행색은 분명 어딘가로 떠나려고 하는 차림

새였다. 그러나 여자의 블라우스는 누렇게 바랜 빛으로 몹시 누추
했다. 거기에 긴 머리를 뒤로 함부로 묶은 여자의 눈동자는 한곳에
고정되어 있지 않아 보였다. 그 눈동자 속에는 간절히, 정지하고픈
열망도 자리한, 떠돌이의 넋 같은 것이 느껴졌다. 그것은 찰나였다.
정신을 놓친 여자의 표정 같은 것이었다. 나는 내심 반신반의했다.

　"이상하지 않아? 저 여자가 왜 이십칠 킬로 남은 줄 아나 말이
야? 그렇게 정확히."

　아내가 말을 받으면서 경쾌하게 웃었다.

　"좋잖아. 심란했는데. 촌사람들이 어디 그래? 길 물어보면 저그,
이짝, 아니면 쬐금만 더 가믄 이런 정도잖아. 길 가르쳐주는 사람
이 저 정도만 된다면 헤매는 일이 없지."

　아내는 곧장 차를 직진해서 소로로 올라섰다. 그러나 제대로 된,
차가 다닐 만한 길은 드러나지 않았다. 우리 뒤를 따르던 차는 이
미 보이지 않고 길 위에는 우리뿐이었다.

　"이상하지? 왜 아무도 없는 거야. 겨우 이 작은 길이란 말이야.
우리 잘못 왔나 봐. 아무래도 이상해. 내가 친구한테 물어볼 때는
분명히 큰길이라 했는데. 사실, 이 계절에 사람 홍수 때문에 계곡
에 가도 제대로 자리가 나질 않을 거라며 걱정했거든. 나 참, 알 수
가 없네. 전화 다시 해봐."

　"안 돼. 이런 깊은 곳에서는 안 터진다구."

　아내는 핸드폰을 누르다가 내게 건네주었다. 방향을 돌리기도
거북한 모퉁이에 차는 정지할 수밖에 없었다.

　"그러고 보면 당신이나 나나 참 우스워. 그 촌사람들의 말만 믿
고 여기까지 오다니."

　아내가 허탈하게 웃으면서 차를 뒤로 슬슬 빼기 시작했다. 다시

내려오는 길은 세 갈래였다. 그 중 가장 사람들의 발자국이 많은 흔적이 있는 길, 차가 지나갈 만한 넓이의 길을 향해 아내는 운전대를 돌렸다. 길 양옆에는 낭미초, 개망초, 달맞이꽃, 간간이 풀숲에서 고개를 내미는 보라색 도라지꽃도 있었다. 비포장도로를 울퉁불퉁 뛰는 차 안에서 아내와 나는 이제 어지간히 지쳐 있었다. 길은 끊겨 있었다. 알 수 없는 조화 속이었다. 우리는 다시 차를 돌리는 수밖에 없었다.

"이 차가 정말 오늘 왜 이래? 귀신이 씌었나?"

"당신, 왜 그래? 운전을 한 사람은 난데 왜 차에 대고 난리야, 난리가."

아내의 차가 덜컹거리면서 작은 구렁에 빠질 뻔했다. 낭패였다. 땡볕의 하늘은 지나치게 푸르렀고 숲의 나무들은 울창했다. 에어컨을 끄고 조심히 후진을 한, 한참 후에야 다시 오던 길로 나갈 수 있었다. 그러나 아까 그 장소는 아니었다. 그러다가 보니 아래쪽으로 차들이 지나가는 것이 보였다.

"저기야, 저기. 차가 지나가잖아. 이젠 찾았어."

아내가 여유 있게 웃으면서 아래쪽의 길을 향해 갔다. 포장된 길이었으나 먼지가 가득히 피어오르는 산길이었다. 한참 들어가니까 기와로 지붕을 얹은 국적 불명의 생뚱스런 커다란 건물이 위압스럽게 우리를 내려다보고 있었다. 무슨 종교의 사원 같기도 했지만 너무나 적요해서 오히려 등골이 서늘할 지경이었다. 진행하는 차는 없었고 승용차 몇 대가 주차해 있었다. 그러나 사람이라고는 흔적도 보이지 않아 왠지 거부감이 일었다. 다시 원점으로 가는 수밖에 도리가 없었다. 그러나 마지막 남은 하나의 길. 아까 이십칠 킬로를 외치던 여자가 있는 곳에까지 갈 이유는 없었다. 거기까지 가서 따지거나 다시 물어볼 기운도 없었다. 빨리 계곡으로 가서 발을 담그고만 싶었다. 차는 세번째 길을 들어섰다. 내리막길이었다. 영각 매표소, 라는 낡은 나무 팻말이 눈에 시리게 들어왔다.

"저게 뭘까? 뭐가 있긴 한데."

"근데, 이상해. 자꾸 한곳을 맴도는 것만 같아. 가도 가도 그 자리잖아. 벌써 몇 번째야? 안개가 끼어 있는 것도 아니고 왜 이리 못 찾는지 알다가도 모르겠어. 이번에도 나오지 않으면 그 여자한테 가서 따지자."

아내가 내리막길을 조심스레 운전하면서 중얼거렸다. 길은 과연, 있었다. 시원스레 뻗은 길, 그리고 마을.

"우리가 찾는 곳은 이게 아니야. 마을이 아니라 계곡이라구."

우리는 지칠 대로 지쳐 있었다. 음료수를 꺼내 하나씩 마시고 길의 마지막까지 가보자고 한 것은 차라리 일종의 오기였다. 나는 아내와 교대해 차를 몰고 결국 마을 깊숙이 들어섰다. 어쩌자고 길도 아닌 마을을 향하여 가는지 사실은 자신도 몰랐다. 그냥 마음이 가는 대로였다. 이대로 이 길을 빠져나간다 해도 계곡은 보이지 않을 것 같은 느낌. 이상한 마을, 마을은 제법 깊었으나 사람 그림자 하나도 보이지 않았다. 차는 이제 경사진 곳을 향하여 오르고 있었다. 그때, 차의 바퀴 밑에 서늘하게 깔리는 것은 안개였다. 그동안의 날씨는 맑음, 그런데 안개라니. 안개는 길 전체에 가득 깔려 있었다, 차를 안내하는 듯이. 위로 향하는 안개의 움직임에 따라 차가 경사진 곳으로 서서히 올라섰다. 그리고 이내, 내 눈에 들어온 것은 다 허물어져가는 듯한 제각이었다. 안개가 차 주위를 맴돌고 있었다. 잠자코 있던 아내가 차문을 먼저 열었다. 대문은 활짝 열려 있었고 안개는 그 안으로 깊숙이 빨려들고 있었다. 시동을 끄고 차에서 내려보니 우리는 꽤 높은 곳까지 와 있었다. 마을의 맨 윗집인 듯한 곳, 예전에는 뼈대 있는 가문의 제각임이 분명했다. 과연 집 주변의 숲 사이로 몇 기의 무덤이 보였다.

"어째, 으스스하다. 그냥 갈까?"

아내가 얼른 내 팔짱을 끼고 발걸음을 주춤거렸다. 고개를 들어 제각의 입구를 보니 현판이 눈에 들어왔다. 靈覺軒. 영각헌이라…… 여긴 뭔가 있다, 는 생각이 빠르게 머리를 스쳤다. 예사로운 집은 아니다, 일종의 직업 근성이랄까, 호기심이 일었다. 현판은 낡았고 잘 정돈된 돌계단 쪽에는 잡풀이 무성했다. 안쪽에서 어른거리는 듯한 사람의 기척을 느낄 수 있었다. 누군가가 분명히 살고 있는 곳.

"일단 들어가볼까? 여기까지 왔으니."

"그냥 가요, 이상해."

"어째? 이 마을 사람일 텐데 뭐가 이상해. 들어가보자구. 이런 외딴 곳의 제각이나 집을 세내어 고시 공부를 하기도 하더라고. 여기까시 왔으니 세곡은 이따 가보고……"

나는 망설이는 아내를 채근해서 돌계단을 딛고 마당으로 올라섰다. 누군가가 서서 우리를 빤히 바라보고 있었다. 어떻게 왔느냐는 표정의 여자, 낯선 이들에 대한 약간의 경계심이 깃든. 삭발은 했지만 가늘고 작은 체구와 갸름한 얼굴의 고운 선 때문에 여자임을 알 수 있었다.

"지나가는 사람입니다. 혹시 여기서 차를 파는지 해서……"

토방 위에서 대청마루에 놓인 찻상들과 정연하게 놓인 다구들을 본 후였다. 그러고는 뒷말을 잇지 않았다. 분명 이곳은 보통과는 다른 좀 기묘한 찻집임이 틀림없는데, 라는 생각이 들었다. 여자는 올라오세요, 라고 말했다. 여자가 내 얼굴을 보고 웃는 듯했다. 그러나 그 웃음은 묘하게도 챙강거리는 무당의 칼날이 햇살에 반사되어 되쏘는 듯한 날카롭고도 섬뜩한 느낌을 던져주었다.

"길을 잘못 들었군요. 아무나 오는 데가 아닌데."

해를 등지고 서 있는 여자의 얼굴은 그늘이 내리비쳐 음영이 짙었다.

"덕유산 계곡을 찾아왔거든요, 실은. 근데 저 아래쪽에서 물어보니까 이쪽 길을 가리키면서 이십칠 킬로 남았다고 하잖아요. 그래서 철석같이 믿고 찾아왔는데 이 자리가 꼭 말한 이십칠 킬로 그 자리인 것도 같아서요."

아내가 꼿꼿한 자세의 여자에게 호소하듯 말했다.

"그래요? 이십칠 킬로라구요."

여자가 희미하게 웃는 듯하더니 올라오세요, 하면서 돌계단을 가리켰다.

"근데 이십칠 킬로 되는 곳에 계곡이 있다는 건 거짓말인가 봐요."

아내가 여자에게 말을 걸었다. 그러나 차가운 표정으로 자신의 물음에 대답하지 않는 그 여자에게 아내는 조금 거부감을 느낀 듯했다. 나는 오히려 입이 떨어지지 않았다. 무어라 거들 만한 말도 생각나지 않았다. 하얀색 저고리에 검정 통바지를 입은 여자의 얼굴은 희멀건해서 병색이 돌았고 입술 또한 파리했다. 여자가 차갑게 보인 건 그 때문인지도 몰랐다. 생기 없이 바싹 마른 겨울 들판의 억새마냥 살아 있는 느낌이 들지 않았다 .

"무슨 차를 드시겠습니까? 으름순차도 있고 칡꽃차도 있고, 녹차도 있지요. 전부 깊은 산에서 채취한 거라 약효도 있고 정갈합니다.”

어투가 단정한 듯했으나 어딘지 사람을 찌르는 것 같은 말의 칼날을 느끼게도 했다.

“혼자 사시나요?”

내가 빤히 여자를 바라보고 물었다. 여자는 자세히 볼수록 어디선가 본 듯한 인상이었다.

“이 부근에 계곡이 있다구요? 분명히 이십칠 킬로만 가면 있다고 그 여자가 장담을 했는데……”

아내는 내 물음을 황황히 덮으면서 이제는 의미가 없어져가는 계곡 찾는 질문을 했다.

“여기가 바로 계곡이에요. 이 자리, 물이 흐르고 있는 이 산 전체가 다 계곡 아니겠어요?”

여자의 눈길이 잠깐, 내 얼굴을 핥고 지나가는 듯해서 나도 모르게 소름이 끼쳐왔다. 그런 여자의 얼굴은 왠지 꽤 사연이 깊은 듯도 했고 강렬한 인상은 점점 내게 의문을 주었다. 나이는 좀 들었다 싶었지만 혼자 사는 외로움이 짙게 밴 듯한 인상이었다. 여자는 조금 고개를 숙이면서 말했다.

“저는 팽주 노릇 안 합니다.”

여자는 으름순차를 다관에 넣어주었다.

“예? 그래도 주인이 차를 내주어야……”

아내의 말을 자르듯 여자가 단호하게 말했다.

“어깨가 부실하지요. 사고 났을 때 당한 왼쪽 어깨의 부상이 후유증으로 남아 있답니다.”

사고 났을 때, 라고 말하는 여자의 눈빛이 다시 매섭게 나를 찌르는 듯한 느낌은 왜였을까. 갑자기 쿵, 하고 마음의 알 수 없는 것이 추락하는 것 같았다. 어디선가 본 듯, 이라고 말한 것은 잘못일지도 모른다. 나는 여자의 얼굴을 다시 한 번 자세히 바라보았다. 그러나 기억이 나지 않았다. 신문기자인 탓에 아는 여자들, 비슷한 인상은 간혹 만나기도 했다. 차를 내지 않겠다는 여자에게 으름순 차를 내가 내주자 칡꽃차를 드셔보실래요? 혼자서 덕유산, 지리산 할 것 없이 헤맨답니다, 벌써 십여 년이 다 되네요, 라고 중얼거리듯 말했다. 여자의 얼굴은 자신의 말대로 고된 세월의 흐름이 까칠한 피부에 골을 가늘게 내면서 이마 쪽으로 파여 있는 것처럼 보였다.

"그러면 십 년을 혼자서?"

여자가 내 물음에는 대답하지 않고 자리에서 일어서더니 식물도감에서 본 적이 있던 보랏빛의 칡꽃, 말라서 색이 바랜 꽃잎을 가져다 새 다관에 넣어주었다. 뜨거운 물을 따라 차를 한 번 우린 후에 나는 그것을 잔에 따랐다.

"저, 어디서 본 듯해서……"

여자가 얼굴을 내 쪽으로 향하고서 희미하게 웃었다. 차나 드시지요. 나는 칡꽃차의 단맛, 그윽한 향을 음미했다. 어디서 봤을까, 하고 아무리 기억을 되살려봐도 생각나는 것은 없었다. 내가 지나치게 예민한 탓이야, 하는 생각도 들었다. 하지만 이상한 것은 여자와 나 사이에 흐르는 긴장감이었다. 그것이 무엇인지 말없이 어색한 채로 차를 마셨다. 여자가 부엌으로 뜨거운 물을 가지러 간 사이 아내가 내 손을 잡아끌었다.

"빨리 가요, 기분이 안 좋아요."

나는 호기심 때문에 그 여자와 몇 마디라도 말을 건네보고 싶었지만 물을 가지러 간 여자는 오랫동안 기척이 없었다. 나는 결국 만원짜리 한 장을 지갑에서 꺼내 나무 상자 위에 놓고 일어섰다. 아내의 말처럼 기분이 썩 좋지는 않았다. 게다가 어디선가 향냄새가 가늘게 코끝을 스쳤고 독경 소리가 끊임없이 내 귀를 자극했다. 죽은 영혼을 천도시킬 때나 들어보았던 그 독경 소리 같다는 생각이 들자 등 뒤에서 소름이 쫙 일었다. 내가 여자가 나오기를 기다리며 머뭇거리자 불안해진 아내는 나를 재촉했다. 나는 돌계단을 따라 내려오면서 차, 잘 마시고 갑니다, 라고 소리쳤다. 안에서는 기척이 없었다. 가까이에서 바라본 제각의 지붕은 기와 사이로 잡풀들이 한 자나 되게 자라 있었고 이끼들이 돌 틈에서 푸르게 번식하고 있었으며 작은 텃밭을 제외한 공터에는 잡초들로 가득했다. 사람 사는 흔적이라고는 조금 전 차를 마셨던 대청마루뿐이었다. 여자가 물주전자를 들고 우리를 내려다보고 서 있었다. 돌계단을 딛고 한쪽 기둥을 붙잡은 여자의 가느다란 몸뚱이는 뼈가 앙상한 듯해서 위태로워 보일 뿐만 아니라 연민까지 일으켰다.

"우린 계곡을 찾아야 하거든요. 차 잘 마셨어요. 근데 무섭지 않아요? 이런 큰 집에서."

아내가 조금 큰 목소리로 말하면서 내게 속삭였다. 나는 이런 데서 못 살아, 귀신 나올 것 같아, 하고. 여자는 허공에다 눈을 두면서 말했다.

"무섭긴요. 세상사, 어차피 혼자인걸요."

여자의 목소리는 조금 갈라진 듯해서 음산하게 들렸다. 여자가 나를 향하여 눈길을 돌렸다. 여자와 눈빛이 마주쳐서 잠깐, 알 수 없는 떨림이 전해졌다. 등골이 서늘했다. 어느 기억의 저편, 여자는 나를 떠올리고 있단 말인가. 분명, 우리는 만난 적이 있었다. 여자의 눈매는 깊은 강물처럼 그윽하고 서늘해서 숨이 막힐 지경이었다. 잠깐 동안의 침묵이 알 수 없는 두려움이 되어서 내 다리를 칭칭 묶어놓은 것만 같았다. 나는 점차 두려워졌다. 결국 아내가 내 팔을 재촉하다시피 잡아끌어서 제각 아래쪽까지 내려왔다.

"기분이 묘해. 근데, 당신 저 여자 어디서 본 적 있어? 왜 그래, 예전에 알았던 사람마냥. 아는 여자야?"

아내가 이상했던지 추궁하기 시작했다.

"글쎄, 몰라, 빨리 가지."

계단 하나하나를 밟고 내려서는데 허깨비처럼 위태로워 보이는 여자가 계단 위에서 우리에게 합장하는 자세를 취했다.

"나이는 좀 먹어 보이는데? 우리 또래 같아."

아내가 차문을 열면서 말했다. 나는 여자를 향해 고개를 조금 숙여 보였다. 여자는 합장하는 자세를 풀지 않고 있었다. 먼발치로만 본 여자의 얼굴을 느끼는 것, 여자는 무언지 분명 말하고 싶은 것이 있었을 것만 같았다. 분명 예사로운 인물이 아님이 분명했다. 숨어 있는 인물을 찾아서, 라는 기획 특집을 한번 꾸며볼까. 이런 여자 말고도 숨어사는 사람들이 많으니. 조금 전, 마음이 잠시 혼돈스러운 것은 무엇 때문이었을까. 가슴이 크게 뛰었던 것은, 과연.

"길을 찾을 수 있을까? 자세히 물어볼걸 깜박했네."

시동을 걸기 위해 아내가 키를 꽂았다. 크르륵, 긁히는 무리한 쇳소리를 내면서 시동이 걸렸고 아내는 내리막길을 향하여 차를 돌렸다. 어딘지 썩 개운찮은 느낌이었다. 이런 길, 이런 만남은 처음이었다. 나는 무심코 고개를 돌려 멀어져가는 제각을 바라보았다. 처음 왔을 때, 활짝 열렸던 제각의 문이 이제 육중하게 닫혀 있었다. 순간이었다. 제각의 문을 닫는 소리는 들을 수가 없었는데, 대문의 무게만 해도 꽤 무겁게 느껴지지 않았던가. 알 수 없었다.

마치 우리가 오기를 기다리기라도 했다는 듯, 우리가 떠나기를 기다리기라도 했다는 듯. 제각은, 그러자 더욱 괴기스럽게 느껴졌다. 아내가 조심스럽게 비포장의 내리막길을 내려가면서 가볍게 브레이크를 밟는가 했을 때, 스르르 차는 멈춰섰다. 웬일일까. 이게? 아내가 당황하면서 연신 시동을 걸어보았다. 이리 줘. 내가 다시 한 번 시도했으나 크르르 소리를 낼 뿐, 차는 요지부동이었다.

"이 산골에서 어떡해? 혹시 배터리 나간 거 아니야? 방전된 거야? 왜 그래?"

아내는 불안해서 계속 안절부절못했다. 무엇에 홀린 듯한 기분이었다.

"서비스 받게 전화 해봐."

아내가 차의 앞 유리창에 붙은 보험회사의 전화를 눌렀다.

"안 돼, 이 지역은 서비스가 안 돼."

아내는 맥이 풀린 듯이 울상이었다.

"가보자. 저 집엔 전화가 있을 거 아냐."

제가을 향해 뒤를 돌아다보던 아내가 어마, 하고 외마디 비명을 질렀다. 안개가 그 집을 에워싸고 있었다. 안개는 기다랗게 꿈틀거리며 그 제각의 몸통을 두르고 있었다. 제각의 문은 완강하게 닫혀 있었다.

"겁내지 마. 사람 사는 집이야. 워낙 보기 흉하긴 하지만. 그 여자 못 봤어? 사람을 경계하긴 해도 착해 보이잖아?"

아내가 운전대를 잡고 머리를 숙였다.

"난 몰라. 당신 혼자 갔다 와."

아내는 그러면서도 나의 손목을 꼭 잡고 놓질 않았다. 난감한 지경이었다. 담배를 꺼내 피우려다 시계를 보았다.

"이제 겨우 세시야?"

"뭐라고? 그럼 어떻게 된 거야? 우린 세시쯤 이곳에 들어섰는데? 생각해봐."

초침이 움직이지 않았다. 에이, 시계까지 고장인가…… 그러나 아내가 사준 시계는 아직 한 번도 고장난 적이 없었다.

제각의 안개가 걷힐 때까지, 아니 지쳐 있는 아내와 내가 다시 기운을 차릴 때까지 우리는 차 안에서 별다른 대책을 세우지 못했고, 시동이 꺼진 차는 여전히 침묵뿐이었다. 도대체 이런 일이 왜 생기는 건지 알다가도 모를 일이었다. 날은 이제 그리 덥지 않았다. 아내와 나는 계곡의 물소리를 들으면서 제각의 문이 열리기를, 아니 제각의 안개가 걷히고 그 음습한 기운이 가신 후에 그곳의 대문을 두드릴 생각이었다. 어쨌든 차는 고치고 봐야 했다. 핸드폰까지 되지 않는 이곳까지 서비스차가 온다고 하더라도 시간은 아주 많이 지체될 것이다. 잘못하면 오늘 저녁, 남대천의 반딧불이도 못 보겠다고 아내가 투덜대었다. 아내가 다시 시동을 걸기 위해 연신 키를 꽂아 크르르 소리를 내고 있었다. 나는 알 수가 없었다. 우리가 왜 이곳까지 와 있는지를. 왜 이 알 수 없는 길에 서 있는지를. 알 수 없는 길, 왜 이 지점에서 길을 잃은 것일까. 왜 하필이면 이 지점에서 차는 멈춘 것일까. 나는 다시 한 번 제각을 올려다보았다. 가까이 다가가서 문을 두드릴 엄두는 나지 않았다.

시간이 얼마나 흘렀을까. 다시 한 번 현판을 올려다보았다. 靈覺軒이라, 영각…… 영혼을 깨닫는다, 영혼의 깨달음, 깨달음, 영혼…… 그때, 내 뒤통수를 후려치는 듯, 칼날이 등골을 도려내는 듯 서늘한 기억 하나가 불쑥 수면을 가르고 모습을 드러냈다. 그녀였다. 그녀는 죽었다. 죽은 여자가 어떻게? 절대로 그럴 리가 없어. 분명히 그녀는 죽었는데. 나는 머릿속이 혼란스러워지기 시작했다.

"이것 봐. 아직도 세시야."

아내는 자신의 핸드폰 문자가 오후 3:00에 멈춰 있음을 보고는 겁에 질려 있었다. 아내는 아예 내 곁에서 웅크리면서 불안으로 얼굴이 하얗게 질려버렸다. 보성의 다향제에서 뽑힌 차 아가씨. 고등학교를 졸업하고 직장에 갓 취직한 십구 세의 미모. 그러나 내가 그녀를 처음 만난 것은 훨씬 전의 일이었다. 군수 비서실에 있던 그녀는 맨 처음 지방기자로 취재를 갔을 때 만났다. 군수실을 두어 번 들락거린 후, 나는 그녀와 사귀었다. 그러나 그건 잠시였다. 직장을 도시의 다른 신문사로 옮긴 후, 일에 쫓겨 자연스레 그녀와 멀어졌고 헤어졌다. 차 아가씨가 된 그녀는 군에서 홍보요원으로 뽑혀 각처로 나다니기 시작했다. 갸름한 형의 맑고 깊은 눈매, 늘 눈동자가 촉촉하게 젖어 있어 슬픈 빛을 띤 여자. 행사 때, 나는 일부러 그녀에게 쉽게 다가가지는 않았다. 그것은 아마 이미 지금의 아내와 결혼을 한 이유 때문이기도 했을 것이다. 그녀는 그런 데다가 기자들을 의도적으로 피하는 눈치였다. 나에게는 눈길조차 주지 않았다. 여자의 어디선가 본 듯한 눈매, 삭발을 한. 나는 그녀의 이미지에서 긴 머리를 잘라내었다. 아니, 나는 그날의 사진을 기억해냈다. 하얀 저고리에 보랏빛 치마를 입고 머리에 쪽을 찌어 올린 차 아가씨. 그 행사 때, 단연코 좌중의 시선을 압도했던 여자. 보성 차밭의 구릉지에서 찻잎을 한 움큼 따서 바구니에 담으며 손을 흔들 때의 그 환한 미소. 나는 그녀의 남아 있던 이미지에서 다시 한번 머리칼을 잘라내고 있었다. 손놀림과 차를 우릴 때의 자태 또한 그 행사장에 참석한 차 아가씨 가운데 으뜸이었다. 서울을 비롯한 전국 각지에서 참석한 다인들이 하나같이 입을 모아 경탄한 그녀의, 곱게 빗은 머리칼을 잘라내고 있었다. 내가 찍은 그녀의 사진만 해도 이십여 장이 넘었다. 그러나 그것은 폐기된 지 오래였다. 그녀의 미소, 제각에 있던 여자의 그 마지막 미소…… 나는 혼돈스러웠다. 아내가 나를 다시 흔들었다.

"저기 안개가 걷히는 것 같아."

빗방울이 투두둑, 하고 차창의 앞유리에 떨어졌다. 나는 가슴이 뛰기 시작했다. 그럴 리는 없어. 이건 사실이 아니었다. 어떻게 이런 백주에. 나는 차 안에서 튕기듯 몸을 일으켰다. 차문을 닫고 뛰기 시작했다. 같이 가요, 하는 아내의 소리를 뒤로하고서. 나는 확인해야 할 것들이 있었다. 이건 분명 사실이 아니어야 한다. 기억은 시간의 저편 기슭으로 미끄러진 지 오래였고 그녀는 죽었다. 이상하게 끌려서 들어온 마을이었다. 사람의 기척이라고는 없는 정지된 마을에서 그녀만을 만났을 뿐이다. 개 짖는 소리조차 들리지 않는 고요한 곳 아니었던가. 나는 뛰면서 사방을 둘러보았다. 안개 속에서 모습이 흐물거리고 있는 집들이 아련해 보이기만 했다. 드디어 제각의 돌계단에 올라섰다. 그러고는 숨도 쉬지 않고 문을 쿵쾅쿵쾅 두들겨댔다. 그러나 안에서는 아무런 기척이 없었다. 이봐요. 나는 제각의 문을 부서져라 걷어찼다. 제각은 지나치게 고요했다. 내 목소리만 허공에 울려 퍼져 공허하게 들렸다. 이 산자락이었을지도 몰랐다. 그녀의 뼈가 흩어져서 이 산의 나무들의 거름이 되고 빗방울에 섞여 허공을 떠돌았을지도 모르겠다. 덕유산의 어느 절에 다닌다던 그녀의 어머니, 거기까지 생각이 미치자 가슴이 저르르 하고 전류가 일었다. 다 잊어버린 옛날 일이었다. 기억조차 희미해져서 생각도 나지 않을 때가 많았다. 그녀는 내게서 거의 잊혀진 존재였다. 그녀의 장례식장에서 보았던 영정 사진의 미소, 그 미소란 말인가. 믿을 수 없는 일이다. 나는 오래오래 그 자리에서 꿈쩍도 하지 않았다. 안개가 내 몸을 핥고 지나갔다. 내 피부의, 세포의 각 부분 민감한 곳까지 다가와 나를 에워싸는 느낌이었다. 참으로 두려운 기분이었다. 내 몸은 무언가에 붙잡혀 있는 것이 분명했다. 으흐흐, 신음 소리만이 무겁고 힘겹게도 내 입에서 토해져 나올 뿐, 한 치도 발을 뗄 수 없었다.

"됐어. 됐다구요!"
아내가 나를 향해 손짓을 하며 뛰어왔다.
"뭐. 해, 여기서? 문이 안 열리면 그냥 오지. 아까 보니까 그 여자 유령 같았어. 사실 그래서 빨리 오자고 했던 거야."
내 손이 심하게 부르르 떨고 있었다. 아내는 내 팔짱을 끼고는 차 있는 쪽으로 천천히 걸음을 옮겼다.
"이상하지? 몇 번 시도했는데 다시 되더라고. 빨리 가자. 여기를 벗어나야지."
아내가 주절거리며 끊임없이 어깨를 주물러주는 통에 나는 살아 있는 느낌이 들 지경이었다. 미소, 그녀의 미소. 웃을 듯 말 듯한 그 미소…… 나는 거의 맥이 풀려 아내의 손을 놓치고 땅바닥에 주저앉아버렸다. 비가 한두 방울씩 빠르게 돋아 땅 위에 둥근 원을 그리면서 떨어지고 있었다. 빨리 와, 아내가 다가와 내 어깨를 잡아끌었다.
"뭐 해? 넋 나간 사람처럼, 비 오잖아. 근데, 참 이상해. 왜 시동이 이제 걸리지? 아무튼 다행이야."

아내는 한숨 돌렸다는 듯이 나를 조수석으로 밀어 앉혔다.

"왜 그렇게 맥이 빠져서 그래? 시동이 걸렸는데."

나는 피곤해서, 라는 한마디를 끝으로 눈을 감았다. 아무래도 오늘 이상하네. 아내는 자꾸 이상하다는 말을 되풀이했다. 와이퍼가 빗줄기를 밀어내는 기척이 느껴졌다. 사고는 순식간이었다고 했다. 그녀는 집안 형편 때문에 늦게야 야간 대학에 다니고 있었다. 수업을 받고 돌아오던 늦은 밤, 그녀는 신호를 받기 위해 서 있던 빨간색 경차 맨 왼쪽에 앉아 있었다. 그때, 트럭이 뒤에서 그녀가 탄 차를 받아버린 후 가로수에 부딪혀버린 것이다. 결국 그 자리에서 트럭 운전사와 그녀만 공교롭게도 즉사하고 모두 구사일생으로 무사했다. 행사를 치른 다음 날의 일이었기 때문에 나는 다른 기자 둘과 함께 장례식에 참석했다. 나는 새벽에야, 다시 내가 살던 곳으로 차를 몰고 올라왔다. 그때의 불안한 느낌들. 졸음을 이겨내면서 새벽의 고속도로를 운전하고 있을 때, 그녀가 차 유리창 앞에 자꾸 어른거리는 것만 같았다. 그녀는 무슨 말을 할 듯 말 듯하였다. 나는 그제야 정신이 퍼뜩 들어 졸음에서 깨어났다. 내 차는 가드레일 옆에서 급하게 멈췄다.

"비가 많이 오네."

아내가 걱정하는 소리를 귓전으로 들으면서 나는 제각의 여자를 떠올리고 있었다. 그녀의 흔적이라도 그 얼굴에 있었는지를 애써 상기해보고 있었다.

"어마, 세상에."

아내의 외마디 소리에 눈을 뜨고 보니 아까의 그 지점임이 틀림없었다. 미친 듯 보이던 여자가, 뒷머리를 질끈 동여맸던 그 여자가 대나무 평상에 앉아서 우산을 받고 비를 피하고 있었다. 주변에 사람들은 보이지 않았다. 점방에도 사람의 기척이 없었다. 아내가 그 여자를 향해 다가가 차창의 유리문을 내렸다.

"이봐요. 계곡은 눈 씻고 봐도 없던데요? 무슨 이십칠 킬로!"

아내의 외치는 소리를 그 여자는 들은 체 만 체했다.

"저 여자 아무래도 정신이 좀 이상한 것 같지?"

아내가 나를 향해 말하자 그 여자는 어깨를 으쓱해 보이더니 흰 이를 드러내며 나를 향해 웃었다. 오싹할 정도의 차가운 웃음이었다.

"영각사가 불탄 지가 언젠디 그리 찾아들어? 젊은것들이 겁도 없이, 우히히히. 사람 동네서부터 이십칠 킬로란 말이제."

그제야 정신이 퍼뜩 들었다. 끊임없이 들리던 끊길 듯 이어지던 독경 소리가 있었다. 대청마루에 그려진 심우도(尋牛圖)*. 그리고 마루의 한쪽에서 타오르던 향냄새. 그렇다면 그곳은 절터인가, 제 각인가? 아니면 죽은 자의 집이었던가…… 아직도 내 입 안은 칡 꽃차 향을 그대로 머금은 느낌이었다. 가슴이 떨려왔다.

내 뒤로 드럭 한 대가 따라붙고 있었다. 그 트럭이 틀림없었디, 맨 처음, 길을 물었을 때의 파란색의 낡은 트럭. 그 여자가 나를 향해 씩 웃었다, 소름이 쫙 끼치는 웃음. 그 여자는 여전히 트럭을 향해 손을 흔들었다. 그 여자의 손짓은 허방을 향하는 듯 공허하기만 했다. 나는 다시 뒤를 돌아 우리가 달려 나왔던 좁은 길을 올려다 보았다. 그러나 길 위에는, 길 위에는 아무것도 보이지 않았다. 차는 다행히 그 여자가 서 있던 지점을 벗어나고 있었다.

"세상에…… 정확해. 이십칠 킬로, 근데 시간은 십 분……"

---

* 심우도: 본성을 찾아 수행하는 단계를 동자나 스님이 소를 찾는 것에 비유해서 묘사한 불교의 선종화(禪宗畵).

아내가 더듬거렸다. 아내보다 더 놀란 사람은 나였다. 우리는 십 분 동안 어디를 다녀온 것인가. 겨우 십 분이었던가. 어림잡아 한 시간은 걸린 듯했다. 아내가 갑자기 속도를 냈다.

"여길 빨리 벗어나야 해, 기분 나빠."

아내가 속도를 늦추지 않고 액셀러레이터를 밟은 발에 잔뜩 힘을 주는 것 같았다. 아내의 얼굴 또한 겁에 질려 부들부들 떨고 있었다. 비는 여전히 그치지 않았다. 우리 뒤를 따라 나오던 파란 트럭이 우리 곁을 지나갔다. 트럭 운전사의 옆얼굴, 이미지도 떠오르지 않는 무표정한 얼굴. 머리가 돌아버릴 지경이었다. 그 깊은 밤, 그녀가 내 차창 앞에 다가선 것, 그것이 영혼이었을까, 그녀의 영혼이 내게로 온 것이었을까. 아아, 그것은 너무 오래전 일이 아니던가. 십 년이 다 되어버린 옛일이 아니던가. 그런데 그녀가 왜? 나를? 그 뒤에 들은 소식으로는 그녀의 시신은 화장을 시켰고 그녀의 어머니는 재를 어느 산에 뿌렸다고 했다. 산속 깊은 곳, 이라고만 알았다.

"저 트럭 운전사 말이야. 그 사람 맞지? 아까 우리 뒤를 따라왔던 그 트럭 말이야."

나는 소용돌이 속을 헤쳐나온 듯한 기분이었다. 우리는 어디를 헤매다 왔을까. 후우, 한숨을 돌린 듯 아내가 속력을 늦췄다. 그러나 나는 그 트럭 운전사 또한 살아 있는 인물 같지가 않았다. 우리가 좁은 길을 향해 올라갈 때 나타난 트럭이 이제 우리가 그곳을 빠져나가는 순간, 어김없이 또 나타났단 말인가.

가끔 내가 살던 아파트의 복도를 지나가는 소리, 또각또각 여자의 발소리, 나는 그녀가 죽은 지 한 달이 넘도록 여자의 발소리에 시달리고 또 시달렸다. 내 방 옆을 지나가는 또각또각 소리. 그 소리는 가끔 내 방 창 옆에서 멈추곤 했다. 나는 그날 함께 자리했던 다른 신문사 기자와 통화를 했다. 형님이 믿으실지 모르겠지만 다향제의 차 아가씨, 그 여자 죽은 뒤로 발소리가…… 잠을 이룰 수가 없다는 말을 했고, 뜬눈으로 밤을 새운 채 아침을 맞으며 출근을 해야만 하고 그런 생활 때문에 견딜 수가 없다고 말했다. 며칠 전, 나도 그 여자가 꿈에 보이더니. 야, 혹시 너 아니냐? 전과가 없냐구. 알고 봤더니 어떤 지방 신문의 기자와 사귀었는데 배신당했다나, 뭐라나. 상가에서 들은 소린데 기자들을 끔찍이 싫어했다더라. 그 기자가 너냐? 고백해, 임마. 너지? 나는 대답 없이 선배의 전화를 끊었다. 며칠 후, 또각또각 소리는 사라지고 없었다.

이제, 길은 훤히 트여 있다. 다시 시계를 보았다. 초침이 제 속도로 째깍거리고 있는 소리. 분명 멈춰 있었다, 한순간. 이봐, 지금 몇 시지? 세시 삼십분. 아내가 그 말을 뱉음과 동시에 말했다. 세상에 기껏해야…… 우리가 그동안 이십칠 킬로의 지점으로 시작해서 길을 헤맸고 제각을 발견하여 여자와 함께 차를 마시고 시동을 걸기 위해 사력을 다했고 내가 제각 앞으로 가서 내문을 두들기다가 아내의 차로 돌아오기까지 걸린 시간이 겨우 십 분이라니, 그 시간은 차가 계곡을 찾아 빙글빙글 헤매던 시간에 불과하지 않은가, 이십칠 킬로의 시간. 우리는 시간 밖으로 밀려나갔던 것이었을까. 존재하지 않는 시간 속으로, 시간의 틈과 틈 사이로 우리는 어느새 빠져나갔는지도 몰랐다. 소름이 끼쳤다. 이런 일이 과연 가능하단 말인가. 사실임이 틀림없는 이 비사실적인 일들. 나는 지갑을 꺼내 열어보았다. 그러나 지갑에서 만원권 지폐 한 장이 빠져나갔는지 아닌지는 나 자신도 정확히 알 수가 없었다.

하루의 시간은 지나치게 많이 남아 있었다. 감당할 수 없으리만큼 많은 오후의 시간 때문에 나는 지쳐 있었다. 찰나에 몇 년을 더 살아버린 듯한 기분은 아내도 마찬가지인 듯했다. 구천동 계곡을 찾아 그토록 소원하던 발을 담그고 웃통을 벗어던지고서 나는 멍하니 앉아 있었다. 속에서 습기 같은 것들이 바깥으로 자꾸 삐져나왔다. 그녀는 누구였을까. 분명 우리가 그곳에서 차를 마시고 시간을 지체했던 것은 현실이었다. 그리고 결국 나는 그 여자에게서 그녀를 떠올렸다. 나는 그 후, 신문사의 선배와 함께 술을 마셨다. 사십구재 때, 절에다 영혼을 모셨는데 어찌 된 셈인지 며칠 안 돼 그 절이 불타버렸단다. 촛불이 타다 넘어져 위패고 뭐고 전부 타버렸다는데. 덕유산 자락의 영각사라고 들었는데 정확하지는 않고. 어쩌다가 임마, 미친 자식. 그 여자 괜찮지 않던? 그 정도면 결혼을 해야지, 결혼을.

도로변에 안개가 그물처럼 출렁거렸다. 어둠 속을 차 한 대가 따라붙고 있었다. 아내가 오른쪽 깜빡이를 켰다. 우리를 지나치는 트럭에는 얼굴이 하얀 청년이 타고 있었다. 가슴이 순간 철렁 내려앉았다. 아내가 다시 차를 돌려 무주를 향해 속력을 내었다. 다시 불안해진 모양이었다.

"이정표도, 아무것도 안 보여. 분명 이 길인 것 같은데."

종일 길을 헤맸던 기억을 잠시 떠올리는 듯했다.

"이 길이 아닌가 봐."

어둠 속의 도로에는 적막뿐이었다. 첩첩산중의 도로 위, 다시 길에 갇힌 것만 같았다. 멀리 음식점 간판이 빨갛게 깜박거리고 있었다. 아내가 알 수 없는 시간 속을 빠져나가려는 듯 부웅, 하고 전속력을 다해 액셀러레이터를 밟았다.

지금은 부재중

눈발은 유리창에 부딪히다 사르르 제 몸을 녹이고는 스러져갔다. 여자는 여느 때처럼 창밖을 무연히 내다보고 있다. 불이 켜진 실내는 유리창에 반사되어 보인다. 나무 탁자와 난로, 그리고 분홍빛 양란이 화사하게 피어나고 있는 모습. 찻잔을 들고 서성이는 자신의 모습과 오렌지 빛으로 익어가는 실내 풍경이 거울처럼 명백하게 눈에 들어왔다.

바람은 눈을 육각형 결정체 그대로 꽁꽁 얼게 할 것처럼 맵찼다. 바람이 창밖 아파트 단지 앞에 심어진 소나무들을 뒤흔들었다. 소나무의 휘청거림. 눈발과 북풍에 시달리는 어린 나무. 그 나무를 보호해줄 아무런 것도 없었다. 여자가 지금 바라보고 있는 것은 무엇일까. 소나무일까, 바람일까. 아니면 인적이 끊어진 골목길 행인들의 움직임일까. 여자는 자리에서 일어나서 광목천, 진갈색의 로만셰이드를 모두 드리웠다. 여자는 유리창에 비친 제 모습을 물끄러미 바라보았다. 표정까지는 아니었지만 여자의 우울한 상태가 거짓 없이 유리창에 겹치는 것처럼 보였다. 여자는 순간적으로 고

적해져서 사는 것이 갑자기 아득해질 때가 있다. 지금이 바로 그런 한때일 수도 있는 것이다. 그러다 자신을 확인할 수 있는 것은 그 어떤 것도 없다는 생각에 얼핏 두려움도 일었다. 창밖의 진한 어둠. 여자는 유리창을 열고 바깥을 내다보았다. 골목길의 어둠이, 어둠 속의 눈발이 여자의 현실 감각을 일깨워준다.

눈이 많이 왔죠. 방금 마당에 눈을 쓸러 나갔어요. 그런데 쓸고 나면 또 오고 쓸고 나면 또 내리고. 여긴 눈 천지예요. 길이 안 보일 지경이죠. 엄청난 눈 세상. 저러다 우리집 지붕이 내려앉을까 걱정이에요. 저, 도망가야겠어요. 부디 눈 조심하세요. 안녕—

그 남자의 음성 메시지 내용이었다. 여자가 망연히 눈 내리는 것을 지켜보고 있는 것을 그는 알까. 전화를 끊고 난 이후의 느낌은 이상한 감동이었다. 그처럼 언제나 그 남자는 부재중이었다. 산속에 사는 그는 또 다른 깊은 산속으로 올라가고 있을 것이다. 부재중이면서도 언제나 자신의 존재를 음성으로 남기는 것. 실재하면서도 부재하고 싶은 것일까. 아니면 부재중인 자신의 존재를 그렇게라도 확인시키는 것일까. 그 둘 가운데 무엇일까. 한동안 여자는 그 목소리에 취해 있었다. 여자의 반복적인 일상에 그 남자의 목소리는 일종의 청량제인지도 모른다. 그렇지 않고서야 전화를 끊고 거의 한 시간 동안을 망연하게 생각에 잠겨 창밖의 눈을 내다보기만 할 리는 없다.

찻집은 정적 속이다. 음악 소리가 공기 중 섞인 먼지처럼 고요히 떠다니고 있고 냉장고 돌아가는 소리, 수돗물 트는 소리들이 가끔씩 여자의 몽롱한 의식을 건드린다. 찻집이 너무나 적요한 탓에 여자는 자신이 고사된 식물처럼 느껴질 때도 있었다. 이미 그런 생각은 자신의 의식 속으로 스며들어 있어서 새삼스러울 것도 없다. 사실 이 찻집은 너무 고요하다. 현실감이 전혀 느껴지지 않는다. 사람들은 거의 찾아오지 않는다. 잠깐씩 망각하기도 한다. 자신이 이 찻집의 종업원이라는 사실을. 그러다 여자는 난롯가에서 잠깐씩 잠에 빠진다. 혼몽, 아늑한 잠 속. 스르르 잠과 현실 속을 헤매다가 눈을 떠봐도 역시 찻집은 변함이 없다. 온종일 지루함으로 일관된 찻집은 여자를 망상의 늪으로 끌어들인다. 다시 유리창을 보니 긴 머리의 여자가 자신을 보고 있다. 자신의 모습인데도 낯설다. 언뜻 여자는 전화 속의 남자를 생각한다. 그는 목소리뿐이었다. 여자는 자신 또한 이 세상에서 부재중이라는 생각을 한다. 세상 밖으로 뛰쳐나와버린 외로운 행성. 그런 문구를 떠올린다. 대학 노트에 낙서해놓은 구절임이 틀림없는 단어. 자신의 부재를 사람들 틈에서 발견하고 있을 때면 그런 생각이 들었다. 왈칵, 알 수 없는 서러움이 창가에 부딪히는 눈발마냥 처연하게 다가왔다 녹아내린다.

겨울의 깊이, 여자는 그 어디까지 내려와버린 것일까. 깊이의 또 깊은 그 자리. 그 어느 곳에 자신의 자리는 남아 있는 것일끼. 여자는 난롯가에서 손을 연신 비비고 있다. 별로 춥지는 않았지만 가슴이 시려온다. 창밖에 눈발이 계속 내리쳤다. 무언가를 말할 듯한 주인 여자는 아직 입을 열지 않는다. 여자는 가만히 자리에서 일어나 다시 공중전화로 다가갔다. 부재를 알리는 그 남자에게로 다가가야 할 것만 같다. 그것은 일종의 강박관념인지도 몰랐다. 그 남자의 부재중이 아닌 목소리를 들을 수 있다면 그것이야말로 구조 신호야, 라는 이상한 암시를 자신에게 준다. 한 번도 개인적으로는 만난 적이 없는 사람이었다. 먼발치에서만 그를 볼 수 있었다. 지난번 문학 강연 때, 우연히 그 남자의 전화번호를 구하게 된 후 여자는 핑곗거리를 만들어서 전화를 했는데 그때마다 그는 없었다. 아니, 사실은 있었다. 여자는 마음이 초조해진다. 마음이 가라앉을 그 무언가가 필요하다. 여자가 동전을 넣고 번호를 꾹꾹 눌러대자 신호가 세 번, 네 번 울리고는 그 남자의 목소리가 들려온다.

바람은 불지요. 눈발은 날리지요. 춥네요. 날이 추워서 이불 속으로만 들어가고 싶네요. 이불 속이 천국이에요. 안녕, 내일 봐요.

그는 정말 어떤 사람일까. 지리산에 간다고 했다가 금세 음성 메시지를 바꾸다니. 그는 아마도 이불 속에 들어가 있으면서도 전화를 받지 않고 있을 것이다. 노인네처럼 웅크리고 앉아 화롯가에서 밤을 굽거나 구운 고구마 껍질을 벗기고 있을까. 손수건만 한 유리창 밖의 눈을 보면서 수화기를 들었을 것이다. 세상과 교신하고 싶은 걸까. 그러면서도 왜 전화는 받지 않는 걸까. 여자는 그렇게 부재한 남자의 전화 목소리라도 들어야만 마음이 가라앉았다.

이번 달, 월급 챙겨주기 힘들겠다.

신문을 보고 있는 줄만 알았던 주인 여자의 목소리가 여자를 향했을 때, 여자는 가슴이 철렁 내려앉았다.

왜? 너무 힘들어서?

그것도 그렇고 아무래도 우리집 일이 마음에 없는 것 같아서.

주인 여자가 달력 쪽으로 다가갔다.

오늘이 2월 1일이니까 월급 줄 날도 또 며칠 안 남았는데 도저히 힘들 것 같다. 가만히 생각해보니까 슬기 엄마는 도배 기술도 있고 날이 풀리면 다른 데 일자리를 알아본다고 하는 것 같아서.

다른 데 일이라니?

우리집에 오래 있을 생각은 아닌 것 같은데?

오래는 아니래도 내가 그만둘 때는 한 달 전에 미리 말한다고 했잖아. 뭐든지 미리 말을 해야지. 그러면 그만두라고?

응. 그래야 될 것 같아서. 도저히 장사 이렇게 해서는 월급 못 줄 것 같아.

월급 못 주면 안 돼. 우리 가족의 생계가 달린 문젠데.

그러니까 내가 이렇게 어쩔 수 없이 말하는 거지.

어쩔 수 없이? 계획된 것이 아니었다고? 가슴이 먹먹해온다. 그럴 수는 없다는 생각이 들었지만 어쩔 수가 없다, 그만두라는데. 정말 치사한 일이다, 사는 게 치사하다는 생각만 든다. 여자는 기다란 손톱을 물어뜯고 있다. 지난 여름, 끝물로 들인 봉숭아물이 아직 지워지지 않고 반달처럼 남아 있는 손톱. 그 손톱 끝을 여자는 잘근잘근 씹는다. 가슴이 떨려서 주체할 수가 없다. 그만두라는 소리를 듣자 벼랑 끝에 서 있는 느낌이 든다. 여자는 자신이 열심히 일을 해왔고 깔끔하게 주방일을 봤다는 생각을 해왔다. 가게 처음 개업할 때부터 자신이 얼마나 많이 도와주었던가. 사사건건 다 간섭을 해야 할 일뿐이었다. 김치 담그는 일부터 주방 기구를 사는 일, 가게의 물건 정리 등 여자의 손과 눈길이 가지 않은 곳이 없었다. 그런데 주인 여자는 아마도 그것을 잊었나 보았다.

내가 그만두면 혼자 하려고?

별수 없지 뭐, 혼자서 해야지. 미안하게 됐어.

여자는 가슴이 콩닥콩닥하더니 결국에는 얼굴이 화끈하게 달아오르는 것 같아 치미는 분노를 억지로 진정시켜본다.

난롯불이 너무 세다. 약하게 줄여야지.

여자는 난로를 약의 위치로 누른다. 그 자리에서 바로 일어서기는 더 자존심이 상하는 것 같다. 그러면 주인 여자에게 지는 것이다. 차라리 이렇게 된 바에는 웃어주자, 그렇게 마음을 먹었지만 오기가 생겨 나온다.

조리사 자격증이나 따야겠다. 진즉 땄어야 하는 건데 기회를 놓쳤거든. 운전 면허증도 따고.

조리사 자격증, 그거 나도 따려고 하다가 장편 하나 쓰려고 그만뒀지. 작년 5월에. 그때 땄으면 지금 제대로 쓰는 건데.

또 그놈의 소설 얘기. 여자는 속으로 코웃음을 친다. 말로만 쓰는 소설 누가 못 쓰나. 그렇게 생각하자 부아가 치민다. 소설가라는 주인 여자는 자기의 소설을 단 한 번도 여자에게 읽어보라고 내밀지 않았다.

그래도 곧 날이 풀어지면 도배일이 나오겠지? 일하자고 전화 왔다면서?

진작 말했으면 그 일 안 놓쳤지. 이래봬도 내가 그 일 나가면 저축하고 산다.

그래, 어차피 도배일 할 거니까 말이야.

유리창에 부딪혀 젖어 내리는 눈송이가 잦아들고 있었다. 그때, 당그렁당그렁 문 앞에 매달아놓은 풍경이 울리고 손님 둘이 들어온다.

어서 오세요.

화들짝 난롯가에서 일어나 여자는 허리를 약간 굽히면서 시계를 본다. 열시 삼십분. 이건 곤란한데, 하는 생각이 든다. 엄마를 기다리고 있을 아이들 모습이 떠올라 마음이 갑자기 조급해진다.

어이, 동동주하고 파전 하나.

의자에 풀썩, 몸을 묻고는 사내 하나가 여자를 위아래로 훑어내린다. 여자는 자신을 보는 사내의 눈길이 점액질 가득한 도사견의 늘어진 혓바닥 같아 등 뒤로 소름이 내린다. 느낌이 좋질 않다.

미인인걸. 흑진주가 여기에도 있었군. 검은 비너스 말이야. 여, 그 긴 머리 한번 뒤로 쓸어 넘겨보지, 응. 이리 와 이리 오라구.

여긴 그런 데가 아닌데요.

여자의 기어드는 듯한 목소리에 사내가 푸하하하 웃는다.

그런 데 좋아하네. 돈 벌러 나왔으면 직업 의식이 투철해야지. 안 그래? 왜? 내가 보들레르 같은 유명한 시인이 아니라서? 씨벌, 너까지 나를 우습게 보냐?

손님, 전 그냥 이 집 주방 아줌마예요.

여자가 황급히 발길을 주방 쪽으로 떼려 하자 주인 여자가 재빨리 여자의 앞을 막아선다.

저, 들어온 손님 쫓을 거 뭐 있수? 적당히 앉았다가 일어나면 될 걸. 저래도 저 사람 이 지역에서는 알아주는 시인이야. 혹시 알아? 습작 노트라도 보이면……

정말 왜 이러는 거야?

주방은 내가 볼 테니까 그냥 앉아 있기만 해.

주인 여자가 긴 치마를 찰랑거리면서 여자의 앞을 지나쳐 간다. 이미 술에 취해 들어온 사내 둘은 소파에 몸을 묻은 채 횡설수설이다.

잔느 뒤발 말이야. 그 여자는 전설 같은 여자지만 우린 그 유명한 프랑스 시인은 아니니까 걱정 말라구. 외로운 사람끼리 술 한잔 하자는데 왜 그리 뻣뻣해!

유백색의 전등, 사람들의 피부를 정육점의 살덩이처럼 보이게 하는 붉은 조명과 황금색 메주등이 한데 섞인 천장의 불빛 때문에 시간이 흐를수록 실내의 분위기는 야릇해져갔다. 팽팽한 긴장감이 여자의 머리끝에서부터 발끝까지 전류처럼 일시에 흐르고 있다.

사내의 거친 손이 여자의 팔목을 붙잡아 소파 쪽으로 당긴다.

이거 왜 이러세요.

그러나 여자의 목소리는 분절되어 목구멍 속으로 깊이 가라앉아
버린다.

그사이, 술이 나오고 서비스 안주인 도토리묵, 어느새 부쳤는지
파전이 아닌 해물전이 따스한 김을 올린 채 탁자에 놓였다. 손님을
자리에 오래 앉혀두기 위해 주인 여자는 오이며 풋고추를 곁들였
다. 여자는 배신감과 함께 치솟는 분노 때문에 가슴이 떨린다. 여
자 앞에 동동주 잔이 놓이고 여자는 억지로 사내에 의해 술잔을 받
는다. 찰랑거리는 술이 잔에 넘쳤는데도 사내는 탁자에 들이붓고
있다.

섹시한데. 오늘 밤 이차 어때?

이번에는 허여멀쑥한 다른 사내의 손이 여자의 무릎을 더듬었
다. 파충류의 섬뜩함을 느끼면서 여자는 눈앞이 노래지고 토할 것
같은 역겨움 때문에 자리에서 비칠거리면서 일어선다.

사람, 잘못 보셨어요.

× 같은 년. 네년 아랫도리는 황금 띠라도 둘렀냐. 왜 손도 못 대
게 하는 거야. 에이, 술맛 떨어져.

술 취한 괴물의 목소리가 귀에 쟁쟁쟁 울리는 것을 뒤로하고 여
자는 무작정 출입문을 밀어젖혔다.

슬기 엄마, 잠깐만.

주인 여자의 쇳소리가 귓속을 파고들어와 여자의 머릿속을 사정
없이 후볐다. 여자는 뒤도 돌아보지 않은 채 바람이 매서운 거리를
향하여 뛰었다.

눈발이 더욱 거세게 내리치고 있다. 여자는 집으로 돌아가는 발

걸음이 무겁고 지쳐서 곧 쓰러져버릴 것만 같다. 그것은 어쩌면 막
막함 때문이리라. 다리가 후들거려왔다. 방심하고 있다가 엉겁결
에 하수구에 빠져버린 것만 같이 황당하면서도 억울한 생각이 들
었다. 어느새 손님들과 한통속이 된 주인 여자. 아니, 돈과 한통속
이다. 돈을 벌려고 환장했구나. 여자는 눈물을 참으면서 입술을 앙
다물었다. 어둠 속을 가로지르면서 시내버스 막차가 오고 있었다.
막차를 타야 했을 때마다 느낀 두려움. 이 버스를 놓치면 어떡하
나. 여자는 버스에 오르면서 피곤에 전 사람들의 모습을 본다. 종
점에서부터 두번째인 이 정류장을 지나칠 즈음이면 식당일을 하
는 사람들이 올라탄다. 행색으로야 식당 여자인지 알 수가 없지만
여자는 대충 그들을 알아볼 수 있다. 같은 일을 하는 직감이랄까,
그런 것. 이제는 이 길도 마지막이겠구나. 차라리 잘된 일인지도
몰라.

　버스 안에서 어떤 이는 졸고 어떤 이들은 수다로 그날의 피로와
불만을 풀고 여자는 사는 일이 막연해져서 생각에 골똘히 잠겨 있
다. 바깥으로는 눈발이 창문에 부딪히다가 스러져간다. 그 눈발이
아득히 먼 옛날을 되새기게 했다. 자신에게도 행복했던 시절은 있
었다. 남편의 우체국으로 가끔 도시락을 싸가지고 언덕길을 내려
가면 만나는 사람들마다 인사를 했다. 남편의 성실함 때문에 여자
의 생활은 안정되어 있었고 누가 보아도 별 탈 없이 원만했다. 가
끔, 아이들의 학교에 가서 자모회 활동을 하고 시간이 나면 시내
백화점에 가서 쇼핑도 할 수 있었다. 사계절을 느낄 수 있는 전원
생활을 하면서 여자는 자신도 모르게 이 안정된 생활은 어디까지
일까, 하고 생각했던 적이 있음을 기억해낸다. 그 생각은 얼마나
방정맞은 것이었던가. 그때의 생활은 제법 안온해서 시를 썼고 책

을 읽으면서 하루하루를 보내고 살았다. 노을이 지는 시간이면 가족들은 한상에 둘러앉아 모였다. 시부모님은 도시에서 시집온 맏며느리를 어여삐 보았다. 그것은 언제 그랬나 싶게 과거의 골목길로 숨어버리고 말았다. 여자의 현실은 황량한 벌판을 걸어가고 있다. 고달픔이다. 때로 육체적인 피로와 함께 몰려오는 생에 대한 우울, 그 고단한 미래가 사막처럼 펼쳐져 있다. 모래 바람이 자신을 향해 맹렬히 불어오고 있는 것만 같다. 눈을 뜰 수가 없다. 모래 바람이 눈 속을 파고들어오는 것만 같다. 자신이 걸어가야 할 길이 미로처럼 끝이 보이지 않는다. 어깨에 멘 짐이 너무 무겁다. 빚만 남겨준 채 집을 나가버린 남편. 이미 삼 년이나 지났는데도 혼자 있는 것에 익숙지가 않다.

버스가 정류장에 설 때마다 여자는 감았던 눈을 뜬다. 어깨를 짓누르는 중량감. 때로 여자는 훌훌 다 버리고 떠나버리고 싶을 때가 있기도 하다. 지금 버스를 타고 있으면서도 여자는 이 버스가 영원히 정지하지 않았으면 하는 생각을 하고 있다. 곤한 잠에 빠진 이들과 여자를 싣고 버스가 이 지구라는 궤도를 이탈해버렸으면 하고 바라고 있다.

자식들이 부담스러울 때도 있다. 여자는 혼자서 아이들을 키워야 한다는 사실이 너무나 무거워서 질식할 뻔한 적도 있었다. 그 심리적 압박감. 그러나 여자가 떠나기엔 아이들은 너무 어렸다. 아아, 나도 어디론가 가버리고 싶어. 여자는 속으로 중얼거린다, 아주 나직하게. 그 소리를 들은 사람은 아무도 없을 것이다. 좁은 아파트에서 토끼처럼 눈을 말똥말똥 뜨고 자신을 기다리고 있을 아이들. 결국 자식을 버릴 수는 없다. 여자는 그제야 엉덩이를 일으킨다. 버스는 이미 한 정거장을 지나쳐버렸다. 여자는 굼뜨게 일어나 벨을 눌렀다.

버스는 여자를 어둠 속에다 부려놓은 채 황황히 사라져버렸다. 여자는 눈발이 치는 도심의 밤을 걸었다. 건물마다 유흥의 불빛이 명멸하고 거리는 고적하다. 여자는 아파트 단지 내의 상가에 들어간다. 아이들을 위한 반찬과 간식거리를 사기 위해서다. 어둠 속, 눈은 쌓여가고 도시는 하얀 정적 속에 조용히 가라앉아 있다. 상가를 나와 집으로 가던 중, 여자는 망설이다가 공중전화 부스로 들어간다. 그리고 남자의 전화번호를 빠르게 누른다.

입춘대길하시고요. 까치까치 설날이구요. 떡국도 많이 드시고 복도 많이 고루고루 나눠 가지세요. 안녕.

전화를 할 때마다 그 남자는 자신이 부재중임을 알리면서 메시지를 남긴다. 그것이야말로 자신을 사람들에게 확실하게 입력하는 한 방법임을 알고 그러는 것일까. 남자는 어쩌면 간절히 세상 속으로 들어오고 싶어하는지도 모른다. 지리산의 어디쯤 허름한 집을 얻어 혼자 산다는 시인. 그는 세상을 등진 은자처럼 살고 있지만 누구보다도 강렬한 몸짓으로 세상을 향한 그리움의 몸짓을 하고 있는 것이다. 세상을 향하여 말한다. 나는 여기 없어요. 그러나 언제나 있다. 그는 거기에 있다. 산속에서 겨울을 나면서 세상을 향해 그리움을 토로하고 있는 것. 날 만나러 오세요. 있음을 부정하는 없음의 목소리. 없음을 강조하는 있음의 목소리. 얼마나 외로우면 전화 속에 자신의 살아 있음을 증거하는 목소리를 생생하게 녹음시켜놓은 것일까. 세상과 교신하고픈 열망과 그 열망을 두려워하는 마음을 알 것도 같다. 그 남자의 외로움은 겨울 산속의 나목처럼 수척할 것이다. 뼈가 마르고 피가 타는 그리움…… 그 대상은 과연 누구일까. 여자는 가슴 한쪽이 뜨겁게 차오르는 것을 느낀다. 여자는 그리워할 대상도 없는 자신이 너무나 외롭게 느껴졌다. 세상으로부터 완전하게 버려진 듯한 느낌이 들어 자신도 모르게 슬픔이 치밀어오른다.

공중전화 부스를 열고 나오는 여자의 머리 위로 눈발이 휘날린 다. 아파트의 상가 쪽 불빛은 환하다. 아직까지 한 번도 그 남자와 통화를 한 적은 없다. 그러나 어쩐지 그가 십 년을 함께 살았던 남 편보다도 더 가깝게 느껴지는 것은 왜일까. 여자는 자신의 집으로 돌아가고 싶지가 않다. 쪼그리고 앉아 오도카니 저녁을 먹고 아이 들이 잠든 후, 작은 방에서 혼자 앉아 뒤척일 것이 뻔한 밤이다. 다 시, 여자는 비어 있는 공중전화 부스를 바라본다. 부스 안의 휑한 불빛이 지나치게 공허하게 느껴진다. 여자는 아이들이 기다리는 집으로 가야 한다고 매번 다짐을 한다. 그러나 오늘따라 여자는 집 이 싫다, 자식들도 싫다. 자신의 생을 옭아매는 올가미 같은 일상 은 오늘 유달리 비참하기도 하다.

남편에게 버림받았다는 느낌이 강렬하게 들 때, 그 끔찍하도록 참담한 심정일 때, 여자는 울었다. 아이들이 기다리고 있는 집. 어 디론가로 사라져버린 남편. 그 남편을 확인할 수 있는 것은 주민등 록 등본을 뗄 때뿐이던가. 남편은 버젓이 호주의 자리를 차지하고 있었다. 차라리 이혼이라도 했으면 덜 억울할지도 모를 일이다. 그 런데 사라져버린 남편은, 자신이 뿌린 생명에 대한 의무를 저버리 고 도망쳐버린 남편은 법적으로 버젓이 가장의 자리를 차지하고 위세를 부리고 있는 거였다.

때로 생에 대한, 다른 생의 가능성에 대한 강렬한 욕구가 치밀어 오를 때, 그녀 또한 가출을 생각한다. 신문 사회면에 나오는 무단 가출한 비정한 엄마. 생활고를 비관하여 자식들을 버린 엄마. 아이들을 버리고 싶다는 생각만이 강렬하게 그녀를 휘몰아쳐갔다. 여자는 허공을 올려다보고 있다. 눈은 이제 녹지 않고 내려 쌓여간다. 자신을 아무렇게나 내팽개치고 싶다. 스스로를 버리는 일은 결코 쉽지 않을 것이다. 여자는 이제껏 열심히 잘 살았다고 자부했다. 그런데 그런 그녀의 심정은 오늘, 찻집에서 뒤틀려버렸다. 세상이 자신을 받아들이지 않는다는 것 때문에. 밤은 그녀의 앞길을 자꾸만 훼방을 놓았다. 눈발이 바람에 휩쓸려 몰아쳐간다. 집으로 돌아가는 여자의 발걸음은 죄수가 자신의 발목에 걸린 사슬을 쩔그럭거리며 감방 안을 서성거리는 것처럼 절망스럽게 무겁다.

자신의 주변에 있는 사람들은 분명하지 못했다. 명확하지 못한 관계라고나 할까. 남편과 관계를 맺고 있었던 사람들은 분명 현실적으로 그녀에게 압박감을 주었다. 그러나 그녀는 그들과 완전히 무관하게 살 수는 없었다. 그것은 순전히 아이들을 키워야 한다는 의무감 때문이었다. 아이들이 없다면…… 여자는 상상해본다. 아이들이 없다면 자신의 양 어깨에 날개가 달릴 것인가. 여자는 힘없이 웃는다, 바람 빠진 풍선처럼 맥없이. 여자의 걸음은 술에 취한 이처럼 허청거린다.

댁이 어디신가요? 좀 지친 것 같은데 제가 모셔다 드릴까요?

어둠 속에서 가죽점퍼가 나타났다. 정중하고 낮은 목소리. 아파트 옆의 비어 있는 공터 쪽으로 방향을 잡았던 여자는 그제야 자신이 방향을 잘못 잡았다는 생각이 든다.

누구세요?

여자는 손에 든 비닐 봉지를 바짝 쥔다. 갑자기 사지가 굳어 한 발짝도 움직일 수가 없다. 어둠 속에서 여자는 가죽점퍼의 얼굴을 바라보았다. 그러나 알 수 없는 얼굴이었다. 이 세상 사람 것 같지 않은 파리하고 싸늘한 웃음. 그러나 그것은 여자만의 느낌이었을 뿐이다. 남자는 그보다 훨씬 더 두려운 표정을 짓고 있다. 마치 자신이 할 일에 대한 결과를 알고 있다는 듯이. 가죽점퍼는 아직 미성년이다.

야, 임마. 뭘 꾸물거려. 빨리 해치우지 않고.

어둠 속에서 담배 불빛이 튀어나온다. 키가 오종종한 사내, 가죽점퍼보다 나이가 더 들어 보인다.

아짐니, 밤에 어딜 그라고 쏘다니신당가? 얼굴이 반반한 것 보니께 사내 조까 울렸겄든디. 잉?

여자의 손에서 툭, 하고 까만 비닐 봉지가 바닥에 떨어졌다. 그 위에 하얀 눈이 내려 나풀거리고 있다.

혼자 삼서 그라고 밤늦게 다니믄 쓰간디? 기다리는 애기들은 어쩌라고?

사내의 고갯짓을 신호로 가죽점퍼가 여자를 향해 달려들어 저항할 틈도 없이 여자는 고꾸라진다. 여자는 가죽점퍼에 의해 질질 끌려갔다. 여자의 눈앞에 불길이 타오르고 있었다. 누군가의 발길질로 아랫배에 지옥 아래로 떨어지는 듯 극심한 통증을 느끼며 여자는 시멘트 바닥을 나뒹굴었다. 찰나였다, 그것은. 아득히 몸이 차갑게 굳어지고 뜨거운 불두덩이가 여자의 하체를 드릴처럼 맹렬하게 파고든다.

여자는 차갑고 어두운 창고 어딘가에 쑤셔박혀 있다. 자신의 신분증과 카드와 그리고 남편의 사진이 든 지갑을 뺏겼다. 정신을 놓치지 않았다고 생각했던 자신의 아랫도리가 흉측하게 벗겨진 채로 종아리 아래로 말려 있는 것을 발견하고 여자는 눈물 대신 웃음이 먼저 나온다. 바지를 추슬러 입고 자신의 아파트로 향하는 입구 쪽으로 눈길을 돌리면서도 자꾸 헛웃음이 새어나왔다.

오늘은 많이 늦었습니다.

경비 아저씨는 매일 자신의 귀가 시간을 재고 있었던가. 부들부들 몸이 떨려오면서 한기가 온몸을 덮친다. 여자는 어둠 쪽으로 몸을 돌리면서 그에게 까딱 인사를 한다. 그러나 여자의 보랏빛 외투는 물기와 흙먼지가 범벅인 채로 불빛 환한 아래로 더욱 흉물스럽게 드러나 있다. 여자의 상반신이 경비실의 불빛에 지나치게 노출되어 있었던가.

길이 많이 미끄럽죠?

경비원의 번들거리는 눈길이 여자의 얼굴 쪽에 멈추었다. 여자는 대답 없이 엘리베이터 앞으로 재빨리 걸어간다. 경비원의 따가운 눈총이 여자의 헝클어진 뒷머리 쪽에 쏠려 있다. 여자는 입술을 악물고 있다. 엘리베이터 문이 열림과 동시에 경비가 지껄인다.

조심하셔야죠.

여자는 온몸에 소름 같은 돌기가 가시처럼 치솟는 것을 느낀다. 다시 한 번 전신에 통증이 휘몰아쳐긴다.

다음날은 더 험한 강풍이 불었다. 대설주의보라도 내린 양 눈은 걷잡을 수 없이 내리고 있다. 여자는 한쪽 구석에 놓인 소주병을 발로 밀어 화장실 안으로 들이밀었다. 어제 저녁엔 좀 취했던가 싶다. 두통 때문에 머리가 지끈거린다. 여자는 굼뜨게 일어나 주방엘 들어선다. 아이들을 깨워 밥을 먹이고 또 자신은 막막하게 내려 쌓이는 눈을 바라보고 있어야 할 것이다.

엄마, 전화야.

네. 여보세요.

엊저녁에는 잘 들어가셨는지 궁금허기도 혀서.

헉, 여자는 숨이 막힌다. 수화기를 놓치고서도 온몸이 부들부들 떨린다. 자신의 모든 신경이 이완되는 느낌, 피가 삽시간에 몸 밖으로 빠져나가는 느낌. 여자는 소파 위에 털썩 앉았다. 수화기 속에서 윙윙거리는 소리. 여자는 눈이 내리는 아파트 창문을 넋 나간 듯이 바라보고 있다. 아이들 방에서 게임기 소리가 왕왕 터져나올 뿐 아이들은 엄마가 어떤 상태인지 알려고조차 하질 않았다. 여자는 빨간 수화기를 겨우 제자리에 놓고 주방으로 비칠비칠 들어선다.

여자는 정말로 신문과 뉴스에 보도되는 일상적으로 일어나는 폭행을 당했던가. 아니면 눈길에 그냥 미끄러졌던가. 미끄러져서 지갑을 잃어버렸고 그리고 들어와 술을 마셨고 그 기운으로 잠이 들었던가. 지난밤의 일은 사실이 분명한가. 전화벨이 또 울리지만 여자는 받지 않는다. 전화는 저 혼자서 자지러지다가 끊기곤 했다. 여자는 이제 전화 따위는 받지 않을 양 다시 태연스레 마음을 정돈하고 아이들의 식탁을 차려주었다. 게임기에 열중하다가 여자의 악쓰는 소리에 마지못해 툴툴거리면서 숟가락을 든 아이들은 그러나 배가 고팠던지 맛있다, 엄마 진짜 맛있다는 말을 연발한다. 여자는 괜스레 가슴이 시리다. 여자는 찬물만 연거푸 석 잔을 마시고 방으로 들어가 긴 잠을 청한다. 마치 자신에게 남는 것은 잠뿐인 것처럼 잠 속으로 끝없이 빠져 들어가고 있다.

엄마, 엄마 친구래.

설풋 그런 소리를 들으면서 여자는 눈을 떴다. 누굴까. 혹시 찻집 주인은 아닐까. 남편의 빚쟁이들이 자신의 전화번호를 결코 알 리가 없다는 것을 알면서도 여자는 가슴이 뛴다.

네. 여보세요.

혜란씨, 나요.

누구세요?

하룻밤을 자도 만리장성을 쌓는다는디 몰라보기는? 땅바닥에서
잠깐 뒹굴었어도 하룻밤 서방은 서방이겄제? 이봐, 수화기 내려놓
지 마. 만약 끊기만 해봐. 당장 집으로 쳐들어갈 것인게. 알겄어?
오늘 밤 어때? 오늘은 좀더 근사한 곳으로 가자구. 눈 내리는 풍경
이 훤히 내다보이는 분위기 있는 곳 말여. 윤혜란씨, 이제 봤더니
알부자더군. 신분증이랑 카드 잘 보관하고 있을 테니 나오라구. 저
수지 쪽이 어때? 거기 근사한 모텔이 있더구만. 남편도 없겠다, 외
로웠을 것인디…… 역시 생긴 대로였어. 대단했다구.

더 이상은 들을 수가 없다, 아니 듣고 있지 않는다. 여자의 손을
벗어난 수화기는 혼자서 윙윙거린다. 끊을 수도 없고 자신으로서
는 더 이상 어떤 방법도 세울 수가 없어서 사지가 부들부들 떨리면
서 정신이 아득해지기만 한다. 자신의 옆에는 아무도 없었다. 전화
를 끊기 위해 가만히 들었다가 여자는 화들짝 놀란다

서툰 짓 했다간 네 새끼들이 무사하지 못할걸. 조용히 나와. 내
가 말한 아주 조용한 데로. 넌 날 모르겠지만 나는 아조 오랫동안
지켜봤제. 거시기 머시냐 프로포즈라고 하등가. 방법이 조까 더러
와서 그라제 당신을 좋아한 지가 내가 겁나게 오래되았어야. 잘 들
어! 내가 너를 아주 납치할 수도 있다는 걸 명심해. 그러니 우리 그
냥 거래하자구. 응?

괴한은 그렇게 전화를 끊었다. 여자는 그곳이 과연 어디인지 알
수도 없었다. 그리고 거래라니. 중간에 수화기를 놓고 있다가 별안
간 결론을 내린 거래라는 것에 자꾸 불안해서 견딜 수가 없었다.

스토커 아닐까? 스토커라니. 최진실이나 김혜수에게나 가능할 일
이었다. 절친했던 친구는 물론 가능하면 자신을 노출하지 않기 위
해서 전화번호조차 남발하지 않았다. 그 괴한은 계획적인 폭행이
었던 것이다. 남편이 없다는 것을 어떻게 알았을까? 무거워 끙끙
거릴 수밖에 없는 과일 한 상자를 사도 배달시킨 적이 없었고 아이
들의 피자나 자장면조차도 배달시킨 일이 없었다. 철저히 외부인
이 자신을 들여다보지 못하게 하였다. 아이들도 바깥 외출을 금지
시킨 채 집 안에서 게임기와 텔레비전으로 거의 시간을 보내게 했
다. 특히 요즈음 방학을 해서는 방 안에서만 놀았다. 그런데 어떻
게 자신을 엿보았을까?

　여자는 자신에게 일어난 일들이 모두 꿈만 같이 느껴진다. 그것
도 흉측한 꿈. 악몽 속을 헤매는 것은 아닐까. 여자는 생각을 더듬
어본다. 마치 안개 속처럼 뿌옇게 피어오르는 그간의 일들. 자신은
근래에 잠 속을 걸어가고 있었던 것은 아니었을까. 온몸에 붉은 털
을 가진 괴물. 그랬다. 그 괴한은 괴물이었다. 거기까지 생각을 더
듬어가자 갑자기 여자는 자신의 아랫도리가 흥건히 적셔지고 있는
것을 느낀다. 나무의 수액처럼 그것은 아주 축축하게 자신의 숲을
지나 흐르고 있다. 끔찍한 일, 그러나 몸은 정직했다. 자신의 숲에
남자의 몸이 닿은 것은 정말 삼 년 만이었을까. 흉기를 들고 자신
의 동굴을 파헤치던 괴물의 깊은 뿌리. 여자는 정말 느낌이 살아
있었던 것이었을까. 스스로의 느낌에 소름이 끼쳐오면서 여자는
극도로 자신이 혐오스럽다. 이율배반. 분명 자신은 폭행을 당했고
그리고 그 두려움과 공포를 물리치려고 아주 오랫동안 샤워를 했
고 독주에 취해 잠이 들었다. 그리고 흉몽을 꿨겠거니, 아주 잊어
버리려고 했다. 자신은 자식들의 생계를 책임지고 있는 가장이므

로 하루도 몸을 쉬어서는 안 되었다. 돈을 벌어야만 했다. 그런데 몸은 이미 깊은 반응을 하고 있었다. 여자는 자리에서 일어나지 않았다. 자신의 아랫도리를 잘라 깊은 강물 속으로 빠뜨려버리고 싶은 느낌. 그리고 참담함. 드러누운 여자의 눈꼬리로 물기가 고랑을 따라 흘러내렸다. 우리 그냥 거래하자구. 괴물의 목소리가 여자의 귀에 쟁쟁하게 울린다.

여자는 끝도 없는 길을 간다. 잠 속의 그곳은 늪이었다. 깊고 어두운 늪 속으로 빨려 들어가다가 눈을 뜬다.

엄마, 배고파. 밥 좀 줘.

원수 같은 자식들. 여자는 자신도 모르게 속으로 말을 뱉어낸다.

알았어.

여자는 부스스한 머리를 뒤로 질끈 묶는다. 잠 내내 어딘가로 빨려 들어가고 있던 꿈, 더럽고 흉한 곳으로 자신도 모르는 곳으로…… 아이들 둘이 텔레비전 앞에서 서로 채널 싸움을 하는 것을 보면서 여자는 수화기를 들고 전화번호를 힘껏 누른다. 신호가 떨어지자 여자는 수화기를 바짝 귀에 갖다 댄다.

어디 좀 멀리 떠나 있습니다. 며칠이나 걸릴지 모르겠습니다. 급한 연락 사항이 있으면 남겨두시고요. 그럼 안녕.

빌어먹을, 여자는 수화기를 힘껏 내동댕이친다. 시시때때로 메시지를 바꾸는 이 남자. 그는 누군가가 자신을 끊임없이 엿본다는 것을 안다. 여자는 다시 수화기를 들면서 숨을 멈춘다. 전화는 끊겨 있었다.

밥 줘, 엄마.

아이들은 하루 종일 여자와 아파트 안에서 놀았다. 밥과 간식을 먹고 게임을 하고 텔레비전을 보면서. 그들은 마치 동물원의 철창에 갇힌 고릴라 가족과 다름이 없다. 그곳은 완벽하게 차단된 시멘트벽과 유리창으로 이루어지긴 했지만 들여다보자면 또 별수 없이 노출될 수밖에 없는, 누군가에게서 끊임없는 위협을 받을 수밖에 없는 곳에 지나지 않았다. 여자의 일상은 보호받을 수 없는 생활이었다. 여자는 아이들을 위해 밥과 반찬을 만든다.

엄마, 전화.

섬뜩한 기운이 등줄기를 타고 흘러 내려간다.

찻집이래.

여자는 전화를 받으면서도 마음을 안정할 수가 없었다.

나야, 어젠 미안했어. 직장 구하기가 쉽지 않겠지? 나, 혼자 많이 생각했어.

지금 나하고 무슨 이야길 하자는 건데? 그 얘기라면 끊어. 더 이상 이야기하기 싫으니까.

내 말 들어. 아무리 그래도 빚에 시달리는 거 알고 있어. 내일, 얼굴 보자.

여자는 수화기를 딸깍 내려놓고 전화 코드를 홱 잡아 뽑아버린다. 유리창에 드리워진 블라인드를 젖히고 밖을 내다보았다. 거대한 정적 속에 갇힌 광장, 그리고 우뚝우뚝 서 있는 아파트. 하얀 어둠. 여자는 다시 무연히 상념 속으로 빠져 들어간다. 어디론가 끊임없이 탈출하고만 싶은 병. 그것은 언제쯤 치유받을 수 있을까. 그리고 또 자신에게 닥친 위협. 여자는 생각한다. 아파트를 내놓고 이사를 하자. 그리고 아무도 모르는 산골로 들어가버릴까. 여자는 자신의 어리석은 생각에 스스로 어이가 없어 고개를 젓는다. 아파트 창문 쪽을 내다보았을 때, 웬 사내가 서서 자신의 아파트를 주시하고 있다는 생각이 들어 급히 베란다에서 물러선다. 다시 손이 바르르 떨려왔다. 전화선을 뽑아놓았다는 것에 생각이 미치자 여자는 그 괴물이 자신의 아파트 문을 두드릴지도 모른다는 불안감으로 몸을 떨면서 허겁지겁 다시 전화 코드를 꽂는다. 누군가에게 도움을 요청하자. 경비실 아저씨? 아니야, 아니야.

여자는 그렇게 종일 불안에 떨고 있다. 전화는 그러나 다시 오지 않았고 아파트 문 또한 아무 기척이 없었다. 여자는 두려움에 싸여 스르르 잠이 들었다가도 화들짝 깨어 일어나기를 반복하였다.

새벽녘이 되자 여자는 기진맥진 상태였다. 견딜 수가 없어진 여자는 다시 수화기를 들고 그 남자의 전화번호를 누른다. 119 구조를 요청할 때처럼 절박한 마음으로. 그는 어쩌면 정말로 돌아왔을지 모른다. 이번만은 전화를 받을 것이다. 제발.

봄이 머지않은 것 같습니다. 그러나 날은 꽤 춥습니다. 마당 앞 노란 복수초 꽃대가 올해도 어김없이 고개를 내밀고 있네요. 봄은 봄인데요. 음…… 제가 말이에요. 아주 멀리 가 있어요. 어쨌든 연락처 남겨두십시오. 저랑은 아주 오랫동안 통화를 할 수 없습니다. 음…… 안녕.

세상과 교신하기를 열망했을 그는 마당 앞의 뜰에 나가 앉아 노란 복수초를 바라보았을 것이다. 눈 속을 뚫고 고개를 디민 복수초를 보고 그는 무슨 생각을 한 걸까. 그는 누군가가 매 시간, 아니 시시각각으로 온 촉각을 세우고 있는 것을 알고 있는 것이다. 부재를 말하면서 자신의 존재를 알리는 의도는 과연 무엇일까. 아주 멀리 가 있다는 그는 아주 가깝게 느껴지는 존재 아닌가. 여자는 그를 향한 그리움의 꽃대를 은근히 피워내기라도 하는 듯 가벼운 한숨을 내쉬었다.

어딘가에서 자신을 엿보고 있었던 남자는…… 여자는 자신의

생각이 어느 한 지점에 머물자 다시 후드득 몸을 떤다. 흉몽을 떨
치려는 듯 여자는 머리를 거세게 내젓는다. 여자는 이제 신경줄이
가늘어질 대로 가늘어져 곧 끊겨버릴 것 같은 느낌이 들었다. 다
시, 여자는 발작처럼 전화기를 들었다, 잠시 망설였다. 그리고 겨
울산에서 자신의 목소리를 기다리고 있을 그를 향해 전화번호를
또박또박 눌렀다. 남자의 목소리가 부드럽게 흘러나왔다. 그는 아
직 복수초의 꽃대에 대해 말하고 있었다. 멀리 가 있겠노라고. 여
자는 음성 사서함에 자신의 목소리를 녹음하기 시작했다.

…… …… ……

여자의 목소리는 그러나 결코 소리가 되어 나오지 못했다. 여자
는 결국 수화기를 귓가에 대고 언루증 환자처럼 눈물이 되어 새어
나오는 분절된 말들을 지껄이기 시작했다.

날지 못하는…… 새 한 마리…… 복수초 노란색…… 싸늘하게 식어버
릴지도…… 봄이 오기는 오는가요…… 아직도 눈발 때리는 소리가……

불의 꽃대궁

문효의 눈 속에 비치는 어슴푸레한 하늘. 그 사이로 흰 광선이 쏟아붓는 듯, 어디선가 빛줄기가 내리려는가. 아니, 빛줄기가 내리는가. 먹구름이 저 멀리 산등성이에 걸려 있는 걸 보면. 문효는 고개를 돌려 신작로를 아득히 올려다본다. 멀리 한 점 끝에 걸린 사방으로 확산된 광선과 그 아래 음울한 빛을 띤 구름은 대조적이다. 날씨는 중간 톤으로 흐리지만 여름의 태양은 흐린 빛을 녹이면서 뜨겁게 달아오르다가 젖은 커튼을 젖히듯 일시에 밝은 빛을 뿌리기도 한다. 혹 그림 속 풍경 같은, 원추형의 도로 끝점에서 내려다본다면 아주 작은 점으로 두 사람은 거의 동일하게 보이거나 가끔씩 분리되는 한 사람쯤으로 착각할 수도 있을 것이다. 곧게 뻗은 도로의 아래쪽에서 시선을 제법 멀리 둔 문효는 지친 상태다. 떠나올 때부터 피로했던 터였다. 일상을 떠나올 때는 매번 그런 피로감이 엄습한다.

문효의 뒤를 따라오는 한 여자가 있다. 길을 떠날 때마다 매번 동행하게 되는 수연. 문효는 가느다란 실눈으로 계곡을 따라 붉게 피어오른 꽃무릇을 바라본다. 물 위에 비친 붉은 꽃이 흔들린다, 바람이 꽃술을 건드린다. 지나치게 붉은, 진다홍색의 그것. 문효는 울컥 뜨거운 것이 속에서 치밀어오르는 것 같아 고개를 좌우로 흔든다. 문효가 머리를 좌우로 흔들 때, 함께 흔들리는 것은 그녀의 긴 웨이브 머리다. 검정보다는 진갈색에 가까운 긴 머리의 파도가 함께 흔들린다. 그 긴 머리가 흔들릴 때마다 문효는 무언가를 또다시 떠올린다. 뒤에서 누군가가 자신의 긴 머리를 하나로 묶는 듯한 착각에 빠지게 된다. 문효는 어떤 손짓을 느끼는지 잠깐 멈칫하다가 뒤를 돌아다본다. 문효의 뒤로는 공막한 흰 길이 보인다. 길 위에 드문드문 보이는 사람 몇. 그때, 수연이 문효의 뒤로 돌아와 슬그머니 팔짱을 낀다. 문효는 수연의 손을 조용히 잡는다. 그러다가 또 아득히 절벽 아래쪽에 핀 꽃무릇을 바라본다. 꽃이 만발하기는 좀 이른 때다. 그러나 그의 얼굴이 보였다, 지난밤 꿈에.

그는 애매한 표정으로 문효를 바라보고 있다. 좀 화가 난 듯하면서도 어딘지 원망스러운 눈빛, 무언가 말을 할 듯하면서도 입이 떨어지지 않는 듯하다. 문효는 버스를 타고 그를 그냥 지나친다. 유리창 밖으로 멀어지는 그의 눈빛이 마치 가시연잎을 뚫고 나온 날선 가시처럼 문효의 눈을 찌른다. 문효는 그를 외면하려다 갑자기 통증을 느낀다. 잎사귀를 뚫고 나온 가시. 문효는 돌아서서 그를 향해 간다. 그러나 문효가 돌아서 간 거리는 전혀 좁혀지지 않는다. 힘에 겨운 그 길의 끝에 그가 서 있다. 봄의 길, 벚꽃이 난무한 속에 서 있는 남자, 아아 문효는 소리를 지른다. 그러다 잠이 깼다. 문효는 그를 만나기 위해 길을 떠났다. 꿈에서 깬 후 내내 잠들지 못한 채였기에 문효는 아직 피로하다. 문효의 눈 속에 절벽 아래의 물 그림자가 흔들린다. 그것은 그녀의 심중을 파고들어 붉게 피어난다. 문효의 심장은 떨려온다. 바람 탓인지 모른다, 꽃무릇이 흔들리다 물속에서 제 형체를 지우는 것은. 그리고 진다홍빛만 물결 위에 흘러가는 것은. 그가 말했다. 창밖을 봐. 창밖에 물결치는 것은 꽃무릇이었다. 아아, 문효는 기억하고 싶지 않은 듯, 아니 그 순간을 기어코 기억하고 싶은 듯 고개를 흔들다 눈을 감는다. 그의 손이 문효의 흰 가슴에 와 닿는다. 그의 손이 문효의 젖꽃판을 희롱하다가 배꼽 아래의 작은 숲으로 빠져든다. 꽃무릇이 피를 토하듯 목숨껏 우는 것 같다. 아니다, 꽃은 울지 않는다. 흔들릴 뿐이다. 단지, 떨고 있을 뿐이다.

"언제까지 걸을 건데?"

수연이 드디어 문효의 침묵을 깨뜨렸다. 잠시 다른 세계에 건너갔다 돌아온 듯한 문효의 눈이 서늘하게 젖어 있다. 문효는 허공을 향해 헛손질을 한 느낌이 들어 겸연쩍게 수연을 향해 웃는다. 수연을 의식하지 않고 매번 혼자서 걷다가 돌아보면 수연은 문효의 뒤에서 힘겹게 발걸음을 옮기고 있다. 수연에게서 눈을 뗄 수가 없다. 또 무슨 짓을 할지 몰라서, 라고 자신을 변명하지만 그것은 핑계일 뿐이다. 왜 하필이면…… 수연인가.

수연의 손을 잡고 이제는 내려가야 할 모양이다. 몸이 약한 수연에게 더 이상의 행보는 무리일 수 있다고 생각했다. 요즈음의 수연은 문효에게 너무 많은 것을 보였다. 수연의 비밀스런 부분을 보려 했던 것이 오히려 짐스럽고 후회스럽기만 하다. 차라리 아무것도 몰랐어야 했다. 오던 길을 되돌아가려고 다시 한 번 눈길을 위로 향한 문효의 눈 속에는 꽃무릇의 군락이 펼쳐지고 있었다. 멀리 한 켠으로 코스모스 길 쪽, 낮은 등성이 소나무 아래 꽃무릇이 붉은 꽃술을 흔들고 있었다. 문효는 잠시 수연을 보다가 난감해하지만 이내 발길을 주차장 쪽으로 옮긴다. 분명 수연은 자신 때문에 더 못 올라가는 것을 미안해할 것이고 문효는 그것 때문에 마음이 쓰일 것이 사실이었다. 차를 타고 들어오는 입구에도 꽃무릇이 띠를 이루면서 피어 있긴 했다. 애써 마음을 가다듬으려 해도 자꾸 울컥 치밀어오르는 어떤 감정 때문에 문효는 눈이 더욱 피로해지는 느낌이 들었다.

꽃무릇을 보러 온 것은 단지 자신만의 감정 때문이었다. 새벽 내내 뒤척이다가 늦잠이 들었고 허둥지둥 아이를 학교에 보내놓고서 또다시 깊은 잠 속으로 떨어졌다가 정오가 되어서야 일어나서 대충 집안일을 해놓았다. 내내 문효의 눈치만 보던 남편은 어느새 사라졌는지 나가고 없었다. 이제 남남이 되고픈 것은 기정사실이었지만 자라목처럼 딱딱한 침묵 속으로 기어 들어간 남편과는 대화가 끊어진 지 오래여서 쉽사리 이야기의 실타래를 풀어놓기도 싫은 상황이었다. 이러다가 어영부영 세월만 가지, 그러다가 다시 화해 아닌 타협을 한 후 살을 섞게 될 것이고, 그리고 또…… 살아가리라. 몇 달이 지나 남편이 무언가 일을 시작하게 되면 활기를 찾을 것이고, 그리고 또 나는 남편을 가장으로 인정하고 다시 예전의 생활 속으로…… 돌아가게 되겠지. 그러면 오늘 같은 헤맴 없이도 살게 될까. 오늘 같은 떨림이 없이 그를 잊게 될까. 이 흔들림은 그러면 무엇 때문일까. 그를 만난 후의 파장은 현재까지도 문효를 사로잡고 있다.

"언니, 전화."

수연이 가방을 가리킨다. 조악한 베토벤의 미뉴에트 소리가 연신 들리고 있다. 적요한 곳의 정적을 깨는 소리는 사기 그릇 깨지는 소리처럼 날카로워 갑자기 짜증이 치민다. 핸드폰의 화면에 찍힌 숫자는 문효를 일상으로 불러들이고야 만다.

"선생님, 손님이 오셨는데요."

"누구? 박선생에게 좀 부탁한다고 했는데."

"글쎄요. 선생님만 찾으시는데."

"전화 바꿀래?"

"나야. 정란이. 널 꼭 좀 만나고 싶어서 왔는데 지금 거기 어디니?"

"……지금 멀리 와 있거든. 될 수 있는 대로 빨리 갈게. 저녁에 식사나 같이 하자."

전화를 먼저 끊은 건 여자였다. 요즘 들어 헤어 숍에 등한한 건 마음을 잡지 못한 탓도 있었다. 그것은 남편 때문도 아니고 돈 문제 때문도 아니었다. 남편이 저질러놓은 일이라 해도 번번이 자신이 해결하지 않았던가. 사업 실패는 이번이 처음은 아니었다. 그런데 이번엔 좀 달랐다. 남편에게서 마음이 떠나가고 있는 것이다. 아니, 애초부터 남편에게 마음이 없는 선택이었다, 이 결혼은.

지난밤, 꿈은 심상치 않았다. 그가 무척이나 쓸쓸한 표정으로 그녀를 바라보고 있지 않았던가. 그 아린 눈초리 때문에 어쩌면 찔린 듯 잠이 깼을 것이다. 잠결에도 허리에 팔을 두른 남편의 팔을 소스라치게 떼어내는 자신이 싫고 가증스러워 침대에서 몸을 빼내고 한참이나 어둠 속에 앉아 있었다. 결국엔 잠을 설쳤고 비몽사몽으로 꿈길이 어지러웠다. 아침엔 몸이 무겁게 내려앉아 있었고 얼음물에 몸을 담갔다 나온 사람처럼 차갑게 체온이 내려가 있었다. 냉혈동물처럼 차가운 체온을 따스하게 만들 수 있는 방법은 무엇일까. 남극의 얼음 덩어리같이 딱딱하게 굳어버린 마음 때문인가. 얼어붙은 마음…… 이 사랑의 부정적인 측면은 그것이 단 한 사람만을 향한다는 데에 있다. 한 사람에게 눈이 먼 결과는 이렇듯 참렬하다. 미친 사랑의 열정은 다른 모든 것에 대해서는 얼음처럼 차갑고 견고하다. 누군가 내 안에 들어와 이 차가운 빙산을 박살내야만 한다. 영하의 극점으로 달려가는 보이지 않는, 두려운 미래. 내 몸의 얼음을 녹여낼 수 있는 사람은…… 난 눈이 멀었어, 문효는 생각한다.

산에 갈까? 하고 수연을 불러낸 건 여자였다. 언제나처럼 수연은 순순히 길을 따라왔다. 많이 걸어야 한대. 단발머리의 수연 또한 가끔 여자를 불러내서 산책을 청하기도 했다. 뭔가 제 이야기를 토해내고 싶을 때면 어김없이 그녀들은 차를 타고 떠나거나 산책을 하거나 함께 차를 마셨다. 그것은 동일성이다. 상실감이 그 둘을 연결시키는 것이다. 잃어버린 것들에 대해 끊임없이 이야기를 토하고 나면 가슴속 불이 조금은 가라앉곤 했다. 얼어버린 육신의 얼음이 세포의 끝에서부터 서서히 녹아내리는 느낌이 들었다.
"여기서 이러지 말고 차라리 용천사 쪽으로 갈까?"
걷기가 힘들었는지 수연이 숨을 가쁘게 내쉬며 말했다.
"그쪽도 꽃무릇 군락지거든. 선운사보다 훨씬 더 무리지어 피었어. 아마 산속 깊은 곳에 불덩이처럼 타오를걸. 애초에 거길 갔어도 좋았는데."
문효는 수연의 불덩이처럼, 이라는 말에 움찔한다. 그의 창 앞으로 쏟아지듯 퍼붓던 꽃의 화로들. 그것은 선명하게 화인처럼 가슴에 남는다. 속은 불덩이가 들어 있어도 몸은 얼음이에요. 이래 가지구 어떻게 사나 원 세상에. 꾸준히 약을 복용하고 장기적인 치료를 해봅시다. 한의사의 말대로 문효의 가슴엔 아직도 불이 들어 있을 것이다. 그 속불을 가지고 왜 여기까지 왔나. 붉은 것만 봐도 몸에 소름이 돋는 사람이. 그래도 문효는 좋았다. 꽃무릇이 핀 계곡은 제법 그늘이 져서 서늘했고 산등성이에 핀 꽃무릇보다는 물 그림자로 흔들리는 꽃의 모양새가 마치 자신의 불안정한 심사 같아 눈앞이 흐려지다 자꾸 아른거렸다. 주차장까지 걷는 길로 이어지는 꽃들 때문에 현기증이 날 것만 같았다. 문효는 기어이 지난밤의 꿈을 떠올리며 내내 흔들리고 있는 것이다.

"그 사람에겐 뭐든지 주고 싶었어. 이상하지. 내 속에 든 모든 것을 다 줘도 아깝지가 않을 만큼. 우린 함께 차를 타고 어디든 다녔지. 나는 그의 초라한 입성이 싫어서 그때마다 옷을 한 벌씩 입히고. 계절이 바뀔 때마다 양복도 사 입히고 신발도 사서 신기고. 어쩌면 그렇게 칠칠맞지 못한가 싶어서 늘 신경을 썼지. 아마 그 사람 옷을 사느라 쓴 돈만 해도…… 근데, 근데 말이지. 나를 사랑한 건 아니라는 거야. 그냥 자신이 아는 여자들 가운데 하나라고 말하데. 그지 가여워서, 리고 말하지 않는 것만 해도 다행일까. 난 동정은 죽어도 싫거든. 그 사람이 나를 대하는 것은 그냥 친구처럼, 이라는 거야. 친구? 아니야. 어쩌면 그럴 수 있지? 이제 와서. 난 모든 것을 줬는데."

또, 수연은 지껄이기 시작한다. 수연의 가슴속에는 그 시인이 눌어붙어 있다. 문효의 가슴속에도 한 남자가 눌어붙어 있다. 수연은 사랑, 이라고 말한다. 그것도 첫사랑. 수연에게 그는 그렇다면 불꽃이라는 건가. 문효는 수연의 계속될 이야기를 다 알고 있다. 그래도 난 못 잊겠어, 지금도. 결국 수연은 그렇게 결론을 맺으리라.

문효는 운전을 하면서 자신만의 생각 속으로 빠져든다. 지난 꿈에서 그는 갓난아이의 배내옷을 들고 있었다. 그것도 빛깔이 누렇고 낡은. 그것이 무슨 뜻일까. 그의 아내가 드디어 아기를 가진 것일까, 사실일까. 그는 말했다. 집사람이 아기를 낳았어. 사실일까. 그 말을 듣고 나는 또 얼마나 절망했던가. 이제 그는 영영 가버릴 것이다. 그의 아내가 소원하던 아기를 낳았으니까. 낡고 누런 배내옷이 뜻하는 것이 무엇일까. 그 사람에게 무슨 일이 생긴 것일까. 제발 그가 이혼이라도 했으면. 그렇다면 나는 그에게 갈 수 있을까. 아니, 그는 결코 이혼은 하지 않을 것이다. 문효는 그의 아내의 죽음을 희망하고 꿈꿨다. 그의 파탄을 기다리며 그가 불행에 빠져 자신을 찾기를 바랐다. 정말 누군가 한 사람은 사라져야 해. 문효는 자신의 목소리가 아닌 다른 사람의 목소리가 들리는 듯해 놀라 흠칫한다. 어느 순간, 나는 이게 아니라는 생각이 든 거야. 이 남자는 아니다, 라는 생각. 왜냐구? 그와 나는 서로 사랑한다고 했지만 결혼한 몸이잖아. 생각이 바뀐 후로 갈등이 시작된 거지. 그는 나와의 정사 후에 아내에게 전화를 하더라. 모임이 있어서 저녁을 먹고 간다고. 당신 외롭겠지만 기다리지 말고 혼자 먹어. 그의 목소리는 따뜻한 물 속에 몸을 담글 때의 그 느낌. 안온하고 애정이 가득한 목소리의 그. 나와의 정사, 그것이 거짓이 아니라면 그는 과연 그렇게 할 수 있었을까. 그의 이중성을 본 건 그때였고, 그때부터 나는 차갑게 몸이 식어갔어. 그리고 얼음처럼 굳어져버린 거라구. 통화를 끝낸 후, 그는 다시 샤워를 하러 욕실로 들어갔지. 타일 바닥으로 떨어지는 거센 물소리를 들으며 나는 입술을 깨물었어. 결국, 기만당한 건 나지. 내 스스로 그에게 어떤 환상을 품고 있었던 거야. 사랑이라는 환상. 온몸이 딱딱하게 경직되어버렸거든. 샤워를 끝낸 그는 말끔하게 옷을 입고 함께 나가 저녁 식사를 하자고 하더라구. 사랑? 그런 낭만은 이제 지나간 나이야. 그는 단지 옛 기억을 더듬었던 거지. 사랑이 아니란 걸 깨닫는 순간의 기분은 비참했어. 옛 여자와의 정사 후, 평온한 목소리로 제 아내에게 전화를 걸 수 있는 여유. 그건 내가 아닌 어느 누구에게라도 가능하단 거야. 그때, 난 비로소 환상에서 깨어난 거지. 하지만 마음보다 몸의 기억이 더 선명하고 강렬해. 그걸 견딜 수 없다는 거야.

수연은 생각에 빠져 있는 문효를 본다. 또, 그 생각이로군. 나를 속이려 하지만 난 벌써 알고 있어. 결국 생각을 바꾼 후, 지금 남편에게 마음을 돌린 거야. 하지만 그 마음이 아직 살아 있어. 그 미친 열정이 어디 갈까? 수연은 문효의 숨기고 싶은 이야기를 안다. 수연은 말없이 운전대를 잡고 있는 문효의 속생각을 감지하면서 소리를 지르고 싶다. 그렇게 고상한 척하지 말라구. 자신에게는 아무 문제가 없는 듯 여유만만한 표정, 끔찍하다구!

"난, 그 사람과 함께 안 다닌 데가 없어. 길이란 길은 모두 통하더라구. 보이지 않는 길을 발견하는 재미에 빠져서 그와 함께 다닌 거야. 행복했어. 왜 그때, 내가 언니에게 보여준 그 길 있지? 그 호젓한 산길도 그 사람과 내가 찾아낸 길이거든. 어때? 너무 멋있지 않아. 그러고 보면 그 사람 정말 로맨틱하지? 처음엔 매일 만났어. 남편을 출근시키고 난 후, 난 재빨리 청소를 하고 샤워를 하지. 그리고 그의 전화를 기다리는 거야. 그는 외근을 핑계 대고 나를 데리고 다녔지. 산이나 들, 강가를 드라이브하면서 느낀 건 그가 내게는 꼭 맞는 사람이라는 거였어. 왜 내가 이 사람을 이제야 만났나. 유머가 풍부하고 다방면에 재능이 많은 사람이거든. 참 행복했어. 지금도 그 생각을 하면 가슴에 용광로가 들어앉아 있는 것 같고. 근데, 왜 내게 거짓말을 한 걸까. 의도적이었을까? 믿어지지 않아."

　믿어지지 않아, 라고 말하는 수연의 눈에는 금세 붉은 기운이 돈다. 그러나 문효는 수연의 표정을 완전히 읽지는 못한다. 문효는 여태껏 자신의 생각에 빠져 있기 때문이다. 그를 처음 만난 건 등꽃나무 아래였어. 여름날의 그 서늘한 향기 속에서였지. 참 우연한 일이었거든. 한눈에 느낌이 왔어. 어떤, 뭐랄까. 그에게 있는 외로움 같은 것. 왜 그때 그걸 먼저 봤는지 모르겠어. 처음부터 그의 이중성을 봤어야 했어. 왜 그건 맨 나중에 보이는지.

　수연은 문효의 옆얼굴을 힐끗 훔쳐본다. 그러나 문효는 숱한 이야기를 담고 있는 입을 결코 열지 않는다. 문효가 쉬쉬했지만 다 알아버린 문효의 연애 사건의 전모는 처음, 함께 동인 활동을 하는 나이 많은 선배를 통해 들었다. 그 대상이 바로 자신이 당시 막연하게 좋아했던 시인이라는 것도. 문효는 수연이 자신을 상대로 말하지 않을 것임을 안다. 지금의 수연에게 중요한 건 머지않아 이곳을 떠날 그 남자와의 이별이다. 그것 때문에 가슴이 아리다. 오늘 자신이 문효와 함께 이곳을 왔던 이유도 그렇다. 그를 가슴에서 지워내야 하는 건 사실이다. 남편은 왜 자신을 용서해주었던 것일까. 그게 사랑이 아니라 사기, 라고 생각해서일까. 자신의 아내가 그 남자를 사랑한 것이 아니라 사기꾼에게 유린당했다고 생각해서일까. 남편이 자신을 사랑해서일까. 왜 용서할 수 있었을까. 자살 소동까지 벌였던 나를.

　수연은 그 시인에게 배신당했다고 확신하게 된 후, 약을 먹었다. 가정이 있는 여자가 바람둥이 남자에게 사기를 당하고 자살을 시도했다는 뻔한 스토리다. 약을 먹고 아파트 7층에서 뛰어내린 건 남편에 대한 죄책감 때문이 아니었다. 그에게 다른 여자가 차지하는 자리가 더 크다는 사실을 알고 난 후, 사흘 동안을 불면과 증오에 불타는 지옥 같은 고통을 겪은 후였다. 자신의 가정 생활은 무의미했다. 왜 하필이면 건달 같은 그 시인이었냐고 문효는 물었다. 순정한 사내와 비밀스런 연인 관계라면 또 몰라도 왜 그 사람에게 정신을 빼앗겼냐고. 수연은 다만 그렇게 말했다. 첫정이야. 그 사람이 내 첫정이라구. 결혼한 지 십 년이 넘게 살았는데 이제 와서 첫사랑은 무슨 얼어죽을. 문효는 그렇게 말했다. 언닌 몰라. 남편과는 사랑이 아니었어. 선택조차 할 수 없는 어떤 상황에 밀렸어. 알아? 그건 강간이야. 수연은 자신을 실토해놓고 꺽꺽 울었다. 구급차가 와서 자신을 실어가고 연락을 받은 남편이 달려오고 난 후, 자신이 먹은 약은 치사량이 못 되는 분량이었고 아파트 7층은 목숨을 잃을 만큼의 높이는 아니었다. 소문이 난 아파트에서 더 이상 살지 못한다고 느낀 남편은 자신이 병원에 있는 사이 이사를 했다. 그리고 일언반구도 없이 옛일을 덮었다. 그러나 이제는 대신 남편이 밖으로 나돌고 있는 것이다.

"네 남편 같은 사람이 어디 있겠냐. 감사하며 살아. 좀더 시간이 흐르면 괜찮아질 거야. 지난 일은 빨리 잊는 게 좋아."

시간, 그 시간이 뭔데. 그 시인이 자신에게 상처를 준 것은 불과 3개월 전의 일이다. 그런데도 자신의 생각은 그에게로 향하고 있다. 그는 말했다. 넌, 내가 알고 지냈던 여자들 가운데 하나일 뿐이야. 어떤 여자에게서 걸려온 전화를 끊고 난 후 누구냐고 묻자 애인, 이라고 대답한 후 던진 말이었다. 자신은 첫정이어서 모든 것을 다 주었다고 생각했는데. 수연은 핸드폰을 만지작거린다. 어쩌면 지금이라도 다시 시작할 수 있지 않을까. 나만 일방적인 걸까. 뭐든지 다 용서할 수 있어. 이제라도 마음을 바꾼다면.

　문효와 수연은 줄곧 상대방을 향하여 이야기를 하고 듣는 것 같지만 정작 그들은 자신의 문제에만 골몰해 있다. 이야기는 허공에서 분절되어 흩어지고 생각은 자신들의 머릿속에서 각기 따로 흘러다녔다. 문효는 상대방의 말에 귀를 기울인 듯 보이지만 결국 수연 때문에 덧난 것 같은 자신의 지난 일에 몰두하느라 그렇게 보일 뿐이다.

　"다 왔네. 여기야."
　용천사 입구를 지난 산기슭 쪽에 잘 닦아놓은 주차장이 보였다. 조각으로 만든 용이 물을 뿜어내는 인공 호수의 가장자리로 가득 꽃망울을 머금고 있는 붉은 꽃이 보였다. 둘은 차에서 내려 천천히 걸었다. 푸른 잔디가 깔린 위로 핏방울 같은 꽃망울이 방울방울 떨궈져 시야에 그득히 펼쳐졌다. 그들은 커다란 나무 아래서 장승을 만드는 사람을 만났다. 장승을 만드는 사람은 전혀 말이 없었다.
　"이렇게 많은 것을 다 어디에 써요? 무섭게 생겼네."
　수연이 말을 건넸지만 그는 한 번 힐끗 쳐다본 후 이내 장승 쪽으로 다시 시선을 던지고 하던 일을 계속했다. 무안해진 수연이 저 아저씨 생긴 게 꼭 장승 같지? 하고 말을 건넸지만 문효는 며칠 전에 꾸었던 꿈을 되새김질하고 있느라 수연의 말이 귀에 들어오지 않았다.
　샌들 위로 툭툭 자갈들을 차면서 수연은 문효의 뒤를 따라온다. 수연의 몸은 이제 예전 같지 않다. 두 차례의 수술을 거치면서 망가진 몸은 이상 신호를 매번 느낀다. 더욱이 위까지 잘라내지 않았던가. 많이 먹지도 못하고 힘든 일도 하지 못한다. 생각을 좀 적게 하고 긍정적으로 살 것. 의사가 그녀에게 당부한 말이었다. 가벼운

산책 정도로 못박은 운동량 때문에 수연은 먼 여행을 떠나지 못한
다. 심장에도 이상이 생긴 것 같아 요즘은 더 불안하다.

　여자 둘은 산기슭을 오른다. 산꼭대기에서 내려다본다면 길은
혈맥처럼 가늘게 생겨 순환하고 있는 모양새다. 길은 꽃무릇의 기
다란 수술처럼 함부로 뻗어나와 끊겨 있는 것처럼 보인다. 숲 사이
잎맥처럼 흐르는 가늘디가는 길의 회로 속으로 흐르지 않는 시간
이 거꾸로 들이박혀 있다. 숲 속에서는 시간이 흐르지 않고 고여
있다. 소나무 숲의 그늘은 어느새 중간의 빛을 통과한 반투명이다.
빛과 그늘이 공존하는 그 사이 붉은 기운들이 문효의 눈을 아리도
록 찔렀다. 꽃무리는 활활 타오르는 불처럼 보였다. 차가운 불의
형상들, 연푸른 꽃대를 밀고 올라온 힘있는 불의 혀가 허공을 향하
여 나비처럼 펼쳐졌다. 순간 정지를 당한 붉은 나비 떼처럼. 문효
는 숨쉬기가 힘들 정도였다. 산길을 향하여 오르는 길의 양옆으로
소나무 숲, 그 그늘 아래의 꽃들. 언젠가 그의 손에 이끌려 스며든
그의 서재에서 깊고 뜨거운 키스. 문효는 심장의 고동이 뛰는 것을
느꼈다. 그 순간적인 느낌은 파멸의 강렬한 예감이었다. 그 예감처
럼 붉게 피어오른 꽃무릇. 그의 혀는 꽃무릇의 수술처럼 길고 뜨거
웠다. 이제 떠올리는 것은 모호한 꿈과도 같은 찰나의 느낌들이다.
그의 깊은 한숨은 불덩이에 덴 것처럼 뜨거웠다. 문효는 그의 불
을, 그의 깊은 한숨을 훔치듯 들이마셨다. 가슴이 터질 것만 같다.
문효는 더 이상 발걸음을 옮길 수가 없어 그대로 그 자리에 가만히
주저앉았다. 문효의 눈높이 안으로 들어온 불꽃들은 흔들리며 타
오르고 있었다. 소나무 숲의 그늘은 서늘했으나 꽃들은 어쩌면 신
들린 듯 미쳐 불타오르는 것처럼 보였다.

"너무 늦었네요. 깊이 들어가지 마세요. 어두워지면 길이 없어
요."

등산객 둘이 산길을 내려오면서 문효에게 소리쳤다. 아, 네 하고
대답하면서 뒤를 따라오고 있을 수연을 향해 고개를 돌렸다. 수연
이 보이지 않았다. 문효는 그제야 제 생각에 빠져 그녀가 앞을 향
하여 가는 것을 보지 못했다는 사실을 알았다. 등산객 중 하나가
문효를 자꾸 힐끗거렸다. 문효는 그들의 눈길을 피해 빠르게 산등
성이를 향해 올랐다.

"수연아아."

소리는 멀리까지 울려 퍼졌지만 수연의 대답은 들려오지 않았
다. 옆에 서서 줄곧 지껄이던 수연의 말을 듣는 척하면서도 기실
문효는 상사화의 모호한 분위기에 빠져 수연의 뒤를 놓친 것이다.
수연은 산에만 들면 어디론지 순식간에 사라지곤 했다. 강원도가
고향이라는 수연의 유년 시절은 온통 산에 둘러싸인 이야기로 이
루어져 있었다. 가끔 함께 산행을 할라치면 도심의 땅에서는 그리
도 퍽퍽하고 힘겨운 수연의 발걸음이 산에만 들면 새처럼 가벼워
지곤 했다. 산에만 오르면 기분이 상쾌해지는 수연을 보다가 앞서
간 그녀를 따르느라 호흡이 가빠지기도 했다. 얼굴빛이 거무스름
해서 피로할 때는 더욱 시들어 보이는 수연은 숲을 발견한 산새처
럼 날아가 이 산의 어디에 스며들었을까.

문효는 재차 수연의 이름을 불렀지만 대답은 없었다. 산비탈을
바쁘게 올라서며 그녀가 걸어갔을 흔적을 좇았다. 혼자서 산등성
이를 넘어간 것이 틀림없다는 생각이 들었다. 문효는 빠르게 걸음
을 옮겼다. 수연은 어디선가 쪼그리고 앉아 넋을 잃고 꽃에 빠져
있을지 모른다. 꽃과 새소리에 지극히 민감한 수연은 또 꽃무릇에

취해 주저앉아 있을지도 모른다. 아니, 죽은 듯이 드러누워 꽃 사
이로 숨어버렸을지도 모른다. 아니, 꽃무릇이 그녀를 삼켜버렸을
지도…… 문효는 마음이 급해졌다. 우울증이 심해져 자살 소동을
벌였던 때처럼 제 생각에 몰두해버린다면 큰일이었다. 산속 아무
곳에서나 아랫도리를 내리고 일을 본다든지 하다가 어이없는 일을
만날 수도 있지 않을까. 산에서 일을 보는 일. 천연스레 엉덩이를
까놓고 제 오줌 줄기가 흘러가는 것을 보고 재밌어하던 수연을 본
적이 있다. 수연은 그런 천진함으로 문효를 때로 혼란스럽게 만들
었다. 어쩌다 감정의 변화가 극심해지면 스스로도 주체할 수 없는
행동을 벌이곤 했는데 그건 언제나 예상 밖이었다. 자신과의 약속
을 뒤집는 것은 다반사였다. 순하고 연약해 보이는 외모와는 달리
무척 고집이 세서 난감할 때도 있었다. 더욱이 남자 문제에서도 충
고를 부탁하면서 정반대의 행동을 하였다. 말로만 의논이지 제 행
동은 이미 결정해놓은 후라고 해야 할까. 수연은 어떤 상황을 즐기
고 있는 건 아닐까. 무슨 생각을 하는지 요즘 들어 부쩍 말수가 줄
어든 것이 불안했다. 며칠 후면 그가 이곳을 떠난다고 들었다. 아
직도 수연은 연연해하고 있는데, 보기에 딱할 정도로. 수연은 그가
없는 이후의 시간과 공간을 감당할 힘이 사라져버린 것일까. 어디
론가 숨어버리고 싶어. 떠나고 싶어. 처음 이곳에 오자고 했을 때
선뜻 따라나선 것 또한 그 때문이었을 것이다. 만날 때마다 토로하
듯 한숨을 내쉬는 수연을 문효는 나무라곤 했다. 그러나 그것은 늘
자신에게 이르는 말이기도 했다. 그럴 때마다 함께 훌쩍 일상을 떠
나오질 않았던가. 돌아가야 할 마음을 조금이라도 회복한 연후에
다시 차를 몰아 되돌아오곤 했다. 그런데 이번엔 진짜일지 모른다,
는 생각이 문효의 마음을 조급하게 만들면서 다잡았다.

길은 조금 더 험해지고 경사져 있었다. 비탈을 오르다 보니 구름다리가 보였다. 문효는 그 앞에서 걸음을 멈췄다. 구름다리의 아래쪽은 깊은 허방이었다. 수연아아, 수연은 다리를 건넜을까. 굵은 동아줄로 된 구름다리의 난간을 잡고 흔들어보았다. 구름다리는 튼실해 보였다. 문효는 조심스레 발을 내디뎠다. 이제 꽃은 문효의 뇌리에서 벗어나 제자리에 돌아가 깊이 그늘 아래 잠겨 있을 뿐이다. 가끔 요기 서린, 핏빛의 어떤 목울음 같은 기운이 주변에 떠돌고 있을 뿐 더 이상 문효는 꽃에 연연해하지 않는다. 어쩌면 계획된 실종일지도 모른다. 수연은 요즈음 극히 우울해하였고 불안정하지 않았던가. 지나치게 상심한 것은 배신감 때문이었지만 그보다는 그에 대한 미련이 더 강했다. 자신의 영혼을 빼앗겼다는 상실감 때문에 수연은 더욱 흔들렸다. 자신의 영혼은 아직 순결했다는 것이다. 남편에게도 주지 못했던 마음을 통째로 그에게 넘겼다는 것 때문에 오는 좌절과 분노, 그것은 차츰 가라앉아간다고 느꼈는데 아니었나 보았다.

요 며칠 들어온 이야기는 거의 반복이었다. 문효는 거의 건성으로 대답했고 충고했다. 그러니 잊어라. 어디 그 남자에게 여자가 한둘이던. 그러면서 점차 지겨워져갔다. 그러나 문효가 그때 깨닫지 못한 것이 있다. 자신 또한 끊임없이 제 사랑의 모티브를, 정확히 말하자면 기억의 모티브 하나하나를 퀼트를 하듯 이어 붙이기를 하면서 겨우 생에 매달려 살아오고 있었다는 사실을. 그것이 자신이 살아온 방식이었다는 것을. 나달거리는 오래된 기억들을 되살려 하나의 도안을 만들고 그 도안으로 패턴을 짜면서 견딘 삶이었다. 문효에게 현실은, 또한 미래는 기억 속에 담겨 누벼진 과거의 것이 만들어낸 환상이었다. 그것이 문효가 수연을 만나는 이유이기도 했다. 그런 점에서 그녀들은 동일했다. 어떤 장소는 문효가 그와 함께 다녔던 기억과 동시에 그 죄의식과 비례한 희열감으로 가득했다는 것을. 거의 똑같은 곳을 수차례에 걸쳐 부지불식간에 수연과 동행했다는 사실을 문효는 그때까지도 깨닫지 못했다. 의 도적으로 문효가 수연을 동행으로 삼은 이유인지도 모른다. 문효 는 수연에게 무조건 그 남자와 헤어져야만 한다고 충고했다. 자신 은 과거의 일에 빠져 흔들리고 있으면서도. 수연은 그때마다 언니 말이 맞아, 하고 고개를 끄덕였던 것. 그런데도 문효는 최근 수연 의 한탄에 진저리를 친다는 것. 이해가 안 돼. 왜 못 잊는지. 너를 사랑하지도 않는 남자에게 무슨 진정성이 있다는 건지. 문효는 자 신의 안에서 흘러나오는 목소리가 언제나 자신을 향한 것임을 알 았다. 그때마다 수연은 풀이 죽어 눈가가 붉게 물들곤 했다. 문효 는 자신의 언사가 강경하고 단호한 이유를 알았다. 문효는 자신의 속 깊은 곳에서 용암처럼 끓어오르는 것이 욕망의 다른 이름인 줄 이미 알고 있었다. 그것은 아무리 감추려고 해도 훤히 드러나는 죄 의 다른 모습인 것이다. 죄는 늘 애매한 자신의 태도에서 드러나 보이고 지나치게 결백함을 내세우는 언어에서 들키곤 했다. 자신 을 단근질하는 언어임이 틀림없었다. 남의 남자를 넘보는 것은 죄 중에서도 큰 죄야. 마음으로의 강간이 더 큰 죄라구. 그럴 때 자신 의 표정은 비장했는데 수연이 그때마다 왠지 입을 꾹 다문 채 분해 하고 슬퍼하는 것 같아서 마음이 꺼림칙했던 것이다.

문효의 눈앞에 위로 오르는 길이 갈라지고 있었다. 이 둘 중 수 연은 어느 길을 택했을까. 길이 점점 좁아지고 있는 것 같아 문효 는 뒤를 보았다. 너무 멀리 오진 않았는가. 어느새 날이 저무는 것 같은 느낌이 들었다. 오후 세시가 넘어서 출발했으니 돌아갈 때가 지났다. 박선생에게 맡겨둔 헤어 숍도 은근히 걱정이 되었다. 그리고 정란이가 오기로 했지. 그녀는 또 무슨 이야기를 꺼낼까. 목소리가 꺼져 있는 느낌이었다. 바람둥이 남편이 이번에는 또 무슨 사건을 저질렀을까. 정란은 그 남편의 바람기에 질려 이혼을 결심하고 있었다. 어쨌든 전화부터 해야 했다. 여자는 핸드폰을 꺼냈다. 그러나 불통이었다. 이 야트막한 산에서 불통이라니. 마을에서 너무 멀리 떨어진 것일까. 너무 깊이 온 것은 아닐까. 문효는 갑자기 두려움이 밀려왔다. 어둠은 산에서부터 마을로 스며든다. 문효는 잠시 망설였다. 더 갈 것인가. 돌아갈 것인가. 문효는 돌아섰다. 그리고 다시 한 번 반대쪽을 향해 목청껏 수연의 이름을 불렀다. 수연의 대답은 들리지 않고 어디선가 가느다랗고 희미한 목탁 소리가 들려왔다. 독경 소리에 섞여 가끔 새소리도 들렸다. 혹시 수연은 산등성이를 넘어 절 안으로 들어갔을지도 모른다. 그렇다면 문효가 혼자서 돌아가야 할 길은 멀었다. 두 갈래 길에서 더 나가기를 포기하고 문효는 아래쪽을 선택했다.

　문효의 시야에 꽃무릇이 다시 타오르고 있었다. 석양이 소나무 숲을 휘돌아 꽃을 반사하거나 은근히 감싸주고 있었다. 빛에 되비치는 꽃의 빛깔은 그때 묘하게도 색이 바랜 듯했다. 그것은 공기에 노출된 말라붙은 핏빛과도 흡사해 보였다. 섬뜩했다. 수연에 대한 생각이 뒤에서 머리를 잡아당겼지만 문효는 발길을 옮길 수밖에 없었다. 두려움 때문이었다. 이 길을 알고 있는 게 틀림없어, 그렇게 자위를 하면서 내려왔다. 그러지 않고서야 어떻게 이렇게 사라질 수 있는가. 자신에게는 말도 없이.

　눈앞에 보이는 커다란 바위. 문효는 그 바위 곁을 지났다. 올라갈 때는 보이지 않던 것들이 자꾸 앞을 가로막는 느낌이었다. 바위

는 총상을 입었다. 바위는…… 용천사 부근에서 빨치산 토벌 작전
이 있었다고 했다. 그때의 흔적이리라. 총혼은 그때의 상황이 얼마
나 위급했는지를 보여주고 있었다. 군데군데의 흔적. 흉탄의 흔적
들. 바위 아래쪽에도 역시 무더기로 만발해 있는 꽃무릇. 그래, 피
비린내가 나는 살육의 현장이었던 게야. 여자는 다시 등골이 서늘
해져왔다. 어디선가 불쑥 6·25 때의 환영이, 그 혼이 피를 흘리면
서 걸어나올 것만 같은 착각에 빠졌다. 문효의 두려움은 이제 정도
가 지나쳐서 자신을 느닷없는 공포에 직면하게 만들었다. 문효는
아래를 향해 마구 달렸다. 출렁이는 꽃무리들이 눈앞을 어지럽혔
다. 어지럼증이 일었다. 어둠이 산 위에서부터 내려와 짐승처럼 빛
을 삼키리라.

　문효는 비틀거리면서 내려왔다. 수연의 이야기를 무조건 들어주
고 그녀의 편이 되었어야 했다는 생각이 그제야 머리를 쳤다. 아
니, 아니 사실대로 자신을 드러내는 것도 괜찮았을 것이다. 어쩌면
수연이 다 알고 있는 건 아닐까. 너와 난 위험한 관계야. 난, 알고
있었지만…… 거울을 보듯 자신을 마주 보고 진실을 응시할 수 있
는 용기는 없다. 실제로 거울 속에는…… 거짓된 이미지만 사실처
럼 존재할 뿐이다. 수연은 자신을 비추는 거울이기도 했다. 문효가
혼돈스러운 것은 자신의 불분명한 태도이며 다중적인 마음이다.
조각난 마음을 겨우 바로잡아 퀼팅을 하고 나면 또 거세게 흔들리
는 현실이다. 어쨌든 마음속 미친 불길을 누르고, 수연의 마음을
붙잡을 수만 있다면…… 아니, 아니다.

　문효는 자신이 길을 잘못 왔다는 것을 느꼈다. 길을 찾아야 해,
길을. 낯선 섬에 떠밀려온 기분이었다. 정적이 흐르는 소리. 꽃은

이제 빛을 잃어갔다. 갑자기 머릿속이 텅 비어버리는 느낌이다. 그리고 명백한 것은 실종이다. 꽃무릇밭에 털썩 주저앉는 문효의, 속이 비치는 재킷은 엷은 물색이다. 그때, 음흉하고 흉측한 갈색과 재색이 뒤섞인 울룩불룩한 껍질을 가진 것이 문효를 주시하고 있다. 문효는 징그러운 느낌이 싫어 쉭! 하고 그것을 물리친다. 두꺼비는 움쩍도 하지 않는다. 어디선가 뱀이 나올 것 같은 생각이 들어 문효는 황급히 걸었다. 그러나 어디에도 길은 보이지 않는다. 두꺼비는 문효의 두려움을 계속하여 자극했다. 느릿느릿 앞을 향하여 기어가던 두꺼비는 꼼짝 않고 서 있는 문효 옆을 지나 이내 꽃 속으로 사라져버렸다.

수연은 일부러 나를 떨친 걸까. 이제 어둠은 조만간 꽃무릇조차 먹어치울 것이다. 아니, 꽃무릇의 불화로 속으로 어둠이 사라질까. 어둠을 삼킨 꽃은 꽃이 아닌 것으로 변신할지도 모른다는 생각이 들었다. 파리주걱이나 끈끈이풀 같은 식충식물로 변하여 무엇이든 닿는 대로 먹어치울지도 모른다는 생각. 욕정의 붉은 혓바닥 같은…… 이 사랑의 정체는 무엇일까. 그 생각이 끔찍해서 문효는 소스라치게 놀랐다.

결코 포기할 수 없었던 그와의 만남. 셋 가운데 누군가는, 아니 셋 모두 다 사랑이 아니었을 수도 있었다. 그는 왜 나를 끌어들였던 걸까, 왜 다시 찾았을까. 제 생의 권태가 옛 여자를 기억나게 했을까. 결혼 후 십 년이나 지나서 다시 만났던 것은 아무리 생각해도 어리석은 짓임이 틀림없었다. 어쩌면 그의 가장 큰 외로움은 바로 세상과의 불통이었는지 모른다. 그는 세상과 거의 담을 쌓고 있었지만 문효에게만은 예외였다. 내키는 대로 그는 문효를 불러냈다. 모두 다 대화가 통하지 않아. 인간들이란 게 도무지 답답하기도 하고. 그는 그렇게 토로한 적이 있었다. 처음엔 모든 것이 순수하고 맑다고 생각했지. 하지만 아니야. 시궁창 속이야. 이 세상이라는 것이. 이것이 바로 나의 벽이야. 그게 바로 나의 무지였어. 그는 세상을 기피했다. 나는 정말로 그를 사랑하긴 했을까. 혹 결혼 생활에서 오는 불만에 대한 분출구였을지 몰라. 환풍기나 비상구 같은…… 수연이 그 남자를 못 잊어하는 가장 명백한 이유는 그에 대한 제 정신이 순결했다는 것이다. 정신의 순결이라니 얼마나 억지인가. 제 남편의 살 속을 파고들면서도 정신의 순결 운운하다니. 이중으로 포장된 언어의 함정에 빠져서, 그의 세상에 초연한 듯한 위선과 무심함의 함정에 빠져서. 그에게는 여자들의 모성성을 자극하는 유아적인 요소가 있었다. 수연은 지금도 그에게 매달린다. 안 돼. 그건 명백한 불륜이야. 네 하체까지 드러내놓았다는 건 죄야. 정신 차리라구. 너, 완전히 돌았구나. 문효는 자신의 그 말이 예민한 수연의 뇌관에 불을 지핀 건 아닌지 그제야 두려워졌다. 문효는 자신을 향하여 해야 할 말로 늘 그렇게 수연의 아픈 곳을 날 푸른 비수로 찔렀다.

어둠이 빛의 희미한 잔영까지 삼켜버렸다. 두려움이 문효의 머리끝을 잡아챘다. 걸음을 빨리하면서 구르듯이 산을 내려왔다. 문효 앞에 구름다리가 있었다. 다리가 흔들려서 어둠 속으로 떨어질 것만 같은 위기감을 느꼈다. 다리 중간에서 잠시 숨을 골랐다. 무심코 바라본 아래쪽은 깊고 어두운 허방이었다. 문효는 조심스레 발을 떼어놓았다. 문효의 앞쪽으로 희미한 기척이 있었다.
　"누구……야!"
　"나야."

수연의 목소리는 낮고 단호했다. 순간, 어떤 불길한 예감이 번갯불 스치듯 번쩍 지나갔다.

"너, 왜 그러니?"

희끄무레한 수연의 몸이 어둠 속에서 부풀어오르는 느낌이었다. 문효는 눈을 크게 떴다.

"너…… 여태 어디 있었어?"

문효의 말이 채 끝나기 전에 구름다리가 세게 흔들렸다. 문효는 급히 손을 뻗쳐 줄을 잡았다. 휘청, 문효의 몸이 앞으로 급속히 쏠려 넘어질 뻔했다.

"이러지 마. 너 왜 그래?"

수연은 줄을 흔들었다. 아무 대답도 없이. 문효는 섬뜩한 두려움으로 급하게 앞으로 뛰었다. 줄은 더욱 심하게 요동을 쳤다. 자칫하면 허방 속으로 굴러 떨어질 뻔한 두려움이 컸다. 문효는 그제야 상황을 짐작했다. 모두 다 알고 있었던 거야. 죽이고 싶었겠지. 어둠 속, 놀라움과 함께 밀려든 것은 제 자신에 대한 혐오감이다. 문효는 흔들거리는 구름다리의 줄을 힘껏 잡으면서 앞으로 걸었다. 현기증이 일어나 거의 구토할 것만 같았다. 문효는 자신의 몸을 구름다리에 전적으로 의지하고 발걸음을 떼었다. 수연은 미친 듯이 구름다리의 줄을 잡아 흔들고 있었다. 한참 후에 겨우 땅을 밟고서야 문효는 저도 모르게 그때까지도 줄을 흔들고 있는 수연의 어깨를 세게 후려쳤다. 그 바람에 수연이 땅바닥으로 풀썩, 주저앉았다. 그녀들은 독기를 품은 뱀처럼 어둠 속에서 서로 노려보았다. 문효는 공포심 때문에 머리털이 곤두서는 것 같았다. 다리가 후들거려 더 이상 서 있을 수가 없었다. 그러자 수연이 문효를 향해 달려들었다. 그 바람에 문효가 한쪽으로 나동그라졌다. 문효는 탈진

해버린 듯 기운이 빠져서 대항할 수가 없었다. 수연의 몸무게가 문효의 몸에 육중하게 실렸다. 문효는 자신의 팔을 뻗어 수연의 어깨에 둘렀다.

"미안해, 미안해. 어쩔 수가 없었어."

문효의 속에서 울음이 솟구쳤다. 그것은 죽음에 대한 공포이자 수연에 대한 죄책감이었다. 싸늘한 땅바닥에서 냉기가 올라와 온몸을 차갑게 식히고 있었다. 부르르 떨리는 몸이 경련을 일으킬 것만 같았다. 발작처럼. 수연의 어깨를 붙잡았던 손이 힘없이 아래로 떨어졌다. 문효는 다른 손으로 수연의 옷자락을 움켜잡았다.

"놔, 놔두라니까."

수연이 악을 썼다. 어둠 속, 수연의 목소리는 소나무 둥치들에 부딪히다가 문효를 향해서 사납게 달려들었다. 문효는 혼미해져가는 정신을 붙들려 애를 썼다. 그러나 독이빨을 세우고 문효에게 달려들려던 수연은 지레 힘이 빠졌는지 아무런 행동도 취하지 않았다. 제풀에 지친 모양이다. 한동안, 문효와 수연은 한데 엉켜서 말이 없었다. 가느다랗게 떨고 있는 문효의 신음 소리와 수연의 훌쩍거림이 들렸다. 시간이 얼마나 흘렀는지는 몰랐다. 마침내, 문효와 수연은 서로 부축하다시피 하며 어둠 속을 절룩거리면서 산길을 걸어 내려왔다.

"뭔가 오해가 있었어. 진정해."

"오해? 난, 진실을 알고 싶었어. 언니 입으로 듣고 싶었다구. 그런데 산속에 들어서자마자 도망치듯 뛰었잖아. 아무리 불러도 뒤도 돌아보지 않고 갔어. 무엇에 홀린 듯이. 도대체 왜 그랬냐구! 내가 길이라도 잃어버려 이 산속에서 실종되길 바란 거겠지."

수연은 비칠거리다가 소나무 둥치 곁에 몸을 기대며 으흐으으

소리를 내었다. 그녀는 상처 난 작은 짐승처럼 울었다. 문효는 무언지 알 수 없는 날카로운 것이 대침처럼 자신의 등허리를 사정없이 찌르는 통증을 느꼈다. 문효는 뜨거운 통증을 견딜 수가 없어 속으로 으으으 신음을 내며 꽃무릇밭에 다시 주저앉아버린다.

어둠 속, 꽃무릇밭의 알 수 없는 열기가 자신들을 휘감을 것 같은 공포를 느끼면서 두 여자는 서둘러 내려왔다. 사방은 적요했고 연못을 밝히는 작은 등 하나가 주차장 쪽으로 희미하게 퍼져갔다. 그녀들의 일정하지 않은 발소리가 자갈밭을 일시에 소란스럽게 했고 미친 기억을 사르는 꽃무릇의 연푸른 꽃대가 바람결에 뜨거운 한숨을 토했다.

그물 던지는 남자

늦여름 햇살은 강렬하다. 특히 먼지가 걸러지지 않는 도심의 햇살은 부옇게 뜬 느낌이다. 흰 티셔츠는 길 하나를 건너기 위해 지하상가 속으로 빨려들 듯 걸어 내려간다. 일요일의 지하상가는 침묵이고 적소(謫所)다. 그 침묵 속을 걷는 몇몇 사람들의 그림이 있다. 침침한 공기 속을 유영하듯 그들은 걷는다. 그들의 모습이 그녀의 눈에서 정지했다가 다시 움직인다. 음험한 무엇인가가 잠복하고 있는 듯한 느낌 속을 그녀는 황망히 빠져나가려는 듯 바삐 걷는다. 침묵이 지배하는 지하동굴 속이 마치 허방인 듯 허우적거리며. 그녀는 방향이 어디인지 혼란에 빠진다. 가끔 그녀는 지하도에서 헤매곤 한다. 미로 속을 헤매는 실험용 흰 쥐처럼. 통로는 어디일까. 그녀는 현기증을 느낀다. 가느다랗고 희미한 빛이 어디선가 새어 들어온다. 빛의 허공에서 먼지들이 부유한다. 그녀는 먼지들이 떠도는 지하도의 계단을 급히 오른다. 그녀의 진동하는 걸음걸이로 인해 지하도는 쥐덫처럼 흔들리기 시작한다.

그들 일행은 밝고 환한 얼굴로 차츰차츰 모습을 드러낸다. 꽃양
산의 화려함이 잘 어울리는 여자, 말과 함께 제스처가 강렬한 갈색
체크무늬, 아직 선머슴 같은 까만 선글라스, 섬마을 선생님, 갓난
애를 두고 있는 세무 공무원, 꽃집 계단에 엉덩이를 걸치고 조간
신문을 읽고 있는 시인 공선생. 그는 조금 전 두 팔을 가볍게 흔들
면서 바람이 많이 들어갈 수 있는 바지를 입고 한가롭게 걸어왔다.
　가볍게 소란스러워진다. 각자, 오늘의 외출을 위해 그들의 일상
에서 어떻게 빠져나왔는지에 대해 설명조로, 웅변조로, 또는 시적
으로 표현을 하느라. 약간의 소란스러움이 종이컵 안의 커피에 담
겼다가 캔 식혜로 옮겨간다. 일상의 일탈, 이것은 환치이며 치유
다. 흰 티셔츠는 생각한다. 희망이라 이름 지었던 것들이 어느 한
순간, 후르르 국수 가닥처럼 어디론가, 어떤 구멍으로 순식간에 빨
려 들어가버린 느낌. 그것은 무엇일까. 언젠가 물속을 맨발로 걸어
가는 꿈을 꾸었다. 그 상쾌하고 가벼운 느낌. 자유였다. 무소유의
자유, 과연 온전히 자유로울 수 있는 것일까.
　그들은 각자 몇 대의 차에 흩어진다. 비슷한 색깔끼리. 아이 하
나씩 데리고 재혼한 신혼부부가 있는 봉고차, 그리고 승용차 4대.
그들은 경주용 말처럼 신호를 기다린다.
　차가 달린다. 흰 티셔츠는 꽃양산과 함께 늦게 도착한 왕방울 선
생의 차에 동승한다. 좌골 신경통으로 고생한다는 요즘의 그는 물
리 치료 중이다. 차 안의 대화는 생활, 그것에서 탈출하지 못한다.
언제든지 꽃양산의 일과는 나날의 충실함으로 가득 차 있다. 그녀
는 그래서 우등생 아들과 딸을 둔 모범적인 주부 시인이다. 흰 티
셔츠의 푸념과 왕방울 선생의 느긋한 타이름과 꽃양산의 긍정적
대답이 그들 대화의 분위기다.

일요일의 도로는 아직 번잡하다. 모든 차는 시외로 탈출하려는 듯한 느낌이 든다. 톨게이트는 도시를 빠져나가는 차들로 고리를 연결해 끊임없이 이어져 있다. 여백이 허용되지 않는 삶에서 달아나기. 자유로이 통행하고 싶은 도시인. 그러나 그들은 체인처럼 연결되어 있을 뿐이다. 그들은 체인 블록이 되어 삶이라는 무거움을 손쉽게 말아 올리기도 한다.

달맞이꽃이 지고 있는가. 엊저녁 달빛에 펑펑 피어올랐을, 자유로웠을 꽃송이들이 졸음에 겨워 보인다. 한낮의 삶은 견디기 어려울 것이다. 달을 보고 사는 그것들은 햇빛 아래서 무기력한 채로 꽃대궁이 시들어 노랗게 말라붙어 있다. 사랑하지 않는 만남이 그러하듯이. 견디어라. 이 한낮이 저물어 달 뜨는 밤이 올 때까지.

왕방울 선생은 지리에 밝다. 다른 차보다 훨씬 빨리 지름길을 달린다. 남보다 앞서서 중간 약속 장소에 도착한다. 시골은 소음에서 해방된 나라다. 매미 울음이 유일한. 그들은 구멍가게에서 대추 캔으로 목을 축인다. 그러고는 잠깐 사이 도착한 다른 일행과 합류한다.

그들은 섬진강을 향해 달린다. 오늘의 행사는 투망 던져 고기 잡기, 물고기 튀김을 하고 매운탕 끓여 먹기다. 그러나 예상한 대로 좋은 자리는 부지런한 사람들의 차지다. 그들은 몇 군데를 헤맨다. 숲을 지나고 강변을 따라 걷다가 차츰 지친다. 출발이 늦은 탓이다. 나이가 마흔 안팎의 사람들은 쉽게 질린다.

정오에 가까운 태양의 열기는 절정에 이르고 있다. 차에서 모두 내린 그들은 벌거벗은 숲 사이에서 웅성거린다. 군데군데 선 나무 몇 그루와 잡풀들이 보기 흉하게 몸을 드러내고 있다. 갖가지 차량이 즐비한 그곳은 이미 숲이 아닌 강변 주차장에 불과하다. 그들은 햇볕이 들지 않는 그늘로 가고 싶어한다. 그러나 어디에도 그들을 위한 그늘은 없다. 그늘이 없는 삶은 피곤하다. 쉬어갈 만한 시간과 공간이 없는 삶은 고달프다. 흰 티셔츠는 꽃양산 그늘 아래로 몸을 숨긴다. 꽃양산의 그늘 속으로 들어간 그녀의 그림자가 허둥거린다. 그림자는 자신의 그림자를 잃어버린다. 그녀의 그림자가 꽃양산의 그늘, 그 물체와 햇빛 사이의 가느다란 틈 사이를 비집고 들어가려 한다. 꽃양산의 그늘이 그녀의 그림자를 지운다. 그녀는 자신도 모르는 새 그림자를 놓치고 만다.

그들은 대부분 아침 식사를 가끔 거르는 현대인들이다. 시장기로 인해 차츰 그들의 표정엔 가벼운 짜증기가 얹힐 것 같다. 매운탕으로 점심을 먹기엔 이미 글렀다. 그들은 자리를 뜬다. 배가 고파 불평이 터져나오기 전에 자리를 옮기는 것이 현명하다는 판단이 선 모양이다.

차는 강변을 따라 달린다. 나이가 지긋한, 이 지방 터줏대감의 집으로 향한다. 그의 집은 고택이다. 조상 대대로 내려오는 서재가 있고 돌각담이 있다. 정원 안에는 동자부처가 두 귀를 축 늘어뜨리고 참선에 빠져 있다. 엉성해서 바람이 불면 곧 쓰러질 듯한 돌탑이 제법 키를 키운 채 잠들어 있다. 돌탑, 수없이 쌓았다가도 허물어지고 마는 마음의 돌탑. 그것은 작은 바람 소리에도 눈을 뜨고 흔들거린다. 여린 식물 같은 마음처럼. 지나쳐간 수많은 발자국들의 보이지 않는 흔적들을 느낀다. 와락, 달려드는 삶의 푸른 향기들이 도처에 뿌리를 박고 있다.

그들은 점심을 손수 준비한다. 텃밭에서 자라는 열무를 뽑고, 어린 배추를 뽑고, 풋고추를 따서 쌈장을 마련하는 일. 한쪽에서 닭

볶음을 준비하느라 고추장, 마늘, 양파, 간장, 감자 등을 놓고 부탄
가스 옆에서 쪼그리고 앉아 토막 난 그것을 살살 볶고 있다.

하얀 힙합 스타일. 초보 운전자인 그녀는 모든 게 전혀 초보 같지
가 않다. 그것은 요리도 마찬가지다. 그녀의 직업? 구체적으로 열거
하자면 한두 가지가 아니다. 헤어디자이너, 피부 미용과 교수, 미스
코리아의 지방 심사위원, 시청률 높은 텔레비전 프로의 고정 출연
자. 오늘, 그녀는 오랜만의 요리로 자신의 껍질을 빠져나간다. 낯선
머리카락을 만질 때처럼 익숙하게, 신명나게 닭고기를 볶고 있다.

꽃양산은 마늘을 다지고 풋고추를 송송 썰어 참기름, 깨, 간장으
로 양념장을 만든다. 배추겉절이를 만든다. 코펠에 밥을 안치고,
가져온 반찬 등속을 꺼낸다.

흰 티셔츠는 미리 질린다. 쉬고 싶은 날, 그녀는 다시 식탁을 준
비하고 있다. 혼자는 아니지만. 다시, 그녀는 외롭다. 정원 한쪽에
서 그녀는 나무처럼 잠들고 싶다. 밀렸던 피로감이 일시에 찾아든
다. 그녀는 두리번거린다. 그늘을 찾아. 그녀의 시야에 들어온 그
늘 아래에는 그들 모임의 몇 안 되는 남자들이 의자에 앉아 한담을
나누고 있다. 그녀는 외친다. 나무가 되고 싶다. 그 중, 가장 고요
한 쪽으로 머리를 돌리고 쉬고 싶다. 그녀의 눈은 나무에게로 자꾸
다가간다. 그녀는 나무가 된다. 잎이 많은 나무가 되어 있다. 싱그
러운 초록 잎을 매달고 나무는 몸을 흔든다. 미풍이 불고 있다. 나
무는 소리 없이 웃는다.

열무와 깻잎, 배추, 풋고추를 씻는 흰 티셔츠는 자꾸 헛손질이
다. 마음이 작은 오솔길을 따라서 풀숲을 헤치고 풀벌레처럼 튀어
가다 잠자리가 되어 공중을 비행하기를 몇 차례, 강변의 작디작은
조약돌로 변해 있다. 인적이 드문 곳의, 물이 맑디맑은 바위틈 속

다슬기가 되어 있다. 인간을 잊고.

닭을 삶는 손, 닭볶음을 그릇에 담는 손, 밥을 공기에 푸는 손, 샘가를 일시에 정돈하는 손, 수저와 젓가락 등속을 챙기는 손, 손들이 일시에 부산하다. 점심상은 성찬이다. 멋들어진 점심이라고 환호성이다. 그래, 멋들어진 친구들이다. 이연실의 「목로주점」에서처럼. 언제라도 그곳에서 껄껄껄 웃던. 월말이면 월급 타서 로프를 사고 연말이면 적금 타서 낙타를 사는 그들처럼. 그들처럼 행복한 표정이다. 여자들 손은 요술사야. 누군가 짧게 외쳤지만 그들 중 아무도 그에 대한 대답은 하지 않는다. 여자들은 요리가 더 이상 요술이 되지 않는다. 여자의 손은 요술을 부리지 않는다. 입맛을 홀리는 손의 마법은 아무에게나 주어지지 않는다. 음식을 창조하는 재능 있는 손에 의해서만 요술 같은 요리가 된다. 흰 티셔츠는 자신의 손을 내려다본다. 그녀의 손은 길고 가느다랗다. 사람의 손가락에는 저마다의 재주가 있으리라. 그러나 그녀의 손가락은 어쩐지 각기 외로운 표정이다. 어릴 때부터 들어온 '느림'의 손이다. 그녀의 손은 주방에서 노는 걸 즐기지 않는다. 그저 단순하게 책장을 넘기거나 종종 낙서하는 데에 쓰이기를 즐긴다. 그녀의 손은 가끔 고독하다. 다른 손들과 함께 있으면. 그녀의 손이 능숙하게 할 수 있는 것은 과연 무엇일까.

음식과 남녀가 만난다. 만족한 얼굴에는 조금 전의 지치고 허기진 표정이 전혀 드러나지 않고, 맛에 대한 달콤한 느낌만이 웃음으로 피어난다. 빛깔이 잘 우러나온 이 집의 매실주를 받아 따른다. 그들의 삶에는 분명, 더 나은 진보가 있으리라. 위하여. 흰 티셔츠는 감동 없이 입에 술잔을 갖다 댄다. 자신이 아닌 일행의 웃음은 투명하게 보인다. 절망도 없이, 체념도 갖지 않는 이들처럼. 그녀는 언제쯤이면 무력감에서 탈출할 수 있을까. 아직도 그녀의 몸을 수동적이게 하는 그런 느낌들이 빠져나가지 못하고 있다. 그녀의 속마음은 쓸쓸하다. 그러나 음식은 맛있다. 홍고추의 독특한 달콤함. 그녀는 드디어 숟가락을 부지런히 놀리기 시작한다. 잃었던 입맛을 다시 찾고 싶어. 속으로 외치면서. 그녀의 젓가락은 홀랑이질을 한다. 다른 이의 밥공기 속으로 닭고기를 얹어주기도 하고 풋고추도 갖다 내민다. 술도 권한다. 그녀의 하얀 밥알 사이로 꽃이 툭, 하고 떨어진다. 눈부신 밥알 사이에서 꽃받침이 연초록인 꽃이 핀다. 다시 두 송이. 어딘가 은은하기는 하였다. 잠시, 그녀는 밥공기를 들고 있다. 어디로 가는 중이던가. 꽃송이들이 이곳에 머무르는 동안의 정원은 오래오래 향기로울 것이다. 우리들 삶은 결코 향기롭지 않다 해도. 그렇다. 어떤 삶이 향기로 가득 차 내내 은은할 수 있을 것인가.

흰 티셔츠에게 떠오르는 얼굴. 아니, 다른 이에게도 별수 없이 떠올려지는 얼굴이 있다. 모임이 오 년째로 접어드는 동안의 일들, 인물들. 그 중 지금까지 오래 아픈 얼굴이 있다. 가족이 아니라서, 좀더 가까운 친분이 아니라서 면회조차 서로 꺼리고 있는 관계. 교도소에 가는 자체가 터부시되는 삶이 있다. 그래, 그곳이 꼭 그렇게까지 꺼릴 만한 곳이던가. 그녀는 떠름하다. 동호인 모임이 대개 그러하듯 알고 싶은 부분만 알고 있기. 관심의 경중이나 깊이가 이미 어떤 선을 그어놓은 듯, 명확히 나누어진 듯한 느낌. 너무 깊이 알아서도 머리가 복잡한 사이들. 일가 친척도 아닌 처지에 얼마나 더 가까이 갈 수 있으랴. 자신의 일도 무거운데. 누군들 존재의 무거움에 대해 깊이 고뇌하지 않았으랴. 그 또한, 나 또한.

그가 말을 흘린다. 하늘이 젖어 있는 날, 유리창의 빗물이 흥건히 흘러내린다. 무거운 마음이 자꾸 아래로 물이 되어 흐른다. 난, 첩의 자식이야. 어떤 말이었는지 그 말의 틈 사이로 들려오던 또렷한 어조를 기억한다. 그의 작업실 유리창 바깥으로 은행나무 잎이 낙하하고 있는 모습. 몸이 가벼운 그것을 물끄러미 바라본다. 그의 어머니를 본 적이 있다. 고운 빛깔의 한복을 입은 여자였다. 이제 혼자가 되어버린 그녀의 표정에서 기다림의 오랜 아름다움을 언뜻 느낀 것 같다. 아버지와의 애증이 어린 날의 그를 괴롭혔던가. 흰 티셔츠는 그의 얼굴에 드러나는 표정을 제대로 읽을 수가 없다. 느낌은 그랬다. 불안한 애정이 그 유년을 색칠하고 있구나.

언젠가, 흰 티셔츠와 노란 셔츠, 둘은 교도소 앞에서 만난 적이 있다. 실험적인 글을 써대는 순두부 같은 그를 면회하려고. 그의 동생이 면회를 신청해버린 뒤라 그들은 책만 넣어주고 돌아서긴 했지만, 속으로는 너무 깊이 알려고 하는 것은 아닌지에 대해 생각하기도 했다. 그래, 적당한 거리가 좋아. 그들은 그렇게 위안하고 돌아섰던 적이 있다. 합리화한다. 적당히, 망각하고 산다. 그들은 재혼한 부인에게 폭력죄로 고소를 당한 순두부를 이해할 수 없다. 그가 자신의 프라이버시를 지키기 위해 그동안 속였던 일이 생각나 그들 몇은 많이 우울했다. 단순하고 명확한 관계들이 얼마나 사람을 편하게 하는가. 그들은 그래서 카멜레온 같은, 해법 수학처럼 난해한 그가 없어도 즐겁다. 자신들의 일만으로도 버거운 세상살이. 그 시간과 공간에서 일탈하는 순간만은 마음껏 즐거운 권리가 있는 것이다. 모임을 유지해가는 데에 한 개인의 불행은 그다지 커다란 장애가 되지 않는 것이다. 그건 당연하다. 삶의 테두리는 견고하다. 흰 티셔츠는 어쩌면 알 것 같기도 하다. 순두부, 그에게 지워진 삶의 무게에 대해.

214

여태껏 흰 티셔츠의 양 날개는 무력하기만 하다. 그런데 체크무늬의 갱년기 운운하는 말이 그녀의 귀를 약간 자극한다. 혼자만 그런 것은 아닌가? 마흔 안팎의 빠른 갱년기 증센가? 그것도 일시적인? 체크무늬의 갱년기는 어쩐지 유쾌해 보인다. 약간은 주책없이 보였다가, 풍선처럼 부풀린 듯한 언동이 좌중을 뜨게 한다. 거품처럼 그녀는 약간 떠 있다. 맥주 거품 같은 체크무늬의 갱년기는 그래서 위험해 보이지 않는다. 신문기자라는 활동적인 직업이 그녀를 그렇게 만든 것은 아닌지 생각한다. 그 악의 없는 당당함은 그들 모임의 조미료가 되곤 한다. 아침나절, 그녀의 말. 저는 기쁨조예요. 흰 티셔츠는 순간적으로 가벼워져 풀풀 웃는다.

그들은 '압록'으로 향한다. 물고기를 잡으러. 섬진강 상류에 텐트를 친다.

강변으로 내려가는 길목, 그들 중 몇은 포도 상인 앞에서 서성거린다. 첫물 포도, 그 달콤하고 약간은 신맛이 도는 까만 과일 앞에서. 체크무늬는 그것들을 좋아하는가 보다. 흰 티셔츠는 모든 게 자신과 무관한 일처럼 느껴진다. 포도 2kg을 사들고 그들은 돌밭을 지나 모래밭을 걷는다. 모래알이 발가락 사이, 발목 언저리까지 간질인다.

노란 셔츠의 남편이 강 깊은 곳을 향하여 들어간다. 이태백 같은 남자 총무가 따라 들어간다. 아직 달도 뜨지 않았는데, 이태백은 자꾸 강 속으로 빠져 들어간다. 노란 셔츠의 남편은 더욱 깊숙이 들어간다. 이태백의 밀짚모자만 시야에 들어온다. 혹시 빠지지 않을까. 일행의 눈은 모두 강으로 몰려 있다. 저러다 이태백처럼? 흰 티셔츠는 그가 한 번쯤 빠졌으면, 하고 바란다. 무슨 사건이라도 일어나지 않을까, 기다리고 있다. 모두들 그런 기대감을 가지고 강물 쪽을 바라보고 있다.

노란 셔츠의 남편이 자리를 잡았는지 원추형의 투망을 펼치는 게 보인다. 벼리를 잡고 물속으로 펴서 던지는 모습. 물살이 하얗게 튄다. 납으로 된 추마다 일으키는 물보라가 허공에 빛살을 뿌리며 튄다. 순간의, 놓칠 수 없는 찰나의 파장을 본다. 흰 티셔츠는 그것들을 눈부시게 바라본다. 짧은 것의 아름다움. 투명한 사라짐들을. 그물이 바닥에 닿았는지 그는 천천히 벼리를 당겨 그물을 쥔다. 속에 든 고기를 건져내는 모습이 보인다. 흰 티셔츠의 눈에는 몸을 뒤채는, 파닥이는 고기가 보이는 듯하다. 고기 비늘의 투명한 반짝임이 햇살에 반사되는 것을 느낀다.

일행은 텐트의 그늘 아래에서 그들을 지켜본다. 이태백이 혹시 애써 잡은 고기들을 놓쳐버리지는 않을까, 더 깊은 곳을 향하여 들어가는 그들을 지켜보며 조마조마하다. 수영을 할 줄 아는 건가? 저 고기, 저대로 달아나는 거 아니야? 그들은 강변에서 오랫동안 바라보고 있다. 고기 잡는 사람들을. 이태백이 틀림없이 한 번은 투망을 던질걸. 떼를 쓸 거야. 한 번만 던져봅시다, 라고. 모두들 이태백이 그물 던지는 광경을 상상하며, 그러다 그물과 함께 강 속으로 빠져버리는 그를 기다린다. 그러나 그들의 추측은 어긋나버린다. 동화적인 상상은 어른에게, 특히 사십대의 남자에게는 적용되지 않는다. 프로가 아니잖아요. 나 같은 아마추어가 뭘요. 잘 잡는 사람이나 던지게 돼야죠. 다른 새로운 것을 넘보는 나이는 이미 흘러가버린 것일까. 일행은 말은 없지만 표정이 심드렁해진다. 단순하고 짧은 말들의 재미도 사라진다. 물이 너무 따뜻해서 고기가 없어요. 고기잡이 둘은 다시 강 아래 다리 쪽으로 내려간다. 아무도 그곳을 향해 더 이상 눈길을 주지 않는다.

손톱을 깎는 소리만이 들린다. 여자 두엇이 톡톡 손톱 튀는 소리를 만든다. 손톱깎이 선물이 있었다. 뉴욕과 워싱턴에 다녀온 왕방울 선생의 손톱깎이 선물. 잠깐의 무료한 한낮을 여자 둘이 손톱 소리로 메운다. 흰 티셔츠는 자신의 손을 바라본다. 그러고는 꽃양산의 손도 슬쩍 곁눈질한다. 인생의 중반을 훌쩍 넘어선 손은 주름이 지고 마디가 굵어져 있다. 그리고 거뭇한 반점이 한두 개 은밀하게 피어 있다. 체크무늬의 손도 별수 없다. 흰 티셔츠는 손톱이 길어 때가 낄 것 같은 자신의 손톱을 깎는다. 이상하리만큼 고요하다. 그 소리가 자갈에 튄다. 햇살에 가끔 번쩍인다. 허공에서 진동하는 소리가 손톱 양끝처럼 날카롭다.

공선생이 한쪽에 앉아 책을 들여다보고 있다. 현실은 건조하기 짝이 없지만, 책 속은 행복한 건가. 그들이 동심을 잃고 이처럼 세월이 흘러도. 흰 티셔츠는 멀찌감치 앉아 책 속을 바라본다. 까만 활자들이 수화처럼 지껄이는 것을 듣는다. 흰 티셔츠는 책 속으로 들어간다. 물고기 같은 활자가 되어 책의 바다를 헤엄친다. 공선생은 활자가 된 그녀의 몸놀림을 눈치 채지 못한다. 그녀는 각종 부호가 되어 몸을 변신시킨다. 물음표가 되었다가 느낌표가 된다. 그러다 그녀는 투명 인간처럼 종내에는 행간 속으로 숨어버린다. 이제 그녀는 활자 속에 완전히 흡수되어버린다. 공선생이 책장을 넘긴다. 그러나 활자 속의 그녀의 숨소리는 느끼지 못한다. 그녀는 그러다가 간신히 뒤 페이지의 무게를 밀어젖히고 빠져나가려 한다. 강바람이 책장을 넘기고 있다. 그 바람에 행간이 된 그녀가 슬며시 빠져나온다. 그녀가 헤엄치던 그 페이지를 그들 가운데 눈여

겨보는 사람은 아무도 없다.

　　새는, 나뭇가지 끝에서 허공으로 저를 들어올렸다가 내려놓는
것이
　　자기 자신인 줄 모르고, 세상의 중심을 향하여
　　자꾸 날아가려고 한다.
　　날아갔다가는 다시 언젠가는 내려앉게 된다는 것을,
　　내려앉는 그 순간이, 그 착지점이, 무릉도원임을
　　미리 알아채지 못하고,
　　　　　　　　—안도현, 「세상의 중심을 향하여」 중에서

　왕방울 선생은 어느새 사라지고 없다. 삼베 바지에 방귀 새듯 빠
져나간 것이다. 고통을 참아내며 이곳까지 와서 자신의 자리를 채
워두고는 살그머니 벗어났다. 허리 디스크가 찾아오는 나이, 좌골
로 옮아가는 나이다. 그런 그가 벽촌에 집을 샀다. 일 년 전이었다.
그들 일행은 다람쥐가 살고 있는 벽촌의 고가를 방문했다. 옥당골.
골짜기 깊숙한 곳. 우렁이와 다슬기가 사는 그곳을 그는 노후 준비
용이라고 했다. 본래의 모습 그대로 개조하지 않고 두는 것, 그것
이 그의 생각이다. 불 때는 부엌이 있고 시렁이 있다. 1972년의, 이
제는 '레이건'처럼 알츠하이머병에 걸렸을지도 모르는 국회의원이
한쪽 벽에 그대로 벽지처럼 붙어 있는 곳. 낮은 천장과 토방, 헛간
과 작은 마당, 대추나무, 감나무가 주인을 기다리며 하릴없이 늙어
가는 곳. 그리운 것은 언제나 머나먼 곳에 있는지. 손에 잘 닿지 않
는 곳에 때로 꿈처럼. 문명에 길들여지다가 가끔 탈출하고 싶은 곳
이 있는 것. 산다는 일의 신산함을 아는 사람이면 전설 같은 고향

으로 가고 싶을 때가 있는 것이다.

체크무늬는 왕방울 선생이 혼자서 떠난 것을 알고 안절부절못한다. 주말부부인 그들의 일요일은 다른 사람들의 것보다 더 소중하다는 것. 두 아들을 남편에게 맡겨놓고 빠져나온 일요일인 것. 해가 차츰 서쪽으로 기울어가는 때, 그녀는 가족들을 생각한다. 일찍 빠져나가려고 포도까지 미리 사두었던 터였다. 자기 남편은 멋쟁이야, 라고 말하던 흰 티셔츠는 여유 있게 웃고 있다. 체크무늬의 남편은 잘 놀다 와, 하고 말해주었다. 그녀는 갑자기 그 다정하고 너그러운 남편 곁으로 가고 싶다. 이런 모임이 도대체 얼마나 소중하다고. 그녀는 갑작스레 돌아가고픈 생각으로 우울해진다.

갓난애를 남편에게 맡겨두고 나온 세무 공무원은 묵묵하다. 이제 겨우 6개월 된 아기가 눈에 아른거린다. 남편에게 약간 미안하긴 하지만 그녀는 아무 부담 없이 모임에 출석한 것이다. 그들 부부는 이 모임에서 만났기 때문. 어느 때부터인가 그들은 사랑에 이르고, 회원들의 축복 속에서 결혼식을 올리고, 아기를 가졌다. 그리고 이제 그녀를 엄마이게 한 세월, 아빠로 만든 세월이 이 모임의 역사와 함께한다. 편지로 시작된 사랑은 회원들에게 화젯거리였다. 그런 낭만을 부러워했다. 하루 한 통의 편지, 그리움…… 그녀는 물끄러미 강변을 바라보고 있다. 남편보다 더 새록새록 떠오르는 아기, 그 햇살 같은 웃음이 보고 싶은 건가.

하루 해가 저물어간다. 모두들 집 생각에 순간적으로 빠져 들어가는 표정이다.

노란 셔츠가 들고 온 바구니 속에는 눈치, 모래무지, 쏘가리, 송사리들이 들어 있다. 그 중 성질 급한 놈은 이미 배를 뒤집고 죽어가는 시늉이다. 그녀는 물고기의 배를 가르러 하류 쪽으로 내려간다.

힙합 스타일은 팬에 기름을 두른다. 그녀는 마음이 바쁘다. 저물기 전에 운전을 하고 가야 할 일. 헤어 숍에 오늘은 어떤 손님이 왔는지, 예약은 얼마나 있었는지. 학교 과제물 정리, 강의안 준비…… 그녀의 손이 빨라진다. 내일 아침 첫 비행기를 타야 할 그녀가 유독 부지런을 떤다.

눈치는 해부된다. 무래무지도, 쏘가리도 살이 나뉘어 고소한 맛이 된다. 튀김 냄새가 텐트 주위로 떠돌아다닌다. 접시에 튀김이 오른다. 그들의 입속으로 그것들은 사라진다. 몇 분 전엔 물속을 헤엄치는 자유였다. 강심 깊숙한 곳으로 머리를 묻으며 하얀 비늘을 뒤척이던 힘찬 생명력은 사라지고 없다. 그들은 튀김의 하얀 속살과 가는 뼈를 꼭꼭 씹고 있다. 싱싱한 포도알을 먹는다. 이빨 자국이 선연한 수박 껍질 위로 까만 포도 껍질이 쌓여간다.

흰 티셔츠는 자꾸 허기가 진다. 끊임없이 먹어도 그녀의 입놀림은 쉬지 않는다. 마지막까지도 그녀는 허기를 견디지 못하고 있다. 증세가 가볍지만은 않다.

재첩을 줍다가 물속으로 넘어진 선글라스. 그녀는 강 위에 몸을 굽히고 있다. 손 안에 담긴 몇 개의 재첩. 나선형 무늬의 그것을 물끄러미 바라본다. 그녀가 아직 사랑을 느끼지 못했을 나이의 기억. 그가 있었다. '오빠'라는 호칭보다는 '형'이라고 부르기가 더 편했던 사람. 그가 이 섬진강 어느 곳에 잠들어 있으리라. 수영에 서툰 친구를 구하려다가 소용돌이 속으로 빨려 들어가버렸던 그. 그의 영혼은 맑고 따스했다. 이 재첩의 그리움도 아마 소용돌이일지 모른다. 그녀의 그리움도 나선형이듯이. 그녀는 손 안에 쥔 그것들을 강물 속으로 돌려보낸다. 은빛 물방울이 튄다. 물방울들의 깜박거림을 보았던 것 같다. 물방울들이 거꾸로 올라가고 있다. 줄줄이 이어지는 물방울 하나, 물방울 두 개, 물방울, 물방울들…… 천천히 올라가는 물방울의 군무. 그 고요한 떨림. 허공을 젓는 그녀의 손. 이제 그녀의 손은 오래오래 젖어 있을지 모른다. 꿈결 같은 찰나의 기억은 날이 갈수록 더욱 선명해질 것이다.

까만 선글라스의 안에 숨어 있는 외로움. 잡을 수 있었지만 끝내 놓쳐버린 것들. 사랑이 그러했다. 수줍은 나이도 지난 지금은 다 놓쳐버린 끝일까. 아니다, 아직은. 요즘의 그녀는 사진에 관심을 둔다. 아니, 순간을 사랑하는 거지. 피사체를 사랑할 뿐. 조리개에 포착된 영원성. 그 완벽한 정지의 아름다움. 렌즈를 통해 보는 세상의 아름다움이 그녀에게는 현실보다도 구체적으로 다가온다. 그곳에는 외로움도 물처럼 가라앉아 가만히 흘러간다. 소리 없이. 그녀는 자신이 생각하는 것들 속에서 꿈을 꾼다. 누가 뭐라고 해도.

불을 지른다. 해질녘 강변에서 돌 사이에 쓰레기를 넣고 불을 태운다. 불은 또 불을 낳고, 그 불은 점점 더 큰 불을 낳고…… 불꽃은 아름답다. 재가 하늘을 난다. 까만 재의 허황된 몸놀림이 강변 쪽 다른 텐트로 옮겨간다. 사람들이 눈살을 찌푸린다. 아아, 미안합니다. 공선생이 큰 소리로 외친다. 까만 선글라스는 짓궂게 불꽃을 뒤적인다. 재를 더욱 날리게 만든다. 조신한 섬마을 선생이 그것들을 한쪽으로 모은다. 바람이 분다. 재가 순식간에 강으로 달려나간다. 한쪽 끝이 누렇게 남아 있는 덜 탄 신문이 보인다. 글자들이 어지러이 흔들리고 있다. 보일 듯 말 듯한 신문의 활자들은 불 속으로 완전히 먹혀 들어가고 있다. 까맣게. 불 속은 암흑인 것일까. 광명인 것일까. 글자들은 이제 사라져버리고 없다. 어지러이 바스러지는 재만 바람에 휩쓸려 어디론가 날아가고 있다. 그녀는 그것들을 잡을 수가 없다.

　강에 어둠이 기울고 있다. 텐트를 완전히 정돈하고 그들은 떠날 준비를 마친다. 돌아갈 차례다. 모래밭을 걸어 자갈밭을 지나 다리 위로 기어오른다. 각자 짐 하나씩을 든 채. 주차장으로 걸어가는 길목에서 힙합 스타일이 아이스박스의 물을 버린다. 더 이상 그것들은 소용되지 않을 것이다.
　멀리 흑염소 무리가 보인다. 그것들의 유유자적함이 흰 티셔츠는 부럽다. 염소들이, 까만 신성의 무리처럼 해질녘 들판에서 떼를 지어 어디론가 가고 있다. 흰 티셔츠는 그것들의 행진을 물끄러미 바라본다. 그것들은 고요 속으로 돌아가고 있다. 무질서한 무리 같아 보이지만 그들은 정돈된, 길이 든 무리들인 것이다. 멀리 산 아래의 마을이 보인다. 포플러나무들이 그들의 그림자를 들판에 길게 늘여 세우고 있다. 어둠이 이제 곧 강마을 곳곳에 파고들 것이다. 그녀의 눈앞에 구름막이 드리워진다. 그녀의 눈에 보였던 사물들이 흐려지는 것 같다. 그녀는 돌아가고 싶지 않아, 하고 중얼거리지만 그들 일행은 아무도 그 속내를 알 수가 없다. 그녀는 다시 혼자가 되는 느낌이다. 잠깐 사이 꿈을 꾼 것처럼 오늘의 외출이 짧다. 눈을 감았던 때와 다시 눈을 뜰 때의 순간처럼. 무엇엔가에 저항하며 길을 나섰다. 길들여지는 자신에게서 빠져나가고 싶다. 다시 돌아간다고 하더라도 그녀를 기다리고 있는 삶은 공식 같은 희망을 통과하는 일. 그것이 또한 내일의 터널인 것이다. 내일 또 내일. 그녀는 이내 숨이 막혀오기 시작한다.
　주차장에서 그들은 다시 흩어져서 방향이 같은 이들끼리 차에 오른다. 그들이 나가는 길을 차 몇 대가 들어오고 있다. 마지막 휴가를 맞이하는 몇몇 가족이리라. 아직 강변에는 저녁밥을 짓는 사람들이 남아 있다. 그리고 이들은 이 저녁의 불빛과 함께 노래, 이야기로 생활의 안정과 행복을 한껏 과시하리라. 자신들 삶의 구멍난 부분을 메우게 되리라.

그들은 작별의 손을 흔들며 고속도로에 들어선다. 가야 할 길은 아직 멀다. 꽃양산과 체크무늬와 까만 선글라스, 공선생, 섬마을 선생의 차는 먼저 움직여 길을 달린다. 힘 좋은 경주마처럼 질주하기 시작한다.

노란 셔츠는 핸드폰을 꺼낸다. 응, 엄마다. 냉장고에 양념해둔 고기 있거든? 그것 꺼내 먹으렴. 뭐? 점심때 이미 먹었다고? 그래, 도로에 차가 많이 밀렸구나. 도착이 조금 늦을지도 몰라. 아침에 해둔 밥 아직 있지? 그래, 그래. 이따 보자. 그녀의 새로 이룬 가정이다. 투망을 잘 던지는 그녀의 남편은 말없이 카세트테이프를 꺼내 끼운다. 우리 만남은 우연이 아니야. 그것은 우리의 바람이었어. 그들의 연애는 고통의 한 세월을 삭이고 또 삭이면서 이루어졌다. 그들이 이처럼 평범해 보이는 삶을 소유하기 위해, 아버지와 어머니 그리고 자녀들이라는 보통의 가정을 이루기 위해 쏟았던 노력, 시간들의 사이사이, 가슴앓이. 남들과 다를 바 없는 가족 구성원을 이루기 위해 그들은 얼마나 많은 것들을 양보하며 인내하고 살아왔던가.

모든 만남엔 다 이유가 있는 거라구. 흰 티셔츠를 비롯한 그들은 자신들의 생각에 빠져 있다. 아기를 떠올리고 있을 여자가 눈을 감고 음악을 듣고 있다. 흰 티셔츠는 지껄이고 싶다. 마구. 무어라고 이야기를 시작하긴 했다. 그러나 곧 공허해진다. 뽕짝이 좋아지는

나이라구. 아니야? 자긴 안 그래? 곧 그녀는 입을 다문다. 숨 막히
고 답답하다. 신선한 공기를 마시고 싶다. 그러다 다시 어느 순간,
터널을 빠져나온다.

흰 티셔츠는 하늘을 바라본다. 장밋빛 하늘, 그 너머의 나라에도
숲과 나무가 있으리라. 마을이 있으리라. 그녀의 눈에 들어온 저녁
놀. 그것은 온 세상을 따뜻하게 감싸 안고 스러지려 하고 있다. 붉
은 태양이 온 세상을 부드럽게 물들이고 있는 풍경. 저녁 해는 아
득하기만 하다. 하늘의 주홍빛이 아름답게 융화되어가고 있었다.
세상의 중심을 향하여 날아가려는 새. 새의 중심 자리는 바로 자신
인 것이다. 그래, 돌아갈 때야. 그녀는 그제야 자신의 가족을 떠올
린다. 집, 자신이 빠져나온 자리는 지금쯤 허전할 것이다.

흰 티셔츠는 다시 강으로 간다. 무엇인가 자신을 부르는 소리를
들은 것 같다. 강 밑의 돌들은 미끄러웠다. 발바닥 밑의 미끄러움을
딛고 조심스레 걸어 들어갔다. 무릎 위까지 걷어올린 긴 바지에 강
물이 젖어들었다. 물은 그녀의 발을 지나 종아리, 무릎까지 젖게 한
다. 그녀는 정답게 흘러가는 강물을 다시 바라본다. 언제나 한곳에
있는 강물. 강물이 자신을 바라보고 있다. 강의 수많은 눈, 투명한 눈
들의 반짝임. 순간적으로 자신의 몸이 온전히 잠기고 있었다. 자신이
섬처럼 강물 속에 떠 있다. 강물의 소리를 듣는다. 몸에 지느러미가
돋는다. 그녀는 흘러가는 물살을 느낀다. 누군가 그물을 던진다.

도시가 불빛으로 부풀어오른다. 움직이는 빛의 강물 속에서 보
이지 않는 내일이 변함없이 흘러간다. 흰 티셔츠의, 무언지 분명하
지 않은 미소가 눈가의 잔주름 사이에 가볍게 고였다가 얼굴 전체
로 엷게 번져간다.

배꽃 동산

새가 운다.

배꽃 동산에 아침 바람이 살랑살랑 불고 있다. 새는 배나무 가지에 앉아 있다. 연두색 부리가 뾰족하고 기다란 새가 배꽃 사이에 있다. 새는 나뭇가지를 이리저리 옮겨다니곤 한다. 그 바람에 작은 꽃 이파리가 흔들리다 나뭇가지를 툭, 놓쳐버릴 때도 있다. 주방 창문 앞 배나무에 언제부터인가 줄곧 앉아 놀다 가는 새. 배 부분이 갈색인 그 새는 나무 위에서 꽃잎을 함부로 콕콕 쪼아대곤 한다.

그는 한국화를 그리는 화가다. 그는 주로 자연에서 소재를 얻는다. 다니던 학교에 사표를 낸 후 이곳에 정착한 그는 자연 속의 온갖 사물들을 자신의 그림에 담는다. 그가 아침 일찍 일어나 작업을 할 때, 나는 주로 식사 준비를 하거나 개밥을 준다. 그런 후에는 채마밭에 가서 김을 매기도 한다. 종아리에 풀잎의 이슬이 축축하게 젖어들 때까지 혼자서.

그는 요즈음 작업에 몰두해 있다. 다음달에 있을 다섯번째 개인전을 준비하고 있기 때문이다. 나도 한때는 화가가 되고 싶었다.

그런 내가 화가인 그를 만난 것은 행운일까, 불운일까. 잠시 후면 그는 헐렁한 옷차림 그대로 걸어나갈 것이다. 연꽃 방죽을 한 바퀴 빙 돌아서 아침 공기를 마실 것이다. 산책을 하며 작품 구상을 할 것이다. 분명, 떠오르는 햇살과 수면의 빛 사이에서 연잎이 미세하게 흔들리고 있는 것을 볼 수 있을 것이다. 자신의 예민한 촉수를 들이대며. 그는 연잎의 특성을 살린 수묵화를 즐겨 그린다. 보이지 않는 바람마저 화폭에 담아내며 자신의 그림에 시를 쓰는 유희를 즐기기도 한다.

나는 아침 식사 준비를 하면서 오늘 치를 손님에 대해 생각하고 있다. 주방에는 그의 손이 간 많은 부분들이 눈에 띈다. 그는 하얀 벽에 붓으로 그림을 그려 넣었다. 바람 노래. 바람 때문에 가느다란 나뭇가지가 휘청 휘어진 끝에 휘파람새 한 마리가 앉아 있다. 새는 바람이 불어도 날아가지 않는다. 한쪽 벽면이 온통 출렁거리고 있는데도. 때로 그쪽 벽에 서면 나는 속이 심하게 일렁이는 것을 느끼곤 한다. 나는 그가 사다 준 요리 전집을 물끄러미 들여다보고 있다. 오늘의 손님 초대에 대비해서 어제부터 나는 바빴다. 시장에 나가서 일주일 동안 쓸 고기와 야채를 사들여왔다. 언제, 어느 때 손님이 들이닥칠지 모르므로 항상 준비가 되어 있어야 하기 때문이다. 이제 내가 할 일은 아침 식사를 빨리 해치우고 갖가지 음식을 맛깔스럽게 준비하는 일이다. 그런 일들은 이제 이골이 났다.

그가 하얀 트레이닝을 입은 채로 식탁에 앉았다. 상쾌해 보였다. 아침의 신선한 공기 탓인지 모른다. 그는 언제나 변화 있는 생활을 하기 때문에 내가 느끼는 그의 공기는 신선하다. 나는 그가 입지 않는 낡은 티셔츠와 잿빛 트레이닝을 입고 있다. 이런 건 누가 시키지도 않았다. 이렇게 해라, 저렇게 해라 하고. 그렇지만 그는 은 근히 말했다. 당신이 검소해서 내가 참 든든해, 라고. 그때부터 나 는 될 수 있으면 새 옷을 사지 않았던 것 같다. 그를 위해 좀더 검 소하게 생활할 필요가 있기 때문에. 예술가는 가난하기 때문에 그 의 아내도 맞추어서 살아야 할 것 같았다. 그러나 이제는 예전처럼 가난하지 않다.

　"된장찌개가 맛있어, 음……"

　그는 언제나 나의 음식 솜씨를 칭찬한다. 신혼 초, 나는 음식을 제대로 하지 못했다. 한때 시어머니와의 갈등으로 인해 신경성 위 염에 걸린 적이 있다. 결혼 전, 친정에서 나는 제법 똑똑한 딸이었 다. 음식을 만들어내면서 겪어야 하는 고통이 그토록 커다란 무게 로 내 생을 압박할 줄은 꿈도 꾸지 않았다. 그러나 부엌에서만 지 내온 세월이 오 년이다. 이제야 나는 겨우 시댁의 입맛에 길이 들 어간다. 오늘은 정말 내 솜씨를 선보여야 할 것이다. 그의 절친한 친구들과 후원자가 오기로 했으므로 한편으로 긴장이 된다. 그러 나 큰 걱정은 하지 않기로 했다. 그가 신혼 초에 사다 준 요리 전집 에는 무궁무진한 요리가 실물 같은 사진을 곁들여 기록되어 있다. 이제 자신 있는 요리로 솜씨를 발휘할 것이다.

　시계를 보니 정오였다. 대충 준비를 끝낸 터라 걱정은 되지 않는 다. 그가 집 안 청소를 했기 때문에 따로 손을 대지 않아도 말끔할 것이다. 거실과 서재에는 항상 손님들이 드나들었으므로 정갈한 편이다. 누군가가 어쩌면 슬쩍 들여다볼지도 모르는 침실은 언제 나 문이 닫혀 있으므로 상관이 없다.

　옷을 갈아입으려고 안으로 들어갔다. 음식을 만드느라 몸에 밴 음식 냄새가 물큰히 코를 찔렀다. 참기름 냄새와 깨소금 냄새에 섞인 야릇한 냄새가 줄곧 나를 따라다녔다. 티셔츠와 간편한 바지로 갈아입었다. 긴 머리를 틀어올려 그물망으로 덮어 씌웠다. 그는 이렇게 화장하지 않은 얼굴에 틀어올린 머리를 좋아한다. 유리창을 통해 그의 모습이 보인다. 고기를 굽기 위해 숯과 나무를 준비하는 모양이다.

다 된 음식을 찬합에 담고 미리 담근 동동주와 식혜를 옹배기에 따랐다. 직접 심어서 만든 조롱바가지를 그 위에 살짝 얹었다. 상치와 깻잎, 쑥갓이 물기로 인해 더욱 싱싱하게 보인다. 원유회는 이달 들어 벌써 다섯번째다. 아마 내일은 그의 제자들이 떼지어 올 것이다. 먹이를 따라 모이는 광한루의 살찐 비단잉어처럼 화려하게 단장을 하고 그를 찾을 것이다. 대학의 사회교육원에서 한국화 강의를 하는 그. 그의 여제자들. 그들은 때로 돌발적으로 방문하곤 했다. 그녀들은 그를 하늘같이 떠받드는 것 같다. 공모전 때면 입상자가 서넛은 되었다. 그들 대부분이 여자이므로 미리부터 신경이 잔뜩 쓰인다. 어쨌든 내일은 내일이다. 나는 손님들을 위해 요리를 하지만 사람들마다 부류가 다르므로 신경이 곤두서는 때가 더러 있다.

정원 입구 쪽에서 자동차 소리가 들렸다. 그가 걸어나가는 모습이 보인다. 나는 음식을 완벽하게 정돈해두었다. 도자기로 구운 접시도 세트로 준비했고 수저통은 통나무로 잘라 만든 식탁 위에 놓았다. 전원에서 살고 있는 그는 이른바 잘 나가는 작가에 속한다. 몇 년 새에 제법 널리 이름이 알려졌다. 그러나 나는 그런 그와 살면서 나의 꿈을 어두운 서랍 속으로 밀어넣게 되었다. 아니, 대리만족하고 있는 꿈의 속성은 어쩌면 이런 것이었는지도 모른다는 생각이 들 때도 있다.

그들은 도시에서 왔다. 소설가, 디자이너, 모 은행 지점장, 화가가 부부 동반으로 가볍게 왔다. 운동화에 점퍼 차림, 여자들 넷은 한결같이 쾌활해 보였다. 모 은행 지점장은 말수가 없었고 그의 부인은 우아한 편이었다. 그리고 키가 크며 까만 선글라스를 쓴 디자이너는 우리집을 지을 때 아이디어를 제공한 사람이다. 그리고 시인, 그 여자는 시인답지 않게 거구였다. 기름기가 흐르는 풍만한 몸매, 번들거리는 화장. 내가 읽어본 그 여자의 시는 진부하기 짝이 없었다. 그리고 소설가, 그 여자는 내가 경계하는 요주의 인물이다. 통속소설을 쓰는 그 여자의 글을 읽다 보면 나를 소설 속에 등장시킨 것 같은 느낌이 들 때도 있었다. 나는 정교한 화장술로 얼굴을 다듬은 그 여자를 보자 순간적으로 신경이 곤두섰다.

"사모님, 정말 음식이 맛있겠어요."

그렇다. 나는 그의 사모님이다. 나는 대답 대신 살포시 웃으며 접시에 나물을 담았다. 취나물, 버섯나물, 도라지나물, 머위나물, 그리고 어제 담근 싱싱한 김치, 마지막으로 해파리냉채를 담고 영양밥을 공기에 각각 담았다. 여자들이 조금씩 거들었다. 소설가인 그 여자는 과도를 들어 토마토를 자르고 있다. 날카로운 칼끝으로 인해 토마토의 붉은 속살이 알알이 베어져 나갔다. 이른 참외의 노란 껍질이 순식간에 발가벗겨져 나갔다. 그 여자는 과일의 속살을 지나치게 벗겨내어 유리 쟁반에 놓았다. 과일 하나도 경제적으로 깎질 못하다니. 칼질이 서툰 그 여자는 노처녀다.

그가 돼지고기 갈매기살을 굽고 있다. 고기 굽는 냄새로 정원이 뿌옇다. 오염이 되는 느낌이다. 우리집은 타인들을 위해 있는 것 같다. 그것은 아마 재작년 텔레비전 프로그램「전원에 산다」와 함께 시작된 일일 것이다. 언론과 방송에 소개된 우리집은 말 그대로 무릉도원이다. 우리 부부는 함께 사진을 찍었다. 카메라 앵글이 우리 집의 곳곳을 들이비췄다. 그때부터 분주해지기 시작한 것이다. 며칠 전에는 또 배꽃과 사과꽃, 자목련으로 둘러싸인 우리의 정원이 신문의 전면을 차지했다. 그날, 그와 나는 정원에 나와 녹차를 마시는 모습을 사진에 담았다. 뒤쪽의 배꽃 동산도 찍혀 나왔다. 신문에 난 우리의 모습, 내 모습은 완벽하게 행복한 표정으로 웃고 있었다. 그러나 스크랩북을 꺼내 볼 때마다 사진 속의 여자는 내게서 낯설어진다. 나는 집이 너무 유명해져서 유명세를 치르느라 고단하다. 때로 무겁다. 하지만 그는 언제나 이 집에서 평화를 맛본다고 한다.

지금은 배꽃이 한창 피는 철이므로 손님들이 쉬지 않고 모여든다. 사람들은 그를 무척 좋아하는 모양이다. 나에게는 주말도 없고, 휴일 또한 따로 없다. 그러나 사람들 속에 있으면 언제나 사모님이므로 때로 위안이 되기도 한다. 이 봄철이 지나면 아마 덜 모여들지도 모르겠다. 그들은 꽃에 날아드는 벌과 나비들처럼 이동하여 그에게로 오곤 한다. 그는 다른 이들에게 무척 호의적이다.

소설을 쓰는 여자가 뒤쪽 동산으로 가는 게 보인다. 나는 재빨리 눈으로 그를 찾았다. 그는 나무 벤치에 앉아 헤어디자이너와 함께 이야기를 하고 있었다. 나는 그의 옆으로 다가갔다. 그들의 대화에 나도 동참하고 싶었다. 그는 자기의 옆자리를 내게 내주었다. 그는 나에게 헤어스타일을 바꾸는 게 어때? 하고 물었다. 나는 그가 좋아하는 것은 변화하지 않는 나의 생머리임을 알고 있다. 나의 긴 머리는 가끔씩 그의 손가락이 와서 빗어주곤 한다. 침실에서. 그러므로 나는 대답 없이 웃기만 했다. 내가 앉기 전, 그들은 무슨 이야

길 했을까? 헤어디자이너가 큰 소리로 웃었던 것을 떠올리고는 나
는 궁금해졌다. 그 앞 이야기의 내용이 무엇인지 알 수 없지만 내
가 들은 것은 단지 큰코다쳐, 라는 소리뿐이었다. 나는 주스를 가
져오기 위해 안으로 향했다.

밖으로 나오니 그가 없었다. 사람들은 이야기 중에 간간이 웃었
다. 여자들은 한결같이 이 집의 경치를 부러워하였다.

"이곳에서 산다면 얼마나 좋을까."

디자이너의 부인이 자목련을 바라보며 말했다.

"늘 이 속에서 살아 그런지 무덤덤해요."

나는 활짝 웃으며 말했다. 그러나 씁쓸했다. 며칠 전, 나는 벌레
에게 물려 팔뚝이 퉁퉁 부어올랐기 때문이다. 독성이 있는 벌레 때
문에 병원 출입을 해야 했던 고통스러움을 그들은 모를 것이다. 나
는 눈으로 그를 찾았다. 그가 없었다. 가슴이 뛰기 시작했다. 배꽃
동산으로 가는 길을 눈으로 좇았다. 그리고 그곳을 향해 자신도 모
르게 걸어갔다. 대나무 통을 따라 흐르는 물소리가 유독 내 귀를
자극했다. 그와 소실가가 나란히 앉아 있었다. 배나무 아래 그들은
다정한 연인처럼 누구의 방해도 없이 이야기를 하고 있었다. 멀리
보이는 그 여자의 옆얼굴은 약간 상기되어 있는 듯했다. 그가 그
여자에게 무어라고 나직이 속삭이자 그 여자는 고개를 두어 번 끄
덕이면서 그와 함께 소리내어 웃었다. 나는 숨이 멈추는 것 같았으
나 가슴은 마구 뛰고 있었다. 나는 아무 소리도 내지 않고 뒷걸음
질을 치며 돌아섰다.

때로, 그는 들떠 있는 채로 집에 돌아오곤 한다. 무언지 가슴 가
득 차오르는 것을 발산하지 못하고 작업실로 가서 밤늦은 시간까
지 혼자 보내곤 한다. 그럴 때, 그의 얼굴에서 드러나는, 애써 감추

려 하는 만족감. 그런 날, 나는 자정이 넘어서까지 텔레비전을 보다가 거실에서 잠이 든다. 그러나 그것이 잦은 일은 아니다. 내가 깜박 망각하고 살 정도로. 그런 그에게서 감지되는 그 여자의 향기는 은밀히 숨겨진 채 때로 느낌만으로 온다. 그가 벗어 내놓은 속옷을 빨면서 나는 구멍난 배처럼 서서히 물 밑 속으로 가라앉곤 한다. 나는 늘 그와 함께 있지만 그는 자주 다른 생각에 몰두해 있다. 함께 텔레비전을 보다가도 말없이 자신의 작업실로 들어가 문을 꽝, 하고 닫을 때면 가슴이 미어져버린다.

그가 뒤쪽 동산에서 나왔다. 나는 속으로 울부짖었다. 그러나 그의 얼굴에는 변화가 없다. 전혀 아무런 일도 없는 표정이다. 그들은 얼마만큼 대담해져버린 걸까. 자신들의 만남에 모른 척 반응하지 않는 나를 조롱하자는 걸까. 그러나 나는 그를 안다. 그는 결코 그 여자에게 깊이 빠져들지 않을 것임이 분명하다. 결국 언젠가 그는 그 여자에게서 멀어질 것이다. 그러나 이처럼 그 여자 때문에, 그의 주변에 감도는 그 여자의 공기 때문에 나는 날이 선 칼날로 살을 베인 듯 온몸이 아려오곤 한다.

그의 생활은 자유롭다. 전업 작가 선언을 한 그의 결정은 잘한 일이다. 그러나 나는 두려움을 느낀다. 강의로, 전시회로, 모임으로 일상이 분주한 그를 바라볼 때면 순간적인 분노가 내 머릿속을 벌레처럼 기어다녔다. 버스조차 오지 않는 이곳에서 하루 종일 그를 기다리고 있노라면 자신이 버려진 인형 같은 느낌이 든다.

바람이 불었다. 야외 식탁 위에는 오래된 산벚꽃 한 그루가 있다. 그 꽃잎이 낱낱이 흩날리기 시작했다. 연한 분홍빛의 그것이 아직 피지 않은 수련 연못 위에, 먹다 만 영양밥 위에, 동동주 위에, 사람들의 어깨 위에 난분분 내려앉았다. 갑자기 바람이 몰아쳤다. 꽃비가 휘날렸다. 사람들이 탄성을 질렀다.

"사월에 무슨 눈보라야! 영화 속 같아!"

누군가 외쳤다. 아찔한 현기증 속에 내가 서 있었다. 그들도 잠시 넋이 나간 표정이었다. 나는 침묵하고 있는 시간 속의 그를 바라보았다. 소설가의 얼굴도 바라보았다. 그 여자의 표정이 아득해 있었다. 그 여자는 잠시 꽃잎이 흩날리는 하늘을 올려보다가 대숲 사이로 보이는 길 하나를 무연히 바라보고 있었다. 그 여자는 그와 결혼하지 못한 것을 후회하고 있을지 몰랐다. 겉으로는 친구처럼 지내는 척하지만 그들이 어떤 사이인지 알 만한 사람은 다 알고 있는 터였다. 결혼 직후, 그 여자로 인해 우리는 이혼할 뻔한 적이 있었다.

석쇠 위의 고기도 어느덧 동이 났다. 석쇠 위에는 시커멓게 탄 기름 덩어리가 딱딱하게 굳어가고 있었다. 동동주도, 식혜도 바닥이 드러났다. 영양밥과 해파리냉채와 나물, 과일도 거의 빈 접시가 되었다. 그들이 돌아갈 때가 되었다. 나는 식탁 위를 정리하기 시작했다. 여자들 몇이 잠시 거드는 척했다. 그러고는 하나 둘씩 겉옷을 걸쳐 입었다. 나는 그 여자에게 깨지기 쉬운 유리그릇을 주방으로 옮겨다 달라고 부탁했다. 그는 사람들을 배웅하기 위해 주차장으로 가고 있었다. 그 여자는 볼 것이다. 주방문을 열면 그의 그림이 정면으로 보일 것이고 단정히 정돈된 차 도구와 그릇들이 보일 것이다. 주방 유리창으로 배꽃 동산이 훤히 바라보일 것이다. 창가의 배나무에 새가 앉아 놀고 있는 것을. 그러다 그 여자는 자신이 왜 그와 결혼하지 않았는지 다시 후회할 것이다.

정원의 디딤돌을 딛고 걸었다. 징검다리처럼 놓인 그 돌은 그가 골동품 가게에서 어렵게 수집한 것이다. 맷돌 주위의 잡풀들이 푸르게 눈을 찔렀다.

"개불알꽃이라고요, 그게?"

그 여자가 물었다.

"이 집주인에게 물어봐요. 사실이라니까. 생긴 모양새만 봐도 그렇지."

"이거요? 이건 아니에요. 세상에, 비슷하게 생기지도 않았는데요. 이건요, 광대나물이라구요."

"그럼, 집주인에게 물어보자구요. 어이, 집주인!"

디자이너가 주차장에 있는 그를 불렀다. 그러자 그가 그 여자 옆으로 다가갔다. 그가 무어라고 하는 소리는 그러나 내게까지 들리지 않았다. 그는 아주 가늘고 짧게 웃었다. 디자이너와 그 여자가 함께 따라 웃었다. 나는 짜증이 난 표정을 숨기기 위해 노력했다.

그들이 천천히 우리집을 빠져나갔다. 마을의 좁은 샛길을 돌아가고 있는 그들의 차 뒤꽁무니만 보였다. 나는 천천히 걸어 들어왔다. 어느새 그가 내 곁에 서서 걷고 있었다.

"수고했소, 당신."

그가 내 어깨에 팔을 걸쳐 두르며 말했다. 그의 체온이 닿자 온몸의 힘이 일시에 빠지는 것 같았다.

사람들이 떠나고 난 자리는 쓸쓸하고 고요하다. 이제야 이 집이 내 집이로구나 하는 실감이 났다. 나는 묻어야 할 쓰레기를 들고 배꽃 동산으로 걸어갔다. 그러고는 그의 작업실 겸 서재를 들여다보았다. 그곳에는 그리다 만 그림이 놓여 있었고 읽다가 둔 책이 책상 위에 엎드려 있었다. 그 여자도 나처럼 엿보았을 것이다. 나는 들여다본 것이고 그 여자는 엿본 것이다. 어쩌면 그 여자는 침실까지 엿보고 싶었는지도 모른다. 마냥 주저앉고 싶다. 나는 항다 반사인 이 일에 싫증을 내는 건 아니다. 그렇지만 오늘처럼 황량한 기분이 들 때도 있다.

그는 식탁으로 쓰던 통나무 탁자를 정돈하고 있을 것이다. 그의 굳게 닫힌 입술을 나는 신뢰한다. 나는 태워야 할 쓰레기를 가지고 아궁이로 갔다. 군불 때는 아궁이 앞에 쪼그리고 앉아 성냥불을 댕겼다. 불이 한순간에 타올랐다. 나는 장작을 몇 개 그 위에 얹었다. 마른 솔잎을 한 줌 집어 불 위에 던졌다. 하루 한 번씩 군불을 지필 때마다 생각한다. 놓쳐버린 나의 꿈에 대해서. 그의 성공에 대리 충족하고 있는 자신에 대해서. 나의 시간은 달리의 엿가락처럼 휘어져버린 시계가 된 지 이미 오래다. 불길이 화르르 아궁이를 덮었다. 무쇠솥 뚜껑 사이로 피식피식 수증기가 새어나오며 눈물 같은 것이 아궁이 위로 흘러내렸다. 그의 만족감은 진정 나의 것인가. 각계의 유명인사로 둘러싸인 전시회 때나 시상식 때 느꼈던 희열. 그들의 부러운 표정을 보며 나는 그의 성공이 내 것인 양 어깨가 절로 올라갔고 의기양양했다. 그의 작품 속에 담긴 「부부」「나무」 연작을 보면서 완벽한 희열을 느꼈다. 그의 뒤에는 언제나 내가 있었기 때문이다.

매캐한 연기가 좁은 부엌을 빠져나가지 못하고 있다. 방 하나를 따로 놓아 구들을 만든 것은 그의 고집이다. 연기가 가득 차올라 나는 기침을 하기 시작했다.

"뭘 해. 빨리 환풍기 돌리지 않고."

그가 외치는 소리를 듣고서야 자리에서 일어나 구부러진 다리를 폈다. 뻣뻣해진 다리, 뻐근해진 허리를 겨우 폈다. 환풍기가 세차게 바람을 일으켰다. 그는 삶을 즐긴다. 이처럼 옛것을 고집하면

서. 자신의 가정 생활이 자신이 의도하고 꿈꾼 그대로 되어간다고
생각하면서. 나의 외모 또한 그가 만들었다. 민낯의 얼굴, 생머리,
수수한 옷차림.

군불을 땐 후, 주방으로 들어가보니 설거지거리가 쌓여 있다. 나
는 세제를 풀어 그릇을 담근다. 그를 위한 내조, 타인들이 부러워
하는 생활 이면의 것은 결국 이런 것이다. 그의 뒤치다꺼리로 또
하루 해가 저문다. 이런 생각이 나의 벼랑일까. 그는 이제 자신의
작업실로 돌아가 책을 볼 것이다. 아니면 그림을 위해 먹을 갈 것
이다. 그리고 나는 알 수 없는 불안감 때문에 요리책을 뒤적일 것
이다. 그와 나의 내일은 같은 것일까. 이미 내일을 위한 음식물은
준비가 되었지만 긴장은 도리 없이 두통과 함께 온다. 이건 습관
이다.

고개를 들어 달력을 본다. 도드라진 빨간 동그라미가 보인다. 이
봄 내내 주말에는 손님 접대하는 일이다.

"읍내에 손님이 왔어."

그가 외투를 걸쳐입고 주방 안을 들여다본다.

"저녁은요?"

"이 시간에 나가는데 밖에서 먹어야지. 기다리지 말고 먼저 먹
어."

"누군데요?"

"음— 당신은 말해도 모를 사람이야."

그의 목소리는 부드러웠지만 어쩐지 서두르는 느낌이었다. 그의
희미한 그림자가 뜰을 가로질러 나갔다. 나는 사라진 그의 뒷모습
을 오랫동안 바라보았다. 고무장갑에서 뚝뚝 떨어진 물이 실내화
속 양말까지 젖어들었다. 그가 시동을 거는 소리가 들렸다. 그의

차가 경쾌하게 달리는 소리. 나는 싱크대로 돌아와 다시 수도꼭지를 틀었다. 흐르는 물에 나머지 그릇을 헹구어내었다. 그릇 표면에 부딪힌 세찬 물줄기가 튀어나가 얼굴에, 셔츠에, 결국에는 주방 바닥까지 적셨다. 나는 그제야 수도꼭지를 조절했다. 말해도 모를 사람이란 누굴까.

거실에 나가 정원이 보이는 쪽으로 앉았다. 새삼스레 오늘이 무겁고 지친다. 여태껏 습관적이었던 손님 접대였다. 음식 솜씨 칭찬은 의례적 인사였다. 그러나 나는 그 순간마다 빛났다. 훌륭한 내조자. 그들이 그렇게 말하고 있다. 나는 그의 자랑거리였다. 처복이 많아. 그는 호쾌하게 웃곤 했다. 그는 충분할 것이다. 당신은 내게 만족하고 사는 게 당신의 전부이며 삶이지. 남편의 성공이 곧 나의 성공이며 그의 미래는 곧 나의 미래다. 나는 그것을 알았다. 그것이 내 행복의 본질이다. 이 꿈같은 행복은 결코 깨어져서는 안 된다. 깨어질까 두렵다. 그렇지만 오늘의 허전함은 어디서 오는 것일까.

바람이 분다. 산벚꽃이 휘날린다. 나는 안락한 소파에서 몸을 일으켰다. 그의 작업실 문을 열었다. 유리창 쪽으로 배꽃 동산이 훤히 보였다. 그가 그 여자를 안고 있다. 나는 고개를 돌려 그의 그리다 만 그림을 보았다. 「먼 산」 연작 가운데 하나로 그것은 약간 엷은 채색화다. 세 개의 봉우리가 제각기 색상을 달리하고 우뚝 서서 서로의 표정을 외면한다. 어둠 속에서 그의 그림을 환히 떠올릴 수 있는 사람은 나 외엔 없다. 방바닥 위에 앉아본다. 어둠이 깊어지고 있다. 어둠 속에서 깊어지는 건 오히려 나의 어둠이다. 꼼짝없이 앉아 있다 보니 사물들이 서서히 눈 안에 갇힌다.

클랙슨 소리가 들린다. 한 떼의 사람들이다. 그들이 가을 햇살을 등지고 집을 향해 걸어온다. 입구 쪽 해바라기가 사열한 길을 따라 그들이 오고 있다. 방송국 사람들이다. 리포터, 프로그램 제작자, 촬영 기사들, 그리고 그 여자가 오고 있다. 나는 술상을 준비한다. 아니, 간단한 다과와 함께 차도 준비한다. 차가 좋을까. 술이 좋을까. 오늘 점심 준비는 완벽하다. 어제 저녁잠을 이루지 못했던 탓인지 머릿속이 약간 몽롱하다.

"사모님, 이쪽을 봐주세요. 찻상을 준비해주시고요. 두 분이 대화하는 장면이 나갈 겁니다. 아, 긴장하실 것 없습니다. 평소에 다정하신 대로 꼭 같으니까요. 찻잔을 자연스럽게 잡으시고."

그들의 말에 따라 어색한 나의 몸짓이 카메라에 찍힌다. 아침 방송에 잠깐 나오는 십오 분짜리를 찍기 위해서 그들은 오늘 오전 내내 나를 귀찮게 할지 모른다. 「작가 탐방」에 찍히고 있을 내 모습은 어떤 것일까.

"선생님의 작품 세계는 말하자면 자연에서 비롯된 것으로 알고 있습니다. 잠자리에서 개구리, 송사리 같은 작은 동물들, 또는 해바라기나 연잎으로. 선생님의 시선은 자연 속의 모든 것을 놓치지 않고 하나하나 자신만의 시선으로 붙잡아두시는 것 같더군요. 이곳으로 옮긴 후 선생님의 작품 세계가 달라진 것이 있다면 어떤 것이 있을까요, 그리고 앞으로의 작품 방향은 또 어떻게 될지도 매우 궁금합니다."

여자 소설가의 목소리는 낭랑하다. 붉은 입술의 그 여자는 당당하고 생기 있다. 그 여자는 내 감정 따위는 아랑곳하지 않은 채, 결국 이런 일에서까지 우리 사이에 자신을 끼워 넣으려는 것일까. 그는 이제 나 대신 그 여자와 대화한다. 그 여자는 그와 차를 마시면

서 이야기를 주고받는다. 아내인 나보다도 더 소상하게 그의 작품
에서부터 전원 생활에까지 묻고 대답한다. 나는 휘청거리고 있다.
붉은 감과 윤기 흐르는 밤을 작은 소쿠리에 내다 놓는다. 그와 그
여자는 점차 친숙한 관계로 보인다. 화가와 소설가의 대담. 그들을
찍는 촬영 기사는 어떤 부분들을 더 깊숙이 보고 있을까. 카메라에
는 내가 보지 못하는 그 눈길들의 내밀한 속삭임까지 보이는지도
모른다.

　그는 그들을 작업실로 안내한다. 그가 작업하는 과정, 그의 지나
온 날을 반추해보는 스크랩북을 꺼내 보인다. 샅샅이 카메라에 담
기는 우리집의 세월. 나는 내 안의 내장마저 드러내 보이는 느낌이
든다. 갑자기 머리가 핑, 하는 어지럼증이 돈다. 소설가인 그 여자
의 의미심장한 웃음을 본다. 하지만 그 여자는 손님이다. 난 어엿
한 이 집의 안주인인 것이다.

　그들은 잠시 휴식을 위해 거실로 나온다. 나는 주방으로 들어가
다구를 챙기기 시작한다. 물은 지나치게 끓고 있지는 않을 것이다.
찻상에 다구를 챙겨들고 거실로 향하는 나의 걸음에 꽃이 핀다. 날
이 갈수록 성공하고 있는 그의 뒤에는 내가 있다. 나는 이가 드러
날 정도로 웃는다.

　찻상을 내려놓고 녹차를 우려낼 준비를 한다. 그가 내게 보내는
눈짓. 안다. 점심상은 이미 준비가 되어 있다. 나는 다구를 한쪽에
밀어낸다.

　"간단하게 술 좀 준비해야지?"

　"무슨?"

　"집에서 담근 거라면 그게 좋지 않겠어요, 사모님?"

　나는 자리에서 힘겹게 무릎을 일으켜 세운다. 점심상을 준비하

기 위해 주방으로 다가간다. 거실의 널찍한 빈 공간에 상 놓을 자리를 어림잡아본다. 그렇다면 따로 술상을 준비할 필요는 없을 것이다. 반주로 족하다면. 집에는 손수 담근 백년해로주가 있다. 한약재를 넣어서 6개월을 발효시킨 손님 접대주다.

익숙한 주방이다. 나는 가스불을 켠다. 미리 재워둔 쇠고기를 꺼내 야채와 함께 약간의 육수를 붓는다. 약한 불의 파란 불꽃을 본다. 이른 아침부터 준비해둔 나물과 갖은 김치를 꺼내 보시기에 담는다. 수저를 놓고 밥상을 차리는…… 나는 혼자 바쁘다. 그들은 한담을 나누고 있다. 그들의 휴식 시간조차 나는 끼어들지 못한다.

유리창 밖, 배나무 동산이 보인다. 미처 못 딴 배가 군데군데 달려 있다. 새, 새가 논다. 새가 배나무에 앉는다. 새가 배를 향해 콕콕 부리를 갖다 대곤 파먹는다. 나는 그 새를 쫓기 위해 손짓을 하며 마구 소리를 지른다. 그러나 내 목소리는 닫힌 유리문에 반사되어 다시 주방 안을 맴돌고 있을 뿐이다. 목소리는 소리가 되어 나오지 않는다.

어둠 속이다. 나는 지금 어디에 버려져 있는 걸까. 칠흑 같은 어둠이 딱딱하게 굳어 있다. 나는 작업실의 스위치를 올렸다. 순식간에 어둠은 물러났다. 나는 허청거리며 밖으로 나왔다. 침실 문 사이로 고여 있던 어둠이 물처럼 흘러나오고 있다. 나는 다가가 가만히 문을 밀어 닫는다. 그리고 주방으로 다가간다. 술상을 보아야한다. 자동인형 같은 동작으로 팔각의 술상을 꺼낸다. 나는 이대로 영원히 주방에서 빠져나오지 못할 것 같아 다시 무서워졌다. 창밖의 배꽃이 보인다. 어둠 속에서 더한층 하얗게 빛난다. 배꽃이 촉촉이 젖어 들어가고 있다. 나는 유리창을 연다. 훅, 하고 습기를 머금은 바람이 주방 안으로 달려들었다. 달콤하다. 배꽃 향이 밤안개에 젖어 대기에 가득 흘러다닌 모양이다. 바람의 마디마다에 향기가 실려 너울거린다. 쪼르릉. 새소리가 따라 들어온다. 그 새다. 배를 쪼아 파먹은 새다. 엉겁결에 놀라 창문을 다시 닫는다. 새소리는 유리창에 부딪혀 멀어져간다.

식탁 의자에 엉덩이를 반쯤 걸치고 앉는다. 식사를 준비해야 하나, 술상을 준비해야 하나. 내가 준비하려 했던 술이 매실주인지 백년해로주인지 잠깐 잊는다. 나는 머리를 잠시 흔든다. 그리고 술병을 들어 잔에 따른다. 술이 혀끝에 닿자 기분이 좋아진다. 술상 차리는 여자. 서서히 그의 관심 밖으로 사라져가는 요리하는 여자. 그는 부쩍 유명해져가고 있다. 미협 회장 선거에 최선을 다하는 요즈음의 그. 그는 정말 어디까지 가고 싶은 것일까.

빠져나가고 싶다. 그곳이 어느 곳이든 가보고 싶다. 그러나 이제 길을 모른다. 어떤 방법이 있는지도 모른다. 모든 것이 공개되어가는 유명인의 집. 그의 내조자. 때로 연락도 없이 방문하는 사람들로 인해 나는 두렵다. 뭐든지 들여다보려는 호기심의 대상. 새장 안을 들여다보듯. 나는 내가 보여지는 것이 싫을 뿐이다. 참, 그들은 갔을까. 술상을 보라고 했던가. 나는 가슴을 지그시 누르고 일어섰다. 약간의 취기 때문인지 기분이 좋다.

분명 손님이 왔었다. 그가 왔었다. 방송국 사람들이 있었다. 그 여자가. 나는 두려움에 몸을 떨었다. 아무도 없다. 시계의 째깍거리는 소리만 정적 속에서 움직이고 있다. 밖으로 나왔다. 침실 문을 열었다. 문 사이로 흘러나오던 그 부드러운 어둠은 어디로 갔을까. 집 안에는 오직 나 혼자다. 그는 지금 어디에 있는 걸까. 그들은 모두 어디로 사라진 걸까. 오호오! 나는 비명을 질렀다. 정원의 불을 밝혔다. 그가 돌아오는 길을 밝혀야 한다. 다시 그는 나를 기다림 속에 가두려는 걸까. 가슴속에 불길이 일었다. 숯처럼 새까매진 속가슴에 그 여자가 다시 불을 놓는다.

　밤안개가 깔린 정원은 요요하다. 잠시 전의 일이 그제야 기억이 난다. 산벚꽃 이파리가 하얗게 뜰에 쌓여 있는 모습. 흡사 겨울의 눈처럼. 그것은 녹지도 않고. 연분홍인 그것은 불빛 때문에 희게 빛난다. 꽃을 다 피운 후, 아무 미련도 없이 꽃 이파리를 떨군 산벚꽃. 그 꽃잎이 진 자리에 이제 버찌가 맺힐 것이다. 그 작디작은 것이 붉게 둥글둥글 익어가다가 숯같이 까만 열매를 매달 것이다. 벚나무의 세월, 그 세월 속을 그와 나는 함께 눈을 뜨고 함께 잠이 들었다. 자목련나무, 꽃사과나무, 탱자 울타리를 지난다. 오솔길을 지나 연꽃 방죽이 나왔다. 방죽의 작은 길을 따라 그를 마중 나간다. 아니 그 길이 아니다. 내가 가는 길은 그 길이 아니다. 내가 가고 싶은 길은…… 나는 어두운 방죽을 바라보고 서 있었다. 나를 향하는 차가운 대기가 블라우스 사이에 촘촘하게 달라붙는다. 그는 틀림없이 상기된 표정을 애써 감추고 평온한 얼굴로 들어오리라. 자신의 연인에게 안녕을 고하고. 나는 흠칫 몸을 떨었다. 나는 질펀한 발밑의 어둠을 지그시 밟고 고개를 들었다.

　달빛에 젖은 배꽃 동산이 구름처럼 환하다. 그 아래, 불빛에 젖어 평온한 집도 그림 속의 것처럼 아늑할 것이다.

잃어버린 정원

  신희는 그동안 몇 차례 사람들의 발소리가 다가오는 것을 들었다. 오늘도 우산을 쓴 두 여자가 들어오는 것을 이층의 유리창에서 말없이 지켜보고 있다. 두 여자는 예전에 신희의 정원에 다녀갔던 사람들인 것 같았다. 그녀들은 그러나 집 가까이에는 다가가지 않는다. 그녀들이 집 가까이 다가갔다면 신희는 발작적으로 뛰쳐나가 뒷문으로 돌아가서 바깥으로 걸린, 이미 녹슬어버린 사물쇠를 열었을지도 모른다. 그녀는 청동 조각처럼 굳은 채 커튼이 가려진 유리창 뒤쪽에서 그녀들을 지켜보고 있다.

  두 여자들. 그녀들 중 하나는 며칠 전에 신희의 집을 혼자서 방문했다가 샛길의 철조망 아래를 뚫고 들어온 여자다. 그녀들은 제1정원에서 주위를 둘러보고 있다. 그들이 무어라 지껄이는 소리가 신희의 귀를 진동시키기 시작한다. 그녀는 그들의 말을 자세히 듣기 위해 유리창 문을 연다. 빗방울이 창 안으로 후드득 몰아친다. 비는 아침부터 내리기 시작했고 오늘의 손님은 그 여자들이 처음이자 마지막이 될 것이다. 신희는 바짝 귀를 모은다. 정원을 폐쇄

한 지 두 달째. 혼자서 청력의 기민함으로 온갖 소리를 감지하게
된 신희는 이제 정원의 모든 소리를 다 들을 수가 있게 된 것이다.
꽃과 나무, 바위, 풀, 그리고 무생물인 조각상이나 돌확이나 석탑
에까지 그녀의 신경은 활짝 열려 있었다. 그녀는 눈을 깜박인다.
시력이 현저하게 떨어져갔지만 희미한 형상만은 아직 구분할 수가
있다.

　"어머―, 언니. 여―좀 봐. 왜―돌확이 ――지? 어쩐지 ― 이―
해. 저기 저 흰 의자가 ― 뒹구는 ― 분이 안 ― 이 무거운 ―까
지 뒤집어져 ――까? 어쩐지 썰렁― 아? 무슨 사―라도 일― 집
같아."

　"야 야. 지난 ― 왔을 ― 그것은 -랬어. 그런데 ―― 이상―. 왜 ―
정원이 ―져 있는- 그 ― 알 수가 ― 말―."

　"그러게. ―, 나도 - 여자 본 ― 있거-. 상― 인텔리였― 것 같―.
예전에 신문―였다던가."

　"그래, ―. 아주 배운 ― 많고 똑똑한 ―. 언제 ― 여기 ― 바
깥에서 차 ―잔 하자고 ―― 말이야. 이게 ―사건인― 원."

　하늘빛 옷을 입은 여자가 정원을 둘러보면서 신희가 있는 집 쪽
을 무심코 바라보고 있다. 신희는 그 여자를 보았다. 그림을 그린
다던 여자. 그녀의 초상화를 그렸으면 했다.

　"난 모딜리아니를 참 좋아해요. 그런데 신희씨가 어째 목이 긴
모딜리아니의 여인들을 영락없이 닮은 것 같아."

　신희는 그녀를 조금 더 명확하게 느껴보려고 시선을 집중했다.
그러나 그 여자는 이미 고개를 돌린 후다. 그녀는 담이 된다. 사람
이 그립다는 생각이 일순 스치기도 했지만 스스로를 유폐한 지 이
미 오래다. 그녀가 지금 바깥으로 나간다 해도 해골 같은 형상 때

문에 그 여자들은 기겁할 것이다.

"여기 — 소나무 좀 —. 꼭- 사이 좋은— 같? 저 노—만 보면 — 아주 따뜻—구. 저기 저 —배롱— 좀 —. 저게 천만— 들- 사다 — 거란다. — 위쪽— 올라—까?"

그들의 말소리가 빗방울이 섞인 바람 소리에 섞여 분절음으로 들린다. 바람이 자꾸 그녀들의 말소리를 분질러놓는다. 유리창에 사선으로 긋는 빗방울이 신희의 청신경을 자꾸 잘라놓는다. 신희는 그것을 듣기 위해 상을 찌푸리고 서 있다. 그녀들이 제2정원으로 올라가고 있는 것 같다. 오오, 신희는 외친다. 멀리 가지 마. 안 들려. 그녀는 무심코 뼈만 남아 앙상해진 손가락으로 유리창을 긁는다. 그리고 커튼을 움켜쥔다. 그녀는 다리에 힘이 없어져서 소파에 가 길게 눕는다. 비바람이 심하게 몰아치고 있다. 그녀들이 제2정원으로 올라가고 있다! 신희는 몸을 부르르 떨고 있다. 이빨이 덜덜덜 부딪치는 소리. 이빨끼리 아플 정도로 몸이 떨린다. 이제 신희는 공포를 가눌 길이 없다. 그녀는 얼굴을 가리고 소파에 처박힌다. 그날 밤 사건이 벌어진 곳은 바로 그곳이었다. 기억하기도, 살아 있기도 싫은 그녀의 생명이 남아 있는 날의 참담한 삶. 그녀는 아이의 이름을 부른다. 영준아, 영준아아.

제2정원에 있는 돌거북 위로 누군가가 올라서고 있다. 비 오는 3월의 정원은 아직 빛 바랜 잔디였다. 이제 겨우 새싹을 밀고 올라오는 새로운 생명들. 돌거북이 우우 소리를 지르고 있다. 신희는 간신히 추스르고 일어나 무릎걸음으로 이층의 창 앞에 앉는다. 베이지색 바바리를 입은 한 여자가 돌거북 위에 서 있다. 아마도 호수를 바라보고 있는 듯하다.

"호수— 안개에— 언—참 —있다. 경치가— 기해— 또— 좋겠—."

하늘빛 옷을 입은 여자가 산 위쪽으로 드러난, 공사 중이던 길을 바라보며 서 있었다. 신희는 가슴이 아려왔다. 2만여 평의 넓은 터에 최고급 수준의 아담한 호텔과 식당을 지으려던 그녀의 원대한 꿈이 일시에 무너지고 말았던 일.

"여기—공사 중— 데— 왜— 그만둬—을까. 아마도—큰— 이— 벌어졌— 모양—."

바바리 여자가 돌거북 아래로 내려온다. 돌거북이 우우거리고 있다. 그 두 눈이 껌벅거리고 있다. 놀란 모양이다. 신희는 기억하고 있다. 그 현장을 지켜본 것은 돌거북뿐만은 아니었다. 지금 노랗게 망울을 터뜨리고 있지만 뿌리를 땅에 두고 그 현장을 보았던 모든 나무들. 그 사건으로 두려움이 수액에 섞여 흐르는 산수유도 있다. 그리고 살구나무, 버들, 풍화된 잎사귀만 남은 억새풀, 영산홍, 철쭉, 목련. 그날의 그 끔찍한 사태를 제2정원에서 살고 있는 모든 풀과 나무들이 보았다.

영준아아, 신희는 아들의 이름을 다시 목이 메게 부른다. 그러나 목에서 나오는 소리는 삐거덕거리는 녹슨 경첩이 부딪치는 소리처럼 섬뜩한 금속성이다. 그녀에게 아들이 있었다는 사실은 꼭 꿈만 같다. 이 거대한 정원의 주인이었던 그녀는 이제 혼자서 죽음을 기다린다. 아이가 죽은 뒤로 정원을 폐쇄하고 호화 식당이었던 아래층도 문을 닫았고 안집에서 부리던 사람도 내보내고 말았다. 마치 자신이 아이를 죽인 것만 같은 죄책감. 그녀는 그것 때문에 제대로 숨을 쉬고 살아갈 수가 없을 지경이다.

그녀들이 제2정원의 정자 쪽으로 다가가고 있다. 세찬 빗소리 때문에 그녀들의 말은 더 이상 집중해서 들을 수가 없다. 신희는

246

그러나 필사적으로 그녀들의 소리를 듣기 위해 귀를 벽 쪽으로 댄다. 바람과 비의 훼방. 다시 소리는 끊긴 채 그녀의 귓속으로 흘러 들어온다.

"아들—었는— 마도 뇌성마—— 그 애—떻게— 것— 참 — 알 수가— 사람—죽—까."

"세상에— 다—왜—청동 종— 쳐갔— 도둑이— 을까— 좀— 무서—."

아마도 그녀들은 제2정원에서 보고 있을 것이다. 신희가 유폐된 지 거의 한 달이 지났을까, 누군가 정원에 들어왔다. 신희는 그날, 그들이 누군지 알 수 없었다. 의식이 혼몽했고 일어날 수가 없었기 때문에 이층의 침대에 그대로 누워 있을 뿐이었다. 오토바이 소리가 부르릉거리면서 정원 가까이 다가오고 있었다. 시동을 끄지 않은 채 한참 동안 정원의 철문 밖에 서 있는 기척만을 느꼈다. 그들은 분명 남자와 여자였다. 신희는 그제야 알 수 있었다. 그들은 식당의 단골 손님이었다. 얼굴이 동그란 귀염성 있는 단발머리의 여자아이. 그리고 준수하게 생긴 남자아이. 그들은 아직 대학생 티를 벗지 못한 젊은 연인이었다.

겨울 해는 짧았다. 그들이 해를 등지고 걸어오고 있는 느낌, 그녀의 흐릿한 망막 속으로 그들이 걸어오고 있었다. 건물 쪽으로. 분명히 바깥으로 잠긴 정원의 자물쇠를 확인했을 터였고 왼쪽의 철조망 사이로 기어 들어왔다고 해도 오토바이가 들어오기에는 무리였다. 그렇다면 금속을 자르는 가위로 철조망을 끊어낸 것이 틀림없었다. 신희는 몸을 떨었다. 그녀는 의식만 살아 있는 시체나 다름없이 죽음을 기다리고 있었지만 웬일인지 두려웠다. 공포였다. 죽기로 작정하고 있었지만 그때처럼 절박하게 살고 싶은 적은

없었다. 사람이 두려운 적은 없었다. 아이가 죽은 이후로 껍데기가
되어 집을 지키고 있었지만 정원의 모든 것들만 빼놓고 사람들은
누구나 다 무서웠다.

 쾅쾅쾅. 자물쇠를 부수는 소리였다. 망치로 자물쇠를 내리치고
있었다. 그러나 그것은 특수 제작된 것이어서 아무 효과가 없었다.
전기 드릴로 손잡이 부분을 뚫지 않는 한 그것은 꼼짝도 않을 것이
다. 쿵. 쿵. 철문을 두드리는 소리. 그들은 이 집을 털려고 온 도둑
이었다. 신희의 온몸에 땀이 맺혀 흘렀다. 그들은 한참을 두드리다
결국엔 포기했는지 조용했다. 쨍. 무언가 유리창을 향하여 날아왔
다. 커다란 돌멩이였다. 그것도 신희가 있는 방의 창이었다. 혼절
할 지경이었다. 사람에 대한 공포감. 그녀는 바닥을 기었다. 손톱
으로 바닥을 피가 나게 긁었다. 그러나 유리창 또한 쉽게 깨어지지
않았다. 에이. 젊은 남자애가 할 수 없다는 듯이 내뱉는 소리가 들
렸다. 안 돼? 여자아이의 목소리가 들렸다. 할 수 없어. 오늘은 그
냥 가자. 오빠, 그러면 저 정원에 있는 청동 종이라도 파 가자. 그
것, 내가 전에도 눈여겨봤는데 쓸 만하더라고. 오토바이 뒤에다 싣
고 가자. 그럼 너는 어디에 타고? 나는 종 위에 살짝 앉지. 그럼 한
번 해볼까? 청동 종은 신희가 맨 처음 이 정원을 구입했을 때 거액
의 돈을 치르고 구입한 보물급의 종이었다. 그 종은 제1정원에서
가장 잘 보이는 중앙에 정자를 지어 그곳에 보관했던 것이다. 그것
은 커다란 실수였다. 사람의 욕심이 눈을 멀게 한다던가. 누구나
한마디씩 했다. 그것 참 욕심나네.

 그들은 그날 그 육중한 청동 종을 훔쳐서 달아났다. 오토바이 소
리가 부르릉 부르릉 들렸다. 그녀는 와들와들 몸을 떨었다. 그리고
지하실 통로가 연결되어 있는 바깥으로 통하는 문으로 나갔다. 오

248

토바이 바퀴의 흔적. 두 사람의 발자국. 자물쇠 부수는 소리가 다시 여음으로 들려오는 느낌. 그녀는 정원에 망연히 앉아 있었다. 제2정원까지 가는 것은 두려웠다. 그 근처에도 갈 수 없었다. 마치 깨진 영준의 몸뚱이가 아직도 피를 흘리고 있는 것만 같아서. 그토록 행복해하던 정원에서 영준을 잃어버린 후로 그녀는 정원에 다시는 모습을 드러내고 싶지 않았다.

그날은 바람 한 점 없이 눈이 왔다. 정원의 나무들 위로 소곤소곤 속삭이듯 눈이 내리고 있었다. 영준은 유리창에서 그것들을 지켜보다가 소리쳤다. 엄마, 눈이 와. 밖에 나가고 싶어. 신희는 난감했다. 날은 그리 춥지 않았고 아이는 졸랐다. 엄마, 공사 시작하면 못 보잖아, 길이 나면. 아이의 목소리는 들떠 있었다.

영준이가 혼자서 휠체어를 밀고 식당 뒤쪽으로 나갔다. 그때 마침, 언덕을 올라오던 이웃 사람들 셋, 그들은 가끔 왔다. 제2정원에서 내려다보는 호수에 눈이 내리는 풍경은 장관이었고, 그들은 그렇게 가끔 눈이 내리거나 비가 내리는 날 신희의 정원을 찾았다. 산으로 통하는 도로가 완전히 닦이기 전에 정원에서 무등산과 호수에 내리는 눈을 보라고 배려해준 이웃들. 영준이 그들과 이야기를 나누었다. 신희는 그들에게 영준을 맡겼다. 그리고 식당으로 들어갔다. 그날, 영준이의 기분은 좋았다. 혼자 무모한 짓을 할 만큼 어두운 성격도 아니었다. 그런데도 사람들은 말했다. 두 손으로 바퀴를 굴리는 것을 분명히 봤다고. 영준의 휠체어를 평지에 놓고 그들은 모여서 경치를 구경하며 한담을 나눴다고 했다. 갑자기 바위쪽으로 영준이 휠체어를 굴리면서 가더라는 것이었다. 순간적인 일이었다고.

"우산— 펴— 그냥 가는 게— 않겠어?"

"무섭지—? 이 집 주인들은———을까?"

"돌아가는 게— 저기 좀 봐—— 파헤쳐진— 튤립— 우리
는—."

진달래가 꽃망울을 틔우고 있는 곳에서 여자들이 서성거렸다.
그곳의 아래에는 신희의 남편과 아이가 함께 심은 튤립과 수선화
가 있다. 그것들은 봄비에 어느새 모습을 드러내고 있었다. 그러나
그것마저 며칠 전, 몰래 이 정원을 침입한 얼굴이 익은 여자들 셋
에 의해 파헤쳐지고 말았다. 그녀들은 이 정원에 반했다며 가끔 식
당을 찾아와 수다를 떨곤 했던 오십대의 제법 교양 있는 중산층 여
자들이었다. 그들은 그뿐 아니라 키 작은 동백이나 차나무, 남천
등을 몽땅 파헤치고 캐냈다. 심지어는 여름 꽃인 장미까지. 그 다
음날에는 아예 화분까지 가져와서 희귀하면서도 어린 나무들을 파
내고 있었다. 신희는 땅을 파헤치는 소리를 들었다. 나무들의 신음
소리, 새들의 거부하는 울음 소리. 그러나 그녀는 바깥으로 나갈
수가 없었다. 그들이 두려웠다.

여자들이 등을 돌리며 걸어나가는 것이 안개 사이로 보인다. 그
것은 작은 움직임이다. 우산을 펴들고 서서히 바깥으로 나가는 길
을 따라서 그들은 점점 작아져갔다. 움직임은 점차 보이지 않았다.
그들은 분명 또 샛길을 따라 이곳을 빠져나갈 것이 틀림없다. 신희
는 갑자기 두려워진다. 이제는 그 여자들이 영영 이곳을 찾아오지
않을 것이라는 예감들. 그녀들과의 친분은 각별하지는 못했지만
적어도 자신을 바깥 세상으로 끌고 가 구해줄 수 있을지 모른다는
생각이 들었다. 그녀는 뒷문을 향해 손을 더듬는다. 그러나 그녀의
시력은 가까운 것에 대한 감각이 거의 없다. 다만 먼 거리의 움직

임에는 민감할 뿐이다. 계단을 향하여 발을 내딛는다, 난간을 간신히 부여잡고. 뼈와 뼈가 움직여 부딪칠 때마다 느끼는 고통. 그러나 그녀들을 붙잡아야 한다는 생각에 한발 한발 걸어본다. 그리고 예전의 식당, 그 드넓은 홀을 지나간다. 가만히 문을 연다. 그녀는 바깥으로 나간다. 기억 속의 시력을 되살려서 위치를 파악하는 일.

비는 여전히 추적추적 내리고 있다. 까만 옷을 입은 채로 비틀거리면서 신희가 그들을 향해 걸어간다. 그러나 이미 그들은 그 정원을 벗어나고 있었다. 그 여자들은 굳게 닫힌 철문을 뒤돌아보았다. 그리고 두 달째 밀린 전기세 영수증을 빼낸다. 독촉장과 함께 비에 젖은 전기세 체납액. 그 중 한 여자가 무언가를 꺼내 펜을 든다. 그리고 열심히 메모한다. 신희는 그들을 붙잡기 위해 샛길에 접어든다. 그녀들은 걸어서 경사진 도로를 내려가고 있었다.

"나 좀 봐요!"

신희는 소리를 질렀다. 그러나 여자들은 대꾸조차 하지 않았다. 샛길의 덩굴을 헤치고 비에 젖은 나뭇잎 사이로 몸을 구부리면서 우산을 폈다 접었다 했다. 가시덩굴에 우산이 찢기기라도 한 것처럼 베이지색 바바리가 우산을 접으려 애를 쓰는 모습.

"이봐요, 살려줘……"

신희는 손짓을 하며 그들을 향해 뛰었다. 그러나 무릎이 그 즉시 고꾸라져 그 자리에 푹 주저앉았다. 소리를 질렀으나 어찌 된 일인지 목소리가 되어 나오지 않는 것을 신희는 그제야 느낀 것이다. 그녀는 애타게 여자들을 향해 손짓했다. 여자들은 드디어 철문 쪽에 이르렀다. 그리고 잠시 동안 철문 앞에 서 있다, 무언가 결심한 듯이 철문 앞에 있는 우편물을 만진다. 그러고는 경사진 길을 따라 천천히 내려가기 시작한다. 우산을 받친 두 여자가 내려가는 길목에는 개나리가 막 망울을 틔우고 있다. 노랗게 양쪽을 밝히는 꽃들 사이로 여자들은 무어라고 소곤거린다. 신희는 철문 쪽으로 다가가 그들을 물끄러미 바라보았다.

자동차에 시동을 거는 소리가 신희의 귀에 들렸다. 신희는 무릎을 겨우 세우고 철문에 바짝 귀를 대었다. 그러고는 땅바닥에 엎드렸다. 차가 그녀를 떠나고 있었다. 그들을 더 이상 만날 수는 없으리라. 이제 그들이 가면 자신을 도와줄 살아 있는 사람을 과연 만날 수 있을까.

신희는 빗속을 맨발로 걷고 있다. 정원의 흙과 풀, 나무, 석조물들을 둘러보았다. 그것들은 신희에게는 전 재산이나 다름없다. 그녀는 이 정원과 집을 공매에 부칠 때 입회했던 사람들을 떠올린다. 변호사와 서기와 또, 한 사람은 경찰관이었던가. 아니, 그들은 영준의 장례식 때 왔었지. 이 정원은 경매신문에 의해 이미 노출이 된 채였다. 그러나 사람들은 이 정원에 관심만 있었지 수억대에 달하는 큰돈을 선뜻 내놓으려 하지 않았다. 더구나 호화로운 식당의 실내 장식만 해도 일반인들은 엄두를 내지 못했다. 한마디로 덩치가 크다는 것. 그녀는 경매신문에 실린 정원의 재산 가치 따위는 상관이 없었다.

가장 좋은 조건을 제시할 경매자는 과연 누구일까. 그녀는 생각한다. 혹시 남편이 다시 장난을 치고 있는 것은 아닌지. 위자료 조로 남겨진 저택과 정원은 시댁 어른들의 배려였다. 영준이를 혼자서 키우려면 어미 네가 고생이 자심할 게야. 그런데 누군가 자신의 재산을 통째로 가로채려 한다. 그 보이지 않는 사람. 그는 투명 인간처럼 그녀를 속속들이 보고 있다. 분명히 남편은 시댁 식구들과 캐나다로 이민을 떠났다. 그가 돌아온 것일까. 영준이가 죽은 지

불과 일주일도 되지 않아서 집은 경매신문에 버젓이 이름을 올리고 있었다. 대지 2만 5천여 평, 각종 관상수와 유실수, 그리고 50여 평의 주택, 식당을 겸하고 있는. 그 글자들은 무서운 소리로 그녀에게 선전 포고를 하고 있었다. 그러나 단 한 통의 전화도 걸려오지 않았다. 그 때문에 그녀는 더욱 두려웠다.

식당의 내부는 어두웠다. 신희는 비틀거리면서 안으로 들어섰다. 그리고 이층의 계단을 올라갔다. 비어 있는 영준의 방을 바라보았다. 영준의 물건들은 모두 제자리를 지키고 있었다. 유리창 가에 있는 영준의 의자는 누군가가 앉아 있는 듯 흔들리는 기척이다. 아이의 웃음 소리……가 들리는 듯하다. 신희는 고개를 거세게 젖히면서 걸음을 옮겼다. 그녀는 바깥이 보이는 베란다 쪽에 다시 몸을 뉘었다. 비에 젖은 몸을 말려야 했다. 거의 기운이 남아 있지 않았으나 으슬거리는 한기는 더 이상 참을 수가 없을 정도였다. 그녀는 몸을 겨우 일으켜 보일러의 스위치를 눌러 방 안의 온도를 높였다. 그리고 거울 앞에 앉았다. 헝클어진 긴 머리. 귀신 형용이다. 빗을 향해 손을 뻗어 머리칼을 손질한다. 빗질을 할 때마다 한 움큼씩 머리칼이 빠져나가 바닥에 흩어진다. 입술이 바짝 타들어가고 있었다. 머릿속이 여전히 윙윙거렸다. 신희는 이를 악물었다. 이대로 죽어갈 수는 없다는 생각이 갑자기 들었다. 자신의 직함이 찍힌 명함을 우연히 화장대 서랍에서 발견한다. 그것은 예전의 『우먼』이라는 잡지사에 있을 적의 명함이었다. 10여 년이 흐른 누런 명함이 왜 이곳에 있는 걸까. 우울한 과거. 그녀가 남편을 만난 것은 자신의 생에서 돌이킬 수 없는 불행이었다. 낙태를 위해 약을 수없이 복용하고 수술까지 했으나 아이는 죽지 않았다. 살아서 그녀를 고문했다. 그녀는 남편이 언젠가 돌아와 묵었던 방을 향해 기었다. 심장이 싸늘해지는 느낌이 들었다. 이를 다시 악물었다. 눈에 몰려드는 통증을 느낀다. 분노와 원망이 다시 그녀를 휩쓸고 지나간다. 그때, 갑자기 그의 방에 있던, 거울이 창, 하는 소리가 들렸다. 거울 속에 비친 그녀의 모습 위로 영준의 일그러진 얼굴이 떠올랐다. 남편의 유들거리는 얼굴이 겹쳤다. 거울에 금이 가고 있었다. 그녀는 소름이 끼쳐 달아났다. 신희는 아래층 계단으로 달렸다. 거울이 와장창 깨지는 파열음이 등 뒤에서 들렸다. 집 안의 모든 거울이란 거울이 일시에 부서지는 소리. 신희는 바닥을 기고 있었다. 다리에 힘이 없어 더 이상 달릴 수가 없을 정도였다. 그녀는 벌레처럼 둥그렇게 몸을 말았다.

식당 천장에 있는 거울같이 사물이 환히 드러나는 샹들리에, 그것이 위에서 일시에 그녀를 향해 달려들었다. 신희는 재빨리 굴러 벽 쪽으로 몸을 비틀었다. 창창창, 샹들리에가 카펫 위로 쏟아졌다. 그러자 벽면, 출입구 쪽의 거울이 와장창 소리를 냈다. 유리창 깨지는 소리도 들렸다. 신희의 귀에는 이제 사방에서 거울이 깨지는 소리가 들려왔다. 창창창.

신희는 비가 오는 정원으로 내달렸다. 단숨에 돌거북이 있는 곳까지 뛰어올랐다. 돌거북이 그녀를 올려다보았다. 우우, 신희를 보고 눈물을 흘렸다. 여신상, 그것이 어린 아기를 안고 자신을 지그시 바라보고 있었다. 어떤 조각가에게 사들인 그것의 제목은 「무등의 여신」이다. 정원에는 거울이 없었다. 더 이상 깨어질 아무것도. 비는 점차 가늘어졌다. 여신상이 비에 젖어 있었다. 신희는 여신상의 눈을 보았다. 양쪽 눈꼬리에 고여 있다 흐르는 빗물. 여신상이 안고 있는 아기의 눈에도 눈물이 고여 있었다. 신희는 고개를 돌려 집 쪽을 바라보았다. 집은 아무런 변화가 없었다. 황혼이 찾아들고 있었다. 시시각각 어둠으로 젖어드는 정원, 그녀를 둘러싸고 있는 세계. 암흑과 죽음의 집.

　법적인 효력은 아직 그녀에게 유리했다. 누군가가 그녀의 재산을 가로채려 하고 있었다. 영준과 공동 명의로 된 재산. 그것이 경매에 부쳐져 제 값을 받지 못한 채로 누군가에게 넘어갈 판이었다. 살아서 그 더러운 꼴을 보느니, 라고 생각했던 자신. 희망은 없었다. 인간에 대한 절망만 있을 뿐. 신희는 그래서 죽고 싶었다. 절망 때문에. 공증, 등기 서류. 이혼 서류. 서류들은 지금 어디 있을까. 내 집이라는 문서. 그 종이는 어디에…… 신희는 갑자기 그것에 생각이 미치자 정신이 아뜩해졌다. 남편이 아닐까. 그가 혹. 그녀의 비밀 장소에 간직된 온갖 서류들. 아이의 죽음 때문에 황망해진 틈을 타서. 그는 그럴 수 있는 아버지였고 남편이었다. 성폭행으로 인한 결혼. 친정아버지의 엄명이었다. 순결을 바친 사람과 결혼하는 것. 그것이 그 세대의 돌이킬 수 없는 고정관념이었다. 그녀는 결혼했고, 그러나 그 즉시 이혼을 결심했다. 남편은 도박군에 상습적인 바람둥이였다. 낙태를 위한 여러 가지 노력이 아이를 뇌성마비로 만들었다. 술과 담배에 길이 들어버린 채 아이를 낳다가 사경을 헤맸다. 조산이었고 아이는 기형이었다.

　아이가 죽고, 그가 캐나다로 돌아간 후, 신희는 스스로 갇혔다. 자신의 이름도 잊자. 누구였던가도 잊자. 그렇게 어둠 속에 남아 있으리라. 느낌만이 그녀를 지배했다. 청각, 시각, 후각 등 오감도 모두 버리기로 작정했다. 아이 곁으로 갈 때까지. 흐릿한 기억만이 그녀를 이끌었다. 목마를 때마다 물을 마셨지만 죽기로 이미 약속

한 세포는 그녀의 말을 순순히 따라주었다. 적응하고 있었다. 그녀
의 모든 신경은 죽음 속으로 미끄러져 들어갔다. 언제나 시간은 거
대한 공룡처럼 다가와 그녀를 압박하고 고문했다. 굼뜨고 잔인하
게 그녀의 살 속을 파고드는 시계 소리. 시간이 흐르는 소리. 시간
의 소리는 허공에서 째깍거리며 그녀의 심장을 조였다. 그녀는 자
신의 의식을 갉아먹는 시계 소리를 모두 없앴다. 마지막 순간의 평
화를 위해서 시간은 완전히 정지해야만 했다. 그것은 들고 나는 빛
속에서도 그녀의 살아 있음을 공박했다. 빛 속에서 시간은 파들파
들 살아 움직이고 있었다. 그녀는 겨울 커튼을 무겁게 드리우고 어
둠 속으로 파고들어갔다. 빛을 향한 최소한의 욕구마저 포기했다,
어둠 속에 자신이 잠들 공간을 마련했다. 그러나 오늘, 신희는 바
깥에 나와 있다. 거울이 깨지는 공포는 시간이 살아 있음을 느끼며
죽음을 기다리고 있는 의식보다 더 강렬했다. 죽어 있는 집이 살아
있는 신희를 정원으로 내쫓고 있었다.

　신희는 돌거북 위에 가서 앉았다. 호수가 내려다보이는 정원. 물
안개가 가득 피어오르고 있다. 돌거북이 움직이는 느낌. 그녀는 돌
거북의 등을 꽉 잡았다. 다시 흔들렸다. 그녀는 하마터면 아래로
떨어질 뻔했다. 그녀는 자신이 잡고 있는 거북의 등이 마치 살아
꿈틀거리는 듯한 느낌을 받으며 소스라치게 손을 뗐다. 돌거북이
천천히 이동하고 있었다. 느릿느릿 그녀를 등에 업고. 아이의 죽음
의 장소. 돌거북이 자신을 싣고 가고 있었다. 아이가 굴렀다는 곳
은 돌거북이 있는 곳에서 열 발짝도 안 되는 곳이었다. 그곳은 평
지가 아니었다. 그러나 평지처럼 반반해 보였다. 경사가 없는 듯했
으나 경사졌다. 아이는 조심히 그들로부터 내려놓였을 것이며 가
만히 앉아서 호수에 눈이 내리는 모습을 보고 있었을 것이다. 그리

고 서서히 바뀌는 움직였을까. 아이가 죽었다는 자리에 돌거북이 멈춘다. 그런데 스르르 아주 천천히 아래로 돌거북이 미끄러져가고 있었다. 그것은 거의 느낌조차 없었다. 잠시 전, 돌거북이 움직여서 세차게 흔들렸던 느낌과는 전혀 다른 것이었다. 모래시계의 모래가 모르는 새 흘러내리듯이, 사막의 모래가 천천히 진행하여 아래로 흘러내리듯 그렇게 시간은, 없었고 정지된 듯했다. 그 자리였다. 아이가 있던 자리. 그제야 신희는 이곳까지 자신의 의지대로 오지 않았다는 것을 알아챘다. 돌거북 위에서 자신이 어느새 아래로 처지는 듯했다. 그리고 순식간이었다. 신희는 아래로 굴렀다.

그녀는 눈을 떴다. 심하게 욱신거리는 통증 때문에 몸을 움직일 수조차 없었다. 어딘가 마비되어버린 듯한 극심한 아픔. 뼈만 남은 몸뚱이 어디에 통증이 이렇듯 바늘처럼 온몸 곳곳을 쑤시는지. 마취에서 깨어난 환자처럼 신희는 사방을 둘러보았다. 자신의 자리는 변함없었다. 소스라쳤다. 자신이 있던 자리는 분명 돌거북의 등이었고, 그것이 움직였고 그리고 굴러 떨어졌던 것이다. 그러나 지금 신희는 돌거북 위에 있다. 순간적인 꿈이었을까. 환시였을까. 신희는 자리에서 일어섰다. 그리고 자신이 굴렀던, 아니, 영준이가 죽었던 자리로 다가갔다. 영준은 머리를 다쳐 즉사했다. 그리고 자신은 지금 절뚝거릴 정도의 상처뿐이었다. 육안으로는 분명 평지였으나 그곳은 미끄러운 경사지였다. 아이는 그렇게 갔다. 누구의 잘못도 아니었다. 그것은 아이의 짧은 명운 때문이었다.

어둠이 깔리는 정원, 연못에 물고기가 있다. 비단잉어가 한군데 몰려 있는 것이 보였다. 잠이 든 듯이 고요해 보이는 연못, 날은 아직 찼다. 비단잉어는 서로 살갗을 비비고 있는 것일까. 모듬살이의 그리움, 정겨움. 한때 신희의 정원은 자신이 좋아하는 사람들로 북적거렸다. 사람들이 모이고 음식을 나누고 웃고 떠들던 곳이었다. 신희는 제2정원을 지나 공사를 중단한 길을 보았다. 아담한 호텔을 지어 관광 명소로 만들려고 했던 꿈이 가볍게 공중으로 떠버렸다. 아이의 죽음으로 모든 것은 거품처럼 꺼져버렸다.

신희가 길을 서서히 걸어 올라가고 있을 때, 아래쪽에서 오토바이 소리가 들렸다. 그들이다! 그녀는 자신도 모르게 소름이 쫙 돋았다. 그녀는 허둥거렸다. 몸을 숨길 곳이란 그곳에서 커다란 바위 뒤뿐이었다. 아래 수풀이 움직이는 기척이 느껴졌다. 멀리 보이는 그 형체들의 움직임. 그들이 틀림없었다. 분명 무언가를 훔쳐내기 위해 온 것임이 틀림없었다. 비는 거의 그친 상태였고 바람도 잠잠해져가고 있었다.

"오빠, 천천히 가."

"이 시간이면 들킬 염려는 없겠지? 얼마 안 있으면 이 집도 폐허가 될 거야. 그러기 전에 우리가 손 좀 봐준다는데 누가 뭐라겠어?"

"아예, 우리 저 집에 한번 들어가볼까? 출입문이 분명 하나쯤 더 있을 것 같아. 어쩌면 혹시 알아? 보석이 숨겨져 있는지도."

"야, 멍청아, 보석이 있겠냐?"

"혹시 알아. 그 여자 그때, 보니까 보통은 아니게 보였지만 이 집, 경매로 넘어가 있잖아? 곧 임자가 나타나기 전에 싹쓸이하는 게 현명하지? 값나가는 게 좀 있을 것도 같고. 그 바보 아이 죽은 뒤로 그 여자도 여길 바로 떠났다고 하더라고. 무슨 정이 있겠어? 나 같아도 이런 큰 집에서 못 버티겠다."

그들이 뒤뜰로 돌아갔다. 뒤뜰의 문. 신희는 거기까지 미처 생각하지 못했다. 문을 열어둔 채로 뛰어나왔던 것이다. 그런데 그들이 가고 있다. 거울이란 거울은 모두 깨져버린 집 안. 그들은 기겁을 하리라. 신희는 더듬거리면서 귀의 청력을 한군데로 모았다. 그리고 정원을 내려가 집 쪽으로 걸음을 옮겼다. 돌거북이 우우우거리는 소리. 그녀는 뒤를 돌아다보았다. 그녀와 절친한 골동품 수집가에게 사들인 돌거북, 그것은 영험한 것일까. 꿈을 꾸었던 잠깐을 상기하고 몸을 떨었다. 그들이 집 안으로 사라져 들어가 숨어버리기 전에, 집 안을 샅샅이 뒤져놓기 전에 소리 없이 스며들리라.

그들이 홀을 가로질러갔다. 한참 후에야 안으로 들어온 그녀는 놀라 휘둥그레졌다. 거울은 하나도 깨진 것이 없었다. 집 안은 예전과 같았다. 신희는 심장이 오그라드는 것 같았다. 과연 나는 살아 있기나 하는 걸까.

"오빠, 방 안이 따뜻해. 누가 사는가 봐. 문이 열렸던 것을 보면 확실해."

여자가 놀라 소리쳤다.

"쉬, 조용히 해. 지금은 아무도 없잖아. 혹 이 집 관리인이 따로 있는 게 아닐까. 야, 이리 와봐."

그들은 이층으로 통하는 계단을 향하여 올라갔다.

"악!"

"왜 그래?"

"저기 좀 봐, 바닥에 저 머리카락 좀. 한 움큼이나 빠져 있어. 기분 나빠, 빨리 나가자."

신희는 그들의 뒤를 따라 방문 앞에까지 와 있었다. 그리고 무릎을 꿇고 바닥에 귀를 모았다. 부르르 몸이 떨고 있는 것을 간신히 견디고 있었다.

“괜찮아. 거기 장롱 좀 열어보자. 서랍이랑.”

“뭐가 남아 있겠어? 다 가지고 갔겠지. 도둑이 들어와도 열 번은 더 들어왔겠다.”

남자가 장롱 쪽으로 다가가 문을 열었다.

“야, 여기 다 있다. 너, 좀 입어볼래? 옷이 아주 많다야. 그렇다면 혹……”

남자는 장롱 서랍을 뒤졌다. 여자는 감탄한 듯 다가가 옷장의 옷을 하나씩 골라서 침대 위로 던졌다.

“제길, 암것도 없어.”

“빨리 나가자. 기분이 나빠. 봐, 날도 어두워졌고.”

“우리, 여기서 그냥 자고 갈까?”

남자가 여자를 확, 덮쳤다.

“왜 그래? 갑자기.”

여자가 몸을 획 비틀며 소리쳤다.

“여긴 기분 나빠서 안 되겠어. 왜 하필 여기야. 난 싫어. 무섭단 말이야.”

“무섭긴 뭐가 무섭다고 그래? 그러지 말고 이리 와. 우리가 그런 걸 가릴 사이냐.”

획, 여자의 웃옷을 잡아채는 남자를 향해 여자는 완강한 몸짓으로 거부한다.

“여기보다 더 호젓한 데는 없겠다. 안 그러냐?”

“자기, 지금 미쳤어? 왜 그래, 제정신이야?”

“아무 소리 말고 옷 벗어! 왜 그래 새삼스럽게. 네가 처녀냐? 더럽게 몸 사리네.”

“오빠, 제발. 그러지 말고 몸이나 말리자. 기분이 어째 안 좋아.

비 맞아서 그런지 으슬거리고."

"아쭈, 놀고 있네. 그렇다면 나도 생각이 있지."

"이거 놔!"

"좋으면서 뭘 그래."

신희의 침대 위로 두 남녀가 한데 쏟아져 엉켰다. 강제적인 남자의 완력에 여자는 당해내기 힘들었는지 끙끙 신음을 했다. 문 뒤에서 바짝 귀를 갖다 대던 신희는 방문을 확, 열었다.

"누구야!"

기겁을 하며 남자가 소리쳤다. 동시에 신희의 형용을 본 여자도 놀라 비명을 질렀다. 남자가 신희를 향해 덤벼드나 했더니 그대로 밖으로 뛰쳐나갔다. 거의 기절할 지경이던 여자도 남자를 따라 옷을 손에 든 채 바깥으로 달려나갔다. 그들이 도망가는 소리가 지척에서 들렸다. 신희는 여자를 구해주려던 자신의 용기가 무모한 것이었다고 쓸쓸히 웃는다. 침대 위에는 여자가 남기고 간 티셔츠가 단추가 뜯긴 채 널려 있다. 그것이 꼭 자신의 것 같아 신희는 갑자기 눈물이 솟아난다. 바깥 유리창을 통해 그들이 달려나가는 깃을 바라보았다. 그들은 손을 잡고 뛰고 있었다. 오토바이 시동 거는 소리. 여자가 황급히 외투를 걸치고서 제2정원 쪽의 샛길을 향해 뛰어가고 있었다. 신희는 방바닥에 흩어진 자신의 옷들을 옷장에 하나하나 걸었다. 살았다고 볼 수 없는 목숨. 절로 몸이 부르르 떨렸다. 그동안 살아 있어도 살아 있지 않은 목숨 잇기였다. 자식을 위해서. 모든 것은 자식을 위해서였다. 돈을 버는 것도 그랬다. 자신은 언제 어느 순간 어떻게 될지도 모르는 목숨에 대해 부정적이었다. 언제나 불의의 사고가 자신을 덮칠지 모른다는 불안감이 있었다. 아이의 미래를 위해서는 그애가 늙어 죽을 때까지 남의 손가락질을 받지 않을 만큼의 재산은 확보해놓아야 했다. 할 수만 있다면 결혼도 시켜주고 남과 같이 가정을 갖게 해주리라. 재산은 많을수록 좋은 법. 신희는 그렇게라도 자신의 아들에게 속죄하고 싶었던 것이다. 그러나 아이는 자신에게 충분히 속죄할 시간도 주지 않은 채 떠나가버렸다. 죄는 부모가 짓고 벌은 아이가 받았다는 가책으로 날마다 고문이었던 날이다. 생명을 경시한 대가치고는 너무나 큰 형벌이었다. 신희는 적막한 집을 둘러보았다. 버려둔 집. 버려둔 정원. 언젠가는 떠날 곳이다. 신희는 그대로 침대에 길게 드러누웠다. 그녀가 기다리고 있는 것은 죽음이었다.

신희는 반짝, 눈을 떴다. 그리고 천장을 올려다보았다. 햇빛이 유리창을 타고 넘실넘실 빛의 파도를 일으키고 있다. 눈을 강렬하게 되쏘는 그것 때문에 신희는 약간 상을 찌푸렸다. 그리고 몸을 일으켜서 창가로 다가갔다. 방 안이 갑자기 어둡고 답답하게 느껴지기 시작한 그녀는 한쪽으로 젖혀진 겨울 커튼을 단호하게 좍, 잡아챘다. 먼지가 풀썩, 허공으로 차오르면서 신희를 싸고 맴돈다. 신희는 기겁하듯 유리창의 잠금쇠를 열고 창문을 열었다. 맑고 청량한 공기가 신희의 얼굴과 머리칼에 살포시 안겼다. 봄바람이었다. 향긋한 풀냄새와 꽃향기가 어디선가 날아들고 있었다. 신희는 숨을 크게 들이쉬었다. 깊은 심호흡. 그녀는 기지개를 켰다. 알 수 없는 기운이 온몸에서 몽실몽실 솟아오르고 있었다. 제대로 먹지 못하고 물과 빵, 과일만으로 버텼던 날들. 어디서 생명의 기운이 오는지 자신도 알 수 없는 일이었다. 이상스레 기분이 풀렸다. 새소리가 허공에 낭랑하게 울려 퍼지고 있었다. 무심결에 고개를 벽쪽으로 돌린 그녀의 눈에 달력이 들어왔다. 정확히 알 수 없는 날들의 흐름. 오늘은 며칠쯤일까. 신희는 기억을 더듬었다. 그러나 묘하게도 아무 기억도 나지 않았다. 다만 길고 긴 잠에서 깨어났다는 느낌뿐. 신기하게도 그녀는 자신이 왜 이런 형상으로 있는지 의심스러워졌다.

어느 날이었던가. 그녀는 기억을 유추해가고 있었다. 그때, 가슴을 찌르는 통증. 아이는 아직 신희와 함께 있었다. 영준을 떠나보내지 못하고 있었던 어미였다. 그녀는 침대의 아래 머리맡 쪽에 놓아둔 영준의 유골 상자를 본다. 그리고 다가가 상자를 가슴에 안는다. 아이에게 속죄할 방법은 과연 어디에…… 잘못 태어난 아이가 자신을 고문하고 있다는 생각 때문에 애증의 갈등으로 시달렸던 아이였다. 신희는 가슴이 아려왔다.

신희는 맨발이다. 그녀의 가슴에는 상자가 안겨 있다. 드넓은 정원으로 올라가는 길 쪽으로 아이가 떨어져 죽은 바위가 눈에 띈다. 그리고 돌거북도. 그녀의 귀에 돌거북의 우우거리는 소리가 다시 들리는 듯하다. 무언가 자꾸 자신을 잡아당기고 있다. 맨발로 풀을 밟는다. 제2정원으로 향하는 길 쪽으로 난 원추리, 수선화, 튤립들이 봉긋이 꽃을 준비하고 있다. 어느새 정원은 성큼성큼 봄으로 가득 차 있었다. 그녀는 샛길을 올라갔다. 뒹굴고 있는 하얀 의자를 보던 그녀는 그것을 바로잡아 세웠다. 그리고 군데군데 파헤쳐진 흙더미를 맨발로 덮고 다독였다. 자신도 모르게 끌려가고 있다는 느낌은 무엇이었을까. 자신의 의지가 아닌 것은 분명했다. 어떤 힘에 의해 그녀는 정원으로 불려나온 것이었다.

산수유가 노란 가루를 허공에 눈부시게 흩뿌려놓고 있다. 그리고 막 망울을 터뜨린 청매화나무. 하얗게 벙싯거리며 곧 부풀어오를 듯한 백목련. 그것들은 터질 듯한 환희를 참을 수 없다는 듯이 잔뜩 물이 올라 진한 향내를 정원 그득히 피어나게 하고 있다. 신희는 제 발걸음을 거의 느끼지 못한다. 어쩐지 가볍디가벼운 구름 위를 걷는 듯하다. 죽음에서 갓 빠져나온 사람의 얼굴치고는 지나치게 밝아서 묘한 얼굴 표정을 만들고 있다. 기괴하기 짝이 없는 몰골에다 미소라니. 거기다 찰랑팔랑 가벼운 걸음걸이. 아이의 유골 상자를 안은 어미치고는 지나치게 천진하다. 툭, 갑자기 신희의 품에서 유골 상자가 떨어져 굴러갔다. 그것은 또, 결국 돌거북 아래였다. 신희를 불렀던 것은 돌거북의 영(靈)이었을까. 흰 보자기로 싼 상자가 열렸던 탓인지 잿빛 가루가 흘러나온 것이 보였다. 신희는 다가가 그것을 풀었다. 그리고 그 자리에서 가루를 허공에 흩뿌린다. 영준의 영혼이 아직 정원에 머물고 있음이 틀림없었다. 영준아아, 신희는 목이 메어 아이를 부른다. 아아아, 공중에 흩어진 가루들이 아아아아 봄바람에 날리고 있다. 신희는 자리에 풀썩 주저앉았다. 오래 참았던 울음이 목을 통해 소리로 터져나왔다. 길고 긴 고백. 회한이 파도처럼 그녀의 온몸을 휩싸고 돌았다. 잿빛 가루가 봄바람을 타고 정원의 곳곳에 날아가 풀잎 끝 이슬에 자연처럼 배어들고 있었다. 신희는 영준이 정원의 모든 곳에 살아 움직이고 있다는 생각이 들었다. 단호한 결정을 내린 듯, 그녀는 갑자기 아래로 내달렸다. 맨발에 풀잎과 작은 자갈과 이슬이 와 엉겼다. 미친 듯이 정원을 봉쇄하고 있는 철문으로 다가갔다. 열쇠, 열쇠…… 그녀는 다시 오솔길로 접어들었다. 완강하게 침묵하고 있는 자물쇠의 열쇠는 바위 밑에서 녹슬어가고 있을 터였다. 그녀는 필사적으로 기억을 떠올렸다. 그리고 작은 바위 밑에 있던 열쇠를 찾아냈다. 오오! 그녀는 탄성을 질렀다. 그리고 바깥으로 다가가 자물쇠 구멍에 열쇠를 끼웠다. 찰칵, 하는 소리. 그녀는 쇠사슬을 벗겨냈다. 그리고 온 힘을 다하여 철문을 열었다. 끼익, 끼익 하는 둔중한 소리를 내면서 철문이 힘겹게 열렸다. 그녀는 경사진 땅바닥에 무릎을 꿇었다. 그리고 고개를 떨구어 흙 위에 입술을 대었다. 봄기운에 약동하는 대지의 환희로운 냄새. 신희는 심호흡을 한 후, 가볍게 흥분이 된 듯 몸을 떨었다. 그리고 그녀는 안개에 갇힌 저수지를 향해 미친 듯이 내달리기 시작했다.

겨울 한계령

　눈이 올 듯한 잿빛 날씨였지요. 하긴 대설주의보가 내린다고 했으니 이번 여행은 좀 무리가 아닐 듯싶었어요. 그런데 그렇게 좀 무리를 해야 여행이 재미있지 않겠어요? 내가 억지를 써서 한계령을 넘자고 하자 어렵고 힘들다니까 더 가고 싶지? 하고 그녀가 내 속에 숨은 속마음을 알아차리더군요. 그러니까 그녀는 그런 식으로 내 가출을 조장한 것일 수도 있어요. 어쩌면 그녀는 여성의 전화 상담을 하면서 수많은 가정의 이혼을 지켜보았겠지요. 겉으로는 이혼을 만류하는 척하면서 실은 여자들의 소원 중의 소원인 이혼을 용기 있게 실행할 수 있게 만든 장본인일 수도 있지요. 그렇지 않아요? 누구든 한 번쯤, 아니 수십 번씩 자신들의 이혼을 꿈꾸기도 하는데 상담자의 가정을 보면서 대신 느껴지는 후련함을 맛보겠죠. 결국, 나도 마찬가지예요. 내 경우도 그들이 못한 가출을 내가 대신 감행한 셈이죠. 그들이 쉽사리 남편과 이혼하지 못하는 이유는 그동안 쌓아온 명예나, 생의 이력들을 한꺼번에 무너뜨리고 싶지 않은 까닭이겠죠. 명색이 여성의 전화 카운슬러 담당인 데다 나름대로는 제 삶에서의 성취를 이루고 경제적으로도 여유가 있고 또 자신을 장식하고 있는 남편의 지위도 한몫을 하고 있는 것인데 설사 이혼 사유가 있다고 하더라도 그것을 감행하겠어요? 사유 재산이 제법 많은 그들이 자기들의 삶을 박차고 평범한 아줌마인 나처럼 간단하게 나올 수 있겠어요? 서울의 명문대에 다니고 있는 자식들의 결혼식을 생각해도 그렇지요. 그래요, 이처럼 아무것도 없는 나 같은 여자가 가정을 버리기는 훨씬 쉽죠.

  결혼이 무엇이라고 생각하세요. 무식한 제가 아는 것이라고는 조건이나 환경이 다른 남남끼리 만나 행복하게 자식 낳고 살면서 해로하는 법적인 제도, 권리나 의무가 동등한 그런 제도 아니겠어요? 그런데 이제 와서 생각하니, 아무리 생각해도 이 이혼 전의 상태가 얼마나 해방감을 느끼게 하는지 때로는 날아갈 것 같다니까요. 아세요? 박하사탕의 맛을. 입 안이 화안해지는 그런 개운함이 요즘이라니까요. 그런데, 오늘은 좀 마음이 우울합니다. 남편이었던 그 위인이 다시 아프지 뭡니까? 참, 더러운 게 정이라더니 이 느새 그 사람과 그렇게 정이 깊숙이 들었는지 알다가도 모르겠습니다. 경제적으로도 만족할 수 없는 가장이고 성격도 맞지 않는 남자였거든요. 그런데 막상 그 위인이 아프다고 하니까 덜컥 겁이 나지 뭡니까? 그 위인의 장래를 어떻게 제가 책임지겠어요? 이혼하려고 날 받아두고 있는 상태에서. 무슨 명분을 써서라도 서류를 정리하고 싶지만 인간이 차마 그렇게는 할 수 없더군요. 사실, 오늘이렇게 떠나온 이유가 그겁니다. 어제, 큰딸이 전화를 했는데 아빠, 목 디스크란다, 하더라는 거예요. 웬수가 따로 없어, 라는 생각이 불쑥 들더군요.

"지 팔자 지가 다 망치는 거 어쩔 수 있겠냐?"

아 참, 조금 전 이렇게 말한 그녀를 소개 안 했군요. 그녀를 처음 만난 것은 여성의 전화에서였는데 공교롭게도 그녀가 내 상담 전화를 받았던 카운슬러거든요. 그녀는 처음엔 나의 결정을 한사코 반대하더군요. 이혼이 그리 쉽겠냐고 좀더 참아보면 어떠냐고. 그래서 제가 소리를 빽 질렀어요.

"아, 선생님이 그러면 살아봐요. 그런 이야기가 나오나. 상담을 하려면 제대로 하라구요. 취업 좀 부탁한다는데 다시 들어가서 살라니요? 그런 소리 들으려고 내가 전화했어요? 남들이 다 하는 그런 소리로 상담할 생각 말아요. 내겐 안 먹히니까."

그리고 전화를 끊었지요. 그런데 아쉽긴 했어요. 나처럼 오갈 데 없는 처지에 지푸라기라도 잡아야지 않겠어요? 그래서 그 다음날 다시, 전화를 했죠. 그랬더니 그녀가 한번 만나자고 하더군요. 진심으로 도와주고 싶다나요? 그래서 속으로 웃었죠. 팔자 좋은 여자들, 사회 활동을 하면서 성공했다는 여자들이 나같이 불쌍한 여자들 상담을 해주고 있으니 그 성공의 정도가 어떤 것인지 보고 싶기도 했고요. 무턱대고 개겨볼까? 하는 뭐 그런 생각도 들었어요. 그 사람들이 정말로 가정 생활에서도 성공했을까도 확인하고 싶었거든요. 하긴 자신들의 결혼 생활이 성공적이어서 다른 사람의 상담을 들어주겠죠? 그런데 또 한편으로 생각하니 전혀 그 반대일 거라는 생각도 들었어요. 가정 생활에서 만족도를 느낀다면 어디 이런 나 같은 여자들 속사정을 그렇게 훤히 알겠어요? 그들도 다들 결혼 생활이 지겨운 거예요, 까놓고 보면 결혼 생활에 성공한 여자들이 얼마나 있나요? 다 성공한 척, 행복한 척하면서 살아가는 거지요.

이번 여행도 그녀의 호의예요. 매일 전화를 하고 만나니 안 친해질 수 있어요? 그래서 혼자 떠난다는 겨울 여행에 끼워달라고 떼를 썼지요. 어쩌겠어요? 거절도 못 하고 어정쩡하길래 내가 특유의 그 불행한 표정을 연기했지요. 세상에, 그렇게 해서 날짜까지 받아놨는데 아, 이 위인이 아프다는데 양심상 떠날 수가 있어야지요. 그래도 단호히 용단을 내렸답니다. 언제는 그 위인 아프지 않는 날이 있었데요? 만날 엄살이지. 어이구 지겨워요. 그렇게 마음이 안 가는 걸 어쩝니까. 그래도 사람이 그러는 게 아니지요. 가서 빨래도 해주고 밥도 해주고 돌아와야겠지요. 그런데, 그 일이 왜 이리 끔찍한지요. 만나면 내 얼굴이, 내 마음이 확 뒤집혀 또 속병이 생길 것이고, 그 인간 사는 꼴이 한심해서 욕설이 나올 것 같군요. 어떤 휴머니스트가 이렇게 말할지도 모르지요. 사람이 왜 그렇게 인간미가 없냐고. 그런데요. 다른 사람은 불쌍해서 마음이 갈지도 모르겠어요. 그런데 십 년 이상을 함께 한이불을 덮고 살아온 사람은 그래지질 않아요. 이해 못 하면 한번 살아보라고 권하고 싶군요. 저로서는 이게 심각한 문제입니다. 사람들이 그러대요. 참 사는 게 신기하다고. 누구한테 칭찬받고 인정받기를 원하는 것은 아니지만 제가 어떻게 살고 싶은지에 대해서는 나름대로 확고하게 서 있거든요. 전, 정말 이제는 행복해지고 싶어요. 뭔 행복 타령이냐고요? 모르시는 말씀이지요. 그 이전에는 그럭저럭 살았는데 어느 날 문득 정신을 차려보니 내가 그 위인과 한방에서, 그것도 빈민 아파트의 한방에서 나란히 누워 있드란 말씀입니다. 소름이 내리는 것이 그제야 몸으로 실감이 되더군요. 눈을 떠보니 서른다섯이었다는 말씀입니다. 내가 왜 이렇게 살고 있는가, 하는 생각. 참으로 앞이 캄캄해지더군요. 그래요. 희망이 순식간에 사라져 눈앞

에 절벽만 보이더라는 말씀입니다. 그 위인이 갑자기 낯설고 흉측
한 것을 어쩌란 말입니까. 더욱 중요한 것은 내 인생을 낭비한 결
혼 생활이 슬로비디오처럼 눈앞을 지나가더니 결국에는 새까만 먹
통으로 드러난단 말이지요. 그래서 결심했어요, 더 늦기 전에 이제
결혼 생활을 정리해야겠다는 생각이 든단 말입니다. 떠나야지요,
단호하게.

　산으로 둘러싸인, 흰 눈이 땅을 품고 강물이 도시를 은빛 띠처럼
두르고 있는 도시 춘천. 강 건너편에 마을이 있고 그 건너편에 숲
이 있는 풍광 좋은 곳에 도착하자마자 막국수로 허기를 면하고는
카페를 찾아 커피를 마셨지요. 카페는 강을 끼고 있었어요. 얼음
사이로 흘러가는 푸른 강물이 곡선으로 휘어져 흐르더군요. 강의
중심은 따뜻이 풀려 흘러가고 가장자리의 완고한 얼음은 조각조각
균열되면서 녹아가더군요. 부드러운 물결이 얼음의 살갗을 자극할
때마다 강은 몸살을 앓더군요. 해빙이 되는 것도 고통이 따르는 걸
까, 하는 생각을 잠깐 했어요. 강물 가장자리에 새가 내려앉더군
요. 삶의 속악한 것을 떨치고 시린 겨울 빙판에 내려와 종종종 강
물에 젖는 가난한 새. 새가 겨울 강물에 지친 발을 담그는 모습, 그
것이 어쩐지 삶에 순명하는 것 같다, 는 생각이 드는 것도 그 순간
이었죠. 순명, 이 단어처럼 나를 주눅들게 만드는 단어도 없을 것
같아요. 제 생을 받아들이고 인정하라는 뜻 아니겠어요? 그래요,
스스로 선택한 겨울 같은 생을. 어쩌면 겨울 들판의 새이거나 헐벗
은 나무이거나…… 나목처럼 매서운 바람을 견디고 보이지도 않
는 봄을 작정 없이 기다리며 살라고요? 그게 순명이라고요. 여기
까지 와서도 저는 제 삶을 끌어안고 생각하고 있군요. 그 위인과

과연 살아야 할 것인가, 하는 생각을 떨치지 못한 것을 보니. 이혼해서 정말 얼마든지 다른 삶을 살아갈 수 있을 텐데 순명이라니요? 그 위인과 살아가는 일이 저 겨울새처럼 빙판에, 시린 강물에 발을 담그는 거와 무에 다르겠어요. 그렇게 생각하니 또 서글퍼서 견딜 수가 없군요.

춘천 시내를 돌고 환상적인 강변도로를 드라이브하면서 쉬고 먹고 하다 보니 어느새 날이 어둑해졌어요. 우리는 홍천강 2교를 지나 구부러진 길을 들어섰지요. 원주, 새말, 횡성을 지나니 안개가 몰려다니는 고속도로가 보이더군요. 강릉에서 묵호를 가려면 대관령을 넘어가야 했어요. 대관령은 구십구곡이라 말할 만큼 험하다더군요. 어두운 밤이었기에 망정이지 천길 낭떠러지를 보고 간다면 간담이 서늘해졌겠지요. 험해도 험한 줄 모르는 칠흑 같은 어둠. 시간이 갈수록 험한 고개를 밤중에 넘는다는 일이 얼마나 두려운 것인지 캄캄한 허방이 아가리를 벌리고 있는 그런 느낌이랄까, 뭐 그런 공포심이 머리끝을 잡아당기면서 가슴을 짓누르는 거예요. 가슴이 철렁했이요. 눈발이 날렸기든요. 긴이 얼이붙이비리는 것 같았어요. 어쨌든 그런 강행군으로 무사히 대관령을 넘어 묵호로 왔지요. 그녀는 묵호가 자신의 마음의 고향이라고 하대요. 바다를 무연히 바라보는 그녀의 시선이 쓸쓸한 빛을 띠었죠. 철썩거리는 밤바다에 하얀 포말이 밀려들고 있었어요.

"엄마가 매번 이곳에 왔어. 이 바위 말이야. 하염없이 바다를 바라보며 엄마는 눈물을 흘렸지. 자살을 기도한 거였어. 나는 엄마의 치맛자락을 잡고 늘어졌지. 술꾼 아버지와 살면서, 재봉틀 하나가 전 재산인 우리 엄마…… 이 바위 위에서 죽는 연습을 하곤 했지."

거대하게 치솟은 바위의 팬 부분들을 딛고 서서 그녀는 어떤 절망을 했을까, 하는 생각이 들었어요. 그녀에게, 그 도도한 표정의 카운슬러에게 그처럼 어렵고 우울한 유년기가 있었으리라고는 생각도 못 했지요. 서른도 못 되었을 그 어머니, 내 나이 서른다섯. 사실은 나도 죽음을 꿈꾸었던 때가 무수히 많았거든요. 치맛자락을 날리며 바위 위에서 검푸른 바다 속으로 뛰어들려는 곱고 젊은 여인네가 환상으로 보이데요. 어미라는 것이 무엇일까. 그 어미의 치맛자락을 붙들었을 꼬마가 눈에 선했어요. 저도 제 아이들 생각이 나데요. 여기까지, 이 나이까지 어떻게 흘러왔을까. 나도 뛰어들고만 싶다, 는 생각도 들었지요. 흰 물보라를 일으키며 분노하는 파도 소리. 파도 속에서 흔들리는 해초처럼 머리칼을 풀어헤치고 이대로 내 삶에서 떠나고 싶다, 는 생각 말예요. 이 묵호 바다가 나를 유인하네요. 출렁거리는 물결, 잠시 휴식하는 배들. 비린내와 삶의 아우성이 환청으로 들리는 듯했지요. 파도는 어디서부터 밀려드는지 힘겹게 철썩거리더군요. 부질없다, 부질없다, 다 부질없다. 곧 넘칠 듯 끓어오르면서 그렇게 타이르더군요. 기슭에 닿을 듯 닿을 듯 끝내 육지를 범람하지 못하는 고통들.

　작은 모텔로 들어가 바다가 보이는 방에 여장을 풀었어요. 내 귀가 시리고 서럽고 그러데요. 몹시 감상적이 되더군요. 쓸쓸해지고, 무언가 숙연해지고 바다를 마주하고 있는 일이요. 나는 어디까지 갈 수 있을까. 흘러가야 할까. 잠시 삶이 막막해지더군요. 파도가 말하더군요. 산다는 일이 잔물결처럼 뒤척거리다 기슭에 닿고 그러다 또 밀려가는 것이라고. 눈물이 핑 돌데요. 그 인물 생각이 어느 결에 또 떠오르지 뭐예요.

　대설주의보가 내린다고 한계령 가는 길은 아마도 무리가 아니겠

느냐고 류일만씨는 말했죠. 그 사람은 동해시 남구청의 복지계장
이었는데 아마도 그쪽에서 나 같은 여자나 어려운 사람들을 돕는
직업이라고 하더군요. 그러면서 나를 쳐다보더군요. 그녀의 한 고
향 사람이라데요. 생긴 건 기생오라비같이 반듯하게 생겼는데 보
니까 직업과는 안 어울리게 바람깨나 피우겠다, 는 생각이 들었습
니다.

"그러지 말고 쉬었다가 내일 떠나는 게 어때요? 저녁이나 먹고
오랜만에 술 한잔 하자구요."

"누이들 구제나 잘해요, 류계장님. 이 겨울에. 딴 데 신경 쓰지
말고."

류일만씨가 나를 힐끗 쳐다보더군요. 내가 누굽니까? 어렸을 때
부터 눈칫밥으로 커온 사람인데. 그 남자가 분명 아직은 팽팽한 내
몸매에 눈이 오더란 말씀입니다. 눈이 마주쳤죠. 잘못하면 그런 눈
길과 불꽃 튀길 일 생기겠데요. 그래도 내가 이날 이때껏 버틴 것
이 아직은 지조인데 말이에요.

"언니, 가요. 오늘 한계령 못 님으면 영영 못 넘어, 나 밀이아."

이번 여행은 순전히 한계령 때문에 떠나온 것인데 이 기회를 놓
쳐서야 되겠어요? 내 인생에 아무 영향력도 없을 낯선 남자와 밥
먹고 술 마시느라고 현재 내 인생을 돌아보지 못하면 되겠어요?
나는 이번에 작정하고 왔거든요. 무얼 좀 생각해보리라. 결론을 내
리리라. 어떻게 살 것인가, 내내 고민에 빠져 있었던 게 어제 일인
데요. 그래도 낯선 남자의 호의적인 눈길이 기분이 좋긴 하더군요.
아직은 내 몸이 좀 쓸 만한가 싶어서 말이에요. 그러니 굳이 파출
부일을 해야 할 이유가 있을까, 하는 생각도 들었어요. 사실, 몸으
로 때우는 일도 생각하긴 했어요. 그런데, 여성의 전화에서 열린

세미나에서 교육을 좀 받은 뒤로는 그 생각을 싹 거두게 됐어요.
사람답게 사는 게 중요하다고 그녀가 자꾸 말하지요. 하긴, 몸을
파는 직업도 하려면 하겠지만 그거야 막 가는 인생 아니겠어요?
자식 놔두고 단란주점 종업원으로 가서 골 빈 남자들 주머니 털어
서 어따가 깨끗하게 쓰겠어요?

동해를 보고 정동진을 들러서 한계령을 넘자, 고 그녀가 말하더
군요. 오랜만에 횡재를 한 거지요. 남편과 살면서도 한 번도 이런
여행을 해본 역사가 없으니까요. 끄떡하면 아파서 누워 있는데. 아
이구 징해, 내 팔자야. 손빨래를 하면서, 빨래판에 남편의 와이셔
츠를 북북 비벼 빨면서 뇌까렸죠. 상담을 하다 만난 그녀는 처음에
는 어떻게든 살아보라고 권했잖아요. 불쌍한 사람 아니냐고요. 그
러더니 사실 본심은 자기들도 그것이 아니래요. 여자들 사는 게 너
무 불행해서 마음이 아프지만 일단은 가정이 깨진 후의 문제가 클
수도 있으니까 그렇게 설득을 한다나요. 그래서 저도 무진장 애를
썼는데요. 부부란 것이 남과는 달라서 한번 마음이 돌아서니까 영
낯설어요. 남보다 더 못해요. 더욱이 애정 없는 결혼이라는 것이
또 허깨비 사는 게 아니겠어요? 나는요 일방적인 희생을 강요하는
그녀와 전화로 처음엔 싸웠잖아요.

"말이 안 통해도 유분수지 어떻게 자기 입장이 아니라고 해서 그
렇게 단순하게 희생을 강요한대요? 못 해요, 더 이상은. 차라리 자
선 단체에 가서 시간 봉사를 하면 했지. 평생 그 짓을 어떻게 한데
요? 환자 아내 노릇하는 게 좀 어려워요?"

그 위인, 권위 의식에다 잘난 척하는 꼴 좀 봐요. 누가 옆에 붙어
있나. 단지, 아이들을 낳고 이만큼 키워왔으니 말인데요. 그냥 살
았어요. 그러다 보니 절로 삶이 포기가 되데요. 자살 소동을 벌인

것도 우연이 아니구요. 그냥 체념하고 남에게 봉사하느니 그 사람에게 헌신하고 살라구요? 그러니, 살아보라구요. 그런 말이 쉽게 나오나. 부부는 그런 관계가 아니란 말입니다. 사랑은 뭔 얼어죽을 사랑인가요. 우리 사이에 사랑이라니요. '사랑은 언제나 오래 참고 사랑은 언제나 온유하며……' 이런 교훈적인 사랑 타령은 제발 그만 하세요. 그게요, 인력으로 안 될 때도 있다니까요. 어쨌든 봉사는 봉사고 사랑은 사랑이더라는 말씀입니다. 한숨이 나옵니다. 사랑은 아무나 하나, 라는 노래 제목이 있어요. 그래요. 사랑은 아무나 하나요. 남들 다 대학 공부하던 시절에 고등학교밖에 안 나와서 남의 집 부엌살이로 있다가 얼렁뚱땅으로 결혼해버린 것이 어쩌다 걸린 그 위인인 것을 그것이 뭔 사랑이었겠냐고요. 사랑은 참말이지 아무나 하는 것이 아니지요. 나는 사실, 첨에는 내 자신이 무슨 천사표인 것 같아서 속으로 얼마나 흡족했는데요. 무엇이든지 참고 헌신하고 노력하는 결혼 생활 말이에요. 그런데 누가 그러대요. 그것이 착한 여자 콤플렉스 같은 것이라고요. 아 참, 그 상담원들이 하는 말이었지요. 니같이 순하고 조용한 깃들이 꼭 필자가 사나워야. 그런데요, 사실은 제가 순한 것만은 아니었드란 말씀입니다. 애들 데리고 빈손으로 그 위인 몰래 집 나올 때, 내가 말입니다. 온 집 안을 발칵 뒤집어놓고 나왔거든요. 여태껏 찍소리도 못하고 살아온 세월이 억울해서 말입니다. 일찍 개가해버린 친정 엄마한테 가봤자 그 집에서도 부엌데기로 취급받을 것이 뻔해서 연락도 안 했어요. 친정 엄마, 그 여자요? 의붓아버지 밑에서 나처럼 꼼짝도 못 하고 발발 기면서 살아요. 자식을 셋이나 덜렁하니 낳아놓고도 그 위대한 희생과 봉사의 정신으로 오로지 밭일이나 집안일 외에는 아무것도 몰라요. 그 어미에 그 딸인지라 나도 별수 있겠어요. 팔자가 어쩌면 이리도 기구한지 멋모르고 시집을 가서 국으로 엎어져 살다가 이렇게 막상 가출을 해보니 사실은 첨엔 암담했어요. 할 줄 아는 것이라고는 배운 것이 도둑질이라 부엌일밖에 없는데 나가서 뭘 하고 벌어먹고 살아야 하는지 참 보통 고민이 아니데요. 그래도 다행히 파출부 자리가 쉽게 나와서 끼니를 겨우 연명하는데요, 앞으로는 자식들 교육이 보통 큰 문제가 아니라서 걱정입니다.

그 위인 어떻게 사는지 걱정이 안 될 리가 있겠어요? 그래도 본래 내가 심성이 고와서 이만한 거지 나쁜 여자 같았어봐요. 그 집 안에서 위자료는 챙겨가지고 나왔을 거 아니에요? 아이구, 그런데 말도 마세요. 그 위인 목소리 안 듣는 것만 해도 참 다행이지요. 가끔 텔레비전으로 봤어요. 「인간 승리」라든지, 「이 인생을 보라」라는 프로그램을 보면 장애인 남편을 끔찍이도 위하는 아내의 이야기가 나오지요. 얼마나 천사예요? 하지만 모르는 말씀이에요. 나는 그렇게 나쁜 년은 아니지만 실지로 그 여자들이 그 남편에게 텔레비전에서처럼 그렇게 잘하는지 아세요? 그것은 보이기 위한 제스처에 불과해요. 자기들도 인간인데 불구 남편하고 살면서 얼마나 희희낙락이겠어요? 더욱이 자리보전하는 남편의 똥오줌을 받아내는 아내의 모습이 대체 얼마나 행복하겠냐구요. 동정심 유발해서 더 많은 지원 바란다는 뜻이겠죠? 말라비틀어진 배추 이파리 같은 얼굴, 생활에 지친 얼굴로 파출부 해서 벌어서 먹고 사는 일이 뭐 쉬운 줄 아세요? 겉으로는 초월한 듯 살지만요, 속이 아리고 쓰리다구요. 그래도 예전에는 그 인물이 한 가락 해서 먹고 살았어요. 꼴에 또 명문대 출신이라 영어 학원을 운영했는데 제법 수입이 괜찮았거든요. 그러다가 아이엠에픈지 뭔지가 터지자 폭삭 주저앉아버렸어요. 그 인물이 그만 보증을 서준 거예요. 바로 밑에 동생이 사업을 한다고 대출을 받아줬는데 그게 뭐가 잘못되어서 그만 튀어버린 바람에 몽땅 그 위인 앞으로 떨어졌지 뭐예요. 내가 뭘보고 시집을 왔게요. 그 잘나빠진 명문대 출신이라는 것과 학원 건물이 있다는 것 하나 봤는데 이제 제정신이 바짝 들더군요. 돈이한순간에 날아가버리데요. 학원 경영도 다른 사람이 맡고 있었는데 순해빠진 이 인물이 사람 관리도 제대로 못 하니까 다들 먹고튀었겠죠. 그런다고 제가 뭘 또 알겠어요? 여고 졸업한 뒤로는 책이라고는 여성중앙인가 우먼리븐가 하는 것들만 주로 보고 사는데. 제가 사회 생활을 또 해봤어야죠. 별수 없이 여성 단체에 알아봐서 파출부 자리를 구하려고 했는데 때가 때라서 그런지 그것도순서를 기다려야 했어요. 그래도 하루 종일도 아니고 내 집안일 봐가면서 하는 일이라 그것도 장땡인 거예요.

그 인간은 그 충격으로 몸이 더 아파버렸어요. 밤낮없이 앉아서텔레비전만 보지를 않나 멍하니 베란다에 나가 창밖만 내다보고있질 않나. 그러더니 점점 잔소리가 더 심해져가는 기예요. 자식들에게 일없이 타박을 해대고 내가 외출 좀 할라치면 의처증 환자처럼 전화로 확인하지를 않나. 참, 육갑 잔치는 혼자 다 하고 있드라고요. 내가 이러려고 이 사람에게 시집왔나 싶드라고요. 형제간이번성하면 뭘 해요. 주식 투자해서 깡통 되어버리는 한이 있어도 안도와주겠다니 세상에 전생에 무슨 악연인지 알다가도 모르겠어요.그 위인, 그 형이라는 작자에게 절대로 도와주라는 말 못 해요. 그래서 내가 전화로 따졌지요.

"시숙님, 그러시는 거 아니에요. 우리가 뭐 거저 주랍니까. 이 참에 도와주면 꼭 갚겠다니까요."

그랬더니 뭐라고 대답하는 줄 아세요?

"글쎄요. 집사람과 의논해보지요."

이런 빙충맞은 남자가 또 어딨겠어요. 엄처시하, 졸장부인 줄 진작 알았지만 지 친동생 일에 자기 아내와 의논해야 한다니 참, 억장이 무너지고 비위가 틀리기 시작하는데 그때부터 시작된 신경성 위염이 나중에는 위경련까지 오데요. 그걸로 끝이에요. 전화 한 통 오지 않는 거예요. 세상 참, 인정 사납데요. 그것도 친형제가 더 무섭더라고요. 세 식구가 오십칠 평짜리 아파트에 살면서 명절 때마다 제사 때마다 올라가면 죽는소리는 더 한다니까요. 제 형 돈 떼어먹고 도망간 동생이나 주식 투자해서 두세 번 깡통을 찼어도 아직도 재산이 남아 있어 모든 것을 아내와 상의해야 하는 시아주버님이나 다 그렇고 그런 사람들 아니겠어요. 도대체 나보고 어떻게 하라는 겁니까. 그 사람들이 나를 깔보는 거지요. 상관없어요. 원래 부엌데기 출신이라 처음부터 그 고상한 집안과는 도무지 체질에 맞지 않았어요. 그런데 내가 그 위인이 어디가 이뻐서 같이 살겠어요? 어림도 없지. 하긴 생긴 건 좀 반듯할지도 모르겠네요. 앉아 있는 모양새만 본다면 고상하고 지적인 남자지요. 무식한 내가 그것에 홀딱 넘어갔으니까요. 영어를 워낙 유창하게 하니까 거기에 또 반했다니까요. 거기에다 목소리는 또 얼마나 중후한지 방송국의 중견 성우 뺨칠 정도예요. 그야말로 겉으로는 욕심나는 남자지요. 하지만 난 그 위인 멀쩡한 반쪽만 보고 결혼한 셈이지요. 주변에서 저더러 '천사' 같은 여자라고 하더라구요. 불구인 남편을 위해…… 그 뒷말은 상상에 맡기지요. 어쨌든 나같이 못 배운 여자는 어디가 부족해도 부족하다니까요. 계산을 해도 멍청하게 한 거지요. 우선 먹고 살 돈 있겠다, 집 있겠다, 건물 있겠다, 거기에

다 그 위인 거만한 표정이 맘에 들더라구요. 그 인간도 내 겉만 보고 했으니 피차 마찬가지겠지만 그야말로 나는 파티장에 가는 신데렐라 심정이었다니까요. 결과가 이렇게 된 건 당연하지요. 재투성이 부엌데기의 호박 마차, 내 결혼은 결국 이런 것이었으니까요. 그러다가 언젠가부터는 그 잘난 본성이 나오는 거예요. 날 무시하기 시작하더라니까요. 좀 배웠다는 인간 특유의 오만함이. 제 동생에게 돈 떼인 화풀이를 왜 나한테 하는지 모르겠어요. 내가 분명 그랬거든요. 절대로 보증은 함부로 서는 게 아니라고요. 그랬더니 그 위인이 너 같은 것이 뭘 알아? 그러더군요. 그 소리 듣고 분통 안 터질 사람 있으면 나와보라 그래요. 참 못 배운 것이 서럽고 서러워서 울기도 많이 울었어요. 카운슬러가 그러데요. 다시 공부해서 대학 시험 보라고요. 그런데 그것이 말이 쉽죠, 두 자식들을 먹이고 입히고 교육시키는 것은 누가 해요.

참, 내 우스운 소리 하나 할까요? 맨 처음, 결혼하려고 그 집에 인사를 갔는데 큰동서가 가만히 나를 따로 불러내지 뭐예요. 그러면시 우리 한 시간 후에 시내 롯데리인지 맥도날든지 기억은 안 나는데 그 비슷한 데서 만나자는 거예요. 사실은 긴장했죠. 내 생각으로는 자기 시동생과 같이 잘 살아주라고 부탁할 줄 알았는데 웬걸, 원 세상에 뭐라고 했는지 아세요?

"자네, 둘이 결혼해서 사는 것은 좋은데 만약에 애나 낳아놓고 도망가면 난 모르네. 난 책임 못 져. 그러니 잘 알아서 결정해. 잘 생각하라고. 난 애 못 키워. 그러니까 미리 그만두라구. 이봐, 우리 시동생 외모에 홀딱 빠져버린 거야? 아니면, 재산이야, 학벌이야? 하긴 그만한 혼처도 없지. 누가 복인지 몰라도 어쨌든 애기 문제는 난 몰라. 고아원에 갖다 줄 거야. 알았어?"

아이구, 햄버거에 콜라 한 잔 놓고 동서 될 사람이 하는 말치곤 참말로 인정머리 없더라고요. 원 세상에, 아무리 내가 막켕이라고 지 자식 버리고 도망칠 여자로 보였을까요? 대학 중퇴라고 속이긴 했지만 그것으로 양심의 가책을 받은 적은 없어요. 아이구, 자기들은 나를 안 속였어요? 세상에, 허우대 멀쩡한 인간이 무슨 병이 그리도 많은지. 말로도 다 못 해요. 참말이지 내 속을 버선목처럼 뒤집어 까놓고 싶다니까요. 첨에 시집왔을 때 고생깨나 했지요. 그위인, 잘난 척하는 것 비위 맞추랴, 음식 타박하는 것 비위 맞추랴, 시시때때로 일만 벌어졌다 하면 가서 음식 만들어 손님 접대하랴. 참, 그 지옥을 어떻게 살았는지 아찔하네요. 차라리 큰동서 말대로 그때 말아버릴걸, 그랬으면 오늘날 이 지경의 인생이 되지는 않았을 거예요. 자식 둘 데리고 세상에 나오니 참 막막해서 울기도 많이 울었어요. 지가 멍청해서 그런 것을 누구 원망하냐구요. 그래요. 결혼이라는 것이 좀 멍청해야 살아지데요, 첨에는. 그런데요, 인자는 더 이상 사랑인가 뭐인가 그거이 중요하다는 생각이 드네요. 돈도 중요하지만 그것처럼 소중한 것이 어디 있겠는가, 라는 생각이 든 거예요. 인자는 억울해서 못 살겠다는 소리예요.

다 변명이지요. 변명을 늘어놓아야 뭐 하겠어요. 그런데 이런 위인이 불쌍하다고 살겠어요? 그것도 평생을 저당잡혀서. 이제껏 살아준 것만 해도 어딘데 미래가 있어요, 돈이 있어요. 다 끝났다고 그 다음날로 애들 데리고 나와버렸어요. 앞길이 창창한 젊은것이 그 미련곰탱이 같은 남편을 뭘 믿고 살았어요. 사랑도 없이. 그래요. 사랑은 아무나 하나요. 성경 구절에도 보면 오직 사랑으로 서로 종 노릇하라, 는 대목이 있데요. 참 종 노릇도 경우가 다르지요. 인제는 지치네요. 지쳐서 인생 탁, 접어버리고 싶었거든요. 근데,

비로소 이렇게 도망 나오니 살맛이 나는 거예요. 자유가 이런 거라는 걸 몰랐어요. 그것은요 날개도 달린 것 같고 아이스커피같이 시원한, 뭐 그런 것인가 싶네요. 아무튼 좋아요. 그 위인이 어찌 되든 우선 내 목숨이 좋다고 하니께요. 애들도 후련한가 봐요. 아빠라고 해봐야 만날 혼만 내는데. 사람이 제대로 살겠어요? 그러려면 차라리 맘 편히 나 혼자 애들 키우고 살란다, 이거지요.

하지만 사실, 눈이 이렇게 오는데 나라고 왜 맘이 편컸어요? 살 비비고 산 세월이 있는데.

"한계령을 넘는데 우리가 정동진을 안 보고 갈 수는 없지? 네 남편이 좀 걸리기는 하지만."

사실 이 족집게 같은 여자를 따라나설 때는 그 위인하고 무언가 확실한 매듭을 지으려고 마음을 다잡으러 온 것인데요. 이 여자가 내 마음을 자꾸 약하게 만들고 있지 뭡니까. 그 위인, 불쌍히 여기는 내 마음을 다 읽고 있었던 게지요.

검푸른 바다. 눈이 시리도록 짙푸른 바다, 눈물나는 바다. 바람이 옷 속을 파헤치고 들어오더군요. 가족끼리 여행을 온 사람들이 많았어요. 가족 여행요? 우린 그런 것 없어요. 하루하루 먹고 사느라 바빠서. 우리가 어디 여행을 가기는 했겠어요? 나 같은 못난 여자는 그 위인 뒷바라지나 평생 하다가 죽게 되겠지요. 아무리 생각해도 내 인생이 참 불쌍해요. 그래서 또 한 차례 코가 시큰해지데요. 가족끼리 여행 온 사람들이 부러워서. 저런 일상을 함께 소유하는 것이 행복 아니겠어요? 눈 뜨고 나면 매일 똑같은 일상의 반복, 아이구 지긋지긋해서 신물이 날 지경이에요. 그러니 이렇게 도망치듯 떠난 것은 참말로 잘한 일이라는 생각이 들어요. 차라리 여기 동해에서, 정동진에서 포장마차를 하든지 옷장사를 하든지 혼자 콱 눌러앉아버릴까, 하는 생각도 들더만요. 가출을 하려면 이라고 아무도 모르는 먼 곳으로 와야 진짜 아닐까, 하는 생각도 들고요. 그 인간이 날 찾을 수 없는 곳으로 숨어야지요. 자식요? 그 애물단지들은 좀 생각해보고요. 그러고 보니 며칠 전의 일이 생각이 납니다. 내 친구요. 사랑이라는 빛나는 포장지에 싸여 제 청춘을 구정물 통에 집어넣고 있는……

여자가 뭔 죄인이랍니까? 참 기가 막혀서. 나보다 더 답답한 인생이 거기 떡하니 버티면서 낑낑거리고 살고 있드란 말입니다. 어째서 내 옆에는 이렇게 안 풀리는 인생만 있는 건지 몰르겠어요. 남의 집 부엌데기의 팔자가 좋아야 얼마나 더 좋겠어요? 그래서 웬만하면 파출부일을 안 하려고 마음먹은 차에 친구 생각이 나더군요. 하도 적적하고 답답해서 그대로 천장 쳐다보고 앉아 있을 수가 있어야지요. 그래서 전화를 했죠. 그랬더니 놀러 오라는 거예요. 그래도 말이 쉽지 친구 일하는 집에 놀러 가기가 쉽나요? 근데 이 친구 말이 여긴 하도 사람이 많이 드나드니까 놀러 온다고 해도 누구 하나 나한테 신경 쓸 사람이 없다는 거죠. 그래서 일자리도 알아볼 겸 해서 갔어요.

점심 식사가 끝난 후라 친구는 좀 한가하더군요. 사람이 머슴을 살아도 있는 집 머슴을 살아야 한다는 옛말이 똑, 맞더만요. 별채처럼 지어진 식당이었는데 들어가자마자 훈훈한 공기가 사람을 영판 포근하게 하는 것이 기분이 좋데요. 남의 집 일을 해도 이 정도는 돼야지, 하면서 혼자 중얼거렸죠. 이 친구 역시, 지도 내 속 알고 나도 지 속 아는 처지라 어렵지는 않데요. 우리가 만난 지가 햇수로 오 년이 지났으니 사회 친구로는 오래됐잖아요? 그런데 이 친구 인간성이 참 괜찮아요. 대학물도 먹었는데 사람 괄시하는 거이 없더라고요. 나야 어디 가서 대학 나왔다고 우기면 그만이지만 그 친구는 벌써 됨됨이부터가 대학 나온 여자같이 보이드만요. 남의 집 부엌에서 일을 하는 이 친구 좀 보세요. 들어갔더니 그 많은 손님들 접대까지 다 끝내고 설거지를 하고 있드라고요. 클래식 음악을 틀어놓고 제법 흥얼거리는 뒤로 내가 불렀지요. 수경아. 그랬더니 어서 와, 하고 싱긋 웃데요. 머리 물들였네? 했더니 응, 며칠 전에. 친구는 어깨까지 내려오는 머리를 황갈색으로 물을 들였는데, 그 염색을 해서인지 얼굴이 환해 보이드만요. 나는 좀 놀랐죠. 얼굴이 화사한 것이 그 부잣집 딸이나 며느리 정도로 밝아 보이데요. 참말로 부잣집 부엌에도 있을 만한 것인지. 얼굴 좋아졌네? 라고 했더니 조금만 기다려 하면서 재빠른 손으로 설거지를 끝내고 찻물을 끓이데요. 그러고는 홍차 다기에 물을 붓는데 참 곱데요. 그 색깔이 마치 진중한 사람의 차분하고도 따뜻한 마음같이 좋더구만요. 나는 어떤 사람을 보면서 차 빛깔에 비교하기도 하는데 친구 분위기기 똑 그 색깔이더군요. 주방이 자신의 일터인 사실이 억울하지도 않은지 그 친구도 벌써 그렇게 생활한 지가 일 년이 되어 간다며 빙그레 웃데요. 원래는 제가 들어가고 싶었는데 사실은 자신이 없어서 그 집을 그만뒀거든요. 여성의 전화 여자들이 소개해 준 곳인데 식구 수가 원체 많아서 자신이 없데요. 그리고 집도 멀고. 그런데 그 친구가 덥석 그 집을 선택한 거죠.

"네가 할 수 있겠어?"

그 여자들이 그렇게 묻는데 그 친구가 그러데요.

"언니, 남의 빚에 이자에 감당 못 해. 남편이 벌인 사업이 몽땅 가버렸는데 나라도 일해야지. 근데 당장 돈이 되어 나오는 것이 이

일밖에 더 있어요? 난 현금이 필요해, 언니."

수경이가 비장한 모습을 하고 말했어요. 우린 설마, 했죠. 그런데 용케도 그 어려운 일을 해내더군요. 일요일 하루 쉬고 아침 일곱시 출근에 저녁 아홉시 퇴근. 세상에 사람을 그렇게 부리고도 한 달 월급이 칠십만 원이라네요. 요즘엔 식당도 백만 원이 넘는데. 그렇게 혼자서 밥하고 빨래하고 잔일 보고 하루 종일 일하는데. 하긴, 현금이 중요하다는데 할 말 있겠어요?

"여기 있지 말고 여기까지 왔으니 우리집에 가볼래? 걸어서 이 분이야."

별장같이 산 밑에 지어놓은 그 안집과 별채를 지나서 뒤를 돌아가니 주택가가 나왔어요. 그 중에 한 집으로 문을 열고 들어가데요. 나도 따라 고개를 내밀었죠. 그런데, 정작 수경이가 문을 열고 들어간 집은 모형같이 생긴 조립식 주택이었어요. 본채에 딸린 장난감같이 위태해 보이는.

"조립식이라 그래. 근데 오래됐는지 탱이 냄새가 심해."

원 세상에, 이 친구가 사는 집, 참 난감하데요. 그 네 식구의 오밀조밀한 풍경이 상상이 되면서 어쩐지 마음이 안 좋았습니다.

"네 신랑은 좀 괜찮아?"

그랬더니 그 친구 하는 말이 이래요.

"어쩔 거야. 살아야지. 병들었다고 이혼할 수는 없잖아?"

저는 수경이를 처음 만났을 때를 떠올렸습니다. 남편과의 갈등, 시댁 어른들과의 부대낌 속에서 도저히 살아갈 희망이 없다고 여성의 전화에 하소연을 하다가 결국 카운슬러들의 설득으로 다시 집으로 돌아갔을 때의 수경이 얼굴을. 세상 법 없이도 살게끔 착해 보이는 얼굴 있잖아요, 글쎄 그런 얼굴이었습니다. 말하자면 조금 물러터진 얼굴이었어요. 그때도 그 남편이 수경이 때문에 화를 끓인 나머지 병원에 입원했다더라구요. 간 수치가 갑자기 올라간 것은 말할 것도 없구요. 그때, 작은아이를 임신하고 있었는데도 이혼을 생각할 정도로 사태가 심각했죠. 유산을 시킬까 하다가 결국 수경이는 다시 그 남편에게 가더군요. 남편 병상 시중에서부터 시작한 재결합이랄까, 뭐 그런 험한 세상을 다시 용기 있게 선택하더군요. 그런데 가만 보니 수경이 사는 게 그때보다 하나도 나아진 것이 없더라고요. 오히려 못하면 못했지. 애가슴이 타데요. 너나 잘해, 이러고 말할지 모르지만 나나 수경이나 불쌍한 건 매한가진 것 같아요.

방 안에 들어서니 코를 확 찌르는 탱이 냄새, 사방 군데 늘어진 아이들 장난감, 옷가지, 책들, 살림살이들이 한데 섞여서 제멋대로인 집. 자신의 전공인 피아노마저 처분했는지 찾아봐도 없더군요.

"피아노는?"

"행란씨, 내가 지금 무슨 피아노. 사치야. 집이 반듯해야 아이들을 모아서 가르치지. 이런 집에 살면서. 사실, 나 월세 낼 돈도 없이 사는데. 그거 팔아서 겨우 이 집 얻은 거야."

원 세상에 피아노를 치던 가는 손가락으로 물일을 하고 있는 그애 손을 좀 보세요. 얼굴이야 화평을 가장하고 있지만 속에서 울화가 얼마나 끓겠어요?

"수경씨, 이런 부엌일은 내 전공이야. 피아노 치던 손으로 이게 뭐 하는 짓이람. 친정 도움도 좀 받고 그래. 변두리 아파트 단지 같은 데서 아이들 모아서 가르치면 좋을 건데."

"글쎄. 지난번에 엄마가 다녀가셨거든. 막 우시데."

"울었어? 그 엄마가? 혹시 엄마가 계모 아냐? 어떻게 친자식을 이렇게 내버려두지? 재산이 아주 없는 것도 아니고."

"사위 미워서 그런대."

"아무리 그렇다고 해도 집이라도 한 칸 얻어주지. 이게 뭐야, 이런 집을 보고도 그냥 가셨단 말이야? 아버지도 아버지다. 그 재산 죽어서도 못 가져가는 재산 뭣 하러 그렇게 보듬고 계신대? 나야 부모복 없으니 그렇다 치고 이건 숫제 뭐 나 사는 것하고 다를 바 없으니."

"그러게. 하지만 이렇게 하지 않으면 애들은 어떻게 키워. 도와주지도 않는다는데."

"좀 따지지 그래? 나 좀 도와주라고. 똑똑하더니 사람 많이 변했네."

친구는 채 설거지가 되지 않는 자신의 주방을 한심스럽게 바라보데요.

"우리집 엉망이지? 거기서 일하고 오면 파죽이 되어버려."

수경이는 서랍을 열고 편지 한 장을 꺼내데요.

— 수경아, 미안하다. 널 고생만 시켜서. 내가 너랑 결혼할 때는 정말 이렇게까지 널 힘들게 할지는 꿈에도 생각하지 못했어. 어쩌니? 밤마다 피곤해하는 널 볼 때마다 가슴이 아프다. 우리 수경이, 아이들 잘 키우고 못난 신랑 병 수발하고, 남의 집에서 일하고…… 밀레니엄의 희망이라는 생각도 가졌는데 몸이 안 따라주니. 정말 미안하고 고맙다. 널 볼 때마다. 조금만 참자. 그리고 참아주라. 꼭 행복하게 해주마.

"수경씨는 좋겠네? 사랑 고백도 받고."

"글쎄, 지금껏 그 힘으로 사는데 요즘엔 내 몸이 많이 아파. 어깨도 가슴도 말이야. 한의원에 갔더니 나한테 그러더라고, 울화가 쌓였다고. 울화가 몸으로 와서 병이 되는 거라네."

수경이는 밖으로 나와서 마당의 개를 가리켰어요.

"유리 아빠가 키우는 개야. 지난번에 저 개 때문에 한바탕 난리
가 났지. 본채에 사는 아저씨가 시비를 걸잖아. 주인 허락도 없이
개를 키운다고. 술이 불콰한 아저씨가 유리 아빠를 어깨로 막 미는
거야. 얼마나 화가 나는지. 나도 같이 대거리를 했지? 이 나쁜 놈,
너, 상종 못 할 인간이야. 너, 우리 남편한테 막 하기만 해봐 그땐
이판사판이라고."

나는 순해빠진 친구의 얼굴을 쳐다보고는 그 순간을 떠올렸죠.
아무리 봐도 그렇게 사나움을 부릴 얼굴은 아니었거든요. 그래서
혼자 생각했지요. 남편을 참 끔찍이 생각하는구나, 하고. 사랑이
뭐 별건가. 남편 편드는 거지, 하고 생각하다가 혼자 도리질을 쳤
답니다. 이러다가 내가 인생 망친 거야. 내 주제에 무슨 구제 천사
라고 그 위인과 일생을 오글오글 재미나게 살겠다고. 슬그머니 그
런 생각도 들었습니다. 잘난 것도 없는 주제에 무슨 인생 타령이
야. 피아노 전공을 하며 피아니스트를 꿈꾸었던 수경이 인생이 저
렇듯 박살이 났는지 모르게 박살나버렸는데 사랑은 무슨 사랑. 그
사랑 찾다가 제 꿈 다 접어들고 벌써 골병이 든 거지요. 남편 말이
힘이라나 뭐라나 여태껏 자기는 그걸로 만족하고 살았다나요. 밥
도 못 먹이고 옷도 못 입혀주는 사랑 찾다가 망조 든 인생 아이구
수경이 혼자서 하라구 해요. 난 인제는 죽어도 못 하겠으니께. 제
버릇 개 못 준다고 부엌데기가 다 된 수경이, 앞치마에 손 닦으면
서도 쇼팽을 듣고 있더라구요. 아마도 제 사라져가는 청춘을 한스
러워할 게 틀림없어요. 참 청춘 구제할 사람이 한둘이 아닙니다,
지금.

참, 사람살이가 사랑만으로 되는 것이 분명 아닐 것인데 왜 그 사랑 이야기만 나오면 다들 긴장하고 울고 슬퍼하고 그러는지 몰르겠어요. 노래방에 가서 노래를 불러도 온통 사랑 타령이고 여자들 수다를 떨어도 오로지 남편 사랑 못 받아서 환장하고 찜질방에 가서 여자들 수다를 엿들어도 그 애인 신드롬인가 뭣 때문에 애인 하나씩은 끼고 있는 눈치고. 그나저나 나는 있는 그 위인도 주체를 못하겠으니 사랑이라는 것이, 질량도 부피도 없는 것이 사람살이에 크기는 억수로 큰가 봐요. 내가 사랑은 없어도 그 위인하고 산 세월이 있어서인지 이혼 서류를 갖다 놓고도 보류하고 있는 것은 다 그 이유일 거예요. 수경이도 그 힘으로 산다는 사랑의 정체가 무엇인지 좀 오래오래 생각해볼라구요. 사랑이라는 것, 똑, 그렇게 맞아떨어지게는 못 살아도 또 한 번 생배추 숨 팍 죽이듯이 한번 기어 들어가볼까. 매운 고추 같은 세상살이 다시 한 번 김치 담그듯이 버무리면서 살아볼까, 하는 생각을 하다가도 나도 여직은 청춘인데 새로운 사랑을 찾아 사람답게도 살고 싶고, 또 맘이 싱숭생숭해지는 것이지요. 그러고 보면 내 속성도 요망스러운 데가 있는 거지요.

차는 이제 한계령을 접어들었어요. 오색 약수터로 가는 길이 보이고 다른 길이 두 갈래로 나뉘어 있더군요. 우리는 초행인지라 망설였죠. 그녀는 이 길이 아닐까, 하면서 한 길을 택하데요. 그런데 아무리 한참을 가도 한계령 비슷한 고개는 나오질 않는 거예요, 어디론가 내려가는 느낌이 들데요. 오르지도 않았는데 내려가다니요. 우리는 그제야 알았지요. 길을 잘못 들었다는 것을. 외딴집이 있어서 물었더니 아까 보았던 오색 약수터 가는 길이 바로 한계령으로 들어가는 길이라지 뭐예요. 차를 다시 돌려 한계령을 향해 올라갔습니다. 무엇이 있길래 이 고개가 내 마음을 잡아당기는지. 限界라는 풀이 때문이지요. 내 인내의 한계, 내 결혼의 한계를 보고자 간 거지요. 일단 한계령만 넘고 보자, 그러고 나면 무언가 길이 보이리라, 는 단순한 생각이요.

급경사를 타고 돌자 산의 전경이 눈앞에 거대하게 가로막고 있었어요. 첩첩산중, 굽이굽이의 산맥. 하얀 산등성이, 나무들이 말갈기처럼 일어서서 산의 능선을 따라 흐르고 있었지요. 삼각형의 산과 산들의 무수한 겹침, 우우, 일어서서 탄성을 질렀어요. 한참을 가다 보니 설악의 정상 쪽으로 얼음 폭포가 보였지요. 추위로 인해 얼어붙은 폭포. 흐르는 물이 얼어버린 것이었죠. 순식간에 침묵과 동면으로 빠져든 겨울산의 모습이었죠. 얼마나 매서운 추위길래 저토록 급하게 떨어지는 폭포가 다 얼어버릴까요. 강추위의 위대함, 두려움을 보았어요. 하얀 무명베를 펼쳐놓은 듯이 얼어서 침묵하고 있는 그것들을 보고 속이 아렸습니다. 냉정하기 짝이 없는 여자야, 정말 당신 얼음 같은 여자라고 나를 원망하는 남편이 왜 그 순간 떠올랐을까요. 그때란 대부분 내가 극도로 남편에게 불만스러운 때이겠지요. 재투성이 부엌데기의 생이 별거 있었어요? 아이구 저 웬수…… 하면서 냉정하기가 냉동실 얼음 같았을 터인데요. 착한 여자요? 그 위인이 언젠가 그러데요. 당신 착할 때는 천사 같아. 그러지요. 내가 착할 때는 천사 같지요. 그런데, 인간이 천사 같다가 악마 같다가 그러는 거지, 항상 천사 노릇 하라구요? 말도 안 돼요. 그 짓은 다 위선이라구요. 마비된 남편의 한쪽, 그 상실됨이 주는 불구성을 인정하면서도 내 속에 있는 못된 것이 불쑥불쑥 튀어나오는 것을 어쩌겠어요? 참다가 참다가 실핏줄 터져 죽게요.

차는 앞을 향해 오르막길을 가고 있었어요. 길가에 벌거벗은 나무들이 사열한 곳, 계곡과 숲 사이의 흰 눈, 눈이 여태껏 녹지 않았지요. 눈발이 내리고 있었습니다. 하얀 눈발이 차창으로 다가오고 있었어요. 눈발이 자꾸만 앞을 막더군요. 대설주의보가 내린 한계령을 우리는 참으로 무모하게 오르고 있었습니다. 눈발이 차츰 거세어지더군요. 미친 듯이 흰 나비 떼가 달려드는 모습으로, 맹렬한 바람까지 동반하고요. 차가 앞으로 갈수록 눈발은 기세가 등등해졌습니다. 그러나 여기까지 와버린 것을 어쩝니까. 무모한 줄 알면서. 병든 남편과의 결혼이 너무나 무모했다는 것을 알면서 저는 결혼식을 했고 여태껏 힘든 고개를 넘었습니다. 아니, 아직은 넘은 게 아니지요. 제 생도 따지고 보면 굽이굽이 급경사에다 브레이크를 밟듯 위기의 순간이 얼마나 많았겠어요.

수없는 흰 날개들이 차의 앞 유리에서 바스러져 녹아내렸어요. 날은 더욱 어두워지고 있었고요. 정동진과 경포 바다를 구경한 이후 여섯시가 넘어서 한계령을 오른지라 어둠이 밀려드는 것은 당연했어요. 그녀의 침착하고 능숙한 운전 솜씨 덕분에 우리는 무사히 정상의 한계령 휴게소에 도착했답니다. 그곳에는 앞서 온 차들이 줄지어 늘어서 있었죠. 일단 차에서 내리자고 하더군요. 쉬어가는 곳 아니겠어요. 차문을 열자마자 눈보라가 앞을 막더군요. 몸을 돌돌 말아버릴 듯이 눈바람이 우리를 향해 달려들었지요. 체인차가 눈앞에 서 있군요. 이 날씨에 체인은 필수라는 것이겠지요. 화장실만 갔다가 그냥 갈까, 하다가 우리는 간단히 요기를 했지요. 운전이 힘들었던지 그녀는 눈에 피로가 몰려 있더군요. 휴게소 안으로 들어서자 밖은 더 심한 눈보라에 모든 것들이 흔들리는 것처럼 보였구요. 걱정이 되는 것은 당연한 것 아니겠어요? 가다가 사고라도 당해봐요. 그거, 이 날씨에 굳이 한계령을 고집했던 내 탓도 있지 않겠어요? 어쨌든 그렇게 속을 데운 후에야 그녀는 다시 운전대를 잡데요. 눈앞이 아찔했어요. 왜 그녀가 더 용감하고 무모한지. 체인을 달아야 하지 않아? 그렇게 물었더니 그러데요. 문제없어. 걱정 마. 조심해서 가자. 그제야 나는 깨달았죠. 그녀도 한계령을 넘고 싶었던 거예요. 무언가 모험을 하고 싶었던 거지요. 폭설이 내린 한계령을 사력을 다하여 넘고 싶었던 거예요. 그녀의 생도 그러고 보면 만만치는 않았던 게지요. 아마, 절실한 쪽은 그녀가 아닐까 싶었어요. 생에 대한 애착의 강도, 그러길래 우리는 한배를, 아니 동행을 할 수 있었던 게지요. 나같이 우스운 애한테 어쩌면 자신의 생이 이렇다는 것을 간간이 들려주곤 했으니까요. 술꾼 아버지 밑에서 자라왔던 자신의 유년이 얼마나 어둡고 불행했는지를. 그 고개를 어떻게 넘었는지를 들려주는 일. 감염……되고 있었거든요. 아아, 그렇구나. 세상의 불행이 내게만 쏟아지고 있는 것은 아니구나. 하지만 저보다 힘든 인생이 지금 현재는 어디 있겠어요? 아니지요, 아니지요. 산다는 것, 그것 위대한 거예요. 수경이, 그 친구를 생각하면…… 내 곁에 수경이가 열심히, 인내하면서 사는 것, 다 이유가 있는 게 아닐까, 하는 생각이 드네요. 나나 수경이나 그 인생 별 차이 없거든요. 중요한 것은 수경이는 제 가정의 힘든 고개를 가장처럼 책임지고 운전하고 있다는 거예요.

어둡고 구부러진 고개에 눈보라가 몰려다니고 눈발이 차창 앞을 가로막았습니다. 그녀가 잔뜩 긴장이 되어 핸들을 꼭 움켜쥐고 있었습니다. 바퀴가 슬쩍 밀려갔습니다. 길에도 눈이 쌓이기 시작했

거든요. 그녀는 숙연한 채로 침착하게 운전을 하더군요. 삶의 고
비, 고개의 급경사를 넘으면서 그녀는 속으로 기도하고 있었어요.
한계령을 내려가는 차도, 올라오는 차도 보이지 않았습니다. 날은
이미 어두컴컴해졌는데 우리처럼 어둠과 눈보라 속을 가는 차가
어디 있겠어요. 멀리로 우뚝 솟은 눈 덮인 산만이 이정표처럼 보였
지요. 첩첩산중에서 두려움에 떠는 나약한 존재인 인간. 내 결혼
생활도 이런 내리막길은 아닐까. 얼마나 어렵게 걸어온, 올라온 나
이일까. 일흔 살을 산다고 해도 똑, 분질러지는 나이 서른다섯 살.
그렇다면 내 결혼의 한계는 서른다섯일까, 라는 뭐 그런 생각을 했
지요. 그래요. 사실은 이제 내리막의 나이입니다. 명백하게 남아
있는 것은 내리막길. 조금만 더 가면 목적지인 인제에 도착할 것이
고 우리는 원통을 지나 고속도로를 따라 광주로 가는 인터체인지
에 도착할 것이 분명했죠. 그러나 길은 너무나 멀고 어려워요. 이
순간순간, 긴장과 두려움. 그녀는 한계령의 막바지 길을 혼신의 노
력으로 운전을 했지요. 눈바람이 눈앞을 휘돌리며 운행을 방해했
음에도 불구하고. 내려갈수록 차창을 때리는 눈발이 잦아들고 있
었어요.
　"거의 다 왔나 봐."
　"그러게. 눈이 그치는 것 같아."
　다행스럽게도 아래쪽의 기온은 정상과는 다른지 눈이 수그러들
었어요. 이제 눈은 팔랑거리는, 즐거운 나비처럼 날아다니고 있었
어요. 우리는 그제야 안도의 한숨을 내쉬었죠. 대설주의보에도 불
구하고 한계령을 넘었다는 성취 앞에서 우리는 인제를 지나갔지
요. 몇 번이나 잘못 들었다가는 다시 돌아서 가곤 했지요. 한계란
없다. 그냥 가는 거야. 앞으로. 잘못 가면 다시 돌아오더라도 그냥

가고 보는 거지. 그러다 보면 편안한 아랫녘으로 내려오게 되고. 눈을 헤치고 대설주의보를 무릅쓰고 눈보라를 지나 내리막의 급경사를 지나왔어요. 어둠과 두려움에도 불구하고. 내 동행은 끊임없이 기도하는 심정이던 것을 기억하고 있었지요. 내 어리고 불안한 마음을 붙들어준 동행이 아니었다면 저 고개를 무사히 넘었을까요? 코가 시큰해져 눈가로 눈물이 핑 돌았습니다.

이제는 말할 수 있겠습니다. 내가 넘어온 고개는 한계령(限界嶺)이 아닌 한계령(寒溪嶺)이었다는 사실을. 내 삶의 온도는 그동안 얼어붙을 듯 차가운 것은 아니었는지. 얼음 폭포처럼 침묵하며 버티어온 세상은 아니었는지. 이빨을 앙다물고 버티려고 했어요. 나는 어디까지 갈 것인가, 어디까지인가, 이런 생각으로. 그런데 알고 보았더니 내가 한계(限界)로 알고 넘은 고개는 한계(寒溪)라는 것입니다. 첩첩산중의 겨울 고개, 그것은 내 삶과 다를 바 없었지요. 그 위인과 사는 일, 그래요. 그 불구의 몸으로 겨울산 같은 세상을 헤쳐가고 있는 그 위인. 혼자서 이 차갑고 시린 고개, 내리막길을 넘어가게 해야 할까요?

고속도로로 들어서는데 보석 같은 불빛이 찬란하고 따스하게 느껴집니다. 아아, 저 휘황한 사람살이 좀 보세요. 그래요, 이제 제가 사는 동네를 향해 가는 거지요. 그런데 지금, 그 위인 무사할까요? 아아, 정말이지 아무 탈 없겠지요?

되찾은 시간

김형중

인간의 구원과 소설가의 구원은 같은 것이다.
—르네 지라르, 『낭만적 거짓과 소설적 진실』

1. 들어가다

김현주의 소설들에는 입구가 있다. 그 입구는 대개 어떤 '집'이나 정체 모를 건물로 들어가는 통로일 경우가 많다. 가령 「미완의 도형」에서 입구는 공중화장실로 나 있고, 「잃어버린 정원」에서 입구는 주인공이 스스로를 유폐해버린 저택으로 나 있다. 물론 그 입구가 항상 '문'의 형태를 취할 필요는 없다. 「숨은 길」에서는 소설 속의 어떤 건물로 들어가는 입구가 몇 장의 사진이다. 「32일」에서는 한 지방지의 사람을 찾는 신문 광고가 입구 역할을 대신하며, 「지금은 부재중」의 경우 눈 오는 밤 풍경이 내다보이는 유리창이 같은 역할을 한다. 그러므로 자주 김현주의 소설들 첫 문단 뒤에 따라붙는 한 행의 공백은 독자들이 이미 그녀의 소설이 만들어낸 기괴하고 혼돈스러운 공간 속으로 발을 들여놓고 말았음을 알리는 경고와 같다.

그 한 행의 경계를 넘어서는 것은 읽는 이들의 자유다. 그러나 그 한 행의 경계를 되짚어 소설 밖으로 나오는 것은 쉬운 일이 아니다. 김현주 소설의 '입구'는 마치 영화 「블루 벨벳」에서 카메라를 빨아들이던 '귀'와 같아서, 일단 그 속으로 들어서면 나오는 길을 찾기란 거의 불가능하다. 입구 너머의 길들은 미로다. 또한 그곳은 "무의지적 기억"(벤야민, 「프루스트의 이미지」)들의 저장소다. 그곳에서는 주체가 기억의 주인이 아니라 기억들이 도리어 주체를 초과해버린다. 게다가 그곳은 견고한 삼각형에 갇혀버린 욕망의 감옥이기도 하다. 예외적인 경우(「물속의 정원사」의 주인공 수연의 경우)를 제외하고는 그 삼각형에서 탈출에 성공한 예가 없다.

지라르의 낙관론과는 다르게, 소설가마저도 쉽게 구원받지 못하는 세계, 그런 세계가 바로 그 입구 너머에 있다.

2. 집

입구를 넘어서면, 어느 순간 김현주의 주인공들은 '집' 속에 갇힌 자신을 발견한다. 김현주 소설에서 '집'의 역할은 일차적으로 '기억의 복원'이다. 자의로든 타의로든 이 집 내부에 들어서자마자 주인공들은 서서히 잃어버린 시간들, 즉 기억을 되찾는다. 예를 들어 「32일」에서 한 지방지의 광고란에 실린 사람을 찾는 기사를 읽음으로써 입구를 통과한 최지환은 자신이 정체를 알 수 없는 어떤 집 안에 있음을 발견한다. 그 집은 이런 곳이다.

주인은 내게 집을 비워준 뒤로는 거의 나타나질 않았다. 대문이 없이 안이 모두 개방된 상태의 집. 내가 이 집을 처음 발견한 것은 아닌 듯했다. 방문으로 들어가는 입구 쪽에 적힌 방명록에는 이 집을 다녀간 사람들의 이름이 적혀 있었고 맨 앞장에는 주인의 글씨인 듯싶은 글이 남아 있었다. '누구든지 오셔서 편히 쉬었다 가십시오. 모든 것은 다 준비되어 있습니다. 주인 백.' (pp. 51~52)

모든 것을 다 갖춰놓고, 누구든 초대해서는, 조건 없이 머물다 갈 수 있도록 해놓았다면 그 집은 고안된 덫일 것이고, 그러므로 위험한 집이다. 이 집에 들어선 순간 최지환은 사실상 어떤 음모에 걸려들었다고 볼 수 있는데, 그 음모의 주체는 자신의 기억이다. 김현주의 여러 소설들에서 '집'이란 대개 '무의식'의 비유로 쓰이는 경우가 잦아서, 일단 그 속에 발을 들여놓은 주인공은 원하건 원하지 않건 간에 오래된 기억들의 음모와 맞서야만 한다.

무의식의 은유인 탓에 이 공간에는 시간이 존재하지 않는다(프로이트, 「무의식에 대하여」). 시간은 자유자재로 멈추어버리거나 역전한다. 그렇다면 기나긴 망각의 벽을 뚫고 오래된 기억들이 되돌아오는 것도 그리 어려운 일이 아니다. 최지환은 이제 출세를 위해 의도적으로, 그리고 체계적으로 망각해버렸던 기억들과 고통스럽게 대면하기 시작한다. 복원된 기억 속에는 자신이 버린 여자 승혜가 있고, 승혜가 낳았으나 바로 죽어버린 자신의 아이가 있으며, 미쳐버린 어머니가 있고, 상복을 입은 어린 날의 자신이 있다. 최지환은 '잃어버린 시간'을 고통스럽게 되찾는다. 혹은 '되찾은 시간' 자체가 고통스럽다.

김현주의 소설에서 만약 어떤 주인공이 '집'에 일단 들어서기로 작정했다면 그들이 겪게 되는 체험의 경로는 대개 최지환의 경우와 유사하다. 「영각 27km」의 주인공은 덕유산 자락의 '영각헌'에서 잃어버린 시간을 되찾는다. 역시 그 시간 속에는 자신이 버렸던 한 여자가 있다. 영각헌은 그녀의 영혼이 묻힌 집, 그리고 그가 의도적으로 망각해버린 죄의식이 똬리를 틀고 있는 집이다. 「숨은 길」의 화자는 요양소로 보이는 어떤 '집'에서 잃어버린 시간의 순서 없는 계열체들과 혼란스럽게 동거한다. 유기된 여자와 유기한 여자의 기억 모두가 마구 뒤섞인 채로 이 집을 가득 메우고 있다.

이처럼 김현주 소설에서 집이란 모두 '무의지적 기억의 저장소'이자 무의식이다. 김현주 소설의 결말은 그러므로 프루스트에게서와 마찬가지로 "되찾은 시간"(지라르, 『낭만적 거짓과 소설적 진실』)이다. 그러나 지라르가 말한 그대로의 '되찾은 시간'은 아닌데, 왜냐하면 지라르는 주인공이 시간을 되찾는 순간 구원받을 것이라고 여겼기 때문이다. 지라르에게 소설의 결말이란 욕망의 삼각형에서 주인공이 해방되는 것, 그리하여 소설가의 구원의 순간이다. 반면 김현주의 주인공들은 되찾은 시간에도 불구하고 구원받지 못한다. 이유는 간단하다. 되찾은 시간들이 욕망과 죄에 연루된 시간이기 때문이다. 무의식의 재료란 억압된 기억들이다. 그리고 억압은 대개 죄스러운 욕망을 향한 것이게 마련이다. 무의식은 억압된 욕망과 죄들로 가득 차 있다. 김현주의 집들이 기억의 집이자 또한 죄의 집이기도 한 이유가 여기에 있다. 복원된 기억이 죄에 연루되어 있다면 설사 시간을 되찾는다 해도 구원은 결코 이루어질 수 없을 것이다.

요컨대 김현주 소설들의 결말은 욕망의 삼각형에서 해방되는 것
이 아니라, 삼각형 내부로 진입하는 것이다. '되찾은 시간'은 욕망
의 삼각형을 포기하게 하는 것이 아니라, 욕망의 삼각형 속에 갇혀
있는 자신을 확인하게 한다. 「32일」의 최지환이 되찾은 시간은 다
음과 같다.

승혜를 만난 것은 행운이었다. 승혜와 함께 고속도로를 달리다가
사고가 난 것도 내겐 행운이었다. 머리를 다쳐서 병원에 입원을 하
고 뇌수술을 받게 된 것도 행운이었다. 그러나 그 행운은 진로를 바
꾸기 시작했다. 어미 아비 얼굴도 모르는 고아원 놈이, 라는 소리를
들은 것은 내 잠자던 짐승스러움에 불을 댕겼다. 그리고 나는 주술
처럼 무언가를 외우고 다녔다. 과거 파일 삭제. 과거 파일 삭제, 과
거의 모든 파일은 삭제한다. 나는 정말 새로이 태어나고 싶었다. 말
쑥한 보통 사람의 과거 속으로 들어가고 싶었다. 과거를 조작하기
시작했다. 내 어디에 그런 추악함이 숨어 있었을까, 그곳까지 가버
린 것이었을까. 그때부터, 승혜는 내게 매달리기 시작했다. 나에게
그녀는 중요하지 않았다. 내게 중요한 것은 기억이었다. 나는 그 기
억을 지우는 데 열중했다. 철저하게 나의 과거를 새로이 기록하기
시작했다. 조작된 과거를 이력서처럼 만드는 일은 그리 어렵지 않
았다. 미국의 형님 집으로 이민 간 나의 어머니. 나는 한국에서 공
부를 마친 후, 미국으로 가기로 결정되어 있었다. (pp. 61~62)

복원된 기억으로 미루어 볼 때 최지환이 승혜를 잊어버리기로
작정한 것은 열등감 탓이다. 부모도 없는 고아원 출신이라는 열등
감이 그가 과거 전체를 체계적으로 조작하게 만든다. 물론 이때의

298

열등감이란 모방 욕망, 즉 삼각형의 욕망에서 기인한다. 중개자는 "말쑥한 보통 사람," 곧 지라르가 "서로가 서로에게 신으로 비칠 것"이라고 말했던, 신을 잃어버린 시대의 고독한(그러나 서로에게는 전혀 고독해 보이질 않는) 타자들이다. 그리고 욕망의 대상은 플로베르의 '보바리즘,' 스탕달의 '허영심,' 프루스트의 '속물 근성'과 유사하게도 신분 상승이다. 자신의 불우했던 과거를 모두 지우고 말쑥한 보통 사람들을 흉내냄으로써 신분 상승을 이루고자 했던 그의 굴절된 초월에 대한 욕망이 승혜를 버리고 아이를 죽어가게 했다. 말하자면 최지환은 되찾은 시간을 통해 모방 욕망에서 해방되는 것이 아니라, 여전히 자신이 바로 그 모방 욕망의 견고한 삼각형 속에 갇혀 있음을 확인한다.

　동일한 과정이 여러 소설 속에서 되풀이된다. 「에어컨」의 화자와 그의 아내가 사는 아파트 역시 견고한 삼각형의 집이다. 아내가 떠나버린 후 아내가 남긴 기록들을 읽으면서 그는 강한 질투(모방 욕망이 강해질수록 더욱 강해지는 원한ressentiment의 다른 이름)에 사로잡힌다.

　아내가 애타게 불렀던 자는 설봉이라는 남자인가? 그동안 나는 아내에게 허깨비에 불과했다니. 그녀의 표정, 그 잔잔함도 가장했던 것일까? 매주 토요일 오후 쇼핑할 때의 즐거워하던 얼굴도 위선이었을까? 그렇다면 그녀의 과거는 나와의 결혼 생활보다 더 강한 힘으로 그녀를 붙들어두고 있었단 말인가? (p. 38)

　그는 지금 아내를 욕망하는가, 아내의 유일한 욕망상으로서의 자기 자신을 욕망하는가? 아내는 욕망의 대상인가, 욕망의 대상으로서 자기 자신에 이르기 위한 중개자에 불과한가? 답은 당연히 후자이겠거니와 지라르가 "이중간접화"(삼각형 욕망의 가장 현대적인 형태)라고 불렀던 질투와 원한의 상호 폭력에 그는 지금 노출되어 있다. 다른 예도 있다. 「숨은 길」에는 한 장의 사진이 등장한다.

> 사진은 그 비밀을 감추지 않고 드러내주고 있었다. 어떤 여름, 한낮의 태양 아래서 찍은 사진. 그 사진이 그것을 말해주고 있었다. 오백 년이 넘는 수령을 가진 배롱나무(백일홍) 아래서 찍은 그 여자와 나와 그 남자. 우리 셋은 사진 속에 함께 들어가서 늙어가고 있었다. (p. 79)

화자와 '그 여자'는 사실상 서로가 서로에게 중개자인 짝패 double에 해당한다. 급기야 화자는 숲 속에서 그 여자에 의해 어떤 '집'에 유기당하게 되지만, 그 집에서 그 여자의 기억까지 자신의 것으로 취함으로써 스스로 가해자이자 피해자가 된다. 욕망의 주체와 중개자가 한 몸 속에 동거할 만큼 가까워지면 이중간접화는 필연적이다. 물론 이 사진이 취하고 있는 구도, "비밀을 감추지 않고 드러내주고 있"는 바로 그 구도는 김현주 소설의 대부분이 취하고 있는 구도이기도 하다. 「불의 꽃대궁」에서 두 주인공 문효와 수연이 소설 속으로 처음 걸어 들어오는 장면은 이렇다.

> 혹 그림 속 풍경 같은, 원추형의 도로 끝점에서 내려다본다면 아주 작은 점으로 두 사람은 거의 동일하게 보이거나 가끔씩 분리되는 한 사람쯤으로 착각할 수도 있을 것이다. (p. 183)

이내 밝혀지게 되지만 둘은 한 시인을 같이 사랑한 적이 있다. 이로 미루어 보건대 사실상 구별이 불가능할 만큼 둘은 이중간접 화되어 있다. 둘은 서로가 서로에게 중개자여서 "거의 동일하게 보이거나 가끔씩 분리되는 한 사람쯤으로" 보인다. 그들에게 욕망이란 반드시 중개자의 욕망이기도 해서 서로에게 중개자가 되지 않고서는 발생조차 불가능하다.

「배꽃 동산」의 화자, 「잃어버린 정원」의 신희, 「겨울 한계령」의 행란, 「물속의 정원사」의 수연 등이 모두 다양한 방식으로 욕망의 삼각형에 사로잡혀 있다. 화가의 아내는 소설가를 사랑의 중개자로 삼고, 남편을 또한 사회적 욕구의 대리 만족을 위한 중개자로 삼는다. 신희는 남편에게서 부유함과 안정의 욕망이 달성되기를 기대하고, 수연은 중개자에게 빼앗겨버린 옛사랑을 포기하지 못해 가슴에 불을 품고 산다.

이 모든 견고한 삼각형이 똬리를 틀고 있는 공간에는 반드시 예의 그 '집'이 있다. 「배꽃 동산」의 아내는 화가인 남편의 전원 주택에 유폐되어 있다. 욕망의 삼각형이 그녀를 가두어놓고 있는 것도 바로 그 집이다. 살아 있는 유령을 방불케 하는 「잃어버린 정원」의 거대한 저택에 신희는 곡기도 끊은 채로 스스로를 감금시켜놓고 있다. 「물속의 정원사」에서는 찻집 '몽향'이 동일한 역할을 한다. 사랑하던 사람이 이미 백련과 결혼했는데도 수연은 그 백련이 운영하는 찻집 '몽향' 주위를 벗어나지 못한다.

삼각형이 바로 그 집 안에 있으므로, 아니 그 집이 욕망의 삼각형 그 자체이므로, 바로 거기에서 배신과, 상호 폭력과, 유기와, 훼손이 일어나는 것은 당연한 일이다. 요컨대 김현주의 집은 일차적으로 기억의 집이지만, 그 기억들이 또한 모두 욕망의 삼각형 내에서 일어났던 죄의 목록과 같은 것이어서, 제아무리 복원되고 되찾아진다 해도 그들을 놓아주는 법이 없다.

그들은 구원받지 못한다. 되찾은 시간이 바로 욕망의 시간이자 죄의 시간이기 때문이다.

3. 야생의 정원

김현주 소설 속에서 욕망은 '집' 주위에 나무, 혹은 꽃 모양을 하고 서 있는 경우도 있다. 그 꽃과 나무들이 정원이나 숲을 이루어 집을 감싸게 되면 욕망은 더 강해진다. 이 꽃과 나무들로 하여 욕망의 삼각형은 보호받고, 강력해지며, 심지어 아름다움의 속성까지 부여받는다. 그리고 집을 둘러싸고 있는 이 아름다운 식물들 탓에 주인공들은 삼각형의 집에서 탈출하지 못한다.

욕망이란 애초부터 죄이자 아름다움, 몸 가진 어떤 인간도 벗어날 수 없고 누리지 않을 수 없는 형벌이자 축복일 것이다. 김현주의 식물들이 그렇다.

「에어컨」의 '아내'는 사람보다도 물건들에 더 애착을 보인다. 물건들이란 군자란과 철쭉이다. 이 식물들은 아내가 떠난 뒤에도 계절을 망각한 채 겨우내 피어 있다. 아마도 이 식물들이 살아 있는 한 욕망은 지속될 것이다. 삼각형도 건재할 것이다. 왜냐하면 아내가 대상 세계로부터의 리비도를 철회한 뒤 다시 그 리비도를 재투자했던 대상이 바로 그 식물들이기 때문이다. 설봉을 향한 아내의 욕망이 고스란히 그 꽃들의 자양분이 되었다. 그 꽃들은 아내의 욕망의 화신이다. 「32일」의 최지환은 환상 속에서 삼나무 한 그루를 본다. 삼나무가 눈앞까지 걸어오고 나서야 그는 그 삼나무가 바로 승혜임을, 그리고 어머니임을 알아본다. 일단 기억을 되찾은 이상 최지환이 그 삼나무 그늘을 벗어나기는 힘들어 보인다. 승혜와 어머니와 삼나무는 심리적으로 등가이기 때문이다.

그러나 아무래도 가장 강력한 식물은 백일홍과 꽃무릇이다. 「숨은 길」의 백일홍은 형상마저 욕망과 죄를 닮았다.

우리는 엉켜 있다, 환한 대낮의 알몸. 배롱나무는 껍질을 벗은 채다. 남자는 내 허물을 벗기려 애를 쓴다. 속살이 말갛게 드러나는 한낮, 엉켜서 몸을 비트는 두 그루의 나무, 가닥가닥 몸을 비틀면서 다가가 엉키면서 급기야 꼬인다. 화르르 허물이 벗겨진다, 허물은 아직 아랫도리에 걸쳐 있다. 천형처럼 허물은 완전히 벗겨지지 않는다. 몸을 비틀면서 두 그루의 나무가 신음하고 있다. 아아아아아 신음하는 대낮. 죄는 황홀하게 불타오르고 몸은 겹겹이 꼬여 떨어지지 않는다. 우우우 배롱나무 환한 아래 물 깊은 계곡은 숨은 길. 활활 타오르는 황홀한 반란의 꽃빛, 나는 타오르는 꽃민을 바라보며 걷는다, 걷다가 까마득히 아득한 허공으로 발을 헛딛는다. (p. 93)

중개자 몰래 나누는 불륜의 사랑. 대낮 숲 속에서의 탐스러운 정사는 화인(花印)이 되어 백일홍의 형상 속에 그대로 남는다. 아니 오히려 백일홍이 두 남녀를 홀린 격이다. 게다가 이 숲 속에는 꽃이 사태를 이루고 있다. 그 강력하고 아름다운 꽃들은 삼각형의 욕망을 부추기고, 보호하며, 그 자체로 꽃더미들의 미로가 되어 삼각형에서 탈출하는 것을 방해한다. 일단 이 야생의 숲 속에 들어선 누구도 불타오르지 않을 수 없다. 백일홍은 욕망 자체다. 「불의 꽃대궁」의 꽃무릇도 마찬가지다.

산길을 향하여 오르는 길의 양옆으로 소나무 숲, 그 그늘 아래의 꽃들. 언젠가 그의 손에 이끌려 스며든 그의 서재에서 깊고 뜨거운 키스. 문효는 심장의 고동이 뛰는 것을 느꼈다. 그 순간적인 느낌은 파멸의 강렬한 예감이었다. 그 예감처럼 붉게 피어오른 꽃무릇. 그의 혀는 꽃무릇의 수술처럼 길고 뜨거웠다. 이제 떠올리는 것은 모호한 꿈과도 같은 찰나의 느낌들이다. 그의 깊은 한숨은 불덩이에 덴 것처럼 뜨거웠다. 문효는 그의 불을, 그의 깊은 한숨을 훔치듯 들이마셨다. 가슴이 터질 것만 같다. 문효는 더 이상 발걸음을 옮길 수가 없어 그대로 그 자리에 가만히 주저앉았다. 문효의 눈높이 안으로 들어온 불꽃들은 흔들리며 타오르고 있었다. 소나무 숲의 그늘은 서늘했으나 꽃들은 어쩌면 신들린 듯 미쳐 불타오르는 것처럼 보였다. (p. 195)

황홀한 붉은빛의 꽃무릇은 즉각 삼각형의 욕망에 불을 질러놓는다. 문효와 수연은 서로가 서로에게 중개자다. 그들은 동일한 대상을 욕망하기 때문이다. 함께 떠난 여행 내내 둘의 대화는 엇갈린다. 동일한 대상을 욕망하는 짝패에게 화해란 쉽사리 이루어지지 않는다. 더욱이 꽃들이 곧 욕망의 화신인 김현주의 숲 속에서라면 더더욱 그렇다. 문효는 삼각형의 욕망에 완전히 사로잡혀 있다.

4. 길

물론 집을 둘러싸고 있는 무성한 식물들에게서 탈출을 시도하는 주인공들이 없는 것은 아니다. 탈출 방법은 세 가지다.

당연한 일이지만 일차적으로는 집과 숲에서 벗어나는 방법이 있다. 「잃어버린 정원」의 신희가 이 방법을 택한다. 신희는 일단 기억의 집에서, 삼각형의 욕망에서, 불타오르는 꽃들의 정원에서 탈출하는 데 성공하는 것처럼 보인다. 소설의 결말이 이렇기 때문이다.

오오! 그녀는 탄성을 질렀다. 그리고 바깥으로 다가가 자물쇠 구멍에 열쇠를 끼웠다. 찰칵, 하는 소리. 그녀는 쇠사슬을 벗겨냈다. 그리고 온 힘을 다하여 철문을 열었다. 끼익, 끼익 하는 둔중한 소리를 내면서 철문이 힘겹게 열렸다. 그녀는 경사진 땅바닥에 무릎을 꿇었다. 그리고 고개를 떨구어 흙 위에 입술을 대었다. 봄기운에 약동하는 대지의 환희로운 냄새. 신희는 심호흡을 한 후, 가볍게 흥분이 된 듯 몸을 떨었다. 그리고 그녀는 안개에 갇힌 저수지를 향해 미친 듯이 내달리기 시작했다. (pp. 264~65)

그러나 과연 그럴까? 아들을 죽이고, 자신의 영혼마저 심각하게 훼손시켜버린 '집'과 '정원'에서 가까스로 탈출한 신희에게는 안된 일이지만, 「영각 27km」나 「안개/맑음」 「배꽃 동산」 「32일」 등의 소설을 다 읽은 독자라면 신희의 탈출을 신뢰하지 못한다. 영각헌에서 돌아오는 길은 여전히 오리무중이지 않았던가? 「안개/맑음」의 배후령 산간 도로는 무모하게도 삼각형의 욕망에서 탈출을 감행한 사내와 그의 굴삭기 한 대를 삼켜버리고 나서야 맑아지지 않았던가? 「배꽃 동산」의 아내는 겨우겨우 용기를 내 집과 배꽃 동산(이 역시 정원인데)을 빠져나왔지만, 고작 방죽으로 난 길로 정부를 만나러 나간 남편을 마중하러 나간 셈이 되고 말았지 않았던가? 「32일」의 최지환은 잃어버린 시간을 되찾은 후 간절히 현실에 복귀하기를 바랐지만, 정체 모를 사내들에 의해 영원히 시간의 미로 속에 유기당하지 않았던가?

사정이 이럴진대, 잃어버린 정원에서 신희의 탈출이 성공할 것이라고 믿기는 힘든 노릇이다. 요컨대 '길'은 김현주의 주인공들을 놓아주는 법이 없다. 집에서, 야생의 정원에서 탈출을 감행한 그들을 이번엔 길이 사로잡는다. 그들은 모두 길 위에서 길 잃는다.

5. 사물

집과 정원에서 탈출하는 두번째 방법은 '사물 되기'이다. 어떤 '길'을 통해서도 욕망의 삼각형에서 벗어날 수 없다면, 애초에 욕망이 없는 존재로 변환함으로써 그것에서 벗어나는 것도 시도해봄직한 방법이다. 가령 에어컨이 된다거나 하는.

이 세계와 유사한 또 다른 세계에서 온 사람. 남편은 내게 무엇을 바라고 있는 걸까? 결혼이라는 공식은, 마치 살아 있는 한은 부조화의 싸늘한 등을 맞대고 있어야 한다는 계약과 다를 바 없다는 것을 어느 순간 느낀다. 사랑도 없이 끔찍하게 시간을 견디는 일은 참을 수가 없다. 어쩌면 남편이나, 그, 나 중에서 둘은 이미 이 세계를 통

과하고 있는 반세계의 사람일지도 모른다. 두 세계의 중심이 어느
곳을 향하든지 그것들은 결코 충돌하지 않을 것이다. 가볍게 스쳐
지나갈 뿐. 이 공간에서 다른 공간으로 공간 이동을 할 뿐이다. 나
또한 인간 세계에서 안개처럼 가볍게 사라지거나 내면이 굳어버린
사물의 세계로 이동하는 것이 어쩌면 가능할지도 모른다. 아무도
주시하지 않는 이 세상 그림의 뒷면 속으로 나는 빨려 들어가고 싶
을 때가 있다. 결국 삶은 허무한 것이고 세상은 계속 유지되지는 않
을 것이다. (p. 44)

"남편은 내게 무엇을 바라고 있는 것인가?"라는 구절은 소설 속
의 '아내'가 이미 욕망의 삼각형적인 성격을 깨닫고 있었음에 대한
희미한 증거가 될 만하다. 남편이 자신을 직접 욕망하지 않음을,
오로지 자신을 중개자로 삼고 있을 뿐임을 그녀는 눈치 채고 있다.
게다가 자신 역시 욕망의 삼각형에 사로잡혀 있기는 마찬가지다.
그녀의 마음 속에는 남편 대신 파계승 설봉이 자리하고 있다. '부
부 관계'라는 악무한의 상호 폭력, 그 고통스러운 이중간접화에서
벗어나기 위해 그녀가 택한 방법은 "굳어버린 사물의 세계로 이동
하는 것"이다. 그리하여 그녀는 기꺼이 에어컨이 된다.
  사물이란 무기물이다. 또한 무기물의 상태란 인간을 포함해서
모든 유기체들이 태초에 누렸던 가장 안정된(전혀 에너지 유동이
없으므로) 상태였을 것이다. 그리고 우리가 알다시피 살아 있는 것
들이 바로 그 무기물의 영화를 누릴 수 있는 유일한 방법은 죽음을
경과했을 때에만 가능하다. 그러므로 '사물이 된다'란 말은 곧 '죽
음을 겪는다'란 말에 다름 아니다. 프로이트가 그랬다. "만약 우리
가 살아 있는 모든 것은 '내적인' 이유로 인해서 죽는다는 것, 즉

다시 한 번 무기물이 된다는 것을 하나의 예외 없는 진리로서 받아
들인다면, 우리는 '모든 생명체의 목적은 죽음이다'라고 말하지 않
을 도리가 없다"(프로이트, 『쾌락 원칙을 넘어서』).

　결국 김현주의 주인공들이 욕망의 삼각형에서 벗어날 수 있는
두번째 방법은 죽음이라고 할 수 있겠다. 그러나 「에어컨」에서를
제외하고 그들 주인공들은 무기물 상태로의 회귀를 시도하지 않는
다. 이유가 뭘까? 당겨 말하자면 나머지 주인공들은 대부분 소설
가들이거나 예술가들이기 때문이다.

6. 백련향을 맡지 않다

　김현주의 주인공들이 욕망의 삼각형에서 탈출하는 마지막 방법
은 '망각'이다. 모든 문제가 기억의 복원, 즉 되찾은 시간에서 비롯
되었으니 그것들을 다시 망각의 저편으로 돌려보내면 될 것이다.
「물속의 정원사」의 수연이 바로 그 방법을 택한다. 수연은 회산 방
죽에서 만난 정원사에게서 백련 한 송이를 얻는다. 정원사의 설명
에 따르면 그 백련은 신화 속의 로토파기들이 사는 나라 게라멘터
스에서 죽음을 대가로 얻어온 것이다. 이 백련의 향을 맡으면 모든
고통스러운 기억을 망각의 저편으로 묻어버릴 수 있게 된다. 수연
은 바로 그 백련을 손에 넣는다. 욕망의 삼각형이 가져다 준 고통
스러운 기억에서 해방되기 위해서다.

　그러나 '다행스럽게도' 수연은 백련향을 맡지 않는다. 대신 기억
을 버리지 않고 이겨내기로 결심한다. 수연은 망각의 영험을 가진
백련을 '나'에게 보냄으로써 고통스러운 대로 되찾은 시간과 함께

살기를 택한다. 이유는 간단하다. 그녀가 예술가이기 때문이다. 수연이 예술가인 한 기억을 버린다는 것은 예술을 버린다는 행위와 같다. 예술이란 고통스러운 기억의 승화이기 때문이다. 기억과 고통이 없이 예술은 불가능하다.

그 이후, 수연은 그들과 결별했다. 한때, 자신의 가슴을 불사르게 하던 기억을 잊고. '몽향'의 도예가를 완전히 잊은 것은 아니었다. 그러나 이제 그들 부부의 주변을 맴돌지는 않는다. 수연을 만나는 일이 '몽향'의 '백련' 또한 괴로웠을 것이다. 결혼한 이후에도, 남편의 주위를 끊임없이 돌고 있는 수연을 대하면서 때로 그녀는 살얼음판을 걷듯 위태로웠을 것이다. 서로에게 고통뿐인 인연은 수연이 한 끝을 놓으면서 아슬아슬하게 균형을 되찾은 것이다. 수연은 다시 그림에 미친 듯 몰입하기 시작했다. 그녀의 애증을 포기하게 만든 것은 물속의 정원사, 바로 그였다. 그가 수연에게 내민 백련 한 송이는 결국 내게로 왔다. (pp. 113~14)

욕망의 삼각형은 "서로에게 고통뿐인 인연"이다. 그러나 백련향의 도움도 없이, 수연이 그 악연의 한끝을 놓는 순간, 평화가 되돌아온다. 대신 수연은 "다시 그림에 미친 듯 몰입하기 시작"한다. '승화'란 이런 경우에 쓰는 말일 것이다. 삼각형의 욕망에 고통스럽게 허비되던 리비도가 그녀의 그림 속에서 예술로 다시 태어난다. 망각에 의지해서 저주받은 집과 정원에서 도피하는 대신, 수연은 예술에 의지해서 되찾은 시간들을 긍정하고 그것이 주는 고통을 돌파하기로 작정했다. 그녀가 예술가인 이유다. 그리고 김현주가 소설가인 이유도 여기에 있다. 김현주는 자신의 주인공들이 쉽사리 망각 속으로 도피하지 못하게 함으로써 고통스럽지만 소설들을 써낸다. 제대로 된 소설가들이 다 그렇듯이 김현주 소설의 양분 또한 고통과 기억이다.

아마도 지라르의 말은 맞을 것이다. "인간의 구원과 소설가의 구원은 같은 것이다." 그러나 쉽게 구원받은 소설가는 더 이상 소설가가 아니다. 왜냐하면 되찾은 시간으로부터의 구원은 죽음의 순간에만 오거나(프루스트의 마르셀이나, 세르반테스의 돈 키호테와 같이), 망각의 순간에만 오는 것인데, 어떤 경우가 되었건 소설가로서는 종말일 것이기 때문이다.

작가의 말

요즘은 길을 떠돌며 사는 느낌이다. 충분히 정주하지 못하는 마음은 주로 허공에 있거나 시간 밖으로 빠져나가곤 한다. 오래전, 자주 생에서 탈출이나 실종을 꿈꾸기도 했지만 이제는 잦은 이동이 생활화되어버렸다. 내 의지와 상관없이 어느새 유목민의 습성을 닮는다. 만반의 준비를 하고 아주 먼 거리에 있는 두 곳의 집을 향하여 떠나거나 돌아올 때, 나는 나른한 피로에 싸이기도 하고 지쳐서 길 위에서 그대로 잠들고 싶은 마음도 든다. 아주 피로해진 육체가 길에서 길로 이동하면서 말한다. 쉬고 싶다고.

내 정신이 그렇게 세상을 떠돈 지는 오래되었다는 생각이 든다. 내 정신은 길 위에 있었으므로. 그러나 이제 나도 방이 생겼다. 이 지상에서 꼭 갖고 싶은 방 한 칸이 생긴 것이다. 내 정신이 담긴 방. 나는 충분히 만족한다. 이제는 세상과 웃으며 교신할 수 있을 것이다.

소설을 왜 쓰느냐고 묻는다면 말하고 싶다. 그 소설이라는 '집'

에서만이 내 영혼과 육체가 안심할 수 있다고. 영혼이 말하는 것을 들어줄 수 있는 귀 밝은 사람들을 만난 것은 참으로 감사한 일이다. 친구가 말했다. 소백산 비로봉에 올라서서 나무들의 지붕인 하늘을 비로소 느끼게 되었다고. 비로봉 나무들의 하늘을 향한 염원을 자신의 몸으로 느낄 수가 있었다는 것이다. 나무들의 영혼과 소통한 것이다.

나는 염원한다. 지상에 뿌리를 튼실히 내리고 머리는 하늘로 향하면서 이 세상과 소통하리라.

이제야말로 시작이다. 많이 부족하고 산만한 글, 아무리 읽어보아도 만족할 수 없는 글. 그런 글을 쓴다고 끙끙대는 나를 많이 참아준 가족들, 그리고 가까이서 지켜봐주신 선생님들, 따뜻한 문학과지성사 편집부 식구들. 진심으로 감사의 인사를 전하고 싶다.

꿈꾸기를 멈추지 않아 보이게 된 이 길을 사랑하며 끝까지 가보고 싶다.